杨庆祥 主编
新坐标
赵天成 编

河水从北方流淌而来

蔡东 著

江苏凤凰文艺出版社

图书在版编目（CIP）数据

河水从北方流淌而来 / 蔡东著；赵天成编.
南京：江苏凤凰文艺出版社，2025.4. -- ISBN 978-7
-5594-9189-3

Ⅰ. I217.2

中国国家版本馆CIP数据核字第202411RX08号

河水从北方流淌而来

蔡东 著

出 版 人	张在健
责任编辑	胡　泊
特约编辑	王　璠
责任印制	杨　丹
出版发行	江苏凤凰文艺出版社
	南京市中央路165号，邮编：210009
网　　址	http://www.jswenyi.com
印　　刷	苏州市越洋印刷有限公司
开　　本	880毫米×1230毫米　1/32
印　　张	11.125
字　　数	248千字
版　　次	2025年4月第1版
印　　次	2025年4月第1次印刷
书　　号	ISBN 978-7-5594-9189-3
定　　价	59.00元

江苏凤凰文艺版图书凡印刷、装订错误，可向出版社调换，联系电话：025-83280257

新时代， 新文学， 新坐标

杨庆祥

编一套青年世代作家的书系，是这几年我的一个愿望。这里的青年世代，一方面是受到了阿甘本著名的"同时代性"概念的影响，但在另外一方面，却又是非常现实而具体的所指。总体来说，这套"新坐标"书系里的"青年世代"指的是那些在我们的时代创造出了独有的美学景观和艺术形式，并呈现出当下时代精神症候的作家。新坐标者，即新时代、新文学、新经典也。

这些作家以出生于1970年代、1980年代为主。在最初的遴选中，几位出生于1960年代中后期的作家也曾被列入，后来为了保持整套书系的"一致性"，只好忍痛割爱。至于出生于1990年代的作家，虽然有个别的出色者，但我个人认为整体上的风貌还需要等待一段时间，那就只有等后来的有心人再续学缘。

这些入选的作家都是我们这个时代的新青年。鲁迅在1935年曾编定《中国新文学大系小说二集》，并写有长篇序言，其目的是彰显"白话小说"的实力，以抵抗流行的通俗文学和守旧的文言文学。我主编这套"新坐标书系"当然不敢媲美前贤，却又有相似的发愿。出生于1970年代以后的这些作家，年龄长者，已经五十多岁，而创作时间较长者，亦有近30年。他们不仅创作了大量风格各异、艺术水平极高的作品，同时，他们的写作行为和写作姿态，也曾成为种种文化现象，在精神美学和社会实践的层面均提供着足够重要的范本。遗憾的是，因为某种阅读和研究的惯性，以及话语模式的滞后，对这些作家的相关研究一直处于一种"初级阶段"。具体来说表现在以下几个方面。第一，单个作家作品的研究比较多，整体性的研究相对少见；第二，具体作品的印象式批评较多，深入的学理研究较少；第三，套用相关的理论模式比较多，具有原创性的理论模式较少；第四，作家作品与社会历史的机械性比对较多，历史的审美的有机性研究较少；第五，为了展开上述有效深入研究的相关史料的搜集、整理和归纳阙失。这最后一点，是最基础的工作，而"新坐标书系"的编纂，正是从这最基础的部分做起，唯有如此一点一点地建设，才能逐渐呈现这"同代人"的面貌。

埃斯卡皮在《文学社会学》里特别强调研究和教学对于文学"经典化"的重要推动。在他看来，如果一部作品在出版 20 年后依然被阅读、研究和传播，这部作品就可以称得上是经典化了——这当然是现代语境中"短时段经典"的标准。但是毫无疑问，大学的教学、相关的硕博论文选题、学科化的知识处理，即使是在全（自）媒体时代依然发挥着不可替代的历史化功能。编纂这部书系的一个初衷，就是希望能够为大学和相关研究机构的从业者提供一个相对全面的选本，使得他们研究的注意力稍微下移，关注更年轻世代的写作并对之进行综合性的处理。当然，更迫切的需要，还是原创性理论的创造。"五四一代"借助启蒙和国民性理论，"十七年"文学借助"社会主义新人"理论，"新时期文学"借助"现代化"理论，比较自洽地完成了自我的经典化和历史化。那么，这一代人的写作需要放在何种理论框架里来解释和丰富呢？这是这套书系的一个提问，它召唤着回答——也许这是一个"世纪的问答"。

书系单人单卷，我担任总主编，各卷另设编者。需要特别说明的是，所有的编者都是出生于 1980 年代以后的青年评论家、文学博士。这是我有意为之，从文化的认领来说，我是一个"五四之子"，我更热爱和信任青年——即使终有一天他们会将我排斥在外。

书系的体例稍作说明。每卷由五部分组成：第一，代表作品选。所选作品由编者和作者商定，大概来说是展示该作者的写作史，故亦不回避少作。长篇作品一般节选或者存目。第二，评论选。优选同代评论家的评论，也不回避其他代际评论家的优秀之作。但由于篇幅所限，这一部分只能是挂一漏万。第三，创作谈和自述。作家自述创作，以生动形象取胜。第四，访谈。以每一卷的编者与作者的对话为主体，有其他特别好的访谈对话亦收入。第五，创作年表。以翔实为要旨。

编纂这样一套大型书系殊非易事。整个编纂过程得到了各位编者、作者和江苏凤凰文艺出版社的大力支持，尤其是张在健社长和青年编辑李黎老师的大力支持！在此向付出辛苦劳动的各位同代人深表谢意。其中的错讹难免，也恳请读者和相关研究者批评指正。记得当初定下选题后，在人民大学人文楼的二楼会议室召开了第一次编务会，参会的诸君皆英姿勃发，意气飞扬。时维夜深，尽欢而散。那一刻，似乎历史就在脚下。接下来繁杂的编务、琐屑的日常、无法捕捉的千头万绪……当虚无的深渊向我们凝视，诸位，"为什么由手写出的这些字/竟比这只手更长久，健壮？"生命的造物最后战胜了生命，这真是人类巨大的悖论（irony）呀。

不管如何，工作一直在进行。1949年，作家路翎在日记中写道："新的时代要浴着鲜血才能诞生，时间，在艰难地前进着。"而沈从文则自述心迹："我不向南行，留下在这里，为孩子在新环境中成长。"在这套"新坐标书系"即将付梓之际，我又想起苏联作家帕斯捷尔纳克的一首诗《哈姆雷特》：

喧嚷嘈杂之声已然沉寂，
此时此刻踏上生之舞台。

倚门倾听远方袅袅余音，
从中捕捉这一代的安排。

敢问，什么是我们这一代的安排？

是为序。

2019. 2. 16 于北京
2020. 3. 27 再改
2023. 7. 11 改定

Part1　作品选

小说 003

　　往生 003

　　我想要的一天 029

　　照夜白 058

　　希波克拉底的礼物 081

　　伶仃 102

　　她 127

　　月光下 148

　　来访者 166

随笔 228

　　读它们的时候，如重归故土 228

　　皆是风雪夜归人 233

　　小说落在世间之二三事 242

Part 2　评论选　　253

小说即"往生"——读蔡东（杨庆祥）　　255

生活底细上的光斑——读蔡东的小说（施战军）　　263

蔡东小说论（申霞艳）　　266

仰望星空，追寻自由——蔡东小说集《星辰书》的叙事伦理（饶　翔）　　282

内宇宙的星辰与律令——论蔡东的现代古典主义写作（李德南）　　295

是你走进了人性深处——评蔡东的短篇小说《月光下》（孟繁华）　　315

女性的自我和解与相与和解——关于蔡东的近年写作（张燕玲）　　319

Part 3　访谈　　325

河水从北方流淌而来——蔡东、赵天成对谈　　327

Part 4　蔡东创作年表　　341

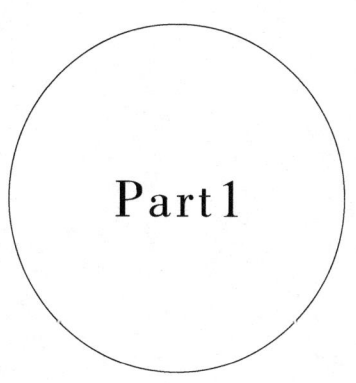

作
品
选

小说

往生

一

老头的身体，康莲越来越熟悉了，此刻已不再慌乱，也没有了羞耻。她低下头，尿臊味喷了她一头脸，热扑扑的。裤裆晾开了，老头惬意地扭动身体。她虎起脸喊别动，撕拉一声把纸尿裤扯下来。

用消毒液洗完手，她来到厨房烧饭。天色渐渐昏暗下来，出差的丈夫正往家赶。平时要等天黑透了才开灯，今天却开得早。家里的灯光是暖烘烘的蜜黄色，想到他下了车朝着家越走越近，就能看见厨房柔和的光晕，还有她映在玻璃上的身影，她的忙碌便有了几分诗情画意。

将她带回现实的是老头，他四天没解大手了。盆里泡着芹菜和萝卜，一把水绿，一滚雪白，散发出蔬菜特有的清冽芳香。对老头来说它们绝非美味，他只喜欢吃炖烂的肥肉。

傍晚七点多，刘向群推门而入，手里拖着黑色拉杆箱。老头凛然一惊，快步走到厨房，攥住康莲的手臂，说，你快看看，进来人了。她挣脱开，说别怕，出去等着吧。

饭菜陆续上桌，除了炒菜，还有一碟油炸花生米，一碟凉拌豆腐皮，分量不大，是情调，也是心思。刘向群心领神会，倒上酒刚想啜一口，发现老头正用防范的眼神盯着他。老头脸上满是狐疑，还有努力压制的愤怒：突然闯入的男人不但换上拖鞋，还坐在沙发的正当中，大大咧咧地打开电视。

刘向群很败兴，说，才几天，又不认识我了。他大声问，你认识我吗？老头摇头。

女人指着刘向群，对老头说，不是外人，他是你儿子。

老头脸色大变像突地意识到什么，沉一会儿，调整一下坐姿，故作轻松地说，是你啊，我认得，你是我儿子。

康莲别过头去，心里一阵怅然。这两年，老头除了心虚害怕，还剩下什么？老头甚至偷偷给她塞过钱，一百两百的，好像给点钱他就不遭人厌了。他其实完全不记得刘向群，他在紧张地背诵，逼迫自己记牢，以免这个据称是他儿子的男人气急败坏。刘向群嘴角牵出一丝笑容，不予深究也不忍深究。他是老头付出过最多关爱的长子，也是老头最先遗忘的人，忘得如此彻底，抹得那么干净，仿佛从未存在过。

清晨六点钟，刘向群准时起床。几片白菜拿油一滑，加两碗水，再下一捆面条，水滚开时，磕开鸡蛋顺着锅边溜下去，转眼间，漂亮的荷包蛋浮起来。这碗焓锅面连吃带喝，能让胃变得暖暖的，能让他心情愉悦地去上班。他供职的化纤集团发展得正红火，每天早晨集团全体员工右手举拳，迎着朝阳朗读《羊皮卷》，声音洪亮，气势豪迈。随后，大喇叭传出《命运交响曲》，命运来敲门，一串慷慨刚健的响音，一天的工作就这样热血沸腾地开始了。对康莲来说，迎来新的一天，亦迎来旧的生活。无非是忙活吃喝拉撒，间中，充满死水般的静寂，似有一股淡淡的霉味弥漫在空气里。

家里有个长期卧病的老人，这样的生活，让人想起来就万念俱灰。

下午刘向群打电话过来，说今晚要陪客户。女人不表态，电话那头威胁起来，说完不成销售任务，年底可拿不到奖金。他刚要挂断，康莲说，老头不排便，接上便盆也没用，可是好几天了。刘向群哼哧半天，备受煎熬地长叹一声，说，好，好，我让别人去。

晚饭时，老头的筷子在盘子里扒拉来扒拉去，没找到肉。他偷眼看对面的女人，女人低着头，腮帮一动一动的。他委屈地喊，娘，没肉！

康莲呛住了。刘向群站起来，一顿发作，还吃肉，你要多吃蔬菜！他担心生意谈不拢，心里横着气呢。老头只好勉力吞咽，形同嚼蜡。

好不容易，康莲缓过神儿来，轻声道，还能活几年呢，吃肉就吃肉，我给他买了开塞露。

老头的裤子褪下来，暴露在空气中的屁股羞愤地收缩，腿肚子上的肉哆哆嗦嗦。男人把顶端挤进去，老头拖着长音喊，凉，凉哎。女人摁住他挣扎的身体。

半小时过去了，坐在排便椅上的老头毫无动静。瓶中消失的液体已抵达体内，却神秘地失去效果。刘向群撩开老头的上衣，见他小腹鼓起一个个苹果大的疙瘩，两人对视一眼，女人提议，抠吧，不能再拖。

刘向群戴上口罩和一次性手套，几番深深浅浅地试探，数次改变手法，一颗一颗地抠出石头般黑硬干燥的粪球，臭气直顶脑袋。康莲适时地注入润滑液，接连刺激下，老头忽地哎哟一声，猫腰就往下蹲。

这晚，刘向群反复洗手，不停叉开五指，对妻子说，你闻闻，怎么洗也没用，胰子搓了好几遍还有味儿。康莲心事重重倚在床头，今天，老头叫一声"娘"，那一刻她蓦地意识到，我老了，但我又要当妈了。

日子规律得近乎刻板。下午四点钟是例行散步时间，康莲带公公来到小广场。广场上聚集着一撮撮妇女，她们退了休，生活经验又丰富，以桑榆之年而复得儿女的重用，彼此一打眼，即咂摸出近似的悲欢，分外亲切。她们穿着俗丽的花裤子，身形肥大臃肿，谈吐中也沾染了柴米油盐的恶气，数落儿媳的劣迹，奔走相告哪里出了一种旷世神药，哪里又有治疗仪可免费试用。

正是在粗鄙的广场上，康莲遇到一个神秘而又梦幻的词语，那词语耐人咀嚼，越琢磨越有味道，散发出一股安顿身心的奇异力量，当她情绪低落时，那词语便带着灵性般翩然而至。

关于广场最初的记忆并不愉快。那天她带着公公来到广场，人们饶有兴味地打量他俩，也有人眼拙嘴快，说看这老两口儿，日子过得可真自在。康莲瞪大眼，咬着牙说，哪能呢，他是我公公。

公公85岁，儿媳61岁，他们都是老人的现状模糊了他们其实是两辈人的事实。这样的时刻尴尬难受，她已老成这个样子，竟还被当成一个壮劳力使唤。老太太们随即问，你家那口子呢？还没退吗？

广场散发着浓烈的市井气和尘土味，家家的烦心事正好凑在一起说道说道。显然，妇女们在有经验地引导，康莲却含糊其辞，眼睛虚虚地望向远处，不愿再往下谈。有什么好说的，刘向群原本是国营大厂的经营科长，可惜两千人的大厂说倒就倒了，不然，他也在家领退休金呢，何必老着一张脸去私企当临时工。

两人常在健身器材旁遇见老李。老李七十出头，早年在公社里做过老头的小跟班，为人活络机变，后来攀上了高枝儿。常人眼里他无比幸运，中年时占过肥缺，年老了拥有健康。起初，老李热情地打招呼，老刘，我是李汉庭。老头冥思苦想一番，讪笑回应，记得，是熟人。老李笑而不语，看老上级的目光里多了几丝怜悯：这老头，活了一辈子，把自己活丢了。老李保持退休干部的风度和修养，从不说老年痴呆，而是讳称为阿尔茨海默氏症。

李汉庭深谙养生之道，在广场上甩手、倒走、撞树，令痴迷延寿的人们纷纷效仿。老头则一边溜达，一边捡起玻璃瓶、塑料袋、烂绳子、脏兮兮的玩偶，揣在怀里，如获奇珍异宝。

临上楼时，康莲勒令他把垃圾丢掉，他不肯，身体紧绷，倔强地摇头。他有一张苍老的脸孔，一颗叛逆的少年心。僵持片刻，康莲让步，说不能全留下。他思索片刻，留下的，总是毛绒猴子、玩具熊、布娃娃之类。

二

过日子需要盼头，对康莲来说，五月份就是盼头。五月中旬，小叔子刘向前会把老头接走。自老头失伴，兄弟俩亦从俗，轮流奉养。

下午，她帮老头收拾行装，用包袱皮儿把衣物包好。老头嗅到些气味，忽地从床下拖出一个纸箱子，箱子里装满他捡回来的玩偶。康莲跟他商量，箱子别拿了，十月份还回来。老头问，还回来？康莲点头。

刘向前坐在沙发上拼命抖腿，抖腿的毛病他这辈子是改不掉了。数月未见，康莲脸上只淡淡的。疏离也非一天两天，多少年的鸡零狗碎，走着走着亲戚就远了。

老头怯怯地对康莲说，姐，姐姐，我走了。康莲眼窝一热，又嘱咐小叔子两句，抠的时候用巧劲儿，抠破了容易发炎。刘向前边下楼边挥手，嫂子年纪大了就是絮叨，放心吧，我给他买果导片。康莲愣一下，急忙喊道，果导片不能多吃，肠胃受不了。脚步声已消失，只剩下她话音的回声。康莲走上阳台，见刘氏父子一前一后地走，老头佝偻着身子跟在儿子身后。老头突地停住，转头往上看，康莲几乎要叫出声来，她捂住嘴赶紧蹲下了。

走了也好。她毕竟六十多岁了，本身就需要被照顾而不是照顾别人。她血压不稳定，忽上忽下。最亲的几个人都知道她枕头下放着速效救心丸，玲珑的葫芦瓶里装着一颗颗晶莹的药丸，凝着麝香和冰片的精华，苦而凉。几年来，每到侍奉后期，她就不成人形了，像散了黄的鸡蛋，像一摊化掉的冰水。屎尿气在屋里经久不散，渗入她的每一个毛孔，仿佛怎么洗都洗不干净，每次闻见身上的臭气她都恐惧焦躁，把手指插进头发，使劲儿往后抓。拖地，刷马桶，洗衣服，她忍不住摔摔打打，弄出点声响，看到老头惊恐的模样又心软自责。她羡慕那些毫无羁绊的妇女，头戴红帽子足蹬白色旅游鞋，欢呼雀跃地走上大巴车，前往一处处山清水秀的人间胜境。

终于，她用日夜操劳换取来半年的好时光。日子安逸自在，上午翻翻报纸，下午照料花草。阳台上摆着长长一溜儿花盆，垂下的花枝时常引来路人注目，并对女主人生出种种绮丽的想象。

这天她买菜回来，接到女儿的电话，邀她去深圳住两天。她犹豫片刻，说，两边都麻烦，不去了。

女儿叫道，妈！康莲身体一阵酥麻，温热的感觉从耳朵漫向全身。她喜欢听女儿这样叫她。音调不管不顾地滑下去，又陡然往上一挑，话音任性撒娇，又饱含着对老妈的体贴和关心。

女儿接着说，爷爷绑了你半年，坐监一样，把个好人都缠磨坏了。听我的，出来散散心。康莲推脱道，不能把你爸撇下，一个人耽误饭。

当女儿遇到麻烦或需要帮助时，她愿意去充任保姆厨娘。事实上无论伺候月子还是带小孩，她都曾立下奇功。但如今小外孙入读小学，年轻人的事业也已捋顺，早过了用人的时候，她何必去当白吃饱儿。她明白常年在外的女儿心里怕什么，便对心虚的孩子说，有空就回来看看，真回不来，我和你爸也理解。有好几次她想告诉孩子，已经去敬老院考察过了，有家私立的服务还可以，万一她中了风就坚决往里搬。怕女儿听了着急，每每话到嘴边又咽下去。女儿落在了大城市，生活工作都不容易，再说了，谁能同她一起轮？她再也不能像上辈人一样，指望儿女了，到底该指望什么，她也找不到答案。康莲在深圳生活过一段时间，那段日子她总是莫名惊惧。她清楚地感觉到，从小城留州到大城深圳，女儿的心底也有惶然和惊惧，但女儿已然离不开深圳，女儿这一代的日子跟他们不同了，有些什么东西变了。总归是变了。

　　公公走了多日，康莲刚睡醒时，恍兮惚兮，觉得他还在。他是她的影子，有光就有他。他是她的镜子，让她百味杂陈地看见时间如何碾过肉身。几年间，他们被牢牢地捆绑在一起，并建立起一种隐秘的联系，通过眼神、各种语气词、一个细微的动作便能理解对方的意图，那是一种日积月累无法向外人解释清楚的默契。

　　沙发上留有他的痕迹，他习惯坐在右侧，日子久了垫子失去弹性，塌陷出一个坑窝。有时，他回到自己的房间，摆弄箱子里的玩偶。他最喜欢两个玩偶，一个衣衫破烂的胖男孩，一个发色金黄的外国少女，他把两个娃娃并排放在一起，一看就是半天。箱子里还有大灰熊、毛茸茸的鸡仔、伸出粉红舌头的小狗，生气蓬勃，像个童话般美好的隐秘乐园。

三

进入九月份，留州的雨天多起来。康莲钟爱初秋的雨，下得不急躁，静默缠绵地润湿着干热的暑气，洗去尘灰烟火。细雨令天地间起了薄薄的雾，为小城增添几丝空蒙缥缈的意味。雨声滴滴沥沥，她伸开手脚躺在床上，感觉蓬勃的能量注入身体。她像渴望成仙的林中精灵，贪婪地吐纳山水的灵气。她呼吸深长，气息在经络里蜿蜒流走畅行无阻，血液潺潺流动，澄澈如深山古柏下的一脉清泉。浊气散尽，胸膛敞开，不淤了，全通了。晦暗的皮肤闪闪发光，肿胀的关节叮咚作响。她是晶莹剔透的珠子，是往下淌蜜的苹果花，是瓷器表面滑腻肥润的釉彩。秋天到了，老头即将回来，她又要当母亲了。

雨是一种遮盖，雨似乎也放缓了世界运转的节奏，在雨天才有的宁静里她睡得特别沉，昏天暗地，好像一觉就不会醒来。

她期待一个多雨的十月，那将是她最后的好时光。

未及等到十月。也在一个雨天，电话铃声打断无梦的沉睡，她猛地坐起来。铃声格外尖利，仿佛带着引线嗤嗤燃烧，把空气都烧焦了。

刘向群只说了一句话。爸摔着了，在人民医院。

老人怕摔，摔一下，再硬朗的身板也得报废。意外摔伤往往是老年人晚年生活的转折点，这样想着，康莲慌慌张张地赶到医院，临到病房时，她的脚步慢下来。老头出了事，她若有所失，又似有所待。心如乱麻，未及深想，已经到了。

大胯粉碎性骨折，老头的呻吟声也破碎了，听得康莲的心一抽一抽的，她猛然记起儿时拇指被门挤住的瞬间，拔出来，指甲淤青发黑，疼痛钻心。刘向前面色煞白，不住地解释，说一眼没看见，老爷子就滑倒了。谁还顾得上埋怨，当务之急是联系做手术。

兄弟俩眉头紧锁，在手术室外抽掉几盒烟，从早晨八点到中午一点等足五个小时，老头被推出来。剔除折掉的碎骨，嵌入人造股骨头，用五个钢钉固定，留下一道一尺长的新鲜刀口。

老迈的病号医院安排时不分性别。邻床是个痴呆老太，一入院便让人惊骇，脱掉贴身衣物裸体平躺，嘴里发出奇怪的声响。她身体黑瘦，双腿像烧过的火柴杆，胯部若没有皮肤裹包着，骨头都快龇出来了。老太的儿女用被单掩住她的身体，一回身她就顽劣地蹬开。很快儿女盖烦了，只得听之任之。康莲想起，早先伺候老头解手，松裤带时他会用手挡一下，裤子一掉就下意识地往上提，粘纸尿裤时他更是红了脸。但这几天在医院，众目睽睽下动不动就褪裤子，打针，上药，老头呆呆的，像一块木头疙瘩。

徐医生是刘向群相交多年的熟人，自老头入院后跑前跑后很是关照。术后他建议保守治疗，并跟刘家兄弟展望过安乐死的立法问题。他见多识广，总结问题很精辟，说，住院这阵子，你们多花点钱，老人少受点罪，求个心理安慰吧。听得众人频频点头，他闪烁的眼神掠过两位儿媳妇，善意地点拨道，雇护工是潮流，是大趋势。

全身麻醉使老头萎缩的脑部再受重创。三天后那道刀口康莲仍不敢多看，刀口在老头身上，往外淌着水，他竟不喊疼。康莲从保温壶里舀出排骨汤,当她喂老人进食时,心悬得更高了。

她把一块炖得稀烂的肉往前送,老头张开嘴,不嚼不咽,睡着了。她把他叫醒,敦促他吃下去。她再喂一口鸡蛋羹儿,老头张开嘴,不嚼不咽,又睡着了。她眼也不眨地盯着他,他瞬间陷入昏睡,流出涎水。

过了几日,老头的精神总算好了些,然而对自己骨折浑然不觉,跃跃欲试想下来走,把康莲惊出一头冷汗。护士听说后,用宽布带把老头的一只手绑在床栏杆上,说再乱动就错位了。失去了自由的老头依然要忍受酷刑——自己没力气,咳不出痰来,护士一来吸痰他就吓得全身乱抖,还有每次必遭围观的排便过程。儿女和护士把他围在中间,命令他深呼吸、使劲儿,人们咬牙切齿地喊号子,使每次的排泄都悲壮无比。当秽物艰难地排出时,在众人的欢呼声中,老头的脸变红了,虚脱地喘着气,把自己的头埋进枕头里。

看着公公的熊样子,康莲不免意气消沉,是的,人都会有这一天。说起来,公公一辈子没进过医院,最后却把什么罪都受了。

她时时想起那个神秘而又梦幻的词语。

广场上热衷宗教的老太太们,敏锐地发现了怨妇康莲并试图拯救她——这女人带样儿了,疲倦,烦躁,那眼神,受困的母兽一般。于是,她们热情动员:要不,你也信主?康莲矜持地微笑,摇摇头。旋即又有一股势力围拢过来:要不,你也信佛?康莲依然礼貌地拒绝。

可是,神神叨叨的女人聊天时,一个特别的词语破空而来,释放出不属于尘世的耀眼光华,深深打动了她。那个词叫"往生",死亡的另一种说法，却穿透深重的黑暗，击破内心的绝望，用缤纷美妙替代陌生可怖，是动感的、充满希望、无比美好的起点，令康莲灵魂出窍，神往不已。

劝别人的话，往往连自己都不相信。但"往生"不一样，它飞离了尘世，像一颗清寂的星，悬于庸俗的话语系统不可及之处。

它高蹈，空灵，又那么慈悲。

照料老头时，她不由自主地念叨这个词。老头自然不懂，倒像是说给自己听的。她的心渐渐平静下来，死亡，就是往生，有什么好怕的？

调养了半月，老头终于开口说话。这日吃过早饭，康莲喂老头吃药，老头看看药片，短促地说，卡死。康莲一怔，老头接着说，吃药面。康莲说，药面苦。老头坚持，卡死，吃药面。康莲只好把药片碾碎，从胶囊里倒出粉末，她皱起眉头，多苦啊！老头热切地望着药面，死命咬住勺子，舌头翻卷，喉结蠕动，顺畅地咽进去。

眼看就快出院，晚辈们在一个淡金色的黄昏，聚在病榻前召开家庭会议，讨论特殊时期的照顾方案。妯娌王乐云从年轻就会玩儿、会享受、会打扮，如今快六十的人了，还是细高跟、小坤包，头发烫得蓬蓬松松。她生着一对吊眼，平时笑嘻嘻的，看上去挺喜相。但多年相处，数度交锋，康莲早领教到，她是个寸土不让的厉害角色。

若按月份算，轮到老大家伺候了，但以责任论，继续待在老二家也合情理。谁也不切入正题，就听王乐云在尖着嗓子表白。她说，一直加着小心，怕发烧，怕咳嗽，万没想到会摔着。说到底，年纪一大骨头就糠了。接着,她举出很多例子,谁他爹谁他娘都摔过,经她巧嘴一讲,似乎老年人不摔才稀罕呢。

她又把话题引向玄妙,挑着眉毛说,蹊跷得很,刚给老太太烧过纸,老头第二天就滑倒了。王乐云心气高,一辈子就爱跟别人比,决计不肯落下话把儿。相比之下,刘向前倒还实在些,压低嗓子说,哥,你知道,我这边情况复杂。

见他苦兮兮的样子,不要说亲哥,连康莲也心生恻隐。这两年,刘向前半老不老,人生角色从未如此繁复陆离,他是丈夫,是儿子的父亲,也是父亲的儿子,还是丈母娘的女婿,孙女的爷爷。

四代同堂的家庭里,老父亲享受不到专人伺候的待遇。孩子是中心所在,向下延续的爱是无条件的,自发的,充满耐心,不厌其烦。人们各怀心事,叹息声此起彼伏。康莲注意到,老头刚才醒了,或许是积淀一生如今仍残存少许的处世经验,令他感知到异样的气氛,他又闭上了眼睛装睡。这会儿,康莲倒有些羡慕他。类似的场面她从心底深处发怵,又不得不硬着头皮上。貌似商量,暗里较劲,架势拉开了,每句话都暗藏机锋,显然预先设计和演练过数次,比演员的台词还精准凌厉。

见招拆招吧,看着可怜巴巴的向前,康莲说,你哥要是不干了,我要再年轻几岁,接下来最困难的几个月,倒也……她没往下说,做出适当留白。

时光无法倒转,刘向群也不可能放弃私企的营生,每月领三百块钱的破产企业生活费,混不住。屋子里一片死寂,人们听见彼此的呼吸声。

此路不通，王乐云另辟蹊径。她眨着眼，清清嗓儿，叫道，大哥，大嫂。拿腔作势，又绵里藏针。弦外之音是，甭管那么多，你是老大，你什么都应该，更何况老头可是带工资的。

王乐云像许多聪明女人一样，兼有几种面目。时而大方得体，时而精明市侩，时而撒娇弄憨，总能恰如其分。她的笑也分好几种，因笑肌牵引走向的不同，传达出种种精微的感觉，或欢快，或嘲讽，或得意，或佯怒，无论如何，她一笑，康莲脊梁骨上就刮阴风。

在她的映衬下，康莲显得生硬、无趣、笨嘴拙舌、善良可欺。献丑不如藏拙，康莲索性不再接茬儿。

沉默相持，胜负难决。刘向群假模假式地去上厕所，冲妻子使了个眼色。两分钟后，康莲来到走廊另一头，黑着脸问，闹什么幺蛾子？刘向群一脸严肃，说，向前有难处，真留在他家，老爷子完得就快了。

康莲心中一软，几乎要妥协了，然而这妥协的感觉多么熟悉。她胸中涌起一股悲愤：凭什么？我干吗那么高尚？为何每次吃亏的都是我？这样一想，她下巴扬起来，硬硬心肠，不就过去了。

刘向群叹口气，激动地说，你发现了没？咱爸到底是怎么摔倒的，他俩到现在都没弄明白！

关于摔伤有好几个说法。刘向前说，老爷子去倒茶水根儿，不小心在下水道边滑倒。王乐云说，老爷子越老越财迷，爱乱捡东西，捡东西时跌倒了。来探病的邻居说，那天家里没人，发现时都不知老头在院子里躺了多久了。

刘向群紧张地看着妻子，直到她缓缓点头才长吁出一口气。他连连作揖，康莲不理不睬，她走神了。

过往的岁月潮水般绵绵涌至。那老头是懦弱的老好人，甚至有点窝囊，一辈子就怕麻烦别人，羞于开口求人，性格拘谨，不识讨巧。那老头，她称呼他为父亲，已经三十多年了。

回到病房，两人一说决定，向来傲兀的刘向前赶忙说好话，说，让嫂子受累了，都知道你伺候得尽心。王乐云故作踌躇，忸怩片刻，小声道，我听医生说，再过半月就能走了，跟从前一样。刘向前责怪地瞪她一眼，康莲冷冷地说，半个月会走，做梦去吧。

太阳往下一掉，病房里的阳光倏然消失，夜色降临，毫无迟疑。老头的眼皮悄悄地掀开了。康莲望着窗外，心想，都嫌他是个傻爹，其实他什么都懂。今天这出戏真该回避回避，换个地方演。

四

老头瘦得只剩一副骨架，身子又死沉死沉的。刘向群叫几个小伙子帮忙，喊着节拍把他抬到楼上。这场景触目惊心，又透出一股悲凉，令人心情沉重。数年前，老头身材高大，有厚实的肩膀和修长的腿。楼道的窗户开着，秋风往里灌。外头，梧桐树半黄不绿的叶子打着旋掉落下来。

老头落了炕，这是恶毒的命运，人人避如蛇蝎。以前，老头时常忘记冲马桶，康莲捂着鼻子让他冲，他要面子，辩解说根本没变色，为了省水才不冲。现在，他早晨穿尿不湿，下午换尿褯子，夜里戴上接尿器。他失去活性的皮肤极易发红破皮，康莲细心地在接驳处垫上软布。以前,老头喜欢重复发问,令康莲不胜其扰。现在,他总沉沉昏睡,叫醒了,犯了错般讨好地笑,蜷缩在轮椅里,习惯性地摸袄角,一遍一遍摸。两人相对无言,像囚在一起的哑巴。

每日里,他享用阳间的饭菜,维持肉身的代谢。装老的衣服已置办好,外套是宝蓝色软缎,饰有复杂的盘扣、金黄的菊花纹,内衣是纯棉的,袜子、手帕、元宝也一应俱全,妥帖地收在衣橱里。为他体面地离去,万事已俱备。

有好几次,康莲忍不住对丈夫说,如果有一天,我傻了,脑子浑了,瘫在床上了,自己不能为自己做主了,你能不能替我办件好事,别让亲戚医生护士摆布我,拔了管子出院,停掉一切药物,让我死得好看些!丈夫要么无话,要么搪塞一句,咱俩谁先走,还说不定呢。

十一月初,小城迎来今冬的第一场雪。康莲推老头来到阳台上,他眯着眼睛向外看,丰满的雪花正悠然飘落。

他似乎记起什么,说,下雪了,把牛牵进来吧,煤球也搬进来。康莲假意应承,好,我去搬煤球。他又说,娃娃。康莲把箱子递给他,说,在里面。他满足地点点头,怀抱箱子,静静地看雪。他来自二十世纪三十年代,那遥远而苍茫的三十年代,也像被厚厚的白雪覆盖着。近年来老头同龄人的死讯纷至沓来,癌、心梗、脑溢血、糖尿病,在雪片般纸钱的飞舞中,在亲人拍着大腿的号哭声中,世界失去了他们。

天色渐晚,灯光在夜色中柔柔晕开,雪后的北方小城显得含蓄沉静。康莲走到窗前,细声细气地说,该吃饭了。他指着她,忽地冒出一句话，你对我这么好，你肯定是我娘。

　　暖气片上的蝴蝶兰开得正盛，秀挺的茎条上抽出玫红色朵瓣。窗子一角放着水仙，散发出冷幽的香气。白雪反射出银亮的光芒，照耀着他稀疏的头顶，他歪着头笑，极力表现得乖巧些。

　　听他这么说，康莲本来是要笑的，可头皮一麻，鼻子酸酸胀胀，没笑出来。

　　第二天气温骤降，空气干冷。康莲拿出两床棉被，对老头说，今晚加被子。老头的眼神落在柜中寿衣上，他问，是什么？康莲想了想，说，新衣服。老头眼里闪过一丝光亮，喃喃跟着重复了一遍。

　　渐渐地，老头能依靠助行器挪动脚步了，刚开始康莲把手放在他腋下撑着，最近几天老头扶着墙就可独自活动。这个晴朗的早晨，老头贴住墙根，双脚搓着地往客厅里走。康莲心想，或许，最艰难的日子已过去。

　　借着明丽的晨曦，她久久端详镜中的自己，她看到鼻子两侧和嘴角下面，四道不怀好意的皱纹更深了，像铅块一样把脸往下拉。这张垮掉的脸，耷拉着的嘴角，令她明朗的心情复又雾气缭绕，什么希望，什么未来，都被洇湿了。这样的日子，啥时算个头？

　　了断他？解放他？她忽然走上前去，推了他一下。老头惊叫着，五官因疼痛虬曲在一起。她心底升腾起一股快感，冷冷看着老头，老头扶墙而立，卑下而不知所措地笑。

　　半天，她把他扶到沙发上，说别怕，别怕。老头缩着脖子，奋力敛起自己的身体，似要变小了，化成尘埃，直至消失。

　　晚饭时，康莲对丈夫很冷淡。刘向群觉出气氛有点怪，不住觑看妻子。灯下,她垮着一张脸,怨气在脸上凝成一层土锈色,他等着她说点什么。

饭后,刘向群来到厨房洗碗,康莲跟过去,盯住丈夫的后背说,我不想被夸奖,也不怕被雷劈,恨不得他死,或者我死。

话是狠话,却说得低沉哀怨,声音像从深渊里传过来,带着回音儿的。康莲接着说,上个月我第一次打他,是因为他把刚换上的棉裤尿湿了。旧棉裤拆了、洗了,絮上新棉花重新缝好,又晒暄了,晒暖和了,花了一星期的工夫,他几秒钟就尿湿了。我打了他,我有罪。刘向群心里一阵刺痛,他停住手,转过头来,说,爸总这样活着,他也有罪。

他半是抚慰半是表决心,老伴儿,明年我不干了,咱俩一块儿伺候。康莲摇摇头,厂子效益正好,你又喜欢在外面跑。刘向群低声道,我老了,也不愿跑,想趁跑得动给家里攒钱。爸半死不活的,你又有病,我人在外头,手机一响心就慌。后悔啊,谁让咱觉悟太晚。康莲心中酸楚,悔什么?风光不风光,得志不得志,都不重要,身体最重要。

此为两人痛处。年轻时不屑于钻营聚敛,到老才知道,家底薄心里就慌。生活的平和下埋伏着隐忧,剧烈的刺激则在一个夏日的傍晚霍然降临。那晚,两人仪容松懈,摇着蒲扇在路边纳凉。忽地停住一辆锃光瓦亮的黑色轿车,走下来一个人,向他们微笑,竟是旧相识。来人面色红润,身着剪裁良好的衬衫。言谈中他数次强调,这年月,谁还靠工资啊。不经意间又透露,他手里有铺头有生意。夫妻俩面面相觑,一时间竟有了末世遗老的感觉。康莲笑容僵硬,唯唯附和。刘向群如遭雷击强作镇定，赔笑着道，留个手机号吧，以后常走动。老相识装模作样地记，实际乱按一通，根本没记下。轻慢和鄙薄，都在动作里了。刘向群顿觉腰一软，他死命拽着宽松变形还有几个破洞的棉背心，似乎闻到一股酸臭味。内心的剧变终于到来，他失眠了几个晚上，决定找熟人牵线去私企。他像小伙子一样对妻子说，要搏几年，时代变了，社会变了，留州越来越像大城市，不搏不行了，不能只追求小农生活。他名片上印着销售经理，这样的经理厂里有几十个。业务是主销土工材料，跟傲慢的工程二包、滑头的中间商打交道，去掉几层皮才是赚头。销售额和回款每月都有硬指标，精神压力大，好在只要跑成一单收入就颇可观。他憋着劲儿挣钱，家里的担子便落在康莲肩头。康莲时常想，忘了从哪天开始，她身处的这座小城市也变了，人们特别需要钱，特别喜欢买东西。她说依我看，用不了几年，我们这里也快成深圳了。夫妻俩互相倒苦水，也体谅着对方的坏脾气，只为手里攥住钱的那份踏实安全。

过日子，就是你哄哄我，我哄哄你。这晚，刘向群低声下气，还用双手拿住她一只手，去掴自己的脸，问，解恨吗？他真用劲儿了，康莲来不及缩手，啪的一声响。

她嗔怪地看着他，说了一句软和话，我憋屈得慌，都是气话，别当真。其实你也不容易，这个年纪了动不动就坐一夜的火车。

大部分时候，她有能力调节自己的情绪。老头是她的一粒赘疣，一处增生，一颗粉瘤，已经长死了，和血脉连成一体。在内心最幽深也最脆弱的地方，当恶念像幽蓝色的火苗往上蹿时，她自卫一般，在乾坤朗日、明月清风之下，浇灭它，踩息它。

刘向群继续安抚，提议道，等天气暖和了，晚上我看护，你出去放放风。康莲腾地坐起来，我不怕冷，你不说还好，你一说我心里痒。她瞥见老头，神色黯淡下来，说可惜咱住楼，不然也能推他出去转转。刘向群心中一动，试探道，人活着不能总不着地。年底奖金发下来，咱买座平房小院行吗？康莲说，怎么不行，这石灰盒子早住厌了。刘向群放了心，催促道，走吧，下去转悠转悠，跟老朋友们多玩会儿！

康莲下楼，她听见自己的心跳声。夜风清凉，广场上灯光通明，有跳舞的、踢毽子的、打太极拳的。她专往人多的地方凑，听人家聊什么都觉得新鲜，所见的脸孔无不可爱。

人们记得她，友善地点头致意，哦，是这个女人。她上过班，有文化，爱脸面，端庄人妻，孝顺儿媳，能将牢骚和怨气控制得很好。

是康莲吆，好些日子没见了，李汉庭徐徐走过来，掐指一算，哎呀，三个多月。老李客套几句便谈起老头的骨折，他一脸诡秘之色，说，行动不便是好事。接着，他问康莲，下大雪那天，还记得吗？康莲点点头，她想起公公看雪的样子。

老李神色凝重地讲起雪夜的故事。主人公叫老谭，也是阿尔茨海默氏症，提前喝下了孟婆汤，但心肝肾这些大件儿没问题。老李说，老谭的女儿是好样的，一个大学教授，为了伺候老爹提前内退，一伺候就是七年。老谭可真不省心，下雪那天跑了，家里人出去找了半夜，等找到他时，老李顿顿，倒吸口气，啊呀，老谭直挺挺地站在河边，身上全白了。康莲问，人完了？老李答，冻透了，没救过来。智力不如猫狗，腿脚却利索，说不清会出什么事，淘不完的神哪。

初冬，夜空明净高远，清冷的月光流了一地。此种幸运，她羞于仔细分析，也不敢尽情体验。

五

几年来，每逢农历新春，康莲都为老头订做新装，一身挺括的中山装。老头是新中国成立前参加工作的老革命，一辈子穿衣服板板正正，气气派派。村口树下的妇女们经常议论，说他是个爱美、爱干净的男人。康莲印象最深刻的是，他有一条驼色带穗绦的长围巾，从胸前随意地往肩上一搭。他个子高，膀臂宽，标准的衣服架子，又兼四方大脸，鼻梁高挺双目有神，有一种老派的英俊。他推着大梁自行车，走在秋天高朗的天空下，像从电影和油画里走出来的人物。

岁末，康莲把女裁缝请到家里。康莲架起老头的胳膊，女裁缝甩开皮尺，一拐，一招，摇摇头，像在自说自话，身量缩了不少，今年是个坎儿。送走裁缝，看着呆滞的老头，康莲自言自语道，明年八十六，多吉利的岁数，闯一闯把年关过了吧。

日子一天天流向春节，老头的健康状况并未好转，一种不安的气氛开始在空气里潜滋暗长。老头白天昏睡，夜里睡眠浅，醒了见窗外有光就去砸卧室的门。刘向群迷迷糊糊地起身，责备道，三更半夜，起来干吗？老头一脸无辜，说，天亮了。刘向群强忍困意，急吼吼地说，才两点，是路灯亮，是过大车呢，车灯一闪一闪的。他为老头脱去衣服，命令他继续睡。康莲也醒了，她悄悄来到老头门口，发现他躺在床上，双目圆睁，像两口干涸的古井。她心里惴惴的，这样下去怕是要出什么事啊。

就这样，他再也分不清黑夜和白天。他身上散发出老人特有的腐肉气味，晨昏颠倒，饮食无味，只在吞药面时咂咂嘴。生命中重要的收放亦不受控制，失禁和干结戏剧性地轮流造访。他的魂灵似乎找到一个出口，先期去了另外的世界。他干抽抽、轻飘飘的，忘记从哪天开始，刘向群抱得动他了，像抱小孩一样在轮椅和床之间抱来抱去。

又过了几日，老头开始拉稀，输液输了几天也不见好，便有人隐晦地提醒，这是在清肠。他的呼吸变得很轻，漏气了，屎尿都拢不住。他的肚子塌成一个坑，胯子骨如一把薄刃般立在身体上。康莲不得不承认，老头的日子不长了。丈夫的话入了她的心——人活着，不能总不着地。她盼望老头活过年节，也盼望丈夫年底领回绩效奖，明年开春他们去挑选一户平房。不用太大，有个小院落就好，可以供老头在院子里呼吸新鲜空气，晒晒太阳。

转眼步入腊月，年味扑面而来。腊八这天，女裁缝送来新上衣。老头一试，贴身可体。裁缝拔脚便要走，康莲让了让，裁缝说不坐了，一摊子事等着我呢。这时，老头嘴里叽里哇啦的，裁缝瞪大眼睛，康莲解释道，他这是留你吃饭。裁缝略一迟疑，笑着说，心领了，真是个仁义老人。

叠好新装往衣橱里放，康莲见到寿衣，刺了她眼睛一下。她心里不舒服，把新外套压在寿衣上，用力一按。老头的眼睛瞄过来，目光迷惘，他一句话也不说了，只是喘气。

那些脑子清楚的老人，深知每天早晨如常醒来都是捡来的。他们对自己的后事不再避讳，用一种积极、虔敬、完美主义的态度迎接备办。康莲的外婆说过，人一辈子坐两回轿，结婚时坐红喜轿，死了坐棺罩帷的轿，尤其白事上不能抠抠搜搜、手忙脚乱。外婆是有点仙气的，忽地有一天，她说，灯快灭了，我要走了。从那天起，她一心一意为自己操心，寿衣是手工缝制的，针脚精细，里三层，外三层，实实在在的六套衣物。布料预先过水、展平、晾晒，成品散发着棉布淡淡的清香和若有若无的阳光味道，像一层层肌肤般温暖、光滑、服帖。最里面的一层，袖口打着优雅而隐秘的褶皱，宛若年轻公主的亵衣。寿鞋上绣着朵朵莲花，那一日将脚蹬莲花而去，外婆是多么坦然、安心、欢喜、完满。康莲望着老头，他已经老到即刻死去儿孙也不会真心悲痛了，却还在活。

她不愿再往深处想，逃开他，躲进厨房。早晨泡上的米豆已涨鼓鼓的。她用大火烧开一个滚，接着调成文火，让坚硬顽固的种子慢慢地熬。

粮食的香气弥漫开来。老头什么都闻不到，木然而坐，体臭浓烈。他咳出一口痰，旋即咽下去。他的颧骨暴烈地往外突，左边比右边略高。他的眼珠昏暗无光，眼袋异常肥大。这是一张陌生的脸，完全走了样。进入暮年后，在特定时刻，老头的面庞会绽放出短暂的光彩。那是大年初一上午，侄子外甥从十里八乡赶来，欢聚一堂。

老头端坐在上座,接受着晚辈浮泛的尊敬。席间,人们预言他活过一百岁,循例说着"红光满面"之类的吉利话。人情通达的亲戚也不忘为康莲表功,赞美她"伟大"云云。老头存在着,使拜年有了必要性,团圆二字实至名归,交往和走动师出有名,父慈子孝,家族之树葱郁繁茂枝叶纷披。

烦恼自然难以启齿,苦楚只能心照不宣,捂得严严实实,小心不可捅破。显然,老头已跟不上酒席的拍子,他的眼神惊虚虚的,应景的笑容不时闪过一丝软弱,偶尔简短问答却毫无底气。他多礼了,他只需静静端坐,就为节日增添了喜气、和美和幸福。人们渐渐生出美好的错觉,他和蔼、慈祥、睿智,历经沧桑,笑意淡然,高寿更使他具备了神奇的力量,仿佛在暗中庇佑着后代的生计和前程。终于,人们闹哄哄地聚完了。作为虚幻的大家长,他完成任务,疲惫地回到沙发上,犯困,打瞌睡。他热爱垂下的窗帘,昏暗的光线掩护了他,沙发的坑窝妥帖地包裹臀部,令他觉得柔软安全,像洞穴,像母亲双臂围成的圈,箍牢了他,不撒手。

团聚宴即将到来,老头脸上还能像往年一样绽放光彩吗?

晚上,刘向群回到家,见茶几上放着一碗八宝粥,冒着热气呢。康莲接过丈夫的羽绒服,说,冰天雪窖跑了一天,先喝碗粥。她转身走向厨房,刘向群注视着妻子的背影,在黄昏暗淡的天光里,她的白发分外触目。几年前,她曾懊恼头芯那儿钻出几根白头发,让他帮着拔掉。她有一头乌黑油亮的好头发,内心很引以为傲,也爱惜了半辈子。可如今头发已全然灰白,一根一根,像秋后的干萝卜缨子,又经了霜打,干巴巴的,带着一股萧索气。她的背也驼了,骨头变了形，令人心酸地弯着。

刘向群打定主意，再赚钱明年也不干了，回家安心守着父亲和老伴。

寒冬的夜晚，刘向群卸去重负，睡得格外踏实。同样在这个夜晚，康莲被外头接神的鞭炮声惊醒。一阵胸闷心慌，小腹胀胀的，看来又要起夜。

她拧开门锁往卫生间走，黑暗中，她吓了一跳。沙发上坐着一个人，石雕般一动不动。苍白月光打在他脸上，他眼神放空，面无表情，身上穿着宝蓝色寿衣，荧荧地泛起绸缎的幽光。

她的腿像煮烂的面条一样稀软，身子委在冰冷的地砖上。衰竭从心口传导过来，疾如闪电，后背和肩膀针刺般地疼。

眼皮沉重地往下垂，在若明若暗的缝隙里，她看到逝去的父母。母亲死前瘫痪床褥多年，零零碎碎地受苦，内心羞惭悲痛而口不能言，父亲的逝去则被人津津乐道，他前晚吃下一大碗肉，翌日清晨，母亲发现他已停止呼吸，面色安详毫无痛苦挣扎的痕迹。他一夜中泅渡漫长黑暗的生死间的苦海，生命虽戛然而止，但人们对好来好去的艳羡掩盖了他暴毙的实质。亲人纷纷赞叹，有福气，老康是前世修来的。想到父亲，她四肢舒展，放松的脸上自然地浮现出一抹笑意。她的身体感受到一种前所未有的轻盈，像是，到家了。

烟花在窗外粲然绽开，又瞬息寂灭。此时她无比想念女儿。这几年，和女儿见面少，好的时候一年两次，更多的是一年见一次，来去又匆匆。她看到远方的女儿抱着外孙，外孙的手臂像莲藕一样圆润白嫩。她即将离去，因而无比欣慰，真心实意地为女儿感到高兴。她是个老人了，能为孩子做的实在不多，要么健康，要么速死。

还有最后一丝意识，她想告诉穿寿衣的人，你叫刘长瑞，刘长瑞。她想带他走，一同往生极乐。她是老头跟这个世界的唯一联系。在他斑驳的记忆和狂野的虚构中，有时，她是初恋情人，在老家的乡间土墙上写情书示爱的热烈女孩；有时，她是姐姐，省下自己的半勺麻汁浇到他面碗里的姐姐；更多的时候，她是他的母亲，即使他神憎鬼厌，依然无条件爱他的母亲。

一切都快要结束了。她闭上眼睛，听到丈夫慌乱的脚步声，接着闻到药丸熟悉的气味，苦而凉。她瘫在丈夫怀里，听到他喊，你得活着，得活着。恍惚间，遥远的天空中仿佛也传来恶作剧般的叫喊声，让她活着，让她活着！她接上一口气，悲喜交加，原来，还是走不了，还要熬下去。熬下去。

我想要的一天

一

戈壁里的路像一道蜡白色的凹痕,蜿蜒着伸向远方。路消失的地方就是玉门关。八月,麦思开着租来的车,沿着戈壁公路跑了两个钟头,来到这座著名的关塞。

除了颓圮的关楼,地面上空无一物。四野空寂,风横着刮过来。天地一阔大,风就起来了。

关楼早给风削去一大半,只剩黄胶泥层层夯实的基盘,孤绝奇异地存留下来。时间绵延不绝,它迟早也要被风剥蚀吹散。麦思心里空落落的,并没察觉到此行最重要的一个瞬间正在前方等候她。

从关楼残骸里出来,麦思无意中向北一瞥。只一眼,就失了神,神魂像一缕轻烟,随着风,向北面飘过去。

大片大片凝固的苍黄中,世界忽地鲜艳了起来。她看到一条河,河边生长着雪白的芦苇和碧绿的青草。不知名的小花高低错落,风一吹，就有了生动的姿态。水鸟伶仃着细脚，轻盈地跃过水洼。河流丰美自足，流淌于坍塌的古长城一侧。

这是把人从现实拉向梦境的一幕，沙棘、骆驼刺和黄沙统驭的荒漠，突如其来的意外的绮丽，湿地妩媚，草木葱茏。原来老天把一切安排得如此精妙。

硕大的夕阳在她身后缓缓沉降。

暮色从天空中跌落下来，周围一下子黑了，囫囵地黑了。麦思张开手指，似乎能触到板结成块的黑暗。

春莉的电话就是这时打进来的。

春莉说，我在深圳。麦思问，你真这么做了？春莉的声音很平静，是，三天全部办完。

这不可能。麦思听到自己的心跳声，此情此景而接到春莉的电话，似乎是冥冥中的天启神示。你不知道什么时候，命定的没有风景的人生里会流过一条梦幻的河流。

休假和旅行结束了。第二天晚上，麦思把行李往家里一丢就赶去酒店见春莉。大堂白亮的灯光下，麦思很用力地"认"，这才认出春莉。春莉的两腮发起来了，往外突，国字脸雏形初现。麦思拉着春莉的手，意识到自己也老了。人都是看不到自己的，什么时候看到一起长大的伙伴，觉察出她们的老，才知道了自己的老。

循例先回忆。回忆起那个难熬的夜晚，依然唏嘘感叹。那晚，她们得知翁美玲早已不在人世，共同经历了一个不眠之夜。回忆起二〇〇〇年的欧洲杯，她们都热爱因扎吉，那个面庞清秀、气质癫狂的蓝衣前锋。激动地说着说着才猛然惊觉，她们都不知道因扎吉现在怎么样了。

眼看就要没话题，麦思提议，春莉，聊聊现在。

春莉眼睛湿漉漉的，她身体往前一送，说接下来我想写点儿东西。

麦思愣住，写点儿东西？

春莉点头，她倚靠在狭长的过道里，双臂环抱，做作地，一字一句地说，我觉得这就是我的命运。

麦思愕然地盯着春莉，女孩儿堆里一贯平凡的春莉，大学读"行政管理"的春莉，周身没有多少书卷气的春莉，她能写出什么东西来？怕是中了邪吧。

麦思只记得春莉爱哭，从小就爱哭。看见水塘边单只的鸳鸯哭，看见小孩子皱着脸练杂技哭，小学五年级春游，春莉看到一个戴眼镜的男人刨地种庄稼也哭。就说前两年吧，她们几个开裆裤朋友约在北京小聚，吃海底捞火锅时，春莉见服务员弓着腰服务，就拼命眨眼把眼泪眨了回去，还低声说，他们不用这样的，不用这样的。

然而，这仍然是一个毫无征兆且过于剧烈的转折，拐过去是什么，尚笼在烟里看不真切，麦思不能违心地表示期待，只好说你试一下吧。声音温和，既不热烈，也不冰冷。

回家路上，麦思感到不安。这起事件所包蕴的浪漫化的成分正渐次褪去。她并不欢迎春莉异物侵体般的到来，即使春莉曾是她成长的一部分。麦思尤其反感春莉行为中透出的暴烈与危险，对麦思和她的爱人高羽来说，他们正处于努力说服自己接纳平凡的节点上，正要适应一个可能会延续很长时期的闷局，方方面面的寡淡和沉寂。

她渴求的是平稳、混沌、微妙的镂空，不是春风和火花。春莉像浑身带着电流的深海生物，像一种活跃的细菌，她让麦思回忆起自己也曾有过的挣扎，想到这里，麦思嫌恶地皱皱眉头。

客厅没开灯，书房里透出电脑屏幕的光。麦思打开灯，走进书房，问，今天打得怎么样？

高羽说，打强队都赢了，二比一曼联，四比三切尔西，还有几个天才新星的经纪人跟我接触，商量下赛季的转会。

麦思从后面搂住他的脖子，说，太厉害了！

高羽转过头来，对了，你朋友是叫春莉吧，来深圳旅游？

麦思说，对，来旅游。

春莉来深圳一星期了。

麦思的一星期在无知无觉中流逝。图书资料室里的年月，是"不知有汉，无论魏晋"，人迹罕至，幽寂无声，只有落在地板上的阳光缓慢移动。一排排书架静默地站立着，麦思在榆木书桌前一坐就是一天。她适应了这份寂寞而自由的工作，寂寞一旦适应了，自由一旦享受过，任凭什么肥缺美差皆可视若粪土。

而在"足球经理"游戏里，一周的时间，足以让高羽带领他的斯托克城队拿到英超冠军，并顺利闯进欧冠四分之一决赛。

周日，高羽有一场关键的淘汰赛要打，他钉在电脑前钻研战术。麦思独自来到口岸，准备奔赴香港铜锣湾的崇光百货。一到口岸麦思就浑身有劲儿，她感觉到自己的姿态，像热蒸汽，猝然扑锅的热蒸汽。每隔一段日子，麦思就想在崇光七楼游荡上一天，那里陈列着雕琢、繁复的家居精品：手工切割的水晶瓶塞，印着梵高画作的马克杯，散发出桉木和薄荷香味的蜡烛，优美纤长如天鹅脖颈的烛台架，珠贝镶边儿的上菜碟，珍珠质肥润饱满，散发出浑厚的珠光。

离自助过境闸口只剩几米，手机持续振动，麦思看看号码，犹豫一下还是接了。

春莉偏偏在这一刻写出文章。今天有空吗，我的散文……她描述，是一篇风格独特的散文。

春莉写出第一篇文章，这遏制了麦思对崇光七楼的满腔热望，她从过关的人流里撤出，赶往青年客栈。她等不及要看的，不光是文章，还有春莉的未来。

春莉缩缩脖子，笑容里有怯意。她把打印稿压在麦思手上，说，上学时你文笔就好，来，帮我把把关。

第一句话，铅块一般拽着麦思的心往下沉：有些东西失去了，才知道它的美好。

这开头简直比所有的同学聚会中产趴都滥俗。她放低期待往下读，发现是一篇回忆姥爷的文章，旧，老套，熟腻。

春莉热切地问，怎么样？

麦思不去看她的眼睛，说读着通顺，感觉不错。

春莉兴奋地扬扬眉，说，不瞒你说，电脑里存了很多废稿，就这篇能拿出手来，这篇成，这篇到了发表水平，我自己有预感！

春莉迷了。她迷上了一些东西。

麦思不知道说什么好，起身倒一杯水，把水杯紧紧拿在手里。

两人不咸不淡聊了一会儿，等到快离开时，麦思问，春莉，你是请长假还是正式辞职？

春莉说，正式辞职。

奇怪，一点儿慷慨悲壮的感觉都没有。麦思只觉得伤感沉重，愁绪像细蛛丝般网了下来，连窗外的日光都晦暗了。

麦思起身说，春莉，我还有事，今天不陪你了。

麦思拐到一家茶馆枯坐一天，傍晚时怏怏地回到家里。高羽随口问，你同学还没走吗？麦思装作没听见，扭身去了厨房，掩藏秘密让她有负罪感。当然，婚后至今，高羽也一直保有一个上锁的抽屉，而她像所有老练的妻子一样视而不见。

接下来的一个月，麦思看过春莉几次，春莉不像初来时那么从容笃定了，有时深夜还打电话来倾诉，几句话翻来覆去说，麦思也只好耐住性子听。

这天麦思下了班，忽又牵念起春莉来。不知不觉就来到酒店，她站在房间门口按门铃，春莉边开门边点头把她请进去。

春莉说，老师，您认真看我的稿子了吗？

春莉说，您觉得我跟别人写得没有什么不一样吗？

嗯，谢谢，谢谢。

挂断电话，春莉用手指捏起一点儿眉心，来回搓捻。写作的春莉看起来很不熨帖，皱巴巴的，像自己在揉搓自己。

麦思叹口气，宽慰道，春莉，别着急，多试试，总会有人欣赏你。

春莉沉默半晌才说，住旅馆每天有开销，住得心慌。房子看了几处都不合适，那种环境是没法写作的，我不想麻烦你……

麦思知道春莉的脸皮有多薄，知道她多不想求人，麦思打断她，不多说了，来我家暂住。春莉羞惭坐在床沿上，不住地重复一句话，我会继续找房子的。

到了小区停车场，春莉正要下车，麦思叫住她，正式向她摊牌。

麦思的表情变得很严肃，说，春莉，到了我家，别告诉高羽你之前做什么工作，也别说你辞职来深圳，写东西。

春莉低下头，说，躲在大城市写东西，你也觉得这事荒唐，是吧？

不荒唐，这里确实能让你躲起来。麦思说。

春莉的身体抖一下，从准备离开到真的离开，你知道，我听到最多的一句话是什么？

"你一定会后悔的。"

现在想想还是觉得好玩，每个人都这么说，各式各样的嘴巴说出来同一句话。

"你一定会后悔的。"

直到此刻，麦思才感觉厚厚的隔膜被冲破，她和春莉恢复了小时候的亲近。她能想象到那幅画面，无论平时多么愚蠢胆小的人，说出这句话的时候，脸上都焕发出睿智英明的光彩，都是老狐狸附身，三略六韬，掌握了绝对真理。

麦思说，这也是我的梦魇，刚起个念头，这句话就会自动跳出来，全身都冷了。

春莉红着眼圈，说别人可以不搭理，最对不起的是父母。我爸说要跟我断绝关系，我妈什么都不说，就只是哭，边哭边一眼一眼地看我。

麦思忽地抓住春莉的手,春莉,你听我说。

春莉呆呆地看着麦思,她听到麦思大声说,我一直瞒着家里,实际上早内部调整了,我自己提出来的,从社会发展研究所调到资料室,已经两年。

春莉问,家里不知道?

麦思说,远在南方,给家里撒谎太容易了,我甚至可以伪造功名。我妈以为我在研究所,名头唬人,又写报告研究社会发展,她挺欣慰的。

春莉说,不管怎样你没有跨越界限。我是不是出界了?我应该按照写好的剧本,一集一集地往下演。

春莉突地明白过来,高羽,高羽也是有,有……显然,春莉被这个词辖制太久,她露出被扼住咽喉、喘不上气来的表情,到底没有说出口。

麦思说,对,他也有。

最后,麦思郑重提醒道,不要惹起他的热情来,千万不要。

在之后高羽参与的谈话中,春莉被包装成留州美甲店店主,南下旅游后发现商机,决定留在此地创业。

临睡前,春莉悄悄告诉麦思,之所以选择来深圳,是因为她实在不想解释了。那些追问不休的人,一听说她去深圳就露出恍然大悟的表情,父母也隐隐有了盼头,以为她另有宏图大计,总算没掐灭他们的最后一丝希望。

二

十月初的假期，春莉一个人留在深圳"写东西"，麦思带高羽回到留州。麦思的父亲罹患痛风，一犯病右脚就不敢落地，只能单腿蹦，母亲则是年深日久的冠心病，随身携带硝酸甘油"小炸弹"，时刻准备着开炸阻塞的血管。

母亲让她感到惊骇和陌生。一个大活人，怎么说抽抽就抽抽了。跟那些晚年急剧膨胀的老太太不同，她是收缩的，收缩到让人一打眼就有不祥的感觉：这个人快没了。仿佛她会越抽抽越小，直到没进泥土里，消失不见。

夜里，她跟高羽咬耳朵，嘱咐他、也是提醒自己：回来只有一个任务，粉饰太平。就这几天眼面前的工夫，顺着父母的意思，让他们心安。

回来的第二天，母亲就催她去探望大爷。在麦思心里，母亲是读过书上过班不俗气的女性，谁料想越老越愚昧，无子，女儿离家远，让她无比担忧自己的身后事，总觉得出殡时的风光要指靠大爷一家。

亲戚中，最让麦思心惊胆战的就是大爷。这些年他工作上退居二线，愤懑交织着失落，不放过任何一个当面数落麦思的机会，怨她红事白事都不露面，尤其是没参与他孙子的十日、满月、百日以及周岁宴。一想到他蓄势待发的模样，麦思就打怵，那是一种我要坐下来跟你"摆一摆"的架势。她和高羽在楼下徘徊半天，才上去揿响门铃。

两人手里拎着一桶花生油、一箱纯牛奶。

大爷家里的博古架上依然摆放着那棵"玉"白菜,大爷的开场白依然是,有几年没回来过年了?大爷的过年,特指年三十和年初一,差一天也不算,这样说来,有三年没在家"过年"。

麦思说,三年。大爷立刻露出鄙夷的笑容,他又要旧事重提了。他坚定地认为侄女毕业后规划出现失误,他为麦思选定的理想职业是,在留州高中做一名历史老师。

麦思从不争辩,说,各有各的好,没法称斤称两。

既说到斤两,大爷顺势问起最感兴趣的物价问题。他说,深圳是吧?猪肉多少钱一斤?韭菜多少钱一斤?

麦思很为难,说多少钱一斤还真没往心里记。

大爷执着逼问,那一个月吃喝花多少钱?

麦思说,也没专门记,周末去超市采购一趟。

大爷伸出右手出其不意地摸摸腋窝并迅速闻了一下手指,说道,一周去一次?每天下班买新鲜的不更好?没有农贸市场吗?

麦思应着,是,早市的新鲜,可没工夫每天去。

大爷寒着脸,用鼻音说,超市,你们年轻人就认超市。

他思路极为机敏,很快又找到一个话题,问,一天三顿都在家吃吧?

麦思蹙紧眉头,这问题他每次都问,每次不免纠缠一番。她想糊弄过去,低声说,在家吃,在家吃。

大爷看着她,说,都在家吃?

麦思只好说，中午饭不在家吃，在单位。

大爷瞪大眼睛，什么？中午饭不在家吃？早晨出门晚上才回来，这可是一整天啊。

他在农机局待了大半辈子，作息上纹理清晰。十二点回家，全家一起吃午饭，睡一小时午觉，下午回单位接着上班。因此深圳人的午饭问题一直令他困惑、怀疑，仿佛，权威无端受到了挑战。

麦思不敢争论下去，撒谎说，离家近的回家吃，远的才不回去。

大爷点点头，看起来高深莫测。麦思正想道别，只听他拖长了声音说，深圳好啊，经济发达啊。

一个熟悉的冷战从身体深处慢慢抖出来。她知道，大爷又要欲擒故纵了，这是他的保留节目。此时此刻必须要使出撒手锏了，她赶紧说，发达什么？工资高，消费也高！钱太暄了，城市的一万块钱还不如留州的一千块钱顶花！

这是一记绝杀，每次都能收到奇效。果然，大爷觉得自己赢得了最后的胜利，紧绷的莫名愠怒的脸彻底舒展开来，他一边嗔怪，瞧你说的，哪能呢？一边发出爽朗的舒畅无比的笑声。

从大爷家出来，麦思胸口有些憋闷。高羽走着走着忽然停住，双手支在大腿上，弓着身子笑，麦思摇摇头，也跟着笑。

刚才的会面有一种抹了油般的滑畅感，且洗练至极，显然这是当事双方都经过精心排练才会有的效果。

笑够了，高羽问，咱俩为什么要在这些事情上浪费时间？

麦思说，几年才虚虚一次，有什么不能忍的。

麦思已感到非常幸运，今天大娘不在。记得上回，大娘一见到她，脸上就露出动物般的表情，是那种发现了腐尸的动物的表情。大娘留着很短的寸头还染成黄色，凸显出一张大脸。大娘两颊的肉哆嗦着，挽着她的胳膊问长问短。她讨厌大娘说话时步步为营每一步计算都很准确的样子，大娘通体浑圆却并不让人感到慈祥可亲，大娘穿着一件满是骷髅头图案的毛衣，散发出鲁莽而尖利的小城时尚感。

大娘的神态，大娘的衣着，这些细小琐碎的恶，会让麦思产生生理反应，胃酸不可抑制地逆流而上，接着胃疼，一阵阵地，往咽喉那里疼。

麦思带高羽来到中心广场，多年前她曾在这里套圈儿、溜旱冰，如今每到晚上，这里就成为县城最大的消息集散地，这里有无数爱恨情仇，也有无数不厌其烦描述着的完美生活，晋升、开辟第二职业、孩子上县文艺晚会，等等，等等。这向着四方铺展的广场，阔朗而又逼仄，几乎让麦思透不过气来。她想起春莉，她确信，此间的罪恶，足以促使春莉逃向南方。

两人一直在外面闲逛，直到天黑才回家。

麦思见母亲正忙活包饺子，就向高羽使个眼色，两人偎着母亲坐下来。氛围不错。母亲眼睛里闪着异样的光芒，似乎鼓足勇气，终于试探着问起，"事业"上有没有"进步"。

高羽转身去卧室，麦思支吾两句，打开电视。

母亲很是委顿，只好开始鼓吹她的和面绝技。她左手指着面盆，右手高高举起，说，麦思，看看你妈，不知道什么叫和面拔不出手来，从来都是三光——面光，手光，盆光！她的声音激昂高亢，与干缩的身体很不协调。这几年她喜欢回首往昔，发现大半辈子都在自我牺牲，以至于很不快乐，炫耀"三光"是她所剩不多的人生乐趣了。

麦思偷眼看着母亲，她穿着假冒名牌的洞洞鞋，里头的肉色丝袜若隐若现，她没走过运，没享过什么福，大润发里抢购贱价鸡蛋的队伍里肯定有她，最关键的是，她的丈夫虽未出轨却也并不爱她。真是个典型的母亲，看她一眼，就会联想到匮乏和不幸，看她一眼，就知道她被日子研磨过了，吃得连骨头都不剩了。

妈，我当上副所长了。

话是自己蹦出来的，麦思惊愕不已。

她看到母亲的脖子往上一抻，说，真的？这孩子，你也不早说！你爸响午起来就蹦跶出去下棋了，他还不知道呢！母亲说着说着眼眶就湿了。

高羽在里屋古怪地咳嗽几声。

麦思帮母亲放好案板，说，就负责一些小事，没什么了不起的。看你阿弥陀佛阿弥陀佛的。

母亲的笑容松弛满足，那是老怀甚慰、一辈子有了结果的笑。她说，以前一提这话头你就黑脸，我和你爸都快闷死喽，这下放心了，路会越走越宽的。

麦思心里一动，自己想要的，不恰恰是路越走越窄、越走越僻静吗？

麦思走进里屋，低声道，不要乱出声。高羽说，我没别的意思，就是有点儿心疼你。

我也心疼你。麦思说。

前几年,每当高羽觉得无法掌控自己命运时,就躲起来偷偷念《心经》。

她把高羽拉回到客厅里,陪坐着。父亲也从外面回来了,父母热议着麦思的才能和前程,高羽跟着附和,不扫他们的兴。很快又没有新话题,几个人干笑着,气氛重新变得枯涩。麦思不小心碰触到母亲的皮肤时会感到尴尬,她们之间,不是长期生活在一起的亲密。麦思早就想走了,她爱自己的父母,同时又无比渴望跟他们拉开距离,回乡一定不能超过五天,这是她的极限。

这几天,也有姨姑嫂婶猛然想起春莉,老姑娘加辞职的春莉是留州名人。显然,她们并不真正认识春莉,显然,打探之前她们已有预设:春莉肯定是有后路的。从中彩票到结识著名商人被高薪挖走,每个人都急于为春莉寻找合理的解释。麦思没想到,群众对一个陌生的名字能关心到这种程度。她们说话的声音总是很大,语气笃定:没后路,能把吃"皇粮"的工作白白瞎掉吗?

麦思特别想宣告,没有,就是没后路。可看着这些一脸精明相的人,她还是选择了漠然,她说,不知道,没见过。她更不能暴露春莉的真实去向,人都势利,对不具备普世知名度的骚人墨客并无钦羡崇仰,而是蔑称他们为"大酸梨"。

高羽在旁边听着,慢慢咂摸过来。他没多说什么,只是临睡前用后背蹭了下麦思,说,你多虑了,别怕,真的别怕。

两人曾半真半假地谈起对工作的厌倦,结果引起双亲的高度警惕。说起来,两边的父母都受过教育,但只要跟工作有关的议题,从未获得过严肃的对待。父母们痛恨变化、偏离和不确定,他们阴阳怪气地嘲讽,无师自通地运用修辞,不是反语就是影射,他们还喜欢举例子,指桑骂槐,曲径通幽,弦外之音和韵外之致一波波地在空气里荡漾。怪话说完后,往往升级为大吵大闹,预言这将是"一辈子犯下的最大错误"。

从子女的婚姻伊始,他们就觉察到自己失去了实际的控制权,他们也渐渐明白,这代人对父母的容忍度很低,他们的歇斯底里沾染了几丝虚弱徒劳的气息。

麦思紧贴住高羽的后背,说,父母穷怕了,动荡怕了。他们这些年的不如意,是攒了一口气的。

半天,高羽才说,你呢,其实你比老人家还保守,你又在怕什么?是生下来就带着的恐惧吗?

麦思身体一僵,折回到自己的枕头上,说,行了,睡吧。

两人在老家的最后一天,把麦思妈妈视若珍宝的双缸洗衣机强行淘汰,换成了全自动。回程时天上落着小雨,飞机缓缓拉升,拉升到晴朗的平流层。

又要见到春莉了。一想起春莉,麦思就心绪纷乱,她觉得春莉只是急于找到一个外壳,一个臆造的自由澄明之境,好不去面对真实的世界。飞机下降时,她从睡梦中惊醒,梦里她恍惚看到,春莉在坠落,面目模糊,四肢张开,飞快地在她眼前掠过,落到她看不到的地方。舷窗外,白日和黑夜正相互浸染。

春莉满脸放光地迎接他们,接着把麦思拉进客房,诡秘地表示,她正在创作"一部类似于《红楼梦》的小说"。她脸颊泛红,那颜色不是胭脂水粉能调和出来的,像刚洗完澡或刚运动完,是一种天然水润的潮红。听她如此描述,麦思的心就凉了。加上旅程劳累,加上她对文学并不迷恋,连礼节性地作势阅读都欠奉,就打着哈欠回房了。

三

要完全地拥有自己的时间,总是要付出点儿代价的。

麦思的代价是,逢周二资料室开放日,她晚上九点才下班,以此换取周五不坐班的自由。周五她总是起得很晚,松松地系着睡袍,奢华地消磨一个别人的工作日。只要是自己的时间,她就能轻易地感受到宁静和幸福。她能闻见柑皮的香气,发现各种小物件的精致之处,漂亮的纽扣,皮革上均匀的走线,鞋子里布印着的含蓄隐秘的花朵,一个闲极无聊的人才有心境体味的种种细碎的美妙。

这个周二,麦思回到家里,发觉高羽居然没打"足球经理",春莉也没躲在客卧里敲键盘。两人在餐桌旁聊天,桌上放着一瓶喝了一半的白葡萄酒。春莉从椅子上弹跳起来,脸色很不自然。从留州回来后,麦思说事已败露,但又嘱咐她,不要跟高羽谈论细节。

可是,他们正在谈,谈得很投机很热烈,甚至开了一瓶酒。

麦思推挡着稠厚的空气缓缓走过去,本来想发作,临了却挤出笑容,聊什么呢?

高羽示意她坐下,说,在聊你呢,春莉说了很多小时候的事。

麦思忽地上来一股轴劲儿,故意不解风情,硬邦邦地问,什么事？

春莉低着头，高羽的脸色暗下来，说，瞎聊。

麦思摆弄起遥控器没再往下逼问，两人如获大赦地各自回房。麦思枯坐一会儿，抓起酒瓶咕咚咕咚灌了几口。

终于躺在床上了。麦思和高羽却感到恐惧，他们同时嗅到了那股熟悉而危险的气息。他们经历过这样的夜晚，并排躺在枕头上探讨一些重大问题。进入停滞期了。在可怕的停滞中，他们也试图进取，鼓励对方学点儿谄谀献媚之道，密谋下一步的规划，忽而看到希望的微光，忽而又泄了气觉得无路可走，后面的那些平庸无望的日子，已滔滔滚滚地来了。最后总是不欢而散，懊恼和沮丧潮汐般漫上来，在被淹没的一瞬，他们绝望地意识到，这晚的睡眠又毁了，豁豁牙牙的睡眠，早晨起来口苦、头疼欲裂、脸像大馒头在水里泡过一样，残败，憔悴损，极度疲惫地开始新的一天。

他们以为自己早学乖了，不在敏感而悲观的黑夜里敞开心扉探讨未来。

然而今晚，理智、经验、对和平的渴求，悉数崩塌，熟悉而危险的气息从四面八方暗自滋长，乘虚而入。

高羽首先失去控制，说，我跟很多年轻人一样，对这个行业彻底丧失了兴趣。

麦思幽幽地说，没人逼你，当初是你自己全力准备考试，又倍感幸运地成为其中一员。你说，这条路会好走一些。

高羽翻个身，说，此一时，彼一时。

麦思说，过早地看透一些东西，就会有很多后缩和不努力的借口。出世，总是阻力最小的。

高羽冷笑一声，你在说自己吧，早早去资料室当了闲人。

麦思说，我是女的。

高羽说，你把我也当成女的，行吧？

女的！麦思有些烦躁。春莉……这个名字浮现出来，她索性发狠说道，春莉真是招人烦！

高羽说，招人烦？春莉不就是能给别人带来希望的人吗？

麦思心里说，再过几年就是笑话！杵在留州的大马路边，身上挂着一条古镇调调的长裙，手里挎着藤编篮子，嘴唇涂着油彩般的黑色唇膏。

她吃吃笑着，接着说，如果我不是你老婆，也能对你怀有深切的理解，也能成为你的好知己。同是天涯沦落人，相逢何必曾相识。

高羽说，我就奇怪了！一方面，你总觉得自己很高档，总说自己跟别人不一样，这个俗不可耐，那个和你不是一个世界的人；另一方面，你一张嘴就是大道理，什么不能破功，什么冲动是魔鬼，什么活水、保险绳、安全带。

麦思的笑一点点僵硬在脸上。对这种奇怪的撕裂，没人能比麦思本人更能体会到个中痛楚。麦思坐起来，提高音量，是，我也奇怪，我居然说出这样的话来，我居然能忍受这些！说到最后，是哭腔了。

高羽也坐起来，扶着她抖抖索索的肩膀，说，不闹了，家里还有客人。

麦思的身体簌簌抖动，她说，我跟你一样，也在承受很多不喜欢和不情愿，为挣这份工资，把自己搞得很卑微。她说，我当闲人，是用年年谈话、年年考评受辱换来的。

她深吸一口气，开始用一种刻毒、挑衅的复杂语调背诵《琵琶行》。"浔阳江头夜送客，枫叶荻花秋瑟瑟……"

他把脸深埋在枕头里，发出断断续续的哭声。

夜晚失控地滑进深渊，一声巨响，粉身碎骨。

第二天，两人眼眶下都是深深的淤青，怕跟春莉打照面，几乎是从自己家里逃出去的。晚上，两人做出各自忙碌的样子，春莉呢，待在房间一动没动。

好不容易等到周五，麦思和春莉终于找到机会，正式坐下来，掏心窝子。

无需铺垫，春莉一上来就说，放心，高羽很成熟，对人生大事深思熟虑，不会走极端的。他说，对你，对你的父母，对周围所有的人，他都是有着责任的。

麦思跟没听到一样，她为春莉泡上碧螺春，轻轻转动着玻璃杯，说，青螺比龙井耐看，更有韵味。

春莉接不住这句话，只好把视线落在餐桌旁的搁板上。一排雪白的搁板，码着精巧可爱的小碗、芭蕉叶形状的碟子、驯鹿雪花图案的彩绘盘，款型别致，色彩浓艳，散发出生活的丰盛感和宽裕感。

春莉说，看到这些好看的餐具，这些盛满香料的瓶瓶罐罐，就知道你活得很有兴致。

麦思摇摇头，不，这不是什么小情小调。很多时候，是不添置新盘子新杯子，生活就难以为继了。这是我能接受的变化，添点新鲜美好的物件，日子又能过下去了，吃喝拉撒又有点儿意思了。

一点儿软弱的改良罢了。

春莉似懂非懂地，视线再次落在搁板上。

麦思说，你看，上次我买回来一个杯子，颜色是轻烟一样的绿色，对喝水这个很日常的行为就有了崭新的兴致，我很爱喝水了。

春莉说，那写东西就相当于我的新杯子吧。不过我又觉得，其实，不写，更好。我摸摸这个，动动那个，就是拖着，不往电脑前坐。你发现了吗？我把你家的花生都剥完了，我还喜欢帮你择菜，择芹菜叶什么的，多简单的劳动！

两人都意识到一些真正的困厄和痛苦。仿佛幽闭于黑魆魆的山洞，从一个绝境走向另一个绝境，始终没觅到通往光明之门的道路。

聊了很多，麦思却觉得，关于春莉和高羽的对话，她没有掌握事实的全部，心里还是不踏实。

接下来的一周，春莉宣称找到房子。搬出去前，她把搁板上的杯盘仔细洗了一遍。

麦思并未挽留，她早盼着王春莉滚蛋了。春莉每天赖在家里，毁掉了她周五的独处。那样的一天她不愿跟任何人共享，她需要空间和心理上的绝对的空旷，哪怕有人在房间里关上门不出动静，也是确凿的打扰。

春莉走后，麦思不放过任何警戒教育的机会，说春莉在写作上毫无前景可言，有些东西跟努力不努力没关系，缺少禀赋，不得其门而入，是个"巨大的悲剧"，还预测春莉在外浪荡几年后，迟早要回留州。

大部分时候高羽只是听，偶尔才反驳，你的语气很世故，你就剩这点儿聪明了，习惯性地对所有的事情不抱希望。可春莉是痴人，说不定哪天就捅破了窗户纸，就开了窍。有时，他的声音会突然低沉下来，说，我完全能理解春莉，她写东西不是发神经，不是瞎胡闹，她是太压抑了。每次高羽这样说，麦思的心就会猛然疼一下。

高羽不会喋喋不休，麦思也无意滔滔辩论，她蜷缩进松软的沙发看古装电视剧，并鼓励高羽去"足球经理"里挥斥方遒。他们都在表面健全、内里败絮一团的家庭里长大，深知"隐忍"意义上的安宁与和睦也要珍惜。

四

周五，麦思在潮润的空气中醒来，一缕黯淡的光线从没合严的窗帘缝隙里漏进来。

天阴阴的，是个仿若被黄昏修订过的清晨。她来到阳台上伸展四肢，感觉自己像一只猫，好人家养的懒洋洋的猫。

雨还没有落下来，但她知道，雨已经在路上了，大团大团铅灰色的雨云在西边的天空上纠结翻腾。

风大雨大。她泡一杯姜茶，随手拿起一本周刊，心里很静，很知足。

这才是真正的一天，一天什么都不干却没有一丝"浪费"的感觉——这一天专门拿来怡情养性，充满意趣。活着真好，看似不起眼的一天却使日子有了张弛和明暗，使得家庭园艺和美食制作成为可能，无名肿毒慢慢化掉。

傍晚她步入厨房时并不恐惧，而是兴致高昂地烹制晚餐，能彰显个人美学的晚餐，走出厨房时也不像往常那样疲惫而充满怨气。

她时不时望向窗外，透过疏朗的梧桐叶子往下看，传统地，家常地，等待着丈夫归家。

高羽没按点儿回来，她在饭菜上扣紧盘子。继续等。再后来，饭菜没有热乎气了。

电话也打不通。麦思慌了神，赶紧翻找衣柜，看到制服都在，却少了几件休闲装。

噩梦成真，靴子落地。高羽没去上班。

麦思瘫坐在地板上，脑子还在飞转。第一，可能是临时加班，手机没电。第二，若真没上班，不知道有没有请假。

基于虚荣的必要，以及避免外人对他们婚姻的无端揣测，她思量半天才拨通高羽同事小余的电话，小余是高羽的同乡，很久前来家里吃过一顿饭。

小余，好久没见。最近天气不大正常，你一切都好吧？

她一口气说完。

小余似乎有些错愕，反应几秒才说，是麦思姐呀！我还好还好。

麦思紧握手机，紧张地等她的下一句话。

小余像突然意识到什么，说，肺炎可不是闹着玩的，让高羽好好休息。他怕麻烦我们，不肯说出在哪儿住院，不然今晚就去看他了。

麦思长长呼出一口气，说，不用不用。就是，就是没那么快康复,这病黏糊,请你们多包涵。

果然,高羽没去上班。万幸的是,他还请了假。刚庆幸完,随之而来的竟是微微的遗憾。为什么还要请假?为什么不干脆彻底消失呢?

对自己奇怪纷乱的心思,麦思不想再一层层剥下去,她随便喝下一碗麦片,约春莉到文山湖边的咖啡厅见面,她说,急,打车来。

两人在湖边找到座位。

麦思的语气充满责难,高羽今天没去上班也没回家。

春莉赶紧看看手机,表情有些失望,说,他没联系我。

春莉安慰道,麦思,不要太担心。那天高羽反复说,他有个家要养,不能冒险,不能逞一时之气,不能悬崖撒手。

麦思闭上眼睛。她想起前天晚上,屋里只亮着一盏晕黄的壁灯,她躺在高羽怀里,对他说,你是好人,你是我丈夫,以后我们会有个可爱的孩子。她似乎单方面下定了决心,此前,他俩始终拿不定主意,到底让不让一个孩子来到世上。此刻,她娇弱又强硬,她的话像细小的锯齿,在高羽的皮肤上温柔却坚定地拉过。他一言不发,一张寡欲的淡漠的脸,缺少生气。她感到气氛很怪异,倒宁愿他烦躁地推开她,发上一通火,发完了事。

春莉接着说,麦思,我觉得高羽确实有点儿问题,要慢慢解决。高羽说他羡慕我,一天一天地不用出门,不用在等电梯时发愁跟别人聊什么,高羽还说,他吃完饭在单位院子里散步,远远地看到一群人走过来就心惊胆战,他不想跟他们说话,也不知道说什么好。

高羽又说,上一天班,啥事不干也累,耗得慌。有工作也是事务性的，机器人做才合适。麦思做手势止住她，尖刻指出，别总高羽说高羽说，不就职业倦怠那点儿事吗？你又说了什么？

春莉苦着脸，我说得真不多，说先写了几年材料，没黑没白，后来安抚性地调去负责会务，挺清闲的，会前摆放茶杯，会中保持微笑、随时添水，会后倒茶叶根儿、洗杯子。但我怕，怕一辈子就是摆茶杯、倒茶水、洗茶杯了，怕一辈子，就这么散了。不是不想踏实工作，是这工作让人害怕。

麦思心里一酸。她想起春莉搬离她家前，很勤快地把搁板上的东西洗了个遍。

她仍然不能原谅春莉，大部分人，会逐渐变成没有任何技艺和才能的人，大部分人，在对一个和几个错误的保持甚至是捍卫中度过一生。她说，春莉，你知道吗？他已经习惯了烦琐沉重又毫无意义的工作，再坚持几年，一过四十就没感觉了，什么意义价值感，彻底没感觉了，多好！这几年也容易混，"足球经理"源源不绝地供给刺激和荣耀，没有失败和衰退。只要他不厌倦，就能永远沉浸在自我欣赏中，无害怡情。

春莉摇摇头，说，高羽心里亮堂着呢，他说你哄着他沉迷游戏，其实，你已经放弃他了。你觉得他不具备混世能力，不是那块儿料，也融不进那些圈子。

麦思更加厌恶春莉，她辩白道，我们在精神上一直能沟通，我爱惜他，就因为他不是精通世务的人。说白了没什么大志，只求个清静安稳，这不过分吧？

春莉歪着头，你真这么想？

麦思说，春莉，我们都不年轻了，三十好几了。我再也没法忍受一个新的男人深入我的生活，每天在我面前晃来晃去了。一想起来，仅仅是想一下，都觉得累。

沉默，沉默。

月亮升起来。湖面铺了一层淡奶油色的月光，湖水显得更加柔和沉静。

你实话告诉我，我是没有希望的，对吗？春莉的声音像从湖底传来，带着微微的凉意。

麦思小心斟酌着措辞，说，春莉，你写的东西，我不确定。艺术家是另一类人，我不了解。

春莉说，我现在挺皮实的，有的编辑说话委婉，有的就很直接。我知道他们都讨厌我，怕我，躲着我。本来以为，我能掌控它，心里有什么东西快胀破了，受够了被人摆布，受够了满身枷锁，以为写心里的东西会很容易，是顺手就能抓到的一根稻草。实际上，它更神秘，更飘忽。说真的我并不清楚自己该干什么，突发奇想，稀里糊涂就……

她说着说着也觉得没意思，不瞎扯了，我有点儿怀念以前的工作。

麦思心里难受，怅然若失。然而她太累了，没有精力再关心春莉的困境，也不想深究任何人任何家庭的真实细密的悲欢。

夜色渐浓，湖面上浮起薄薄的雾。隔着雾气看湖对岸的房子，灯光微茫，缥缥缈缈。麦思告诉春莉，高羽也没少给我泼冷水，日子比一片薄冰还要脆，失去任何一个人的固定收入，生活质量都会锐降。我们变着法儿地控制对方，一定不能出去，一定要坚持住。

春莉期期艾艾着，也许，真降了又如何，有那么可怕吗？多一点儿过俭朴生活的勇气，少买点儿东西不就得了。

麦思没心思再讨论下去，不耐烦地说，春莉，你疯够了吗？不上班你能干什么？无论干什么都会有困惑，你思考得太多了，总会有困境。倒茶水洗茶杯又如何？享享清福、浑化于人世不也挺好？

向来随和的春莉沉下脸来，她望着远处的湖水，说，也许你追求和守护的东西本来就不存在，守也白守，我们从来没有真正掌控过什么，是不是？

麦思心底最深处的恐惧，被春莉攫住了。幼时看到的一幕，此刻不期然再次迫近到眼前。这几年她才意识到，她曾是某个历史节点的旁观者，才明白了那个场景的微言大义。记得那天阳光很好，从高空照下来，人们脸上的阴沉和凄迷却凝成挥之不去的浓雾。几百个中年技工木然站在留州丙纶厂紧闭的铁门前，人身在地面上投下一大片阴影，据说，已经第十一天了，他们仍在确认自身的渺小和个人意志的虚幻，曾经坚信不疑的安稳，跟他们一刀两断，说断就断了。

她和高羽貌似主动又充满痛苦的坚守，霎时变得滑稽可笑。心底张皇，哪里安稳过，不过是无抵抗地腐烂罢了。她不敢再往深处想，狼狈地跟春莉道了别。最后，她在春莉脸上看到的表情是怜悯。春莉竟然在怜悯她。

这之后，麦思不识趣地用各种方式联系高羽，写下情意殷殷的留言时，她非常讨厌自己。直到第三天晚上，高羽才主动给她打电话。

总算听到他的声音，麦思强忍眼泪，故作轻松地说，在哪儿逍遥自在呢？

高羽说，第一天，早晨起来先堕落地喝散装白酒，然后吃得很饱很饱，晚上喝浓茶，极度放纵。第二天，在深圳湾看了一天水鸟和大雁，站在海边，万事皆空，有一种把自己在世界上删除掉的快感。今天，在慈云寺做了一天义工。

麦思硬着头皮问，什么时候回来？

高羽说，我会回去上班的。只不过，求求你，这几天是我最放松的时候，我想看看到底能不能再为自己多做点儿事。别来烦我，求你别烦我。

麦思还有很多话想说，却感觉到高羽的抗拒，她闭上了嘴。

梦里有很多声音。有时高羽在嚷嚷，求求你，别来烦我。通勤通勤，通什么勤！每天都是一堆烂事！有时她在哀求高羽，上班，星期一了，你去上班，星期一，求求你，去上班。她的哀求声游丝般飘浮在空气中。她的声音忽然变得很凄厉，她用力把高羽推下床，上班了，你快去呀！她看到高羽从地上爬起来，驼着背挪出卧室。她鼻子发酸，用被子紧紧蒙住眼睛。

春莉再次打来电话时已经在外地，她说前天离开的，打算到处走走。

周末晚上，一个新的工作周猛扑过来。高羽要回来了。他的齿缝里似乎有尘土，他说，今晚能到家，要后半夜了，别等我也别担心。周一，我去上班。

麦思拉过被子，紧紧裹住自己，蓬松的棉花被让她觉得温暖安全。她把消息发给春莉，春莉没回应，一直等到十一点，才打来电话。

春莉说，在苏州呢，坐船沿着护城河游了一圈。

麦思问，怎么想起去苏州？

春莉沉默片刻才说，苏州古城城门上是伍子胥，是伍子胥的眼睛。

"抉吾眼县吴东门之上，以观越寇之入灭吴也。"

春莉的话在耳边回荡不止，透骨的冰冷传遍麦思的全身。原来，那句话像饿狼和幽灵一样，一直尾随着春莉。

那谶语般怨毒的警告——你一定会后悔的。

春莉说，连这双眼睛都见识过，就什么都不怕了。

春莉继续说，我上了最晚的一班船，船快开时上来一个白净的评弹师傅，他唱得我一句都听不懂，但不知道为什么……

春莉，你又哭了，是吧？

是。还有几个人在喝酒打牌，师傅不看他们，看着船顶板唱了一晚上，后来我请他喝了几杯酒。

春莉的声音忽然变得欢快，说接下来还要去黄山、西湖、武陵源。

麦思想起玉门关的荒漠旁边，那条本不可能出现在那里的河，那条让人灵魂出窍的河，她低声说，去玉门关吧。

春莉答应一声。世界在向她敞开着。

最后麦思想对她说，春莉，你能不能把东西写好，有没有才华，其实一点儿都不重要。

在心里重复几遍，总觉得时机和气氛哪里不对头，终究没有说出来。

挂断电话，她想，春莉，就先欠你这句话吧。你能不能把东西写好，你有没有才华，你是不是走在一条"正确"的路上，其实一点儿都不重要。

夜里，麦思睡得不沉实，一遍遍地摸枕边，总是空着。

她起身来到高羽的书桌前，那个上锁的抽屉前。抽屉上的锁太纤巧，显然并不具备实质的防护作用，却是某种拒绝窥探的表态。

麦思从工具箱里取出钳子，轻轻一扭，锁就掉落了，砸在地上，发出碎裂的声音。

她呆立片刻，轻手轻脚地打开抽屉。麦思先看到一把枪。

她屏住呼吸，拿起来掂掂，颇有分量，很快她就凭借常识看出来，这是一把仿真枪，青春期少年们的最爱。接着她往里看，看到一台望远镜，小小的，小得让人心疼，让人想流泪。

照夜白

有些气味，只有下雨的时候闻得到。跟阳光晒出来的气味不同，晒出来的气味蓬松温热，像夏日傍晚时分的树林，弥漫着的是暖烘烘的木香。雨天的气味不那么热烈，却更悠长些，从一道道细缝中婉转地泄漏出来，若有若无地浮动在空气里，久久不散。

一间小教室，白墙，黑板，日光灯，十几排桌椅。窗外，雨一遍遍洗着植物，叶子内部浓绿的汁液似要挣破薄薄的表皮，随雨水四下流淌。

同事们按顺序走上讲台，打开自己的课件，微笑，演示，讲解，做手势。谢梦锦抬头望着讲台，笔拿在手里，本子摊开，都是做做样子。她正秘密跟踪那股气味，玄远飘忽的气味，像禅机和隐喻。她先是听见，听见衬衣的布料在呼吸，一呼一吸间，气味被带了出来。接着她辨认出，气味并无内核与主干，是麝香、柑橘、茉莉和檀香木的混合香气，香气从她上衣的纹理中迁缓地散发出来，停一停，往更远的地方飘散。这味道属于白色衣物洗衣液，洗衣液还剩小半瓶，在搁架的最右边。同样的瓶子，搁架上放了一长排，细看起来标签并不一样，牛仔布洗衣液，羊绒洗涤剂，深色衣物洗涤剂，丝织品洗衣液，运动衣物洗涤剂……

散会的时候，赵燕朵走到教室后排跟她打招呼，看见最亲近的同事走过来，她一时忘了。燕朵。发出声音的一刹那，惊觉不妙，"朵"这个音在卷起的舌头上愣了一下，勉强趔趄到嘴边，本该沿着噘起的舌尖滑行而出的音节，僵直了，破碎了，碎片落满一地。汗一下冒出来，凉意顺着脊背往下走。她低头收拾桌上的笔、本子和水杯，使劲儿往包里塞。

应该没人听见吧。一个完全走了样的舌尖音、合口呼，像随身听电池快耗尽时发出的声音，扁扁的，扭拧，怪异。

多喝水，少说话。燕朵说。

她点点头，指着喉咙，皱着眉，向燕朵示意，表示自己无法发出声音。

燕朵挽起她的胳膊下楼。外头雨还没停，树下薄薄一层落叶，刚被风雨吹落下来，颜色还翠绿翠绿的。撑起一把伞，两人沿着青色花砖铺就的人行路往车棚走。这条路不知走过多少遍了，两株桃树、三棵缅栀子，接着一排石榴，就到了路的尽头。

才是中午，雨云在半空中一层叠着一层，天色昏暗得像暮晚。走过桃树和缅栀子，眼前忽地明亮起来。石榴花开了，刚开的第一茬，本来就热闹的大红色，经了雨水，更加明艳。她俩停住，立在伞下，静静地看着跟前这株石榴。

石榴花上落满雨珠，雨珠像被花瓣吸住一样，一动不动。

她们听见彼此的呼吸声。

这一排都是花石榴，不结果实的，就算偶尔结几个果也没法吃。燕朵说。她手指拂过石榴花，雨珠簌簌掉下来。

在我老家不叫花石榴，叫"看石榴"。不结果也没什么，结果子不是很重要的事，反而，只有看石榴才能把花开得这样动人。

按照今天的设置，她不能发出声音，这番话只是在心里默默说了一遍。她想起家里的柜子抽屉，放满杯壶碗碟，几年也用不上一回，就是为了看看，看着喜欢。她从小喜欢的，好像都是些中看不中用的东西。

她打开车门坐到驾驶位，燕朵的车先开出来，燕朵摇下车窗对她说，小谢，我倒宁愿嗓子发炎的人是我，就不用上那个台了。

话语涌上来，真正想说的话一波一波地上涌，在喉头凝结，哽住了。她多想跟燕朵说说话。很快她听见燕朵又一次嘱咐她多喝水，她赶紧点头，隔着玻璃怕燕朵看不见，干脆打开车门，一只脚着地，侧着身子伸出头去，让燕朵看见她点头的样子。燕朵挥挥手，开车走了。

燕朵，六年了，头一回我没上去讲，那些话，我是一句也不想说了。她坐在车里自言自语，把想跟燕朵说的话说了一遍。提眉毛，放松下巴，口腔打开，头腔也打开，她像在播报重要信息，每个字的声母和韵母都交代得很清楚，没有一个含混不清被吞下去的音，平上去入，也都到位了。回家的路上，这些完满的音节还停驻在车厢里，叮叮当当，或站或坐，陪了她一路。

每次把一批东西清出去，她就感觉生活堵住的地方又畅通了。

定期理一理，算是个好习惯吧。隔一阵子，把衣橱、书柜、冰箱、储物架整理一遍，就算没扔东西，细细梳爬一番，排放收拾好，心里便清爽多了。

搁架上放着一排洗衣液，她当然知道一个人不需要也用不完这么多洗涤用品。她只是没法抗拒"认真"二字。第一次走进这家洗护用品店，她见到了创始人在洗衣服这件小事上的痴心，世上就是有这样的认真人，把每根纤维都当回事儿，努力不让白衣服变黄，不让羊毛的天然油脂随污渍一起被洗掉。看多了糊弄和粗制滥造，没法不珍惜眼前所见，也知道眼前一切绝非必然。她心想，既然遇到，就挑几样带回家。瓶子在搁架上排好的一刻，正在过的日子莫名地有了尊严。

那晚，她整理书柜，同系列的书找齐了放在一起，又按年代和作者规整完十几个书格。收拾的时候，发现几本书里夹着往年的课表，取出课表放一边，书排好了，便把课表揉揉扔进了纸篓。

扔掉课表，忽然想到，工作也可以理一理。她打开电脑，把这些年的教学任务书找出来理了一遍。一共上过四门课，两门校必修，一门院系必修，一门选修，课时的准确数字也在任务书上。她一学期一学期地加，加到最后，计算器显示屏上出现一个数字。

她又加了一遍，还是那个数字。

第二天有个会，期末的例会，每个人上去谈谈教学体会，几分钟时间，对当老师的人来说较轻松，也不用专门准备，就是头天晚上心里肯定是有桩事的，总归是一桩事。也没什么好抱怨的，都习惯了，所谓日常，不就是由许多个不轻不重、可以忍受的小折磨组合而成的吗？

一大早，她来找季焕中，主管教学的副院长。她左手捂着喉咙，勉力发出声音，一个字，一颗沙砾，一个字，一颗沙砾，越往后她的表情越痛苦，声带似已无法振动，发不出真声，基本是气声了。

季焕中在电脑上改着什么东西。办公室里到处堆满书，有的摞太高已经从中间倒了。墙上没有"惠风和畅"的字画，柜子里也没有树脂工艺品，唯一的装饰是几只猫头鹰，陶瓷的，草编的，铸铁的，或挂墙面，或摆桌角。有人问起来，他总会说，我这个鸮如何如何。他的用词，他认真的样子，都透出几分孩子气来。

好，知道知道。别说话了，听着就难受。他说，生病发信息就行，还跑一趟干吗？

再用气声回答吗？绷着的劲儿泄了，勇气也消散了，她不想再把自己调动到演出的状态。瞥见桌上的便笺纸，撕一张，写下一句话，递给季焕中。

没别的，也不发烧，就是喉咙疼。

季焕中看一眼，嗯一声，继续看电脑。她又加上一行字，"谢谢季院长"。

她起身离开，正赶上小木屋形状的钟表整点报时，木屋尖顶下面的一扇窗弹开，什么东西从里面飞出来，她这才发现，原来里面还藏着一只鸮。

一边往外走，一边目送着鸮推窗飞出，又合上翅膀缓缓隐身于小木屋中。

好像是工作以来第一次，在应该张嘴说话时，她没说话。她坐在教室最后一排，听到衣服的面料在呼吸，闻到经过漂洗和日晒后依然活着的一缕香气，看到窗外雨洗的树叶，雨水里平而薄的叶子看起来不一样了，叶子表面的翠色有了形状，一块块凸了起来，看上去，这绿色真沉呀，往下坠人的眼睛。

昨晚她没有准备发言，她练习了一晚上怎样让自己听起来喉咙不适。声带紧张起来，声音尽量往下走，含住一个音节，嘴里多闷一会儿，再蜿蜒着往外挤。

隔着十几排桌椅，她看见燕朵走上讲台，手是微微发抖的，空气中像有一道铜线将这电击般的颤抖向她传导，她拿着笔的手也跟着颤动起来。燕朵工作十几年了，看上去很老练，脸上没有丝毫畏怯，说话时语调平稳而有变化，既不显得毛躁，也不会让人感觉沉闷。可她就是看到了，燕朵的手抖了一小会儿。

接下来的两周容易度过，课程已结束，再完成一些例行工作，从开学之初就秘密支撑着每个人的假期便真要来了。对谢梦锦来说，这两周跟往年有些不同。咽喉炎加重，间歇式失声，她坚持不说话，询问和关心渐渐稀落了。

她真不用说话了。

六年的时间，上了4128节课。这个数字出现时，她的第一反应是算错了。

现在，她秘密享受着失声带来的快乐。学期末多有聚餐，电话里，她用气声说，不行，还是不行，去不了。她已掌握了怎样把气声发得缥缈一些，再缥缈一些。她逃过发言，躲过数场社交，不用满心后悔地赴约,不用再受废话和讪笑之苦,每天都因游离在外而暗自窃喜。

办公室在七楼,步入电梯,她算了算,只剩四天了,最后这几天下学期的课会排出来。

她走进办公室,见燕朵也在,正对着电脑登记学生成绩呢。学期的尾声,办公室不像以往那样人来人往了,她想走过去跟燕朵说几句话。走几步,见后面卡座内有人,心里一踌躇,脚步已拐到自己座位上。

拉开抽屉,拿出纸笔,她把想说的话写在一张信纸上。

燕朵,上课的时候,要用麦克风,麦克风坏了就让现场办马上换。即使有麦克风,还是要多用假嗓子。我知道你是认真用心的人,但也不要把自己累坏了。比如说,提问后多等一会儿,歇一歇,这没什么的。

她默读两遍,又加上称呼、署名和日期,看起来真像一封信了。

一直记得,两年前九月的一个下午,她的 U 盘落在教室,回教学楼取回,经过走廊时,一间教室传出熟悉的声音。她踮起脚来透过玻璃往里看,果然是燕朵。那天下午,她站在走廊中央听燕朵讲课。燕朵平时说话柔声细语的,一讲课却全身发力,特别投入。听了一会儿,她感觉到,讲话的这个人,气明显不足了,发出的声音周身布满毛刺儿,轻轻刮擦着空气和她的耳道。快下课时,教室有些乱,燕朵升高音调,试图控制些什么,隔着墙,她还是能听出来,这声音在多么吃力地爬坡,她听得心一抖一抖的,听着听着,就想掉泪了。

燕朵不知道她在外面，她从没跟燕朵提起过此事。

趁燕朵出去，她将信纸反扣，放在燕朵办公桌上。

清理完这学期的杂物，她准备回家，抬起头来，正迎上燕朵的目光，燕朵站在隔断的旁边。燕朵说，走，去三楼甜品店喝杯果汁。

跟随燕朵走出办公室，燕朵在前面走，她跟着，来到走道尽头一个僻静的角落，四下无人。燕朵转过身来，说，想个办法。

她点点头。千言万语，都不用再说出口了。

晚上，燕朵来电话的时候，她正站在阳台上感叹，今晚的月亮真低，就停在不远处的山脊之上。

很久没见过信纸了。燕朵说。

把话写出来，是另外一种感觉。她说。

她很自然地跟燕朵对话，不用解释说明，更无须疾风骤雨地诉说。她俩都羞于以太过浓烈的方式跟人相处。

一到夜里，小山就躺下了，月亮安静地挨着山脊，是一小半月亮，敷着一层新溶掉的淡金。纱窗筛落月色，地上，影子搂紧了影子。此刻，不像在用手机通话，燕朵似乎在她身边，在很近很近的地方，燕朵的气息也尾随着夜色逶迤而来。燕朵是两个孩子的母亲，小儿子只有两岁。长期贫血让她脸色发黄，但并非干枯晦暗的颜色，当光线柔和时，她的脸会泛起玉的光泽，像一块温润的黄色玉石。

想个办法。燕朵不探问什么，也不规劝什么，一句多余的话都没有。

别不好意思，拿着病历去找季焕中。燕朵接着说。

好，我去。

病历，病历有了吗？燕朵说。

不用，有办法的。她说，放心吧，燕朵。

下午，她来到校园，先在湖边的长椅上坐着，快到整点时才往办公楼走。

木窗打开，鹨飞出，一只漂亮的鹨，羽毛闪耀着金属的光亮感，圆眼睛，神情是落拓中混杂着几分狂傲，好像随时准备仰天大笑。她不想再用气声说话，把病历放在桌角，随后递给季焕中一张便笺纸，上面写的是用嗓过度声带小结可致失声云云。

慢性职业病，身上，心上，都是难免的。季焕中说。他面庞有些浮肿，头发像个鸟窝，也许又躲在办公室看了一夜的书。

假期好好休养，不然还能怎样，我们吃这碗饭的。他说话的时候没抬头看她。

既然决定这么做，就不在乎别人怎么看待她。她面对窗户坐在椅子上，她心里有底，支撑她的，是多年来的储存。她暗自盘点这些储存：温和，隐忍，合群，识趣，不哭不闹，看淡荣誉和利益，等等。这些年的表现证明，她不是一个麻烦难缠的人，不是一个寻衅滋事的人。她既不精明，也不愚蠢，进退合度，叫人放心。

他连说几句打发她的话，她跟没听见一样，坚定地、毫无愧色地坐在椅子上，作为失声人士，她的沉默是正当的，并不携带情绪和敌意。过一会儿，她偷觑到，他迅速观察了她一眼。

压力在他那边，她适时地把便笺纸往他跟前推一推。窗外，鸟振翅掠过，在天空中一闪而逝。

除非你愿意上社会类课程，一般排在晚上或周末，没人愿意上，好在课时量不多，内容也有自由度，空间比较大。

适合你。他加了一句。

阳光不那么强烈了。她来到湖边，在树阴里坐下，望着办公楼，望见方才她跟季焕中对坐的一幕，心里充满感激。那一幕蕴藏着美妙的含混性。从进去到离开，病历始终没被翻开，从头到尾，他没有动用"规定"这个词，她能感觉到他对这个词的排斥，作为一个有能力，尤其是具备情感能力的领导，显然他不愿意使用过于冷硬的词汇。

湖面上落满阳光，湖对岸是她和燕朵走过的人行路。隔着宽阔的湖面，石榴花开得正盛，激动的红色，红得让人看着看着，心里竟有些隐隐作痛。她想，石榴花肯定是热爱说话的，老远的，就能听到它们在交谈，声音高亢响亮。

休整了一个假期，她准备开口说话了。

站在讲台上，最先看到的是坐在后排的那个人。他穿一件蓝衬衣，一点儿也不犹豫的蓝色，单纯而准确的蓝色。他小臂放在桌面，能看见袖口一排纽扣，每粒都待在扣眼里。

第一次课只来了二十几个人，她知道接下来会更少，这样想着，心情一下子轻松了。她的风格本来就适合上小课。小班上课有特别的感觉，声音响起，却不会冲散静谧，站在讲台上，仿若通灵般的独白，却广有共鸣，交流的深入往往超越语言所能，在一个更奥妙的层面上进行。小课堂上，她拿出来的是私房，小课堂上，她也更容易将多年萃取之物送达给听众，也送达给不在场的更多的人。夜晚的小课堂还会产生某些神秘的东西,难以复制,但每来必让人心醉神迷。她会猛然发现,一直哽在心底说不好的那句话,不经意间自己出来了,浑圆完整,本来如此,看不到丝毫人力的痕迹。

几周后,固定下来的学员总共是七个。有一次课间的时候,他走上来询问一幅图画,两人交谈起来,她这才知道,蓝衣男士是陈乐。他一开口,她就听出来他音质独特,等报完名字,她马上意识到他是谁了,对,就是陈乐,陈乐呀。听汽车广播的人都熟悉这个名字,交通台早晨七点半的节目,一个充满活力的声音回荡在行进的车中,陪伴着上班路上的人们。他的声音浸透着阳光、友善、轻快,这声音让人觉得世界总有希望。

她问,电台主持也来上这种课?

他说,我不想说话了,我只想听听别人说话。

他的回答让她一下子愣在原地,她没有立刻作出回应,她一直在避免戏剧性,即使是浑然天成的戏剧性,但从那以后,她心里没再把他当成学员。

他真年轻,人跟声音一样年轻。他皮肤的颜色很深,是长年坚持户外运动才能拥有的健康肤色。一道长而挺的鼻梁从人中延伸到眉心,眉心那里能看到明显的突起。

她上课用的包是一个挺括的布包,很能装东西,布面上印着一幅古画。陈乐问起这幅画,她告诉他,这幅画叫《照夜白》,照夜白是一匹马的名字,一匹白色的唐朝骏马,它的主人是玄宗李隆基。她说,照夜白被拴在木桩上,你看,画面里它是想飞起来的样子呢。

要给它画上一对翅膀,或者,陈乐边说边做出舞剑的动作,用一把剑把木桩砍断。

他接着说，照夜白，三个字连在一起，骤然一亮，有一种光明感。她明白他的意思。她想起早晨拉开窗帘，白昼毫无保留扑进来的一瞬。

很长一段时间，她不参与任何聚会，也婉拒了所有的外出授课邀约。她说，扁桃体发炎，她说，肠胃不舒服，这些可爱的小恙庇护了她，再后来，她不再求助它们，而是坦然回复，不去了。很简单，不去了。一个伴随她多年的伙伴，正渐渐从意念中抽离，那个伙伴，叫挣扎。电话里，母亲仍问长问短，警示她不要不知足，刺探她有没有多跟人联系交往，她让母亲多注意血压。有时在学校餐厅遇见燕朵，燕朵笑她，又不是让你上沙场。她说，我还真有临阵脱逃的感觉。回想起那一个个夜晚，在灯带的照耀下谈论不感兴趣的话题，看着关系普通的两个人却非要表现得比实际情况亲密些，回到车里再回到家里，扭头一看，看到一大片滞重的空白站在已逝的几个钟头里傻笑。复又端详镜中的自己，好像变丑了，两团潮红徒劳又懊丧地浮在脸颊。不过是一个个公共的夜晚，不是我的，也不是你的。

幸运的时候，课堂会是自己的。这节课讲小津安二郎的电影，她说，适合假期，适合在家里看，能看到世界和人本来的样子，寻寻常常中，原来有惊人的美。屏幕里出现云的时候，我会按暂停，看一会儿云，做点儿别的事情，有时忘了，云就停在屋里，一停就是一下午。

说到这个场景，她眼神失焦，短暂地出神，置身于无名的幽境，什么也不想,什么也看不见,再走出来时,从里到外都是湿漉漉的清凉。

学期过半,电影的部分还没讲完,课堂上有些不对劲了。这方面她是足够敏锐的,她感知到,一股不安的气息在加速挥发,越来越浓重。

坐在第二排的女学员余家欣,一脸不耐烦,身体动来动去,一副完全坐不住的样子,这对授课是重大打击。杂念全涌上来了,她不停地搜拣之前哪句话说错,而之后要说的每句话都变得苍白无味,讲述的热情一沉到底,相似的糟糕经验争相浮现,这一切多让人厌倦和灰心。

她的声音遍布皱纹、长满白发,一瞬间老了。

提着心,机械地发声,时不时用眼神安抚余家欣,像安抚一个焦躁的儿童。她生怕余家欣按捺不住从座位上站起,头也不回地离开课堂。

她站在一座高高的纸桥上,纸糊的桥下面是拉长的时间之河。她被放入一个热瓦煲内,小火熬煮,辗转反侧。总算熬到下课,她走出教室,推开走廊尽头的窗户,长呼出一口气。接着,回到讲台,眼神找到余家欣,鼓励地看着余家欣,发出交流的讯号。她需要知道发生了什么。

过了几分钟,她等到了她。余家欣走过来,手肘支在台面上,双手握在一起,说,谢老师,跟你聊几句。记得这门课叫《你的口才价值百万》,是应用类的课程。

竟然叫这种名字，谁起的？她拧紧眉头。

我报名上课是觉得这门课实用性强，速成班，立竿见影的那一种。

她理解余家欣的心情。余家欣在家居商城卖家具，说生意一般，就靠节假日冲量，平时没顾客也要从早到晚守着，想到这姑娘每天在店里闻毒气，她就觉得太不容易了。她还记得，余家欣说打算去万象城一家名品店应征导购，卖精美的皮具珠宝，说的时候一脸神往，她也盼着余家欣能尽快换份自己喜欢的工作。

我们是人文通识课，口才和表达不仅是技巧层面的东西，跟基本的艺术修养、审美都是联系在一起的。声音低低的，她觉得自己的话并无说服力。

可是太空洞了，一点儿也不吸引人，也没什么操作性。

后面会有专门的讲解和练习。她只好说。她黯然跟好电影作别，还有没来得及出现的巴尔蒂斯、贾科梅蒂和《后赤壁赋》。跟前作相比，她始终觉得《后赤壁赋》因孤寂而更接近神灵，读一遍，宛若转世一回。

接下来的一次课，她走进教室，放下包，看看下面，还是那几个学员，余家欣坐在老位置上。她有些心神不宁，惴惴地等着铃响。她害怕所有这一切，进门，上台，开腔，当众说话，哪怕重复了上万次，她还是害怕，她知道一走进去，自己就跟还没想清楚的、并未完全认同的一些东西合为一体了。

"口才是成功最重要的因素。'成功'这个词总是自带重读强调效果。这节课我们一起探究说话的艺术：说话术。人是群体性动物，每个人都想在群体中受到大家的欢迎。大家是谁？每个人也都要掌握沟通和交际的技巧。诱导操纵。"

说起来，这些玩意儿是最好讲的，以石井裕之和雷克·科斯纳为底本，列举大量案例，掺和着读心、微表情等时髦秘术，再让学员演练演练，教室里洋溢着学到真东西的满足、欢快的气氛，一节课很快过去。但昨天晚上，讲稿找出来，她一眼也不想看，磨蹭到很晚还是没看，躺在床上，她想，明天早到教室二十分钟，课前熟悉熟悉吧。不到最后时刻，她一眼也不想看。

铃响后，她做出一副急匆匆的样子来，快速把东西收拾好，几步走到门口，忍不住回一下头，看到陈乐站起来又坐下，她转头离开，离开前犹豫了半秒。

一路上她车开得很快，急切地想把刚才的夜晚甩到身后。再转一个弯就到小区，每次先看到的都是裙楼的花店，她把车速降下来。店里的灯还亮着，她停下车，看着店员把摆放在门口的花盆一一搬进店内，透过落地玻璃，能看到不大的空间里布满鲜花。当初花店刚开的时候，她担心花店生意清淡，万一哪天关门就可惜了，她是第一批办充值卡的人，盼望花店能一直开下去。毕竟，楼下开间花店，住户的日常里就有了点儿不一样的东西。

店员关掉靠窗的一排射灯，她下车走进花店。店员说这么晚还买花呀，她点点头，指着角落里的一束花，说要这束铃兰。

花大都仰着往上开，残败了不好看了，花朵才无奈地耷拉下来。只有铃兰在盛年的时候向下绽放，是主动和自愿，我要低头俯瞰，我要把花开向地面。

她听见自己的心跳声，如果是做噩梦就好了，闭上眼睛再睁开，不是噩梦，程督导现身。他端坐在教室前排，每个表情似乎都是有含义的，需要解读的，他无须礼节性地问好，你也知道他来了。他攥紧手中的笔，随时准备记录的样子，白色表格平铺在桌面上，非常显眼。

她脑子里飞快转了几个念头。课前几分钟，每个经验丰富的教师都能根据白色表格上的评价标准，结合督导的喜好，调整讲授次序，讲最恰当的内容，揣摩、判断、选择，一切都是电光石火间的快速反应。同时，抖擞精神，笑容满面，站立在台上，像某一类陈旧又浮夸的修辞。

她当然也有预案。

然而，演完了呢，那是最沮丧的时刻。先觉得丢脸，接着，就是难过了。一个人在台上一惊一乍，卖力地表现，身不由己地迎合，窘迫感渐渐在空气里弥漫，谁都知道发生了什么事情，连坐在最后排的学生也会抬起头来看她两眼，她提醒自己不要敏感，在难以遏制的惯性中继续沉沦。

演够了。

全程没有紧张地观其颜色，也没有顾盼着舒羽开屏，平平常常讲完一堂课，她拿起杯子，去走廊上接热水。

一转身，看见跟出来的程督导。面对面站着，她发现程督导的脸上没有愤怒也没有茫然，他巧妙使用的，是怜悯的表情。

他说话的时候一直晃着头，似笑非笑。

你年纪也不大,怎么就落伍了呢,你这个讲法,跟不上时代了。

也没想跟。她说。

程督导用力看她一眼,目光像凿子,凿一下,又旋了一圈。他说,太平淡,不带劲儿。顿了顿,他解释道,我的意思是不抓人。应该重视互动,风趣一些,讲讲笑话,班上就不这么死气沉沉了。

我再也不想讲笑话。她说。她以前也热衷讲笑话的,没人笑就自己笑。她也会花式上课,珠翠绫罗,花哨极了。

有空去听听管院老师的公开课,那师德,那人格魅力,其乐融融,打成一片。

开始用大词儿了。她不觉惶恐,反而想笑。提到管院的课,更是难忘的体验。她慕名学习过,台上的人激情澎湃,两片薄唇上下翻飞后总用一个夸张的圆圆的"O"来结束。听了一半,她多想提醒一句,小声一点儿,可以小声一点儿的。接近尾声时,讲演者频繁换气,一口气撑不住两句话,再看未免残忍,她低下头不看,脸上发烧,只盼赶紧结束,耳朵里已经太满了。

督导没注意到她的表情,继续大度地指导,先打成一片,有了感情学生就愿意接受你配合你,打成一片就好说了。

说出这个词的人,她都避而远之,而督导在几分钟内连说三遍,是他的宝贝吗?得有多喜爱这个词。她想起季焕中,季焕中的语言洁癖此刻显得格外可贵。

她在心里估算一下,通识课是合班上课,粗略算算,这些年要跟几千人打成一片,她笑出声来。没什么好说的了,只能发笑。

见多识广的程督导怔怔地看着她。她听见自己的笑声,心里并不好受。这老人家整日坐在教室，扮作权威，使用正大但失去活力的语言做指导，走不得不走的过场，也真是难为他了。

程督导黑着脸回教室收拾好表格，一边下楼一边说，你这个态度……

她对着他的背影说，程老师你听我好几次课了，就这次最正常。

最低等级是D，还是F？刚说完，听见陈乐的声音从身后传过来。陈乐接着问，头一回吧。

常规的做法是一下课就赶紧走过去，主动聆听教诲，不管说什么都点头，都表态改进。她说。

怎么不点头了？

想清楚了，想清楚了就不会再点头。

会有什么后果，不考虑代价什么的？

点头的代价更大。

校园依山而建，两人沿着行山路往上走。半山腰有一片栎树林，枝叶扶疏，路灯晕黄的光漏到林中的石椅上，石头闪现出铜的光泽。

她说，坐一会儿吧。此刻，她感觉很平静，平静像夜色一般充盈在树林的每个角落，从头到脚把她裹进去了。

两人一起待着，话上很俭省，都没有强烈的表达愿望，可说可不说的，一般就不说了。也从不专门找话题，到哪里算哪里。今晚也是如此。

凉凉的石椅坐暖和了。在听到陈乐的话音前，她先听到长长的叹息声。

人总有不想说话的时候，到点儿必须说，要是带个按钮就好了。

人呐,都带按钮就好了,不是说话,也有别的。

她转头看着他,他的声音变得很陌生,缓慢,低沉,不像广播里那么青春明快了,这声音更适合夜间节目。

她说,我一直有个愿望,或者说幻想。有一天我到了教室,坐下来,不说话,学生也不说话,大家就这样一起沉默,一分钟,两分钟,四十分钟,四十五分钟,铃响了,所有的人一言不发,寂然散去。

没等他接话,她马上说,想想罢了,怎么可能,一大群人呢。说不说话,从来不是自己能决定的事。

她想象这情景,坐在讲台上,一句话也不说,人们先是奇怪,等不了一会儿便开始鼓噪,场面失控,嘈嘈杂杂,大家盯着她看,用各种方法迫使她讲话,她往外跑,跑着跑着扭头一看,没跑全,还剩一套发音器官悬浮在空气里,一荡一荡的。她打个冷战,连声说,不可能不可能。

他说:想想倒是挺好。

是呀,挺好。每天都在想,走进教室前的一秒钟还在想。

应该想,哪能连想想都不行呢?不过,你擅长说话,你的课上得很老到,游刃有余。

她想起自己游刃有余的样子,那好像是另外一个人了,那个人或者说任何游刃有余之人的模样里,似乎都带着点无耻的意味。她点点头,又摇摇头,不知该回答些什么。看着山下校园星星点点的灯光,眼皮发沉,一阵困倦,疲惫感袭来,窸窸窣窣地在全身蔓延。

回到家里,躺倒在床上,想起陈乐的评价,只有苦笑。

当然，我擅长说话。一接近教学楼，该说的话就围拢过来，都往跟前挤，我伸出手来驱赶，让它们走远，它们不走，跟着进电梯出电梯，铃声一响，它们就兴奋地蹦蹦跳跳，把嘴顶开，翻滚而出。怎样活跃气氛，怎样拉近距离，哪里自嘲一下，哪里抛出符合年轻人趣味的笑点，以及如何应付出言不逊之人，如何化解突发情况，我太擅长了。我能调整出不同的面貌，在向学的班级上是容易接近的形象，明朗可亲，授业解惑，到某些班级，一脸漠然，习惯失望，不带感情仅止于完成任务地讲述，语流中时有问题抛出，然是自问自答根本无须回应的态度，这态度预先避免冷场的尴尬和挫败，是习得的自保。冬季的下午，座位上趴倒一片，因自尊而发怒全无必要，到了节点就提醒一句，旋即沉默数秒，既是威慑，亦是等待，甚至哪堂课需要发一次脾气、说几句狠话，以期恢复对课堂的掌控，都有着精妙的把控。我深谙此道。

那快乐的部分呢？是从什么时候开始变了味？

说着说着，还是会动情，动情的一刹那，忽然觉出来，太熟悉了。她怕自己再也感受不到动情的真正滋味了。她的陶醉和愉悦，都透着一股油滑。

程督导最后离开时脸上肌肉抽搐了一下。那抽搐像一道定格的闪电，明晃晃地照过来。一个非职业化的表情，多么真实和动人。什么东西裂开，他分离了出来。

也许，她可以叫上陈乐，跟余家欣一起坐下来聊聊，她可以跟余家欣诚恳地说，课堂上讲的，是我能知道的、能理解的、能确定的最好的东西。

至少可以试一试。

下小雨，一道道纤细的水流沿着车窗玻璃淌下来。岭南，十一月份，天气并不冷，雨下得细密轻柔，倒有个秋雨的样子。这雨让她想起燕朵来。燕朵跟人说话，会看着对方的眼睛。燕朵对人的好，是一滴一滴地落在人身上，先濡湿一层皮儿，再缓缓地、绵绵不尽地往下渗润。

这周是傍晚的课，到了学校，时间还早。她先在校园里走了走，走到湖中心的亭子，坐下来，看着雨静静地落在湖面，看了一会儿，觉得很安心。

手机闹钟响，看看表，快到点了。她这才想起，课前很少有这样的闲情逸致，总是急匆匆的，定不住神。她起身往教学楼方向走，远远地，看见陈乐在楼门口站着，他又穿那件蓝衬衣了。黄昏细雨，衣服的颜色看上去不像白天那么鲜明，她有些恍惚，早间节目里他妙语连珠，让人听着听着嘴角就浮现出笑意，课堂上，他是最沉默的蓝。

他迎上来说，这节课，这节课你不用说话。

什么意思，谁来讲呢？

你不是有个愿望吗？

她停住脚步，说，不可能实现的那个？

谁说不可能，就这么几位同学。他眼睛亮闪闪的，他说，我一个一个找他们谈的。

怎么谈的？

他笑了，没使用技巧，你教的说话技巧都没使用。就照实说。

她愣住，不可能。

怎么不可能？你给我们上了十几周课，要有信心啊，一堂课一堂课讲下来，多少能领悟一点儿的。

她心里一热，她从没想过改变谁，她只是希望，照耀过她的光也能照到别人身上。

他看着她，继续说，当然，有两位同学说不通，我答应补听课费。

余家欣呢？她问。

余家欣不让补钱，就嘟囔几句，说沉什么默，在家沉默不行吗？来这里沉默。

快到教室时，他忽然想起什么，说，很惊险，教室里有个新面孔，可能是快结课了要来听一次，把我急坏了。

那怎么办？

我告诉他，谢老师生病，课暂停一次。我不放心，看着他走的。

一时间，她不知道该怎样步入教室，不敢进去，怯怯地站在门口。他说，我提醒过，别过分关注你，就像做游戏嘛，成年人最该有自己的游戏了，我们一起完成一个游戏。

起先，她有点儿不自在，往下瞄两眼，大家都低着头，忙自己事情，没有人注视她。窗外，夜色混着秋雨，迷迷蒙蒙，室内，灯光下一片缄默，跟自习室的安静不一样，这安静源自众人会意的专门的仪式。她手臂垂落，放慢呼吸，凝视着这既奇幻又真切无比的场景，看见场景里的自己手臂垂落，放慢了呼吸。

寂静一点点加深，一点点伸展开去，深得看不见底，宽广得看不见边沿。紧绷的身体渐渐舒展，弦一根一根地松了，身体里冻僵的地方，袅袅升起热气，心底经年枯槁之处，正潺潺流过溪水，坚硬和瘀滞，软和了，散开了。她渐渐失去形迹，化进了深广无边的寂静里。

她想起有一年，在花店里遇到两枝雪柳，褐色枝条上开稀疏清丽的小白花。店主说只有这几天才有，她犹犹豫豫，不知怎的，没有买。第二天再去，插雪柳的瓶子空了。后来，她再没见过雪柳。此刻坐在讲台上，她真心诚意地想念两枝雪柳。

耳朵里空了，彻底空了。稍后，乐声从辽远的地方响起来。一首再熟悉不过的乐曲，她听了一遍，又听了一遍，怎么有风的声音？她细细地听，原来乐曲的末尾，有风吹过，一直都有风吹过。

两个劣质盆涎皮赖脸地现身，是买电器时赠送的，不知不觉地，稀里糊涂地，用了好多年了。她想，每天用的东西，怎么就将就下去了呢。她决定明天去买新的，质地厚实一些的，面目朴素一些的，别锃亮锃亮得跟镜子一样。

她看见寒冬天气砂锅里炖着玉竹、莲子和山药，她坐在灶台边看书，就像在煤球炉子边坐着一样。书上写什么不记得了，只记得火跟砂锅低声说了一下午心事。

无边无际的静默中，传来马的嘶叫声。照夜白的鬃毛根根直立，雪白的马身子从泛黄的纸页上隆起，肌肉在毛皮下一弹一弹的，接着马头一仰，前腿探出画纸，凌空一挣，四蹄腾空，朝着远处飞驰而去。再看看纸上，什么都没有了。

希波克拉底的礼物

　　黛西拉过一把印着林戈·斯塔尔头像的椅子，坐在镜子前开始化妆。房间很宽敞，米色墙漆和黑胡桃家具是这个社区大部分卧室的标配，但黛西的家具细看起来不一样，边缘有一排精细的浅浮雕纹路，墙壁上的画也不是常见的花园、麋鹿或陶罐，是独立画廊买到的抽象作品。黛西还把朝向花园的墙壁改成一整面玻璃窗，窗子外面是油绿的草坪，草坪的尽头，蔷薇和毛杜鹃组成一道矮篱笆，篱笆的另一边是造型越来越夸张的金吉尔家。黛西瞥一眼窗外，摇摇头，皱紧眉头，加快手上的动作。

　　黛西匆忙把车开出车库，必须要准时接到内德，两个人再一起去和金吉尔夫妇吃饭。哪怕晚了一分钟，路途中内德就要没完没了地抱怨：早出门这条路不会堵、前车不该从右侧危险超车、绿化带的植物总刮到车窗……

　　内德上车，黛西偷偷看他一眼。嗯，脸上有一丝笑意，浓黑的眼睛泛着光，黛西松了口气，知道他今天过得还算愉快。恋爱的时候黛西特别迷恋内德黑漆漆的双眼，里头像烧着两簇小火苗，暖暖的，又像藏了两颗小星星，亮闪闪的。如今内德的事业不见起色，脾气也越来越坏，让黛西感到安慰的是，他眼睛里的微光始终还在，没有暗淡和熄灭的迹象。

离聚餐的地方越来越近，想起金吉尔，黛西刚放下的心又提了起来。金吉尔是黛西最好的朋友，两人在同一个社区出生，一起上学，一起听童话，一起去郊外露营，一起做手工和玩猜谜游戏。进入不同的大学后，她们也时常一起聊天，聊社团、男孩和流行歌曲。后来金吉尔和米尔罗斯几次分分合合，一直到结婚，黛西始终在金吉尔身边陪伴。她喜欢金吉尔，也跟着喜欢上米尔罗斯，米尔罗斯是她俩的小学同学，多年后再次相见时，已经是一个身材魁梧、留着络腮胡子的超市主管，米尔罗斯健壮的体格、充沛的精力、敏捷的思路简直是管理超市的最佳人选。

在米尔罗斯犹豫要不要接受临床试验的日子里，四个人常窝在小酒馆的角落里喝到烂醉，把对工作的厌恶、老板的痛恨，狠狠地嚼一嚼，嚼碎了咽进喉咙，随食物一起消化再排出体外。黛西发现，当工作顺心时，米尔罗斯会搂住金吉尔的脖子，一脸温柔地说情话，被上司刁难了，米尔罗斯就对金吉尔很冷淡，一杯杯喝酒，骂脏话，决绝地说要接受试验，再也不想做工头，再也不想和无理的客人反复交涉。这时他会羡慕地望着内德，渴望有一份股票交易或会计师事务所的体面工作。

而现在，轮到内德和黛西羡慕地看着米尔罗斯夫妇了。

两人同时深吸一口气，走进这家听说好多年却从没来过的餐厅。

通过高速电梯到顶楼后，沿着专属小径走进去，先是一个铺着青砖的东方情调的开阔庭院，四面种着垂柳和竹子，庭院中央有几架秋千、一座亭子和保持石头、树根原貌的座椅，靠墙的木架上搁着黑朱泥壶、珐琅彩花鸟梅瓶、紫檀木笔筒、烧蓝香薰炉。身着复古制服的侍者验证完身份信息，带他们走进里间。黛西看到地上的云彩，往后退了两步，过一会儿才看清，是注满水的游泳池晃晃荡荡地映出穹顶上的天空。接着是长满热带植物的花园，藤本植物沿着龙血树的树干往上爬，灌木巨大的叶子舒展开来，叶子下面可以遮住几个人。再往前走，飘浮在空气中的幻境不停变换影像，它可以瞬间把你带到想去的任何地方，只要带上控制头盔肆意想象。庭院的边缘，斑斓的星云在镜面上缓缓流动着，人走近了，镜面分开，星云被牵拉着向两边流散，电梯露出来，两人进电梯上到一个大概六层楼高的树屋里，这里就是宴会厅。

金吉尔伸出双臂，先抱紧黛西，又拥抱内德，说见到你们真高兴。米尔罗斯晚一会儿到，被老板留住了，咱们先聊天，我有一池子苦水要往外倒。金吉尔做鬼脸，黛西和内德都笑了。

这时，传音器里发出人工合成 99.96% 相似度的詹妮弗·华恩丝的女声："尊贵的客人您好，米尔罗斯已经到达，即将走进花园，他是今晚欢乐聚会的最后一位贵宾。"

幻境的光和影开始变化，埃及的沙漠和金字塔出现，亚里士多德和孔子各自站在塔顶上，身边围着一群年轻的学生，接着是尼罗河，蓝色的河流往上流淌，与几十米高的屋顶边缘的天空之蓝相融，看起来像河水向上攀援着渗入天空，又像天空的深蓝缓缓滴下化成尼罗河里的水。

金吉尔无奈地叹口气,说多想跟你们好好吃顿饭,受够了那个怪人。

黛西把手搭在她肩膀上,别这么说,他仍然是米尔罗斯。

他们看到米尔罗斯带着控制头盔走进来。

对不起,被班克斯那个老狐狸缠住,一定要和我喝完一瓶香槟。我只好用自动驾驶来这里,比自己开车慢多了。

听到班克斯的名字,黛西赶紧看内德一眼,内德的表情有点不自然。班克斯挂在嘴边的一句话是,"如果我今天没炒你就赶紧回家庆祝吧,不知道明天还有没有这样的好运气。"并不是对内德一个人说的,他站在门口对所有的交易员咆哮,但内德一直觉得自己也快上裁员名单了。很快黛西听见内德说,去他妈的班克斯,我们今晚喝完酒,去公司把他从窗户里扔下去。

米尔罗斯意味深长地看他一眼,吃完饭我确实还要回公司找他,研究一下明天怎么炒高那些烂股票。

内德没接话,他知道米尔罗斯的重点在"烂股票"上面。半年前,米尔罗斯还怯怯的,跟向老师讨教的小男孩一样,不住地请教他。

黛西说,坐下吧,感谢你们,我还是第一次在树屋里眺望尼罗河,还看到米尔罗斯一世的金字塔。

为米尔罗斯一世干杯!内德也举起酒杯。

金吉尔发出笑声,是那种压抑很久才会发出的很响的笑声,她抱住黛西,说你太幽默了,我想天天和你在一起。对了,明天有空吗，我们可以一起去盖瑞的工作室……对，就是画《西西弗斯的灵魂》的盖瑞，记得吗，十几岁时我们专门跑几百公里去看他的展览，那次没见到他本人。

米尔罗斯并没有被"米尔罗斯一世"的称号冲昏头脑，他露出大人物般、一切尽在掌握的微笑，说，盖瑞答应，每个月都会抽出一两天时间指导金吉尔，能指导多久说不好，毕竟我们才刚刚成为朋友，金吉尔擅长的又只是用喝剩的奶茶在围裙上作画。

够了，我已经很努力了！金吉尔冲米尔罗斯做发怒状，又幽怨地看着黛西和内德，现在我不用做女侍者了，但日子更辛苦，米尔罗斯给我制订了严格的时间表，每天7点钟要跟他一起跑步，上午被艺术熏陶，下午文学哲学，晚上还要参加各种奇奇怪怪的沙龙。说真的我能有什么艺术品位呢，一开始还不是我们一起，对什么有感觉看什么顺眼，就去追哪个画家的展览？现在呢，逼着自己去体会，还要假装看懂了。

看到没，这就是无用的情感，抱怨是情感分类里最垃圾的一种，你现在怀着孩子，坏情绪对婴儿也不好。你面前有美味的晚餐，有友谊和好酒，却还是不停抱怨。

金吉尔做了一个停止的手势，黛西看出金吉尔真生气了。金吉尔说，我只想和朋友好好吃顿饭，你可以跟我们一起，也可以早点找你的老板加班，不要再指手画脚。

米尔罗斯大度地举起酒杯，说，正是情绪奴隶的存在，才成就了我们这类人的辉煌，干杯！

回去的路上，黛西和内德一直沉默。快到家时，黛西压低声音说，接受药物试验是最后的选项，不到迫不得已不要去，好吗？

我不知道，太难了，不知道还能撑多久。别忘了是我把米尔罗斯介绍进公司的，现在我成了快被淘汰的那一个……

黛西转头看内德一眼，再次陷入沉默。夜色围拢过来，车灯自动感应发出亮光，划破前方的黑暗。每次夜里开车，黛西就有一种在大海上航行的感觉，茫茫的海面上他俩依偎在一起，她喜欢这种相依为命的感觉。想到远处的人也会看见他们的车灯，黑暗中如萤火虫般微小的两点光，她心里就更踏实了。

第二天一早，趁内德没有醒来，黛西走进花园剪下几枝黄蔷薇，插进水晶花瓶里。黛西盯着花朵看了一会儿，小心地摘下两朵花瓣，轻手轻脚地溜回卧室，把花瓣藏进内德的钱包夹层里。

内德来到餐厅，看见新剪的蔷薇，说，这个颜色太漂亮了，你什么时候偷偷布置的？说着，俯低身体闻闻花朵。

黛西似笑非笑地说，没有感情的人可欣赏不了鲜花，你今天不会再嫉妒 AI 了吧。

AI 确实没有我们的焦虑、冲动、恐惧、孤独，我不想去看心理医生了，管什么童年阴影、俄狄浦斯焦虑，人类是对抗不了情绪的，人的理性在最原始的情感面前就像小白兔在史前巨兽跟前一样，随时被撕得粉碎。说起 AI 来，内德有些激动。

可是通过心理分析和治疗，你能够更了解自己。

内德并不认同，不，过去的伤痛像大洪水一样，把我淹没了，没法儿呼吸。本来只想通过对情绪的有效处理解决自己交易上的问题，没想到演化成只关注这些呼啸而来又转瞬即走的情绪，解决不了任何现实问题，更无法帮我驾驭交易。我嫉妒 AI，渴望成为 AI，它们没有人类成长过程中累积的种种挫折，没有面临成功时必然怀有的热望、面临失败时必然升起的恐惧，不会因为嫉妒、攀比、焦虑而焦躁，更不会在情绪的驱使下强行操作。

内德的手在空中划过，好像在挥舞理性的圣剑，就拿日内交易部门的 AI 来说吧，那么简陋的模型，却总能在我情绪高涨打算买入更多时发出卖出指令、在我情绪低落时发出买入指令。而我呢，是一个没有勇气和定力的人，刚开始上涨时觉得趋势不明朗不敢进场，持有盈利仓位时又很担心利润回撤影响排名早早就卖掉。以前自以为的思维缜密不过是瞻前顾后。我有着比 AI 丰富十倍的专业知识，却被情绪拖累，把交易做得一塌糊涂。

黛西握住内德的手，抚慰着越来越激动的他，这才是做人的意义呀，不完美，可以一直成长。这些困难只是暂时的，以后会越来越好。

内德站起来，我不相信大道理了，上班去，晚上回来再说。

黛西目送内德出门，暗自希望内德的这一天能顺顺利利度过。一开始，黛西跟很多人一样，对内德的职业发展抱有希望，他擅长缜密的逻辑思维，再加上不轻易冒险的性格，简直是一个天生的证券交易员。几年过去了，他逐渐发现，厌恶风险的性格反而成为事业上升的阻力。他确实很少大亏损，股市崩盘时他的业绩排名会靠前，但大部分年景，他的操作不温不火，这时的舞台属于浅薄无知、急功近利的人，他们拿着公司和投资人的钱投向高风险的股票。这些股票昨日天堂，今天地狱，甚至一夜之间价格都会相差数倍。有一只医药股，只是向药品管理局申请了新药临床试验申请，第二天股价直接涨五倍，并在接下来的半年里又涨几倍，一年后临床试验失败，早上一开盘就只剩下前一天价格的百分之五。内德不会碰这类股票，但太多的交易员趋之若鹜，他们形成如此强大的合力，只要有一丁点儿机会的股票都被他们发掘并炒高。有些交易员会被突然的暴跌拖累，但总有一部分像秃鹫一样的冷血交易员，能够在实验失败的消息公布前大赚一笔并全身而退，把股票传递给下面的倒霉蛋。与他们相比，内德的理念和业绩都太逊了。

因业绩平平，内德自由调用的资金大幅缩减，并且有百分之五十的持仓必须接受人工智能的指导，这意味着暗淡的职业前景、羞涩的奖金分配和低人一等的地位。黛西不太在意，但内德接受不了现状。他不是没努力过，为了少被情绪影响，专门去看心理咨询，效果不太理想。和AI一起工作后，内德越来越期待自己能像冷冰冰的机器一样操作。

想了一会儿内德，黛西才发现自己要迟到了，从家里到盖瑞的工作室还有不短的路程。还好昨晚就把今天的着装搭配了出来，一件去年流行的连衣裙，式样清新。

见面地点是临近市中心的一栋大楼，现代艺术家的聚集区，黛西按名牌找到盖瑞工作室，比约定时间晚了半个小时。走进去还没来得及说话，前台姑娘把她接进来，带入一间会议室，里面已经坐了几个人。

黛西瞄一眼，一位穿蓝色套装的女士，一位正装男士和一位上了年纪戴珍珠胸针的女士，金吉尔不在。黛西礼貌地朝大家微笑，大家也都向她点头致意。

等了一会儿，黛西开口问，我们都是在等盖瑞吧？我迟到了，我的另一个朋友也还没到。正装男士说，沙龙已经开始了，我是司机，不参加沙龙。

上了年纪的女士说，我是管家，如果你要参加，找前台询问吧，他们弄错了，这里是休息室。

黛西做出感谢的手势，赶紧出去找人。工作室的人狐疑地看着她，黛西才发现自己忙着赶路，漏看了金吉尔的信息，沙龙开始了，我先去参加，你到了直接来3108找我们。

进入3108，黛西更尴尬了。画家盖瑞穿着涂鸦T恤，他的助理被亮银色的直挺挺的廓形雨衣罩起来，其他几位宾客的服饰看上去随性而时髦。黛西不是一个追赶潮流的人，置身其间还是觉得有点难为情。还好穿着黑色斜肩长裙的金吉尔袅袅地挥手，示意黛西坐在自己身边。坐下后，黛西低头看看裙子领口的蝴蝶结，突然觉得自己像走错了房间，一时变得畏畏缩缩起来，只看见盖瑞的嘴在动，说什么她完全听不进去了。

沙龙结束后，金吉尔邀请她留下用餐，黛西推说还有事情，独自来到旁边的街心公园散步。在铺满树阴的小路上慢慢踱步，鸟鸣声真切地在耳边响起，黛西脸上渐有笑意，仿佛刚才的经历只是一场浮华虚假的梦，醒过来就好了。

黛西回到家里，看到玄关处的鞋子被踢得七零八落，内德回来了。黛西的心往下一坠，愣一会儿，朝卧房走去，快走到门口时转身去了另一个房间，还是不要打扰内德了，现在说什么都无法让他高兴起来。

迷迷糊糊在沙发上躺到天黑，黛西起来喝水，餐桌上放着一张字条儿，她已经不是第一次接到内德的留条了，她知道上面写着什么。

还是拿起来看了看，"我下定决心去参加药物试验"，她把字条压在花瓶底下，隔一会儿，又拿起来端详几眼。

窗外，金吉尔家的造型有最新变化，这表示金吉尔的情绪在剧烈波动，她家的外观从童话城堡变成哥特式建筑，海蓝色的木头变成一块块黝黑的巨大岩石，密集锋利的尖顶拔向天空，鲜艳的玻璃高窗反射着傍晚的太阳光线，在草坪上投下绚丽的影子。这是时下流行的建筑技术，只要付得起钱，把想要的参数输入电脑，可移动和可编程的外墙模块就会自动生成你想要的风格。

又过了两个月，金吉尔家的外墙终于不再几日一变，固定为古希腊帕特农神庙式的古典风格。黛西相信社区的其他邻居跟她一样庆幸，金吉尔家一会儿变成废弃的厂区，一会儿变成日式庭院，一会儿变成飞絮细雨轻烟袅袅的中国古城，一会儿变成白雪覆盖的老火车站，孩子们聚在一起好奇地研究，成年人遥遥望着，猜不透她家是如何支付一笔笔昂贵费用的。

冬天来了，关于药物试验的传言越来越多，有消息说，政府要禁止这款新药继续开展人体试验。下第一场雪的时候，米尔罗斯通过内线了解到政府确实在干预试验，这让内德不再犹豫，决意成为人体试验的志愿者，米尔罗斯也是这样成为志愿者的。

内德离家接受实验的日子里，黛西总做噩梦，不敢一个人待在屋子里，金吉尔成了她的救命稻草。在米尔罗斯的影响下，金吉尔比以前沉稳多了，早已不是黏着人问东问西的女孩，也不是药物实验刚结束时，那个不敢面对丈夫、吓得掉泪的可怜姑娘了。

金吉尔双手环抱刚出生的女儿，不住劝慰黛西，一开始我也很害怕，幸亏米尔罗斯坚持做出改变，他不想再寒酸拮据下去了，他是很有男子气概的人，没做药物实验之前就是，实验后简直完美了，上周的那篇专访说米尔罗斯太强大了，有钢铁般的神经，现在他不再鲁莽，不再惹是生非，而他的果断勇敢是跟以前一样的，我们是实验的受益者。

黛西依然很担忧，问，跟一个没有感情的人一起生活，你能忍受吗？

金吉尔的表情很平静，说，这是大自然的一次突变，或者说错误。错误又如何，每一次进化对之前的传统而言都是错误，人类在一次次错误和突变中越来越完善。谁能想到，本来打算治疗脑死亡的新药，居然能改变大脑的深层边缘系统，还有基底核这些我也搞不明白在哪里的特殊部位，它能让一个人从此不再受到情感的困扰，这是伟大的成就。

黛西叹口气，是呀，就像现在的我，一刻也放松不下来，脑子里出现各种可怕画面，睡醒时身体总是紧紧蜷着的，内德还有两周才回家，我该怎么撑下去呢。

金吉尔把孩子放进婴儿床，说，别害怕，我陪着你。我们本来就不需要这么多丰富又无效的情绪,米尔罗斯早看出来了,内德智商高,技术和眼光也是一流的,可惜被情绪作弄,业绩一直上不去。两周后他就脱胎换骨了,会成为最优秀的操盘手。

黛西别过头去,说,生命中只剩下理性,真的值得吗?

金吉尔坚定地说,值得,别忘了实验代号叫"希波克拉底的礼物",接受科学的馈赠,把这当作一次重生吧。

去接内德的这天,黛西早早约了金吉尔,就好像要跟一个不太熟的朋友见面,多一个人陪着心里总会踏实些。

看到内德从后巷里往外走,黛西鼻子一酸想冲上去搂住他,脚往前迈一步又缩回来。内德走近,拉起黛西的手,轻声说,感觉太好了,大脑里干干净净的,什么社交焦虑、可怕的灾难化思维都不见了,连个浅浅的印子都没留下。黛西盯着内德的眼睛,他眼睛里像有两块净度很高的黑宝石,是她熟悉的那个内德,细看起来又有点不一样,他比以前从容多了,安静多了。她心里猛地燃起希望,如果他能一直平静下去,好日子就真的来了。这些年她过够了提心吊胆的日子,以前有工作,时间还好打发一些,自从一年前失业在家,她的每一天都很难熬,目送他出门,等待他回家,家里的气氛取决于交易日行情的好坏,他持仓的股票涨了,黛西也跟着赚到一个安宁幸福的夜晚,大部分时候,内德心事重重地去上班,傍晚沉着脸走进家门,裹挟进一团阴郁的空气。她连大气儿都不敢出,也不敢多问,像个犯事的孩子一样偷偷觑看他,寻找时机搭上一两句话。

她摸着内德脸上的皮肤，是有温度的，跟她的手指尖儿一样暖。大男孩内德又回来了。她拉着他离开阴暗的小巷子，说，内德，我对你没有要求，现在依然如此。内德点点头，咱们很快就能要个孩子了。

两人走到拐角的地方，黛西说要庆祝庆祝，在花店门口停下来，选花的时候，她才发现金吉尔早就悄悄离开了。

接下来，内德全身心投入到工作中，以前工作忙碌时他会忍不住暴食，大口喝酒，现在他饮食很节制，还坚持运动，每天早起健身，晚上夜跑，黛西在玻璃窗后面看着他跑步的身影，心想这大概就是智者的生活方式吧。以前，焦躁、沮丧和恐慌像影子一样追随着内德，把他变成一个心智涣散的半大孩子，现在他一言一行都让人放心，动作沉稳有力，说话音调不高语速不快，黛西完全感受不到他情绪的变化，他专注于眼下的事，既没有被过去的失败死死魇住，也没有生活在对未来的虚幻预期中。

这天黛西注意到一则新闻，新药的副作用被曝光，政府迅速行动，收缴正在分发的药物，取消试验。又过一段时间，社区隐约传出风声，人们才反应过来，把米尔罗斯家的暴富和这款药联系起来，他成了社区公敌，时常有人聚集在他家门口抗议，甚至有邻居发起把米尔罗斯赶出社区的签名活动。人们觉得这不公平，米尔罗斯平白多了一层铠甲，取得了极大的生存优势。内德知道药物被查禁后，对黛西说，不会有新的竞争者进来了，我可能是最后一批不再受困于情绪的人。

离圣诞越来越近，内德的收入也越来越丰厚，两人商量着，不断更改圣诞节度假的地点。

这晚吃过饭，黛西边看电视边翻看旅行画册，内德忽然说，你知道吗？东方是不过圣诞节的。

黛西抬起头，她知道现在的内德不会没话找话，这句话是有指向的：你的意思是，我们也跟着不过吗？

内德说，他们的证券市场圣诞不休市。

每天甚至每个小时，总有某个地方的市场是正在交易的，难道要把所有时间都用在交易上吗？黛西关上电视。

可以休息，但如果市场有可能在节日期间发生波动，那坚守似乎是更好选择。内德微笑。

黛西目送着他的笑容一闪而逝，说，你现在很顺利，已经走在成功坦途上，为什么一定要去挣节日的铜板？

大波动很可能发生，这是一次机会。我事业刚起步，每个机会都很重要，不能随随便便放过。他耐心地说。

他这个样子让黛西更生气，她强压怒火，我需要考虑考虑。黛西走进厨房，倒一杯水，回想起几个月前内德陷入低谷的时候，家里弥漫着压抑凝重的气氛，两个人要么不说话，要么大吵一架，她受不了这种无望的生活，更不忍心看到内德像孩子一样可怜无助，他好像失去了支撑下去的最后一点力量。黛西心软了，他的事业刚开始好转，太不容易了，今年就听他的安排吧。

她正调适情绪，内德的声音传进厨房，节前我们去买上次你看上的那款车，这是最后的出价。

出价？黛西把杯子重重地墩在桌面上，开门向金吉尔家走去。

黛西一边快步走，一边猜测内德为何会使用交易用语。或许他就像一台精密的计算机，不断扫描着对方的情绪和反应，再去查阅人类最常见的反应模型数据库，自动生成成功率最高的对策。黛西心里发虚，有一种被看穿和识破的感觉。

刚到金吉尔家门口，内德的消息来了，提示音是几年前他俩在伊瓜苏瀑布录下的流水声，流水声响起，那道瀑布上的彩虹同时也在空气里拱起，声音渐渐弱下去，彩虹慢慢隐没。她盼着内德说几句好玩有趣的话，结婚前吵吵闹闹的时候，为了和好，内德会想很多办法，读一首诗，讲一个故事，唱她喜欢听的歌。黛西满怀期待地打开消息，内德的全息投影出现在面前，他认真地说，黛西，好好考虑一下，这次会获得不少于十倍的奖金。

黛西的手轻轻一扫，内德的脸先是变成线条纵横的棋盘，接着向四面溶解，不见了。

在金吉尔劝说下，黛西接受内德的计划，独自一人去父母家过节。本来她不想在节前买车，她被内德从家里拖过去，试驾，签合同，提车，坐进新车的一刻，心底的抗拒和不满消散，想到父母看见了眼睛里会亮一下，会暗自猜测他俩过得不错，她忽然开始期待过节。

路上，行至湖区的时候，她把车停下来，走到湖边，跟天鹅和野鸭子打招呼。风吹过来，凉凉的，一缕一缕的，拂过她的面颊。她沿着湖边的小路走，一会儿走进阳光里，一会儿走进细细的雨幕里。远处的山和树映在清粼粼的湖水上，湖对面的山脚下建着一排别致的房子，红屋顶，大落地窗，白色的窗纱随风荡着，飘飘悠悠地扬起来，又缓缓垂落。看过去不见有人，也听不到人的喧闹声，是个清幽的好地方，也许可以和内德来这里小住几天，白天坐在小房子前的草地上看湖水、看天上的云，晚上生起炉火，驱散屋里的潮气，再喝上一杯热热的茶。她想把这里的画面传给内德，手指悬在屏幕上面，久久落不下来。内德在工作，在紧张地盯着跳动的数字，万一让他分心就不好了。

车门像翅膀一样向两边张开，黛西从车里走出来，她看到父母接过她的行李时，目光在新车上停留一下，脸上随即露出宽慰和自豪的表情。

节日期间，来做客的亲友和邻居对黛西的新车很感兴趣，黛西一遍遍介绍着超声波遥控，演示着空中悬浮功能，当然车身变色技术也让大家觉得新奇，到了夜晚，月光打在车身上，车身变成闪闪烁烁的银色，像镶着一颗颗水钻，又像涂着满满一层水晶的碎屑，流线感的车体离开地面，缓缓往上升时，像一条刚从海水里浮现出来的银色大鱼。黛西坐在车里，随车身升到半空，她发出指令，车门慢速打开，银亮的双翼缓缓切进夜色中，接着车门关上，像开过的花缓缓合拢起两片花瓣。她听到人们的叹息声，这画面美而神奇，让人叹息。

没等到圣诞节，黛西就厌倦了介绍和展示，这个工作交由父亲代劳。她向来认为车只是代步工具，不必追求先进和豪华，追求这些也是没有止境的。虽然她自认为早有防备，还是被一步一步诱使着来到这个局面中,好像她做什么也没有用,最终还是如此,一切都在内德意料中,想到他理智的思考、冷酷的计算、高效的沟通,黛西并无半分敬佩之情,反而撇撇嘴,跟着打了一个大大的寒战。平安夜的晚上彩灯闪耀,人们围在长桌旁,吃布丁,喝水果鸡尾酒,黛西不停地看向窗外,像在等一个迟来的人,终于等到内德发来祝福的信息,她几步走到二楼,打开信息。

是一种程式吧,连他俏皮的眨眼和嘴角牵出的笑容都像是提前设计好的。她赌气没回复,反正他并没有情感上的需求,她的牵挂,她的体贴,她想跟他一起过节的热望,对他来说是一种打扰罢了。

回家路上,她远望被大雾笼罩的湖区,心里懒懒的,提不起再去看一眼的兴致,湖区飞快掠过去了。转进社区时她呼出一口气,心想一定要面带笑容出现在他面前,她希望自己带进家里的是快乐的空气。新年后不久就是结婚纪念日,想到这里,她嘴角上翘,摇晃着身体哼起歌来。

黛西早早为内德准备好礼物。

挑选餐厅也颇费一番周折,再高档的餐厅多去几次后也一样乏味,标榜主题、创意和仪式感,背后是掩藏不住的浓郁商业味道,那些浮滑又俗套的营销技巧更让黛西感到厌恶,人坐在那里浑身不自在,怎么也轻松不下来。黛西打算选择大学附近的一家小馆子,恋爱的时候,她和内德经常来这里喝黑啤酒,吃炸鱼块。她把想法告诉内德,内德说地方你来定,又问是下周三吗,黛西说你的记忆并没有被抹去,不会连这个也忘了吧。内德笑笑,说只是再确认一遍。

小酒馆里，黛西叫的还是黑啤酒和炸鱼块，两人尝了一下，味道跟当年差不多。黛西让内德摊开手掌闭上眼睛，把藏在包里的礼物拿出来，放进他手掌里。是罗纳尔多签名的训练球衣。刚毕业布置租住的房间时，黛西想在房间里摆一件饱含着情感、储藏着回忆的物品，让这个租来的地方有一丝家的气息，她知道内德疯狂喜欢这个一百年前的传奇球员，就计划买一件签名的球衣或足球回来，在线上拍卖网站找了找，发现要价太高，根本负担不起。

内德睁开眼睛，黛西兴奋地看着他，说，是那个外星人，罗纳尔多的亲笔签名球衣。内德嘴里啊了一声，展开球衣，细细辨认签名，嘴里说着，是真的吧，这签名球衣。

黛西木然走出酒馆，坐在路边抽烟。她想起第一个结婚纪念日，两人自驾到森林公园，预定的宾馆漏掉他们的信息，已经客满，他俩连夜去另一个镇上投宿。午夜后实在太累，两人下车躺倒在路边休息。歇一会儿，内德拿出提前准备好的蜡烛在公路边上摆出心的造型，又戴上兔子面具给黛西跳舞，黛西送给内德一幅画作，是她自己画的，金黄色的稻田上面，两个戴着尖顶红帽、手拉着手飞翔的小精灵，精灵上方的天空里，繁星、满月和艳阳同时出现。

眼泪涌出来，眼前的一切变得模糊不清。

回去的路上，内德沉默地开车，她知道内德看到她流泪了，也知道内德不会抚慰她，甚至不会递上一张纸巾，这是他的正常反应，以避免发生交通事故，避免引起后续不可控的一连串的感情涟漪。黛西别过头去，盼着这段车程赶紧结束。她从未感觉到如此的孤独和寒冷。

一连很多天黛西都提不起精神来。不想做家务，不想看书，打开一个电影，只要三分钟内吸引不了她就换下一个，还是看不进去，就这样一个个切换，一下午很快过去了。花园里的篱笆花墙久不打理，枯了一片，家里看起来乱糟糟的，东西用完了不归位，扔得到处都是，有一次她做饭时烫到手，就连续叫了很多天的外卖。

白天，她心神恍惚地窝在屋里，晚上内德回来后，她经常呆呆地看着他，看着他换上便服，看着他吃蔬菜沙拉，她问，内德，我们会一直在一起，对吗？内德总是笑一笑，点点头。

这天晚餐后，内德翻开最新的财经杂志，忽然站起来，我要去一下公司，模型增加了一个参数，也许会有意想不到的变化。

黛西从沙发上弹起来，冲过去拦住内德，今晚别去了，在家待着行吗？内德继续穿外套，换鞋子，说，灵感是努力工作的奖赏，没有日日夜夜的苦思，门捷列夫不会在梦中排列好元素周期表。我知道这个新参数会非常奇妙，家里的计算机运算不了这么大的模型。

黛西哀求，我能跟你一起去吗？

你去有什么意义呢，可能会获得一些廉价的情感安慰，都是幻象而已。我习惯自己研究，别人在场会降低我的思维敏捷度。

黛西怨恨地看他一眼，她知道那冷冰的大脑又进行完一轮快速运算，利用内德的声带输出最优解决方案。

黛西说，求求你，小王子。这世上有无数的人，无数的花朵，只有咱俩是驯养之后互相需要的。他俩童年时都热爱过圣-埃克苏佩里，他笔下的故事让他们无比笃定地相信爱情和婚姻。以往争吵的时候，只要有一方说出这句话来，另一方就会放弃坚持，不再赌气，哭泣着或欢笑着和解。

黛西心里暗自期待，期待内德走过来抱住她，说我哪儿也不去了。

她听到门拉开又关上的声音，内德走了。

她双腿一软，倒在冰冷的地板上，不知躺了多久，内德还没回来，她突然想到金吉尔，她跟金吉尔处在相同的困境里，金吉尔是怎么解决情感需求的呢？

照例有邻居站在金吉尔家花园外抗议。黛西走近，透过玻璃，看到金吉尔正推着婴儿车在窗边打电话，也许是通知警察吧。突然人群中有人拿起什么东西朝窗子掷去，黛西惊叫一声，想提醒金吉尔已经来不及了。玻璃轰然破裂，碎片如急雨般溅入屋内。黛西吃惊地看到，金吉尔机敏地弯下腰，用自己的背部和臀部挡住婴儿车，同时用双手护紧自己的头部。接着她朝窗外望一眼，把婴儿车又往里推了推。黛西看到金吉尔的眼睛，没有一丝惊慌和愤怒，镇定，冷静，和内德一模一样。

黛西失神地向自己家走去，连鞋子掉了石头划破脚板都不觉得疼。

回到家中，她翻出照片，一张一张看，眼泪很快打湿了照片，她不出声地流眼泪，看着她和内德的笑容越来越淡，直到消失不见。她站起来，一阵眩晕，想用手撑住桌角，没够着，身体歪斜着倒下去，头磕在落地灯的铜质底座上。她手里还捏着一张照片。

黛西睁开眼睛，左右看看，发现自己躺在病床上，内德手拿咖啡，正推门走进来，金吉尔和米尔罗斯在窗前椅子上坐着。

内德告诉她，听说金吉尔家出事，我赶回来，却发现你晕倒在地上，那时你濒临脑死亡了，没办法，必须用特效药，你知道的，米尔罗斯能搞到。

米尔罗斯指一下自己，再指指黛西，表示大家现在都是自己人了。

黛西坐起来，说，我再也不会流眼泪了，对吗？

伶仃

黄昏的时候，卫巧蓉走进一片水杉林。通往树林深处的小路逐渐变细，青苔从树下蔓延到路边，她快步走过时，脚步带起了风，缕缕青色的烟从地面上升起，蜿蜒而上，越来越淡，越来越清瘦。她停下来，等烟散尽才俯低身子凑近看，这些日子阳光好，苔藓干透了，粉末般松散地铺展着，细看起来如一层毛毛碎碎的绿雪，她小心喘着气，担心用力呼出一口气就会把它们吹扬起来。

刚出林子的一刹那，天空似乎亮了一下，像头顶响过一声短促清亮的口哨。接着，走上一条布满沙砾的小径，小径尽头就是马路了。街道，楼房，不远处的海岸，浸没在薄暮柔和的光线里，声响也似乎被夜晚悄悄吸附了，四周显得很寂静，是傍晚时分特有的暖金色的寂静。她身后，遥遥的地平线上的山丘只剩下含混的轮廓，挨着山体漂浮的云彩在暮色中显得格外白，她抬头看时，一朵云正翻过山头，翻到山的另一侧，消失不见了。

剧院伸向天空的几个尖角先露出来。很快，一个透明的多面体完整地出现在视线中。福海剧院到了。跟老家那座蚕茧型的剧院相比，她更喜欢福海剧院的外观，就像不同形状的巨大积木堆聚起来，一道道利落的几何线条，阴天的时候看起来平淡无奇，一有光线就活了，晴朗的天气里阳光穿过大块玻璃拼成的斜坡，透视出一个个宽敞开阔的空间，晚上灯一亮，如海边漂来一块熠熠闪光的宝石，每个反射面都粼粼地映着海水的波纹，从远处看过去，宝石像浮在水里，被晃荡着的水波抬起来，又放下去。走到剧院门口时她看看表，离开演还有半个小时，她照例绕到剧院后面，这里有一条木头栈道通往海滩。

海滩的西边是码头。三个月前她在码头买到船票，上了船，找了个靠窗的座位坐下。初春的海风从窗户缝里挤进来，像一蓬细细的针扎向脸上的皮肤，她从背包里取出围巾，把头和脸裹起来。一直等到渡船靠岸，围巾也没摘下，她蒙着脸，踏上这个初看起来有些荒寂的小岛。那天，海上刮风，天上也在刮风，云彩纷乱，单薄的云身子后面拖曳着一个长尾巴，尾巴的末端已是丝丝缕缕的，像蘸着白颜料的毛笔在蓝天上疾扫而过。

演出快开始，她推开后门，找到座位坐下，顶上的灯光正好变暗，舞台的帷幕向两侧徐徐拉开。过了一会儿，眼睛适应了厅里的黑暗，她伸头四处看，在前几排中央的位置找到了徐季。接着观察徐季身旁的人，左边的男人跟徐季差不多年龄，右边是个高中生模样的女孩，他们没有东瞧西望，都专心地看着舞台。有经验的观众已经准备好了，她也把头转回来，望向舞台。

剧院不定期地上演话剧、音乐剧和演奏会。第一次来剧院的时候，她选择的也是最后一排的座位，整场演出她都盯着徐季，徐季也像今天一样脊背挺直，端坐在朱红色的软包座位上，即使只看见他的后背，她也不难想象出他的神情，一种沉入到另一个世界的完全的平静。而她不明白台上的人在唱什么，为何流眼泪，怎么又拥抱在一起，从头到尾她的脖子都拧向徐季座位的方向，眼睛在徐季和徐季邻座的身上转来转去。一直到演员谢幕，徐季也没跟邻座的人有任何交流，他似乎还在静静地回味，演员转身走向后台了他才站起来鼓掌。大多数观众还待在座位附近，她低着头推开后门，顺着螺旋的楼梯往下走，来到门口时她看到柱子上张贴的海报，有出剧的名字叫《吉屋出租》，海报上印着几位异国年轻人，相貌各异，表情都是生动和热烈的，眼睛睁得很大，满怀希望又带点天真地直视着海报外的世界，她站在海报正对面，他们就眼神热切地看着她，好像想对她说点什么。

此刻，她的视线离开徐季，转向正前方。舞台上空无一人，只有幽蓝色的灯光在说话，几秒钟后，乐声响起，泠泠的琴音悠来荡去，她恍惚看见几杆枝叶稀疏的瘦竹在空旷的庭院里摇动着，接着琴声变稠，如雨点密密层层地落下来，地上的雨水似越积越多，光一掠而过时照出一汪空明。琴声断绝的地方，更多的乐器走了进来，音量逐渐攀高，水流加快，太阳光轰泄而下，翻折的星空豁然打开向着无限的虚空延伸，她呼吸急促起来，大水没过头顶，人快要窒息了，乐声终于冲至顶峰，渐次低回，末了只剩下几个零落的音符，像余烬中一闪即灭的火星，最终乐声全部隐去，突然降临的静谧中，一个绿色皮肤的女人出现在光束里。借着乍然一现的亮光，她忍不住把头转向徐季，光线勾画出他清晰的侧脸，脸上的表情跟她之前想象过的差不多。

全部演完总要两个钟头吧，她坐不住也看不进去，一群小猴子在胸口乱窜，胳膊交叉在胸前也压不住它们。曾坚信不疑的事实，正变得越来越失去底气，虚弱得站立不稳。头脑中设想过无数遍的画面，即使每个细节都已被磨得发亮，也不会就此变成现实中真切的一幕。

再说，已经这样了，她是对是错又如何，不重要。

舞台上几个人正围在一起说话，你一言我一语，声调很高，身披大氅的卷发女郎似乎说了一句幽默话，观众席上传来笑声，笑声夹杂着小猴子们奔跑杂沓的脚步声，耳边所有的声响，混合着她脑子里那个也许永不停歇的声音，让她感觉身体随时会从内部爆开，碎片四处飞溅。她摇摇头，欠身离开座位。

巧蓉，下午出门吗，我跟老吴想去你那里坐一会儿。吴太太站在树荫里，冲卫巧蓉喊道。

卫巧蓉刚从菜市场回来，手里拎着一个塑料袋，袋子口露出白萝卜的绿缨子，萝卜下面隐隐能看出是一条鱼和几块姜。好呀，她答应着，来吧，来吧，说着把口罩摘下来，连房东都能一眼认出自己，还自欺欺人地戴什么口罩。

你们逛，我去买包洗衣粉。她拐上一条小路，往小区西门方向走，那里有一家便民超市，一般的日用品都能买到。超市到了，她没进去，径直出了西门，又往前走了一里路，来到岛上的养老院。

上午阳光不毒的时候，护工会把椅子搬到平房的门口，让老人们出来晒太阳。她来这里是为了看看其中的一个老人,通常这老人坐在一排平房中间的位置,她跟别人不太一样,一般的老人坐一会儿就困了,头一点一点地打瞌睡,忽地醒来时一脸受了惊吓的模样,不打瞌睡的就不停地搓弄衣角,看起来难免有些愚蠢,而这位老人面前摆着小桌儿,桌上是一堆乐高积木的零件。

乐高老人太像她的母亲了。

有一次路过,不经意间瞥见老人,她马上被眼前这副面容钳在原地,惊骇之后,喜悦和感激迅速占了上风。一样的方脸型,相似的五官,甚至连五官被重力拉拽后的走向都是一致的,还有同样的用黑色发卡犁过的银发。那一刻她真希望乐高老人就是她母亲,母亲没有离世,只是换了一个地方生活,她不是好好的吗,还会玩乐高呢。

这会儿六月份了,有的老人头上依然戴着毛线帽子,抄着手坐在阳光里。乐高老人穿白色的亚麻长袖上衣,黑裤子,看上去清爽干净。前几次,她只是远远地望着乐高老人,也看不懂她在拼装什么,这次走近了看,老人手里摆弄的似乎是个摩托车。她弯下的身子在桌面投下阴影,老人抬起头,把老花镜往上推推,看了她一眼,她冲老人笑笑,老人也笑了,接着垂下头去,用手指捻动着一个转轴,说,你看,能动的,后面连着一个车轮子呢。她也试着拨弄一下转轴,轮子转起来,老人笑得更开心了。她问,在这儿过得挺好吧?老人不说话,拿起一个L形的小零件继续往车子上装。

临走的时候,她看到护工推着一个老人过来,轮椅上的老人像是刚刮完胡子理完发,这让他显得年轻了一些。她走过去跟护工搭话,打听乐高老人的情况,护工说,那位呀,也没什么大毛病,就是儿女没工夫伺候,送到这里,隔几个星期过来瞅瞅她。她问,老人家有什么特别爱吃的吗?护工摆摆手,一口假牙,什么好吃的也吃不出滋味了。

回去的路上她在超市买了东西,回到家里,东西随手往地下一丢,她习惯性地走进北屋,坐在窗前的椅子上往对面看。楼间距不大,窗户又都是落地的,不用望远镜,肉眼看对面就看得清清楚楚。她的目光扫过阳台、客厅、朝南的卧室,不见徐季的身影。也许他是出去了吧,她想。

下午听到敲门声,卫巧蓉知道是房东夫妇来了,心里也猜到他们为何而来。管他呢,反正她喜欢见到这两个人,至于换房的事情,能拖就拖。

一看老吴手里拿着一兜儿瓜子,她悬着的心放了下来。老吴嘴里说着又来喝你的好茶了,一边把瓜子倒进果盘里,吴太太也笑嘻嘻地靠着茶几坐下,一条白玉珠穿成的链子绕了两圈,勾在她纤长的中指上。

哪有什么好茶。卫巧蓉打开抽屉,往外拿杯子,手在冰裂纹的瓷杯上放一下又弹开来。她微微叹口气,为什么大老远的把这个瓷杯带过来,上面的裂纹会让她联想起自己现在的生活。

她取出几个玻璃杯,每个杯子里放一大把茉莉花茶。她说茶叶不讲究不是谦虚,跟老吴夫妇比起来,她确实不懂喝茶,就是吃完饭嘴里觉得油腻时,泡杯茶解解腻而已。

老吴夫妇喜欢跟人交往，与邻居、房客都混得很熟。这之前，卫巧蓉并不习惯外人有事没事地造访，奇怪的是自来到岛上，也不觉得这种邻里日常的交际对自己构成打扰了。她寻思着，可能身处与陆地隔绝的小岛，人们很容易变得亲近起来，说起来岛屿也不大，起一场浓雾，这小岛就从世界上消失不见了。

老吴他俩待人亲切，态度始终是自然的，这有别于她过去的经验，微笑的同事，问长问短的亲友，热情的服务员，在某些时刻，她会在他们脸上捕捉到一闪而过的游离和厌倦，那种实际上对你不感兴趣的疏远，那种掩藏不住的对周围人事的漠然。

而且有他俩坐在身边讲故事说闲话，她会暂时忘记此行的任务，脑海里喋喋不休的声音也会逐渐减弱，直至听不见了。

上次讲到养殖户的腿瘸了。她提醒老吴。

老吴呷一口茶，说，对，瘸腿的养殖户还惦记着他的海参苗，没日没夜地在池子边守着，知道守着没用还是守着。养殖场就他一个人，他寂寞了就跟海参说话，念念有词：你们别化了别跑了，好好长，长得肥肥大大的，过些日子咱们就能见面了。这天晚上，海上刮来一阵阵凉风，温度总算降下来了，养殖户炒了几只螃蟹，打开一瓶白酒，对着大海坐下来，喝了几盅，越喝越烦。

他爱人呢，那个抹开面子去娘家借来钱的姑娘。

跑了。老吴说。

卫巧蓉捏着一粒瓜子正往齿间送，听到这话她放下瓜子，不对，怎么就跑了，这俩人轰轰烈烈的，多不容易才聚在一块儿，就这么散了？

散了。老吴一语带过，似乎这没什么好说的。他接着讲，养殖户跟海参说完悄悄话，又开始对着大海瞎想，精卫、哪吒、八仙这些人如今在哪儿呢，能出来一起喝杯酒就好了，哪怕钻出来一只海妖，他也愿意敬他三杯。

吴太太端起茶杯递给他，笑着说，你喝口茶吧。

卫巧蓉很不情愿地往下听，心里还在想：那俩人为什么不能一直好下去呢？故事的主角是老吴年轻时候的一个朋友，她听了几个章回了，曲曲折折的，总不叫人如意，以为后面大致上就是养殖户跟他老婆通过养海产挣来了好日子，谁知道海参被热死一大半，老婆也走了。她耐着性子继续听，到这里好像就该分岔了，她也只能转个身，跟上去。

养殖户自己喝闷酒，偶尔抬头看看四周，唉，不远处的礁石上好像坐着一个人，他揉揉眼，似乎是个女人抱着膝盖坐在石头上，天黑也看不清楚。又过了一会儿再看过去，周围哪有什么人，海鸟都不知道藏到哪里去了，他吮着螃蟹腿，也许是刚才眼花了。

老吴忽然压低声音，说，他正想着，有只手拍拍他的肩膀，身后响起一个声音，你这里有孟婆汤吗？

卫巧蓉心噗噗乱跳，脸色煞白。吴太太赶忙说，别怕别怕，听他乱讲呢。

怎么成了乱讲，你说我讲的对不对？卫巧蓉看见老吴边辩解，边向太太眨眼，夫妻俩脸上同时荡漾开笑意，笑意从嘴角漫到颧骨，最后笑的，是眼睛和眉毛。

毕竟世上也有这样的夫妻。卫巧蓉觉得宽慰。也许两个人一直待在小岛上，一辈子轻松平顺地过来了，没尝过多少疾苦，暮年时又赶上除了外星球哪儿都能开发的好时候，几套楼房在手，日子安闲舒心，也就更容易体会到一些细微柔软的情感。

反正不是鬼啊魂啊，我猜是个女人。卫巧蓉说。

老吴点点头，是个一时想不开的女人。人活一世，坎坷是难免的，过不去的，跳海了，更多的人还是过了，人总有办法让自己生活下去。

还是你们两个好，一辈子没发过愁，没经过什么变故，这神仙般的逍遥日子。说完她起身夫厨房，打算再烧一壶水，身后传来珠子相撞的清脆声音，吴太太跟进来。

老卫，还是那件事。你都这个年纪了，非要住四楼，有什么好的，每天爬上爬下累得呼哧呼哧的，二楼那套房子是小了点，你一个人住不也够了。

一对学画画的学生情侣计划暑假来岛上住，说陆续还会来几拨朋友，嫌一房一厅的那套太小，老吴夫妇试着跟她提过，说她要愿意的话就帮她搬下去，房租还便宜不少呢。

她跟往常一样说考虑考虑，心里却清楚自己是不会换房的。刚来的时候，她在岛上的旅馆住着，来来回回找了几家中介，把小区的各种户型差不多摸透了，最后终于找到这套位置绝佳的房子，从北面的居室望过去就能望见对面住着的徐季。

吴太太看了一眼北居室，说，你别嫌烦，我再唠叨一句，海边的房子潮湿，你最好把床挪回向阳的卧室里，让太阳多烘烘床铺，北面这间随便放点杂物，住人哪行呀。

住惯了，在老家也是住北向的。她怕这个话题再继续下去，就问，还喝茶吗？

老吴在外面说，且听下回分解吧，你歇歇也该做晚饭了。

送走房东夫妇，她坐在窗户前面，定睛看着对面的三楼。这两年，只要闲下来，过往的一些画面就像过电影一般在脑子里走，大风大雨，石子儿接连打在湖面上，涟漪一圈儿赶着一圈儿，她细数着一个个错误的选择，重新回到一个个不愉快的场景里，她翻箱倒柜，她披头散发，她会突然在窗玻璃上看到一张狰狞的脸，自己吓自己一大跳，扭头转向窗外，月光苍白，月亮变老了。

她宁愿一动不动地看着对面，至少这个时候她还能感受到一丝平静。看着看着，天色暗下来了，对面楼上的灯渐次亮了。其中一盏灯下面晃动着徐季的身影，他来回走动了几次，然后坐在茶几前，边看电视边择菜。屋里再没有其他人了。

水泥地很凉。卫巧蓉先是觉出凉来，接着眼睛看见灰色的地面，才发现自己扑倒在楼梯台阶上。周围没有人，静得能听见自己的呼吸声，时间变慢了，几乎像锈住了一般不再往前流动。

她不敢贸然起来，等了一会儿，小心地动动手掌和胳膊，每根手指都能活动，胳膊也没事，只手腕子擦破一点儿皮，无大碍。她用手和膝盖撑住地面，慢慢地调转身子，坐起来。知觉渐渐恢复了，也没觉出来哪里不适，她庆幸腿没有骨折。她试着把掉出来的鲳鱼、小葱拢过来，重新放回塑料袋里，另一个袋子她还攥在手里，里头是买给乐高老人的猕猴桃和鲜牛奶。

坐在楼梯上定了定神,她看到脚下有水迹,本来应该是一滩,现在有被她踩过一滑的明显痕迹。胡思乱想什么呢,怎么就没看见这滩水呢,她抱怨着。

歇够了,站起来准备继续往上走,刚迈一步,她"啊"的一声,身子靠在楼梯扶手上,脚踝传来一钻一钻的锐利的疼痛,额头上立刻渗出一层细汗。她紧咬牙关,弯下腰,扯起左边的裤脚,一个陌生肿胀的踝关节露了出来。

她抓住扶手,右脚先向上迈一个台阶,踩实了,再蜷起左腿,依靠右半边身体猛一用力,把落在下面的一半身子也带上来,就这样慢动作般费力攀爬着,到家门口时,外面的太阳已经升高,一个早晨来过又走了。

躺进沙发,后背还没放平,脚踝深处涌上来一波剧烈的撕裂感,像一根筋扯着,几乎要扯断了,疼痛从脚到头,向上贯穿,她猛地一激灵,像突然意识到自己还有一具身体。

愣一会儿,她站起身来,小步小步地挪进厨房,接了半盆水放进冰箱冷冻室里。水冻成一坨冰后,她用毛巾裹住冰块,贴着脚踝放好。阳台的门开着,风吹进来,窗帘下摆一荡一荡的,桌上的塑料袋唰啦唰啦响。

慢慢地,融化的水透过毛巾疏松的孔洞往下淌,冰块越来越小,伴着血管的收缩,痛感也似乎有所减轻。

集中全副精力应对脚伤,还没到饭点,肚子就饿了。

头几顿还好,炖了鲳鱼,拌米饭,分两次吃完,冰箱里存的西红柿、豆角也分别充当了一餐,第三天早晨,她打开冰箱,里面空荡荡的,仿若一个心虚的人在冲她讪笑。关上冰箱门,她从袋子里拿出给老人买的猕猴桃,捏了捏,已经变软,这天就靠猕猴桃应付了过去。

天黑了,她躺在床上,透过拉开的窗帘看见一小片夜空,一弯细月嵌在天上,像一个精致的伤口。月光里,踝关节高高耸起,疼痛依然在,变得钝了、闷了,沿着神经线隐隐传导着,她能感受到它,也在学习承认它,跟还没离去的它一起待着。前几天早市上,她不知道该给乐高老人买点什么吃,大鱼大肉不好消化,坚果咬不动,甜点心也不行,逡巡一会儿,买了点水果和牛奶。来到养老院,见一排老者沐浴在晨光里,没有了乐高老人的踪影。她掉了魂一般,好像老天爷第二次把她母亲带走了。她来回找了几遍,又拉着一个护理员问,描述老人的样子和老人的玩具,护理员是新来的,说不知道,我刚来两天。

接着,她就崴了脚。

她坐起来,挪动到床沿上,往对面张望。三楼的灯亮着,徐季还没有睡。这几天她时不时往对面瞅一眼,有时看见他闪过的身影,心里就踏实些。

她扭伤了脚,困在屋里,一个人,寂静地,目送着日影从东走到西,听见小鸟聚集起来欢叫又忽地散去,感觉到脚部的疼痛由汹涌巨浪化成一脉细流,偶尔看看对面,也是因为突然想到他在岛上,这里还有一个熟人呢,离得这样近呢。她一个人住,他也是一个人住。他的生活简单、孤独,看起来,他享受这一切。

她拿起手机,找出徐季的号码,瞅了半天,手一划,屏幕暗了下去。

早晨醒来，恍恍惚惚双脚着地的一刹那，她几乎忘了有只脚受了伤。干脆，她心一横，左脚着地往前走了一小步，疼痛变弱了，若隐若现的，一跳，隔了很久，再一跳，像清晨发白的天空上星星即将淡去时的微弱闪光。她走到门口，想到还有四层楼梯等着她，就算走完楼梯，去超市的路也还长，心里就泄劲了。犹犹豫豫地打开门，往楼道里迈步，关门的时候，她看见门把手上挂着东西。

一个袋子，里面装着挂面和鸡蛋。

怕是谁放错地方了？四下看看，不见人影，叫一声，没有回应。她拿起袋子回到屋里，赶紧给自己下了一大碗面条。一直等到晚上又吃完一顿，她仍然猜不透食品的来历。房东夫妇刚来过一次，短时间内不会上门，再说他们也不会留意到她脚伤被困。徐季呢，他应该不知道她在岛上，刚到岛上的时候，她尾随着他去早市去剧院去公园，一直都很小心，戴口罩撑洋伞，遮着挡着，并且总是保持一段距离，往对面楼上窥看的时候她也很警惕，他猛然抬头时，她就赶紧缩起身子，蹲着走出北屋。

难道是乐高老人，明知道不可能，她心里还是一热。

徐冰倩是几天后赶到的。电话里卫巧蓉说，已经快好了，快好了才随便说几句的，没事了。徐冰倩说，用药了吗，应该没有，你自己挨着不会去医院的，以后落下病根怎么办。这么多天，你一个人没吃没喝的，光下面条怎么行。对了外卖，先叫外卖对付几顿。

她不会叫车，也不会叫外卖。

不管她怎么说，徐冰倩还是立马买了票。女儿快来身边了，她嘴上反复说不用跑一趟，心里不知道多高兴。说起来，她们也有好些日子没见了。

女儿坐上渡船，卫巧蓉就一直在门边站着。终于听到楼梯上有响动，她赶紧打开门，往下张望，徐冰倩也正抬着头往上看。随着女儿的脚步声越来越近，她竟有几分紧张，不知道为什么，鼻子还酸酸的，有点想流泪的感觉。女儿刚到门口时，她不敢仔细看女儿，每次隔一阵子又见面时，就觉得女儿身上少了或多了点什么，跟记忆中的样子总有些许出入。

她有些客气地把女儿让进屋，女儿放下行李，她递上茶杯说喝口水，两个人这才互相看一眼，也互相适应了一下。

刚扭伤时就该告诉我的，毕竟出门在外，不比在老家。徐冰倩环顾着简陋的房子，又提起这一茬。

她说，以后身子骨儿越来越糠，小病小灾不断，哪能每次都通知。她知道女儿也有一堆烦心事儿，各人生活在各人的苦里，谁也替不了谁。

生病、碰上意外，都该及时给我说，我请个假就出来了。徐冰倩在屋子里转悠，来到北面的居室，她停下来，先看看对面，又转头看着卫巧蓉，嘴动动，却什么也没说。她不是第一次来岛上了，有一年临近春节的时候，她来这里探望过父亲。

过了一会儿，两人坐在沙发上，先说了几句无关紧要的闲话，徐冰倩才问，妈，你打算什么时候回家？

怎么还要劝我？卫巧蓉有些抵触。

我说爸爸独自在岛上生活,你不信,臆想出来一些事情,到处跟别人说,有鼻子有眼的,我只好把地址告诉你,你自己来看看,也当出来散心,之后这事也该过去了。妈,你信不信,这事终归会过去的。

你说得简单,几十年夫妻说散就散了,任凭谁也想不通呀。一辈子过来了,两个人加起来一百多岁,该相依为命了,他无情无义翻了脸,一句解释都没有,铁了心要走。她还记得那番情景,本来没放在心上,以为徐季不过是哪里不顺气,说几句疯话罢了,后来她才发现,这个看起来没什么个性、无可无不可的人,坚决起来是如此可怕。她慌了神,想死命抓住点什么却被一股陌生的力道抛出来,跌落在局外,眼睁睁看着一条熟悉又安全的路线突然断了头,死去了。她和徐季,曾是彼此在世上最亲近的人。这么久了,再回忆起来,愤怒、屈辱、自怜自艾都淡下去了,但她的心还是会疼一下。

徐冰倩叹口气,妈,一个人突然想过另一种生活,于是什么也不要了,什么也不管了,这样的话每天给你解释一遍,有用吗。他是另一个人,跟你想法不一样的人,他发明不了一个完善的解释来补你现在的残缺,再说到了今天,你还需要一个解释吗。对于爸爸的做法,我既不赞同,也不理解,我只是接受了。

卫巧蓉身体抖一下,像打了一个冷战。她拉紧衣服,小声说,我不是一个糟糕的妻子,我想不通,我来岛上只是想知道为什么。

妈,现在知道了吗?

她看着女儿,女儿也在看着她,她心头一震。女儿看她的眼神,没有厌倦和不耐烦，也不是那种睥睨低维生命体的轻蔑眼神，她从对方的注视中接收到很复杂的信息，鼓励，期待，真心盼着她好，还有，她认得出，爱。

有几分熟悉，她想了想，女儿还是小孩子时，她看女儿的眼神也是这样的。

有点明白过来了，她回答道。她的明白里其实掺杂着说不出来的茫然，她不想让女儿失望。回答完了，终究还是不服气，马上又加了一句，这事要落在别人头上，别人说不定什么样子呢，还不如我。

女儿笑了，那当然，我妈挺棒的。

去医院的路上，她对女儿说，在岛上遇见一个很像你外婆的人，我经常去看看她，最近这一次没见到她，你说，她会不会去世了，老人家，说没就没了。

女儿会假意宽慰她吧，说老人可能是被接回家云云。

她听见女儿在耳边说，妈，真羡慕你，好比你又多看了外婆几眼，多少人只能在心里想念亲人啊。

她先是愕然，转而欣喜，一转念的工夫，出租车从窄道里拐出，下了一个坡，半月形的海湾出现在眼前。车窗外面，一排排红房顶的度假别墅轻快掠过。海里，渔船上的人正在撒网，身体一旋，两只手臂抡出去，把张开的网送向空中。这多像记忆深处的一幅旧画。卫巧蓉忍不住喊女儿看一眼，女儿放下半截车窗玻璃，偏过头去往外看。卫巧蓉偷偷瞅着女儿，跟小时候一样，女儿的鼻梁和下巴还是那么秀气，她的脸庞看上去是甜的，甜如成熟的果实，还有她皮肤上散发的光泽，卫巧蓉只在牛奶结成的奶皮上看到过那么温和细腻的光。出租车从两排樟树间开过，到了更明亮的地方，她注意到女儿眼角的一小簇皱纹。

并不为女儿脸上现出的老态感到忧虑和惋惜。她多么喜欢女儿现在的模样。

明天上午的票对吧？卫巧蓉帮徐冰倩把碗筷收拾到厨房，徐冰倩一边点头一边说，别动，出去坐着。卫巧蓉给她系上围裙，提议道，一会儿咱俩去沙滩上走走。别担心，脚好多了，就在最近的沙滩，几步路而已。

这是一处很秀气的海滩，地势平缓，沙质松软。两人沿着海潮退下的一道水痕往前走，被阳光晒了一天的沙子现在还是暖热的，走了一会儿，脚底像被小火苗远远地烤着一样舒服。

到底女儿能不能看到呢，卫巧蓉并不确定。此前，她在这个海滩上遇见过一幕奇景，一幕不属于人间的景象，说不出来的美，短暂而神奇，她悄悄地记在了心底。那会儿，她也像现在一样在沙滩上闲逛，忽然，海水的边缘出现一条闪着蓝色荧光的带子，随着波浪一前一后地摆动，她走近几步，看到海水里浮动着珠子形状的团团蓝光，不像灯光，也不像珠宝的光，那蓝光分明是有生命的，正活着的光，很快，也说不清是水还是光，一波波漫上来，漫过她的脚。星星从天上掉下来了吗，她恍若站立在流动的星河里，喉头一哽，想叫又叫不出声来，整个人呆住了。星河消失，她如梦醒，旁边拍照的人告诉她，这是夜光藻聚集引发的现象。她回想刚才那一幕，更愿意相信是繁星掉落海水，嬉戏片刻又飞回天空。

可遇而不可求。她挽着女儿的手臂，往更开阔的地方走，背后有风吹拂，很轻柔的风，像踮着脚尖跟在她们身后。

再往前就是地质博物馆。她指着不远处的建筑物。女儿停下来望着前方，说，这博物馆外形很奇特，像上冲的海浪在半空中被定住了，是空间，但更像一个瞬间。她点点头，第一次见到博物馆的外形，她首先感受到的也是时间。在这个"瞬间"里，陈列着岛屿地层的主要构成，一亿多年前的早白垩纪的火山岩，还有小岛各个地质时期的动植物化石，层层叠叠地凝结着亿万年的漫长时光。

已经闭馆，等你再上岛，我陪你进去看看。

回到家里，两人都觉得困，早早躺在床上。楼下散步的人陆续回来了，人们的说笑声夹杂着小狗的吠叫声，卫巧蓉说，隔壁单元有人养了一只串串，博美和蝴蝶犬的混血狗，样子特别漂亮。说着说着话，徐冰倩那边先没声了，她睡熟了。

卫巧蓉听到耳畔传来缓慢深长的呼吸声，有多少年没听过这样的呼吸声了？听着听着，眼角一热，赶紧背过身擦了擦。眼泪不听劝，继续往外涌，无声无息，顺着脸颊流下来，滴在枕头上，黑暗中静悄悄洇湿一片。听着平稳的呼吸声，她感到时间滴滴答答善意地流逝过去，万物沉默地生长，山脉，海水覆盖下的岩石圈，还有不远处伸向海滩的铁红色岬角，那长满地衣的寂静而热烈的火山风景。在一些艰难的时刻，她以为自己肯定要完了，结果她没完。日子呀，慢慢就磨过去了，再过几年女儿生了孩子，她要当个好帮手，帮女儿熬过最忙乱的两三年。再往后，不知道多少年以后，总有这一天吧，她得病了，去世了，她的魂魄也会循着这酣酣的呼吸声，在人世里找到女儿，不呼唤，不打扰，只远远地看看她，守着她。

她多享受和眷恋这普通的夜晚啊，平和的夜，熟睡的人，还有此刻不在眼前但她知道会站在那里的一棵树，楼门口种着的一棵夹竹桃，月光下几片深红的花瓣正缓缓飘落。

窗玻璃上渐渐起了一层雾。

天快亮的时候，下起小雨。卫巧蓉跟往常一样醒来，睁开眼睛，先看见女儿侧过来的头，心里顿时满是安慰和满足，脸上的表情也变得温柔起来，连带着心头涌起对整个人世的淡淡的温情。她凑近了，端详女儿熟睡的样子，端详一会儿才起身，轻轻关严屋门，走进厨房，熬上杂粮粥，煮了两根鲜玉米。

吃过早饭，她忙着给女儿检查行李，钥匙，证件，钥匙，证件。女儿呢，忙着检阅冰箱，里面满满当当的是蔬菜、鱼虾和水果，冷冻层里也塞满水饺、猪肉包和带鱼段。临走的时候，女儿还把几瓶药油分别放在茶几、床头柜和窗台上，嘱咐着，没事多搽搽，在关节上不停划拉，划拉到发热就是起效了。

她换下拖鞋，跟在女儿后面要一起去码头，女儿摆摆手，说，你的脚还要再养养，别跟我去码头了，有空了我就来看你，很快的。女儿向外走几步，忽地又闪身进来，揽住她的脖子，说，妈，还记得吗，我十几岁的时候咱们一家去旅行，去南方的一个海岛，那几天玩得可真好。

女儿的本意是让她开心，"一家"这个词却短暂地刺痛了她，疼痛来而复去，倏忽而逝，她清晰地感觉到疼痛的发生和消失。不过，快乐的旅行，她有点记不起来了，只能装作想起来，用力点点头，说，等你再来，我的脚也好了，我们一起在岛上逛逛，很多好地方呢。

晚上，卫巧蓉把白色塑料瓶里的药片倒进垃圾桶。自从徐季走后，娴静端庄的夜晚也一并失踪了。她躺在床上，翻来覆去，枕头里的荞麦皮沙沙响个不停，像深秋的雨在耳朵边下着。夜深了，她一点困意也没有，圆睁着双眼，全身火烫地想象着跟徐季理论的场景，她整夜整夜处在战斗状态中，凌晨时才在一边倒的胜利中疲惫睡去。再后来，母亲去世了，她白天呆呆地流眼泪，夜里躺下就蒙住头，想忘了已发生的一切。一切的一切，争相往外喷涌，她揭开被子，眼睛在黑暗中盯住天花板，感觉到有什么东西迅速流走了，萎缩，干涸，焦枯，她如一副空空的骨架，在月光的照耀下又冷又白，森森地闪着寒光。

她倒掉安眠药，准备重新学习睡眠。

细软的沙子里插着柠檬色的太阳伞，伞下面是躺椅，躺椅旁边的野餐垫上摆满面包、烤肠、冰汽水、椰子、西瓜，几块浴巾平铺在细沙上，接受夕阳照耀。海水里浮动着五颜六色的泳帽，卫巧蓉戴着一顶红泳帽，徐冰倩紧挨着她，双手攀住蓝色的救生圈，徐季在旁边不远的地方凫着水，不时游过来看看她俩。温柔的海浪一波波涌来，身体不用使劲儿，顺着海浪就可以一起一伏，渐渐地，身体好像要跟海浪合为一体了。

徐冰倩不肯戴泳帽，高高扎起的两根辫子被海水打湿，头发一绺一绺地贴在脸上,她毫不在意,咯咯笑着,说回家了我要学游泳。徐季答应着,我给你当教练。

上了岸,徐季歪在躺椅上,卫巧蓉陪女儿堆沙子,饿了,吃几口面包,渴了,抱起椰子喝。天黑透,三个人仰面躺下,看银河,认北斗七星,直到起了很重的夜露,海风吹到身上觉出凉了,一家子才起身收拾好东西往宾馆里走。回去的路上,徐季给女儿讲故事,前半段讲塞壬,后半段讲忒休斯,两个人一直说说笑笑的。

深色丝绒般的夜空下,卫巧蓉沉默不语。她不停地回想白天游玩的顺利和完美,隐约有些不安,明天还会像今天一样顺,一样快乐吗。不知不觉地,眉头拧紧了。想什么呢,妈。女儿突然问她。她勉强笑笑,没什么,有点累。

到了宾馆,女儿和徐季陆续冲了澡,她进去的时候,发现热水时有时无,调试一会儿还是不行,心里就很烦躁,打电话让服务员过来,服务员大概知道这是年久失修的老毛病了,装模作样查看一下就走了。她匆匆洗完,拿起吹风机,风量不太够,费了半天劲勉强吹干了发梢。躺在床上,她对徐季说,明天咱们换家宾馆吧,徐季嗯了一声。

第二天,她在雨声中醒来,心有些慌。透过窗户往外看,一片白茫茫的,外头的树都看不清了。浴场肯定关闭了,海边那家著名餐厅也不营业了。怎么就突然变了天,昨天还是大太阳呢。怎么办,她拉紧睡袍裹着自己。徐季翻个身,说,下雨了,多睡一会儿吧。

在宾馆里吃完午餐,徐季和女儿铺开棋盘纸开始下跳棋。她看他们下跳棋,只觉得一步一步好像踏在她心口,乱噗噗的。眼睛转向外面，雨势正猛，雨水从高处扑下来，天色昏暗，恍若傍晚。她无聊地坐着，打开电视，连换几个台，没有什么好看的，屏幕里的画面越来越模糊，她意识到自己实际上在望着空气，便扭过头去问徐季，你说雨会停下来吗？

天知道，徐季笑着指指上面，别想了，正好在宾馆好好歇歇。她嘟囔着，我们明明是出来旅游的。

那是十五年前的夏天，卫巧蓉想起来了。隔着十几年的漫漫烟尘，她看见回程的路上，徐季拿着相机拍照，女儿远眺着海里的怪石作诗，她不愿破坏他们的兴致，嘴上没说什么，心里却默默复习旅行的细节，到底是哪里不对，造就了这不圆满的旅行？

雨早就停了，大海平静，闭目养神。

她看见一个表情严肃的女人斜倚在船舷上，看见一团灰白色的影子从她身躯里脱离出来，一飘一飘，飘回到昨天的那场暴雨中，在雨中孤独地游荡。

清晨，厚厚的云层覆盖着岛屿的上空。云层散开的瞬间，浩荡的光涌进树林。光线穿过树冠，化作一道道光柱，光柱和高矮错落的树木共同设计着林子里的空间，风吹来的时候，叶子哗啦哗啦响，树摇晃，树影摇晃，林子醒来，小动物也醒来了。

早市海鲜区堆满了刚从海里捕捞上来的梭子蟹、海虹、毛蛤、爬虾，地面上水淋淋的，空气里弥漫着一股清鲜的味道。卫巧蓉停在一家商户前面，阳光倾洒，落在一筐筐海货上，她看见有个筐子里像叠满纯银。条状的银子，在晨光中闪闪烁烁。卫巧蓉挑选了一条,她叫不上名字来,鱼身形曼妙,没有鳞片,细看起来像鎏了一层厚厚的银粉。市场外面,渔民举着筐子走动,螺,青口,海蛎子,碎石头一般擦着碰着。明亮的光线透过筐子,有的鱼看上去几乎是透明的,一片片鱼形的玉,里面纤细的骨头犹如玉石内部的天然纹理。

蔬果区里似乎集结了世间所有明丽的色彩。在里面转一圈,她回到熟悉的摊位买茼蒿和蒜苗,隔壁的摊上,一把把粗壮的西芹码在台子上,她想起徐季。每次跟随徐季来市场,他似乎都会买一把西芹。以前她总说徐季像个孩子,离了她准不行的,她观察着他,看他怎样配齐一餐饭的原料,他东走西走的,就把该有的材料都买齐了。而且,她从来不知道他喜欢吃西芹。回想过去几十年的生活跟回忆一场梦境有些相似,一样的模糊不清,一样的零碎混乱,任意流淌,没有形状,而且,你能记起和描述出来的都不是全部,总会漏掉点什么。

往回走的时候,她看到老吴夫妇正沿着环岛步道散步,两人身上的红色运动衣在清湛的天空下显得分外鲜明。她向夫妇俩招手,心想,世上总算有几个好运气的人,能一直得到命运的厚待。

吴太太小步慢跑起来,老吴也加快步子,一群白色的海鸟从石头上飞起,抖着翅膀飞向海面。两个人时而并排行进,时而一前一后错开了。

老吴的腿怎么了?卫巧蓉看着他俩的背影。老吴紧赶几步时,身体有点失去平衡,一条腿拖曳在后面,吴太太回头说着什么,脚步已停下来,两人原地歇了一会儿,吴太太挽起丈夫的手臂,慢慢往前踱步,两人的身影消失在步道拐弯的地方。

卫巧蓉想着吴太太的南方口音,恍然明白了过来。

经过码头,正赶上一艘渡船靠岸,先是甲板一阵咚咚乱响,接着,拖着行李的人们沿着跳板走下来。她也是这样抵达小岛的,只不过没有游客的欢快好奇,她来的时候,随身携带着一座地狱。

海上的晨雾尽数散去,碧清的海水豁然出现在眼前。近来,她时常忘了自己为何来到此地,好像她原本就生活在这里,或像很多外地人一样,来岛上是为了观光和疗养,为了享受这里的阳光、空气和海味。

回到家,她顺手拿起一瓶药油,拧开盖子,把气味辛辣的药油倒在手心里。作为孤居之人,她时常提醒一下自己,你要多保养多锻炼,腿脚得利索点,不利索没法独自生活下去。她打着圈搓脚腕子,直到搓得皮肤越来越热,药力缓缓地往下渗,蜿蜒着向里走。脚踝深处的疼痛沉睡了过去,只在阴天下雨的时候,丝丝缕缕地往上爬。今天是个晴朗的日子,她来到自己的卧室,南向的卧室,把床上的被褥摊开,等着丰沛的阳光把棉絮里积攒的潮气一点点赶出去。

下午的时候,被子已变得温温热热的,摸上去像一层柔软的皮肤。手抬起来时,那种软软的感觉还停留在指腹上。

又该出去活动活动手脚了。她在门口拿起一个东西,散步最好有个伴,这就是她的伴。女儿给她买了一根拐杖,铝合金材质,防滑手柄,高度可以调节。一开始她有些羞恼,说不用不用,还没老到用拐杖的份儿上,女儿说有个拐杖稳当,等脚好了再把它扔掉。

脚好了,她每天出门还是顺手拿起拐杖,跟她做个伴。

走进公园时,光线正变得黯淡,灌木和花丛低低地伏在朦胧的暮色里,像通过一面未磨的镜子映照出来的。有好几次,她在公园里见到徐季,他有时在跟人下象棋,有时和老人们一起坐在路边乘凉,有时在跟孩子们聊天,她悄悄绕到后面,能听到他在说什么。他给孩子们讲木卫二,讲珍珠的形成,最近的一次她听见他说:麻姑是谁,她是个仙人,有一天下凡参加宴会,宴会上她对另一位神仙说,自从上次和你见面以后,我亲眼见到东海三次变为桑田⋯⋯

他们至今没有碰过面。她设想过面对面遇上的情景,这辈子该说的话已经说完,她不知道该对他说点什么,但她还是会迎上去,向他问声好。

岛的西面是连绵的山峦。群山在渐渐稀薄的岚霭中站立起来,缓缓伸直了脊背。她抬头望过去,正巧又有几朵云飘到山头附近,一纵身,翻了过去,云朵们看见山那边有什么了。

夜色像宽大的黑斗篷一样罩下来。经过小树林时,身后传来窸窸窣窣的声音,也许,人在落叶上走,也许,小动物正穿过草丛。回过头去,是看见松鼠、野兔、狐狸,还是看见一个跟她一样独行的人呢。不管怎样,她都决定转过身去看看。就在她转身的一刹那,环绕在身旁的黑暗变轻了。

她

关严房门，拉上窗帘，我是我自己的了。

身体像叠起来的被子几下抖开来，在床上摊平。攥紧的拳头变软，手指离开手掌，一根根分开，过了一会儿，并住的脚趾也松开了。在外游荡的神魂缓缓落回到身上。我依次感觉到额头、脖子、肩膀、膝盖的存在，它们作为我的一部分，此刻跟我一起，等待着沉入宁静。跟我一起等待的，还有一些本来不属于我的东西。比如，左边后槽牙里用来填充龋洞的白色复合树脂，大概十年前它成为牙齿的一部分。还有五年前到来的一小段镂空金属管，撑在胸口的动脉里，让血液得以顺畅流过。最近这几年，右眼增添了一样东西，来回飘动的黑影，并非实体，无法碰触，却始终跟随，如此真实。它来了就再没走，于是黑影也成为我的一部分。

所有这一切，一直属于我的，后来成为我的，都随我一起陷入细沙般柔软的寂静中，越陷越深，寂静的尽头有一个安全的小山洞，我终会到达那里。我翻个身，挪到床的另一侧。靠窗的一侧是她躺过的地方。我的小迷信，以为在她躺过的地方入睡会更容易梦到她，这样就能在梦里见个面了。这是相见的唯一方式。然而只是我的臆想，哪有什么规律，她偶尔出现，并且梦里我不知道这意味着什么，没有紧紧拉住她，也没有急切地倾诉。梦总是全然自由又毫无逻辑的。醒来时，梦境迅速退去，我重新闭上眼，反复回想，在梦的断壁残垣中久久徘徊。

在她躺过的地方醒来，有那么一个瞬间，又忘了，叫她的名字，声音从低到高。女儿在外头应了一声。我的心一沉到底，身体坐起来，把房门打开一条缝，问，这就上班了吗？

走出房间，看见女儿连芯子斜倚着墙，站着穿鞋。临出门时她四下看看，钥匙，车钥匙呢？我说在沙发背上，边说边拿起钥匙，快走几步递给她。

姥爷再见！防盗门关上的时候，外孙女道别的声音传过来，跟关门声一样清脆利落。

早晨的匆忙和紧张也被关在门外。门合上的一刹那，我瞥见外头的白昼年轻明亮。屋里，纱帘只拉开一道缝儿，我站在柔和的光线中，搓搓手，准备开始我的一天。早饭是热面条配腌黄瓜，吃完我来到楼下的花园。

工作日的花园属于老人和孩子。会走会跑的孩子们荡秋千、溜滑梯、跳沙坑、坐跷跷板，哪知道什么叫累，一玩就是半天。小一点的孩子躺在婴儿车里，老人们推着车，沿着彩砖铺成的小路一圈圈散步。

我坐在一棵凤凰木下。

时值秋天，眼前仍是大片的碧绿。清晨的阳光照向菩提树的树冠,光线从心形的叶片间漏过去,充盈的光线中绿叶更加清透,毫无杂质的坦然的绿色。露珠晶莹,垂荡在菩提叶子细长的叶尖上,风吹过,一颗一颗掉在地上,滚动着滚动着,不见了。花坛旁的扶桑开着深红色的花,花瓣如绉纱,花蕊长长地向外伸着,几棵夹竹桃也还开着。到底是四季有花的南方。

园子西南角有几棵大叶紫薇,花期已过,树叶还密,叶子吸纳着阳光,看上去比春夏时分还要油润饱满。风雨连廊旁,冬青和红叶石楠被修剪成一个个圆球,细看过去,红叶石楠的几片叶子变红了,透出一丝淡淡的秋意。

不知道谁家的窗户里传来弹钢琴的声音,一开始若有若无,似林中小径起伏隐现,接着,小径出了林子,宽阔起来,向着前方伸展得越来越快,琴声逐渐激扬,最后一连串的敲击,为清晨的花园降落一阵骤雨。

一只棕色的巨型贵宾犬拖着一个老太太走。经过凤凰木时,我认出了她们。记得第一次遇见也是老太太牵着狗,慢悠悠走过来。离近了看,我的第一反应:这只狗是假的。全身羊毛般的小细卷,分明是一只玩具狗。狗摆动着四条腿往前走,我跟上去,心想难道是电动狗?细看上去,狗鼻子表面像黑色的荔枝纹皮,鼻翼潮湿,微微颤动,还是不确定,直到看见它抬起前腿去够老太太的肩膀,用侧脸蹭她的下巴,才相信这是活生生的小动物,只有真正的狗才会露出这般热切依恋的模样。

老太太头发雪白,驼背比前几年更厉害。她应该也能模糊记起我来吧,正这样想着,她转身冲我点点头,我也招手致意。狗在一棵龙眼树下细细闻嗅，然后拖着她继续往前走。

老连？是你吧。

循着声音看过去，看见一个穿枣红色坎肩的男人踱过来。我赶紧起身打招呼，也叫不上他的名字来，只记得姓王，住在三栋，心里暗自称呼他为"三栋的"。以前他总是一手推着婴儿车，一手擎着手机，音乐外放，曲目循环。不知别人作何想，曲子对胃口，我也就不怎么厌恶。这会儿他独自一人，看上去精神很好。

下来转几圈？孙子呢，上幼儿园了吧，真快呀。我感叹着。

太慢了。他笑着说。接着问，好几年没见，回老家了？

任务完成，早回去了，现在孩子都上小学二年级了。我伸出两根手指。

闲聊几句，他看看四周，这趟跟老伴一起吧？

我闭上眼睛又快速睁开，脑子里出现短暂的空白，漫长的几秒后，我说一起一起，她出去买菜了。

他拍我的肩膀，说多住几天。

我点点头，说，她也该回来了，我往门口迎一下。边说边朝着东边的铁门走去。

东门旁边有一排木质长椅，我坐过去，不停地望向门外，像是在等人。等着等着，我以为还是以前，好像坐在这里等她就真的会出现，提着一袋子鲜菜水果，欢欢喜喜向我走来。我等呀等，地上的影子慢慢拉长，她怎么还没回来？心里有点害怕，手哆嗦着，从裤子口袋摸出手机打电话，提示音还没响起，我整个人一激灵，全身冰凉，只眼眶里暖暖的。等泪全部流下来，我用手背抹抹脸，又向门外望了两眼。

连芯子提前给我说,今晚末末有兴趣班,要晚些回家。九点刚过,她带着末末回来了。对了,末末就是我外孙女,这小名儿还是我起的。女婿姓周,他们刚结婚的时候我开玩笑,以后孩子小名儿可以叫末末。几年后孩子出生,旧话重提,两夫妻正发愁呢,当即采纳,连芯子人裹在被子里,声音传出来,末末,小末末。

末末头发高高挽起,身穿黑色连体衣,腰间围着短裙,是玻璃纸一样的蓬蓬裙。这是我头一回见末末穿舞蹈服的样子,恍然间想到另一个人。连芯子看着末末,忽然转头问,我妈那时候都跳什么舞呀?

我一愣,说只知道跳得好,哪叫得出名字。

没亲眼见过她跳,但妈的气质真是不一样。连芯子说着,不自觉地调整体态,挺直后背。

我点点头,思绪一下子飞走。所谓气质,并不玄妙,她明明穿的是睡衣,看起来却像身上挂着一件希腊式裙子。她早年的舞姿凝固在胶卷时代的几张旧照片上,照片没有放进相框摆出来,现在也不知道变成什么样子了。泛黄,虫蛀,变脆,一拿起来就碎成几片?

末末的身影从眼前掠过。今晚学的是爵士舞,末末一边说,一边踮起脚尖,五根手指向上伸直,然后她的头好像从一根长杆下钻过去,接着肩膀、胸腔、腹部依次向前送,再往回拉,我的眼前出现了一个柔软完整的波浪。

趁着末末演示新学的动作,我压低声音问女儿,小周经常出差吗？一出去就好些天，顾不上家呀。她说，刚带着项目转去另一家公司，开始会忙一点。她显然没有往下讨论的兴趣，这情况她也改变不了，我不好再说什么。毕竟，我真正参与她生活的日子已经过去了。气氛滑向凝重，她语气轻松地说，放心放心，幸福会遗传的。你和我妈幸福了一辈子，我也尽得真传。

我笑笑说，能有什么不放心的。一边又暗自打定主意，趁这几天在能帮她一点儿算一点儿吧。

这天晚饭后，我让芯子坐着，刷锅洗碗擦灶台都是我来。先让她歇歇，不一会儿又要辅导功课，孩子睡下她才能喘口匀和气。上周末一起去商场，我发现一处室内游乐场，眼睛一下子亮了，买张通票让孩子进去玩，换她一两个小时的清闲。后来在卖甜品的地方我买了两支草莓冰激凌，一支给她，一支给末末。

厨房收拾完我准备下去散步，芯子笑着说，爸，你越老越贤惠呢。我嘴上说，一直贤惠，心里说，你妈生病后我就什么都会做了。

花园里转了两圈，依旧坐在凤凰木下。这是老伴夸过的花树，说凤凰木开花不扭捏，成片成片地开，开满花的树冠在空中横铺，像一个跳舞的人正展开身体。躺在病床上的时候她还说过一句话，等我好了再去女儿家住几天，看看楼下那棵树。

凤凰木初夏开花，一树金红，是我见过的最热烈的色彩。

音乐声随风飘过来，听见这声音便知道三栋的老王也在园子里。二胡演奏的《汉宫秋月》回荡在夜色里，渐渐地，空气变重了，像含满水分一样含满惆怅。一想到老王家的孙子听《汉宫秋月》长大，我就哭笑不得。老王倒是个讲究人，早晨的时候是古筝曲，明快一些，晚上才是二胡。

月亮升起来，待在半空中，像是正好停在楼上一户人家的窗前。一天一天地，它瘦下来了。注意到月亮的模样，算算来这里已近半个月，我寻思着该去下一站了。

接下来几天我为女儿家做大扫除。细细擦拭地板、台盆、镜子、家具，又收拾四处散落的玩具，码进几个收纳箱里。有整整一箱都是毛绒玩具，猫、松鼠、海豚、小熊、长颈鹿，还有一些有名有姓陪着孩子长大的人偶。

搬起收纳箱走进卧室，把箱子往松木床下面推，床下有东西挡着，推了几下推不进去。我跪在地板上往里够，手碰到一个毛茸茸的东西。看也看不清，心一横，拽了出来。

是个毛绒猴子，满脸尘灰，一只耳朵不见了。我用半湿的布把猴子抹干净，放在窗台上晒，等猴子全身暖过来，它没进收纳箱，住进了我的行李背包。

家事是无穷无尽的，接下来我在屋里转悠，看看还能做点什么。洗衣机上有一堆衣服，担心洗起来有讲究，拿起来又放下。阳台花架上放着几盆吊兰，是缺水的样子，我挨个浇了水。

这一天真短。很快到了下午放学时分，末末被专职接送的阿姨送回家。小姑娘迅速跑进自己房间，我站在门口试着跟她说说话，她不理我，沉浸在另一个世界里。嗯，这孩子具备专注的天赋，我因此心生感激，轻轻为她带上门，转身忙自己的事情。

跟女儿告别之前，先跟凤凰木道别。我走到树下，心里默念：我替你来过了。树枝间的鸟扑棱着翅膀飞走，几片叶子缓缓落下。

来之前，我在电话里对女儿说，想你了，来看看。别的什么都不提。若说是为她妈来看看凤凰木，白惹她一顿伤心。年轻人的力气全用在应付生活上了，不够伤心的。

明天我启程去往下一个地方。

车子在山脚下等候，客满后开始上山。沿着盘旋的山路，车子转过一个弯，又转过一个弯，随着山势逐渐向上攀升。路旁山间有一条小溪，时隐时现，树木稀疏处显现出一道白亮的溪流，到了植被茂密的地方，不见溪流，只隐约听到流水的声音。

目的地是一座建在半山腰的小镇，抵达的时候，黄昏已至。找到一家宾馆住下，洗把脸，向外看，最后几缕光线已然消失，天色暗了下来。第二天醒来拉开窗帘，窗玻璃上一层冰纹，推开窗户，漫山遍野白茫茫的，下霜了。

吃过午饭，我往镇子西边的小酒馆走，一路想着酒馆的名字，叫什么来着，想不起来了。走到了抬头一看：归林酒肆。

时候还早，酒馆里没几个客人。我在窗边坐下，让店家温一斤黄酒。等着吧，我要找的人深夜之时才会陆续到来。

傍晚时山里升起青色的烟霭，两杯酒的工夫，天黑透了，远处的山融进夜色，几乎看不见了。不知道过了多久，外面传来一阵笑声，我往门口张望，见一条美人鱼正娴娜地往里走。她化的妆很浓，眼皮褶里嵌着两抹深紫色的珠光。黑色羽绒服敞开着，里面的上衣像一层闪闪发亮的鳞片，紧紧包裹住她的身体。她手里拎着长长的尾端开叉的蓝色鱼尾，进门后将鱼尾放在长凳上，店家马上为她端来热酒和几样小菜。

接下来进来几个侏儒。他们扮成外国人的样子，头戴假发，身穿黑色礼服。坐定后，他们摘掉假发，随便擦擦脸上的彩色颜料，大口大口喝酒。

夜渐渐深了，舞者、柔术艺人、拿着手杖的魔术师，还有一些游客，陆续进来，酒馆里越来越热闹。我找的人一直没现身。接近午夜时分，一个裹着军大衣的高个子男人走进来，他肩上站着一只鹦鹉，身后跟着一只孔雀。他在我旁边的座位坐下，点了半斤酒，配菜是花生米和酱猪蹄。他跟我打招呼，问我是哪里人。我说北边，这下才看清楚他的脸，半边脸上有一大块紫红色的胎记，灯光下看着颇为可怖。

聊了一会儿，我瞅个机会问他，你常年在这里，见过一个人吗？他马上说，啥样的人？话出口就觉得不对劲儿了，既无名字又无相貌特点，让他怎么回答。我往嘴里倒一口酒，环顾四周，回忆像一股流水从地底下慢慢涌上来。

说起来是六七年前了，我和几个刚退休的朋友来镇上泡温泉。也是晚上，也在这家酒肆。

泡完温泉全身放松暖和，加上几杯酒落肚，恩恩怨怨便开始泛起，又到了陈芝麻烂谷子时段。有咒骂单位领导的，大家跟着附和，有不满自己老婆孩子的，大家打哈哈，忽然有人夸起我的老婆来，夸她人善静，脸上总带着笑，说话不紧不慢的，气质还那么好。我心里得意，嘴上说气质什么，都一大把年纪了。不知道谁问一句，她年轻的时候跳舞吧，怎么后来也不上台了？我说，自己不愿意跳了，跳舞哪能跳一辈子。

我们说着笑着，后来也说不清到几点了，有两个人已趴在桌上睡过去。我强睁着眼睛，准备叫店家结账。这时候，坐在我们前桌的人慢慢回过头来。整晚他都安静地坐在那里，背对我们，一动不动。

我看见转过来的脸，酒醒了一大半。

一张戴着面具的脸。煞白的鬼脸，仿佛被一双手用力拽着，拉得长长的，脸部下方是歪斜的血红大嘴，嘴里两排尖利的白牙，再往上，一个带钩儿的鼻子，鼻子上面是两个不规则的孔洞。接着，一辈子再也忘不了的一幕要出现了。面具留下的孔洞后面是这个人的眼睛，我看见眼泪充满了他的双眼，泪水颤动着，颤动着，终于流下来，两行泪流过煞白的面具，一滴滴，落下来。

我别过头去不敢多看他，谁知道他主动走向这一桌，还醒着的人忍不住倒抽一口冷气，身体往后缩了缩。他说羡慕你们亲兄热弟，不像我孤零零一个人，父母妻儿都过世了。我问他是不是当地人，他说不是，接着解释所为何来——在哪里做表演都能糊口，这些年一直待在镇上是因为桥东住着个盲人。我们还是云里雾里的，他正正身子，低声说，那盲人能看到死去的人，知道他们在哪里生活，过得好不好。

我只觉得脊背冰凉，其他人脸色也变得青白。我们勉强陪他喝了几盅，他还想继续说，跟我一起的朋友朝我使眼色，说不早了，我俩把趴着的人拉起来，一起离开酒馆。我回头看鬼脸面具人，桌旁只剩他一人了，看不见他的脸，但我注意到他的眼神，他留恋地看着我们这几个陌生人，见我回头，他抬起右手向我挥动。

胎记男人听我讲完，啜一口酒，问，你的什么人没了？我说，老伴，我妻子。他摇摇头说，所以你又来到这里，也算个痴人呀，酒话也信。

我说，当年不信，现在信。

人就是一心盼着解脱得救，盼出些大骗子来。桥东哪有什么盲人，以前有几个摆摊算命的老头，这几年也见不着了。胎记男人说。

是，去看过，现在那里是一家奶茶店。

胎记男人沉默下来，神色变得黯然，半天才说，真有这样的奇人就好了，我也找他打听点事。

突地，他肩上的鹦鹉发出清亮的口哨般的声音，伏在地上的孔雀站起来，头上的羽冠一颤一颤的。我以为它要抖开尾屏，不料它左右看看又趴回地上，尾羽收拢在身后，泛起金属色泽的绿光。

青灰色的月光照着一座青灰色的石拱桥。我跟胎记男人来到桥边，不，现在我叫他老苗了。我俩互相搀扶着走到桥的最高处，倚住栏杆往桥东张望。

河水缓缓流过，小镇在夜色中徐徐铺展开来。青瓦屋顶一重重高低起伏着，一道道飞檐柔软地弯向天空，巷子曲曲折折，伸向前方的黑夜，路灯稀疏，站立在大树的身旁。

此刻，我站在半圆形的桥拱上，低头往下看，还有一个半圆映在水里。

老苗叹息一声，说，生老病死，谁也逃不过。一阵风吹来，我身体来回摇晃,那种感觉又来了,胸膛是中空的,就像脚下的桥孔。我重新回到那一刻:医生宣布她死亡,有什么东西硬生生穿过我的身体,我被开了个大洞。

一年过去了,那个大窟窿还在。

老苗拉我一下,嗨,谁不苦呢,你看看我,打小没人疼,自己养活自己。你至少有工资,退休也能吃上饭。来,别闷在心里,说说她长啥模样,什么性格脾气,会跳什么舞。

我心里一惊,问,你怎么知道她跳过舞?

这就忘了,刚才在酒馆里你自己讲的。老苗双手举过头顶,扭动起身体来。

我推他一把,说别瞎闹。提到跳舞都是老皇历了,但这么多年来她的身姿始终挺秀,像清晨阳光下的一棵小松树。我说,她跳过一阵子,很多年前了,快记不清了。

后来呢?老苗问。

我说,还不是跟大伙儿一样找份普通工作,上上班,照顾照顾家里。

是个贤妻良母吧,她一撒手你日子就难过了。

当然,她是个好人,好女人。我迟疑一下,补上一句,舞跳得也好。

那是我第一次看见她跳舞。也许过往的记忆都已模糊不清时,那个片段仍免于湮灭,随时能从一团晦暗中跳出来,放射异彩。

20世纪80年代,每到腊月,市里会举办一场迎新春文艺晚会。那年的晚会在工人文化宫旁边的礼堂举行,她的节目安排在相声后面。两个相声演员退场,大幕合拢,舞台上传来急促的脚步声,接着,红色天鹅绒幕布往两边拉开,灯光先是很暗,随即舞台上方打下来一束光,她出现在那束光里,闹哄哄的礼堂立刻安静下来。

记不清舞蹈细节了,但我一直记得那场舞给我的感受。一开始能注意到舞台两侧几束柱光的存在,还有她耳垂下方流苏耳环猛然闪出来的一道光,后来没人在意这些了,她跳跃、旋转、摇摆,她本身就是发光的物体,吸饱了日精月华,自行发光。

如果说舞蹈动作是一种语言,那我并未完全听懂,但我感觉到很复杂也很澎湃的情感,一波波撞击着我。我听见旁边有人议论,说她就是文汝静,跳舞上过几回电视,还在省里拿了奖。

音乐节奏逐渐加快,礼堂的气氛沸腾了。台上那是个野孩子,风吹、日晒、雨淋;天然、快乐、恣意。最后,我看到她在燃烧,像天地未开时一团混沌的火焰,渐渐地,那团火焰长出骨骼、皮肤和毛发,诞生,接近诞生了。就在诞生的前一刻,灯光熄灭,音乐戛然而止。我盯着黑暗的舞台,整个人像发高烧一般,从头到身子都滚烫滚烫的。

离开温泉小镇,我前往此行的最后一站,一处名叫青林泽的湖泊。

从高处看,湖泊像一个葫芦,住下的地方在葫芦嘴旁边。

门廊下坐着,四下寂然,恍恍惚惚地,以为自己待在墙上的一幅画里。近处的树木和房舍显得很大,远处的水和云不过寥寥几笔,比一场梦还要缥缈,我在哪里呢,大概是白房子旁边那个黛色的小点。

旅馆前台告诉我,湖边的篝火晚会还在葫芦下肚那里。我提前往那边走,沿着湖岸,走过葫芦的长颈、上肚、腰线,湖面变得开阔起来。岸边有片芦苇丛,这时节芦花已谢,清瘦的芦苇一杆杆站着,几只水鸟伸着细脚立在杆子上,看过去一派萧索冷清。

秋天欲走冬日将来,湖边没有几个游客,四处都安静,虫叫和鸟鸣清晰完整,还能听到黑夜一步步走近的声音。直到有人点燃一堆干木头,夜晚的火光照亮一小片湖水和天空,人们这才从四面八方走过来,汇集到火堆旁。

我凝视湖水,如果湖水也看着我,不知它有没有认出来。那一年站在湖边的是两个人。

为了庆祝结婚三十周年,我跟文汝静来这里旅行,白天游湖中小岛,饭后在湖边散步,等篝火点起来的时候,很自然地牵手萍水相逢之人,一起围着火堆跳舞。

那天晚上真是她吗,我到现在还有些怀疑。那天晚上看到的似乎是另一个人,至少不像那个年纪的她。篝火正旺的时候,她从游人形成的大圆圈上把自己解下来,悄悄靠近火堆,等我注意到的时候,她正独自起舞。

原来舞蹈可以模拟流水。大水从高处落下来,涌向弯曲的河道,迂回蜿蜒地流过去,前进,拐弯,回旋,随着河道的形状和地势的下沉抬升,水流曲尽变化。不光四肢,她身体的每一个部位都在起舞,包括脊柱、血液和魂魄。她的身姿越来越柔软,好像快要化作雾和烟,乘风而去。眼前的一切让我感到震撼,同时又暗自盼望这震撼赶紧消散。我也脱离圆环，走过去拽住她的衣角，她没有停下来，挽起我的手，带着我旋转。我抗拒的身体渐渐变得松弛，跟上她的步伐，宛若随水漫流，涨涨落落。

那是婚后头一次看见她跳舞，也是最后一次。

此时，火堆驱走水边的寒意，烤热清冷的空气，乐曲声响起，人们拉着手，从成年人的忧愁和戒备中挣脱出来，不管左右两边是谁，一起享受这忘情无忧的短暂时刻。

我在湖区待着，每晚都来到篝火旁，回想我俩在湖边度过的日子。有一天，我在湖水里看到一个身影，是个倒背着手的人。吃了一惊，以前觉得真正的老人才会这样走路，转念一想，可不到岁数了，也该是这个模样了。

除了年老力衰，微薄的退休金亦不足以支撑漫长的旅行，房费一天天往上长，再不舍，还是要回家了。

我害怕回自己的家。家里很挤，归置着多年生活的物件，满满当当没有缝隙，同时又萧条冷寂，仿若一间空房。在那处房子里，我历经了她的后半生，她看上去不胖不瘦刚刚好，她膨胀，再膨胀，迅速变瘦，干缩脱相，直到成为瓷罐里的一把粉末。

火车擦着一座座城镇的边缘呼啸而过，迎面而来的不止田地、树林、隧道，还有连绵往事。坐在火车上，仿佛正驶向时间的深处。

徐阿姨提到她的名字，我以为听错了，文汝静，她不是在南方跳舞吗。徐阿姨没详细说，只强调人早就回来了，工作也找好了。我妈很快站起身来，前来说亲的徐阿姨只好也站起来，她心有不甘，似乎还有很多话等着往外倒，我妈妈轻轻说一句，女方大两岁呢，别忙活了，回去吧老徐。徐阿姨走后，我妈冲着我爸说，咱这里不知是第几家了，鞋底都磨薄了吧。她说给我听的，我知道。

那是我这辈子唯一一次力排众议。大姑上了点年纪，多次委婉规劝，拖着长音说，你这样老实，这样可靠。后面就没有话了，无尽之意全在空白里。我几次不接茬，她就直接表达个人观点了：搞文艺的女人，开放，不安分，哪有心思好好过日子呀。我妈见势也跟着说，长得好，又爱打扮，看她好像扎了耳朵眼呢，边说边吸气，不停摇头。

什么年代了！我气愤地说。

堂弟居然也捣乱，阴阳怪气地说，名人呢，见过她，在操场上跟几个不良青年在一起。别说你不知道，就是那几块料，烫着鬈头跳迪斯科，扭胯，抖啊抖，不知羞。

我胸口一疼，她何至于被人这样说。她舞动的身体，好像携带着难以尽述的罪恶。不光女性长辈不喜欢她，很多小伙子也只是远望她一眼，等她走下舞台就躲开了。我想起第一次约会看电影时的情景，她穿淡蓝色连衣裙，头发往后梳，在脑后用橡皮筋随意一扎，露出小巧明净的额头，我心里感叹，这是跳舞的人才会拥有的美好额头；她很腼腆，并不比别人更擅长调笑。想着想着，血气上头，这叫什么事呀，我愈发想对她好一点。

图她什么，穿得露，会扭屁股？大姑神色鄙夷。

那是艺术！我高声说，额上的青筋暴起来。堂弟嘿嘿一笑，做了一个具有色情意味的下蹲动作。

大姑憋着一股劲儿，你是见得少！

我也憋着一股劲儿，相信我俩能和别的年轻夫妻一样，恩恩爱爱过日子。事实的确如此，我们勤恳上班，养育了一个孩子，住房从平房换成楼房，存折从没有变成几张，当然啦，渐渐地她也不再穿带颜色的内衣，大部分是肉色的了。粗看细看，这都是一个幸福的家。唯一的危机，是的，危机，那时我脑子里的确闪过这个词。

女儿刚上幼儿园时，忽然有几个旧日的朋友来找她，我在里屋听着，似乎是拉她一起去排舞。他们走后，房间里还飘动着一股危险气息。我嘴上没说什么，心里其实不愿意她去，我们已过上安稳生活，我害怕她想起舞台上的自由和激情、荣耀和掌声，那些光鲜东西的后面，从来都潜伏着动荡、混乱和破坏。我甚至忌讳想起那两个字来，仿佛有剧毒，仿佛是洪水猛兽。

她不知道从哪里翻出来演出服和头饰，在灯光下翻来覆去看。我偷偷瞄一眼，发现服装看起来很粗糙，毫无光彩，头饰也不像在舞台上那么鲜艳，一堆廉价塑料。

她到底没去。年终岁尾的时候单位有人撺掇她登台，她推说身上有伤，怎么也不肯。她也很少跟我谈起舞蹈和舞蹈家了，再往后，跳舞的经历绝口不提，有人羡慕她自然舒展的体态，难免问起来，她脸上的表情略显尴尬，复又坦然。后来演出服也看不见了。所有的痕迹消失，无人记得那些旧事。我们白头到老。

广播里传来报站声，下一站到家，我忍不住打了个大大的冷战。

最后的那段日子，她会突然叫我的名字，海平，连海平。我回过头去，她欲言又止，呆呆地看着我。我知道她又想起以后了，为她处理后事时我还能撑着，等后事办完我一个人回到家，剩下的那些日子，可怎么过呢。她强忍眼泪，艰难地用胳膊肘把身体支起来，说，一开始难熬，总会习惯了，看眉毛你准是个长寿的人，不知道还有多少福要享。我听了，几步走到她看不见的地方，捂着嘴哭一阵再回去劝慰她。我们互相哄着，哭哭笑笑，又苦又甜，直到，她永远合上眼睛。

那段日子，她身上柔软的脂肪和有力的肌肉都不见了，一层薄皮勉强挂在骨头上，像披了一件不合身的宽大衣服。夜里她侧身躺着，我从后面搂住失去水分枯瘦如柴的她，她搂紧我，都知道这是最后的相依为命。她病中的神情跟以前一样，脸上带着笑，安详满足，让人看见她的脸就觉得舒心。

那段日子，我偶尔回想起第一次见她跳舞的情景，那联结着爱意滋生的隐秘瞬间，一阵冲动上来，想谈谈越来越遥远的过去，临张嘴又觉得没什么可说的。我这个年纪，愿意把所有的事情归结为宿命了。也许每个人年轻时都沉迷过几样事，并误以为自己在那些领域具有神秘的才能，她也一样。

我打开背包，拿出一件东西抱在胸前，是从女儿家床下找到的毛绒猴子，它被遗忘在黑暗里，头上只有一只耳朵。这一路走下来，我琢磨着它要有个名字才好，一次湖边漫步时想到，不如就叫"独耳大圣"。

在自家门口站一会儿，我对独耳大圣说，我们回家吧。

我的手，大圣的手，一起推开门，走进去。自她去世后我启用新的纪年方式，将这一年称为"分离元年"。门打开，分离元年的一幕幕涌出来。

保留她的毛巾、牙刷、拖鞋、杯子，一切生活用品，好像这个屋子里还是两个人在生活。

天变冷了，找到她常穿的一件棕色开襟毛衣，挂在门口衣钩上。

有时把枕头被子搬到床的另一边，在她的地盘躺下。有时待在我那一边，她那边也不空着，照样铺两床被子，躺下后我的手从被子下面伸过去，抓着一角被单，好像握住她的手。

多少个早晨醒来，迷迷糊糊的，我的手去找她的手，那是幸福的时刻。每个误以为她还在的时刻就是我最享福的时候。

一开始茶几表面的灰尘像一角硬币那么厚，眼睁睁看着，灰尘变成一元硬币的厚度，再后来，我从自己家逃走了。

站在灯下，看着地上的影子，我确信自己回来了。我让独耳大圣坐在沙发上，接着打开电视，不管什么台，只要有声音就行。

睁开眼，看见窗帘缝漏进来的阳光，听见外面传来电视广告的声响，这一年多来，我头一次庆幸自己活着。我走到客厅，抱起独耳大圣，一下一下摸它的头。我熬过了第一晚。

也许，可以去她的小房间坐一坐了。

小房间是她常待的地方。多少回了，我想把一件好玩的事情告诉她，推开门来，下一秒我意识到，她已经不在了。多少回了，我听见小房间传出声音，推开门来，她当然不在，是风把什么东西刮到地上。我总是站在门口看一看，不敢再往里面走。

一切保持原状。窗下一把木质靠背椅，那是她经常坐的椅子，椅背上还搭着她的衣服,一件绞花羊毛外套。小桌上放着一本书,拿起来,看到书签别在 157 页。我坐在她的椅子上,从 157 页开始看。

自然光渐渐不够,我合上书,转转脖子,活动酸痛的肩膀。猛然看见一个人,勾着头,弯腰驼背坐在那里。再一看,是镜子里的我。墙边立着一架穿衣镜,正好能照见椅子这边。看到自己在镜中的形象,我下意识地调整,收回往前探的脖子,打开背,挺直腰。

就在这时候,我忽然想到什么,过去的画面一帧帧快速从眼前闪过。

无论穿着睡衣还是戴着围裙,她始终身姿挺拔。她端坐在沙发上,头和背在一条直线上。她晾晒衣服,手臂在空中划出一道柔美的弧线,她剪脚趾甲,抬腿,收腿,宛若仪式。隔一段日子她就把我的四季衣服找出来,细细检查一遍,将纽扣松动的放在一起,然后她捻起一根针,举到光线充足的地方,另一只手捏着搓细的棉线,对齐了,在清透的阳光中,棉线极富韵律地穿过针眼。

一幕幕黯淡的家庭场景透迤而来,它们从没像现在一样清晰、优美、光华闪耀。

她无时无刻不在秘密起舞。

回到那一晚吧。我宽厚地一言不发,她反复摩挲演出服。多么平静的夜晚,无声的对话比能说出来的话意味更明确。

我走到瓷罐面前,想解释些什么,话哽在喉头,该从何说起呢。

盼望在另一个地方找到她。也许她还是生病时的样子,头发掉光了,黄黄瘦瘦的,我会用最热烈的目光看着她,我会如少年扑进母亲怀抱,如父亲将女儿搂进臂弯,不,以赤诚的情诗中丈夫热爱妻子的方式,不用她开口,我就自愿化作她需要的任何东西,腰间的一根银链,手腕上的一束飘带,一束追逐她的光,甚至是她足底的一双舞鞋,如果她张开双臂仰起脸庞,说来一场雨吧,我就化作一朵云彩,飘到她头上,为她降落一场温柔无声的细雨。

月光下

我在哪里,现在什么时候,闹钟响是为了什么?被闹铃唤醒后的三连问。几秒钟后,意识清醒,身体立刻从床垫上弹起来。

镜子里的面孔有些陌生。记不清有多久没有认真照镜子了,只偶尔就着手机屏幕,瞥自己两眼罢了。把打结的头发梳开,裙子穿上又脱下,来来回回折腾好几次,在黑色、白色、天蓝色之中,我放弃了更有朝气的天蓝,选择了稳妥的黑色。

这是南方最舒服的季节,不冷不热,风和阳光清清爽爽的。借着路边的玻璃门,我悄悄打量自己,发型衣着都过得去,心情虽忐忑,也还藏得住。想一想,像上辈子的事了,现在的她,到底会变成什么样子呢?

不出所料的缘起,先是春节前夕,我们被拉到一个叫"相亲相爱一家人"的群里,说是一家人,其实有见过的也有没见过的。大家亲热地互致问候,发养生谣言和珍藏的表情,"晓茹"两个字出现时,我心跳加快。真不敢相信,她居然也在。生怕她又不见了,想赶紧加上她,临到最后却没把消息发出去。时间露出一个小豁口,旧事一幕幕涌出来,都这么多年了,还要继续用沉默表达对她的责怪吗?想起那场梦,在梦中的小城白事上,我一眼认出她来,她远远地站在幔帐边,目光交汇的时候,她嘴唇动了动,好像有话对我说。犹豫半天,等我下定了决心去找她,她已经离开了。

群里热闹了一阵子,几轮热络的网络走亲戚后,气氛凉下来,因为并不真正生活在一起,曾消失在时间里的人换种方式又消失在虚幻的空间里。有时我会猛然一惊,以为她退出了,赶紧点进去看看,见她还在,就松了一口气。我了解她过去的坎坷和挫折,她现在的日子也未必有多好,如果是我,丢不起人,早就自绝于家族,干脆让自己永远消失了。迟疑和猜度中,日子像上了釉,一天天滑过去。

直到她主动加上我,说,刘亚,我也在深圳。

约了几次,不是她没空就是我不巧,或者也可以说,总有一个人没准备好,托辞逃脱了。大半年之后,终于定下来时间地点,人物是我和她,刘亚和李晓茹。

她到得比我早。隔着窗子端详她的侧影,利落的短发,干净的墨绿色针织衫,背是挺直纤瘦的,我心里踏实了些。快步走向她,她应声转过头来,在这个时空里,她依然记得我的脚步声,有一个瞬间我像坠入昏暗的深海,四周是真空般的寂静。

小姨,你有白头发了。这句话脱口而出,暗地里埋怨自己不会说话,随之却发现,我俩耸起的肩膀都松开了。

六角托盘擎过来两杯茶,透明杯子里绿阴阴的,薄片正舒展成嫩叶,有的芽头朝上,立于水中,有的缓缓落下,躺在杯底。她倒吸一口气,赞叹着好看,一边却说,不用来这类地方,在哪里说话不是说。这类地方,大概就是指四季恒温、落地窗通透、植物和美器环绕的玻璃屋。现代人吃完饭喜欢再找一个地方喝东西,坐进被设计的空间里,也坐进被设计的生活里。

她还那么爱美,拿起手机拍杯中碧色,我趁机细看她的样子。头顶长白发了,眉心纹刻着深深的竖纹,但比起同龄人来她仍显得年轻。很多这个岁数的人,头发往脑后梳,稀疏得几乎能数得清,还有一具沉甸甸的身体,穿什么衣服都紧绷在肚子那里。不光是体态的年轻感,她精神头看上去也不错。难说呢,这会不会是一种调动和伪装,我不也挣扎着出了门,在没有快乐激素分泌的情况下调控出快乐和积极来,只是临出门的时候,放下刘海遮住了眼睛,于是我去寻找她的眼睛,眼睛可骗不了人。她的眼睛并不黯淡,眼神里充满对此刻和未来的热情。

几棵散尾葵,几株马醉木,室内就幻化出一片清新的小森林,看多了,也觉得不过是一种崭新的流俗。她看看四周,说,我住宿舍,连个坐的地方都没有,不然就叫你过去了。我低下头,喉咙一阵发紧,知道她想认认我家的门,但久居城市已不适应具有速度感的亲昵,哪怕我们曾经那么熟悉,哪怕今天看她一眼我就听见心底的声音,如之前的某个人生阶段,现在的我也需要她。

她座位旁站着一棵高高的琴叶榕,小提琴形状的叶片掩映着她的脸。过往的这些年,她的脸时时浮现出来,总在一个金黄色的场景里,四月的河边,大片连翘开花了,长长的花枝伸向空中,她站在满缀金黄小花的枝条间。

我和她像两棵水草，一高一矮地生在河边。同伴们是几棵杏树、成片的连翘，还有荠菜、野茼蒿、蒲公英和马齿苋，爬满斜坡，向着远处蔓延。家在河的另一边，种着香椿和月季的小院落，安然待在一排平房中。黄昏时分，我们爬上河沿准备回家，才发现裤脚上沾满了苍耳。

我是她的小跟班，她是为我摘苍耳的人。

我曾为我妈感到些许遗憾，老天爷偏心，李晓茹才是姐妹中长得好看的那一个。有她在，我眼睛挪不开，偷偷盯着她看，仰慕她俏丽的单眼皮和飞扬的长眉，还有月光一般的皮肤。一度不知怎么形容那细白若有光的皮肤，比雪色柔和，比奶脂透亮，直到那个月夜，我分不清楚了，月光是从天上落下来的，还是从她脸上轻轻荡漾出来的。

我和她年龄相差十几岁，辈分上她高我一辈，我们却亲密得更像姐妹。父母白天上班，我又是独生子女，我却从来不知道什么叫孤独。有一段日子，沉迷于扮古装美女，头发里插上自制的珠钗，披着曳地的毛巾被，端起胳膊走来走去，她就配合我，演小姐丫鬟什么的。还拓展出大侠系列的新剧情，一人执纸扇，一人持木棍充作的剑，挥舞，发功，从高处往下跳。她手巧，会编各式辫子，在我头顶两侧扎两个高马尾，再盘起来，戴上蓬蓬的头花，我定睛细看，马上宣布这是全天下最美的造型了。要知道，比我大几岁的孩子都嫌弃我，她不会。

杏烟河是我俩的嬉游之地。在那里，你知晓四季是怎么到来和退出的。月光下，杏树枝根根分明，投在地上的影子也是瘦的，疏疏淡淡干净的几笔，忽如一夜，水边堆满热闹的花影，抬头一看，干枯的树枝上冒出密密的杏花，酸胀的春天舒畅了。接着，白天长了，细细窄窄的河流变宽了，充足光照中，树叶的绿厚了一层，又厚了一层，蝉声在浓绿中突然静默又骤然响起，她喜欢说，一大早天就这么蓝，中午得热成什么样！当河边的色彩变得丰富，夏天就过渡到了秋天，毛衣上的静电起得噼里啪啦。到了深秋时节，河水分外沉静，风掠过，几朵云从水里浮起来。我们用纸片叠小船和飞机，任由它们随水流走，我们百无聊赖地躺着，看到英俊的狼狗把吃不完的骨头埋进土里，然后永远地忘记了。

那晚浩浩的月光在河面上晃荡，月下求偶的青蛙发出高亢的叫声，我抬头看到朗照的月亮，突然觉得它待在空旷的天上那么孤单。小姨扭捏一晚上，像是忍不住了，凑到我耳边扔下一句话，我处对象了。我一愣，隐约知道有过几个人追求她，半真半假的，她并不理睬。正式对象吗？是谁是谁？回过神来，我巴住她的肩膀，迫切地想探听更多。

她害羞起来，枕在一丛没抽穗的车前草上，后背对着我。我被吊得难受，假意说先走，她又靠过来，说两句，收回去半句，像河面上忽闪忽闪的月光。她的脸时而化进夜色，时而从黑暗中浮现，分不清楚了，月光是从天上落下来的，还是从她脸上轻轻荡漾出来的。

听着听着，我浑身发烫，同时感到一股庄严的气息四下弥漫。没等她说完，已感觉自己重要了起来，我是被信任的人，第一个知道这件事的人，一定要守护好秘密。我捂住胸口，调匀呼吸，也想说点什么以回报她的信任，可惜我连小学都还没上，除了在我妈兜里偷过几块钱之外，再没有更重大的秘密了。

她接着吐露，已互赠了照片，从口袋里把照片捏出来。我举高照片，月光拨开了黑暗。照片上的人侧身站立，手一上一下抓着衣领，衣领上头，是平凡如你我的一张面孔。

"啊"了一半，惊疑的感叹未成形，完整的失望在心底悄然升起，嗐，怎么就跟他好上了。转念一想，这个人能让她脸上放光幸福成这般模样，又不由得亲近起他来。毕竟，姥爷就不说了，添了心病，总想着给待业的她找事干，连我爸妈都发愁，复读再次落榜，前程在哪里呢。她说，他就像世上另外一个我，我们有很多共同点，都闻不了芫荽味，都爱吃饺子皮，不爱吃肉丸。我说，那饺子丸怎么办？她跟我打闹起来。我心里为她高兴，生活还将继续下去，大好的日子在等着她。以前，人们总虚言着她的未来，她长着修长匀称的四肢，据说适合当运动员，但怎么才能当上运动员，没有人知道，连她自己也不上心，都是说说罢了。

过了两个月，侯南南骑着自行车在河堤上疾驰而过，后座上坐着她，大梁上坐着我。侯南南穿运动裤和黑皮鞋，跟小姨差不多高。之后他不穿皮鞋了，比小姨矮一点。他下了班也加入夜晚的嬉游，月光勾勒出一条小路，小路带我们至树林的深处。几个人一起摸爬爬，摸到塞进罐头瓶里，运气好的时候能有满满一瓶呢。遇上正脱壳的，我们就凑在一起看，在手电筒的一束光下，爬爬背部裂开一道缝，蜕出来淡绿色的翅膀和几近透明的新身体。更多的时候是游荡，走着走着来到河边，我俩坐地上，他找棵树倚上去，歪着头讲故事，有心让我们觉得他很厉害，他也会勇敢地驱赶爬过来的臭大姐，我别过脸去偷笑，觉得成年人也挺好玩的。我忘了他俩还年轻，散漫游乐之后，脸上也有一闪而过的不甘和茫然。

刚上小学的那两年，我跟她见面少了。原来人生是一段接着一段的，好像一下子，我们就走进了各自的新生活。我交上年龄相仿的朋友，也体会到微小却灼人的痛苦，具体来说，是同桌总用胳膊肘挤我，我的领地只剩一窄溜了。

我们再遇见，刚开始会有点生疏，很快又亲近起来。她读书不行，一用功就偏头疼，还神经衰弱，姥爷给她用气功治过，但她最喜欢给我买课外书，叮嘱我好好上学。我还怀着念想，经过短暂的冷淡期之后，我们还会像以前一样好。

事实上，我们再也没有像以前那么亲密。有时，我会想起杏烟河的河水，日日夜夜往前流，没人知道它流到哪里去了。

还是在亲戚家，影影绰绰地听说，她哭闹几场，到底把婚订了。这之后，一个傍晚，她把我从家里叫出来。她清瘦了些，脸颊微微凹陷，太阳穴边游动着细细的蓝色血管，那时我不懂，爱上一个人，异样的光彩和骇人的憔悴交替出现，爱情既制造多巴胺也令人忧愁脆弱。她往我手心里放了一样东西，我以为啥稀罕物，一看不过是塑料发夹。注意到她热切的眼神，我装出惊喜的样子来。就在那天，我第一次感觉到，是她依恋我多一点。暮色中，我们沿着被太阳晒热的小路走向河边，她的裙子沙沙作响，像雨正落下来，又像风掀动满地的落叶。

我们并排躺在河边，风吹在身上，是可以用身体感知到，也能从树冠和水面上看出来的那种风。睁开眼睛，迎过来的不是残编断简的天空，是一整块向着无尽，从容铺展开来的蓝。

站在高处往下看，这片街区像不像一个巨大的竖琴？我问她。

她摇摇头，哪见过竖琴，这块地方也不熟。

其实我也觉得不像。只是愿意对居住之地生出浪漫想象，取空中视角把偌大的城市想象成无数个竖琴的列阵排列，那真称得上壮丽了。拉开足够远的距离向下俯视，高瘦颀长的建筑物仿若细细的琴弦，琴弦间，长满了树木和街道。

我说，那你觉不觉得，深圳是站立着的。

她笑了，这样一说就懂了，可不是嘛，咱们那里是横躺着的。

我想起多年前熟悉的景象，天高地平的黄泛冲击区，连绵成片的低矮房子和城郊安静平整的田野，听到她补充了一句，现在也算半蹲了。

哪有什么是不变的，天际线也未定型，只是变化慢一点。我说。

在几幅剪影画里，我能准确地把生活之地认出来，我熟悉它目前的线条和高度，这让我感到踏实，以及片刻的确定。毕竟，多少以为会永远在一起的人，一恍神就不见了。连坐在这里喝口茶，窗外的云彩来了又走，都变幻了好几回。

她说，你长大了，我是变老了。我看着她，小姨你哪里老，气色比我强。她笑笑，心劲还没老。很多年过去了，她无意于站在另一个角度重述那件事，以完成自我辩解，但一年又一年的，那根刺正渐渐融化在我自己所经受的生活中。

我注意到,她拿起纸巾把桌上的水渍抹干净,没有水渍也来回抹,这或许是过往从事某个职业的印记。她说这些年奔走多地,最早做保洁,后面学古法经络,专治亚健康,也做过老板的住家保姆,麻利干活,其他时候笨笨的就行,雇主要管理不想走太近,就注意保持距离,包吃住挺好,手里一直有活钱,只是跟坐牢一样不自在,半年就辞掉了。我问她现在靠什么吃饭,她说,前些年开始做育婴和产后康复,就是伺候月子,熬夜免不了的。

我点点头,大体明白了。在各个年龄段女性都讨厌被叫成阿姨的时代,她从事着可以笼统地被称为阿姨的各种工作。珠三角和长三角流动的中老年女性,善解社会和家庭之烦忧,亦专于藏匿和退场,她们无比重要却能随时隐形,就这样凭着勤劳与智慧过活了下去。她说,城市人需要什么我就学什么,说不上人们忽然开始信什么,不求稳定,跟着市场一直都在变呢。

是呀,她没工夫往回看,只拥有现在。她说,跟你妈一直有联系,她刚得心脏病那年我回去看她,问起你来,说早出来上班了。她等着我也说点什么。到底在外生活多年,自觉遵守新礼节,不打听私事,夹着小心不毁掉这次相会。但她的眼神是急切的,是与比较和窥探无关的,单纯地想知道我过得好不好。

攒了很多话想对她说,又怕表现出过了火的熟络,毕竟我们在彼此的生活中失踪已久。瞅瞅周围,人越来越多,闹哄哄的,有几个姑娘站着四处看,侦查员般等一个座。我们左边那桌谈上市大生意的,嘴里不断说出来的名字很唬人。右边一个戴哈利·波特圆眼镜、穿宽大卫衣的小男孩，到了就摊开一本书，半天没翻一页，也许是装置。更远的地方，看得见风景的窗子边，坐着的人像两对夫妻，关系没到家里聚餐的亲密程度，选在外头聊天倒也自在。

我和她曾共享大好月色，共享一段充满情味的日子，呼朋引伴，形影不离，以为会一辈子这样好下去。那时，我瘦得撩起衣服能看到一根根清晰的肋骨，此刻，我正处在跟发胖、网瘾、职业低谷、焦虑型购物搏斗的人生阶段，睡前辗转，杂念如潮，醒来的一刹那，身体像刚晒干的直挺挺的旧毛巾。家里也越来越狭小，万恶的满减和凑单造成了囤积，有时竟担心自己被各式各样的纸巾吞没。

胆怯如我，不敢把上一任房主贴在房间里的平安符撕掉，任由它在那里继续庇佑着房子和生活。枕头已发黄，标签也看不清了，我没有勇气换成新的，害怕再买不到这么舒服的枕头了，我还居然，开始穿红色带福字的袜子。

然而，表面上我已刀枪不入，老练地坐下来，双肩包卸一边，不与人对视，顺滑地戴上一副现代的表情，不在场，无牵绊。最初还觉得心惊，满地的幽灵，熙攘又冷清，原来不光我爸在家中幽灵一般存在着。单位大楼、综合体、地铁车厢，各个空间飘浮着的，是谁都不在乎谁、互相不感兴趣的眼神，空气里满满的，是自恋和防御。

有些时刻，发现月亮竟行至窗前，先是一怔，接着心底涌上来模糊的旧事。我到底也跟它疏远了。世界隐没于黑暗时，它就会显现出来，在天空一角沉默地缺损和圆满，寂然中，移动潮水，譬喻悲欢，让人在不经意看见它的一瞬间，出一会儿神，有所思，有所想。

她淡淡地说,身体总有吃不消的一天,接下来打算学含金量高的技术,考个通乳师的证。你念书多,帮着参谋下。我说,你看好的,保准行。她说,也不是什么正经证书,图个安心,有总比没有强。我想起过往时光里她跨过去的那一道道坎,忽然就觉得,一切并没有那么可怖。捋捋刘海,从哪里开始说起呢,就从家里的三个人开始说吧。

家里还有三个人,跟我一起住。

这么多人?她惊讶地看着我,手里的动作停下来。

先说说名字,等着再见面,他们是李榕添、周细龙和董娟玉。

赶快去通知晓茹,这是最后一面。我得令,跨上自行车,头也不回地冲进黑夜。脚蹬得飞快,耳边只有呼呼风声,屁股都离开了车座。这之前,我妈打了几通电话,是忙音。我提醒她,小姨家的电话早停机了。

小姨熟食店的生意一度兴隆,她羡慕我家有电话,挣到钱先把电话装上,也是一圈数字转盘、话筒在上方而不是一侧的电话机,现在人们眼中的老式复古款。她打电话喊我去玩,声音里有按捺不住的激动,一并顺着线路传送过来。她在娘家时下水就卤得好,成家后靠手艺开起一家小店,卖卤味和炸货,记得开张那天我可高兴了,满心盼着她过得富,富得流油才好。之后我去她店里玩过几次,有一次,她拿出半块亮红的卤猪耳,一边切一边没头没脑地说,侯南南又把内增高皮鞋拿出来穿了。我回忆起当年他穿运动裤配黑皮鞋的样子，有些惶惑，鞋是带增高的？她接着说，皮鞋在床箱里放了好多年，扒出来一看都长绿毛了，他擦了好几遍鞋油。我随便应着，哪里等得及，拈起案板上的猪耳就吃，感受那又脆又软糯的奇妙口感，她用围裙擦擦手，叹口气，又说别的去了。

我快升初中时，她给我买了一身大红运动服，专门送过来。那个年龄的我，沉默，敏感，正是从心灵到身体都别别扭扭的时候，僵硬地接过衣服，也没说声谢谢。我偶然看她一眼，忽然觉出来她老了，眼神呆滞，手脚迟钝，头发披下来，用我妈的话说是跟疯子一样。她身上散发出一股哈喇油气，白袖套也很脏。接着就听说，她做的熟食味道大不如前，心思没放在上头。小生意靠街坊回头客，人家买到发臭的食物，上一回当决不再买，口碑丢了，小店就在恶性循环中半死不活了。又陆续听到一些愤慨的对话，大意是她抠姥爷的退休金，她开始到处借钱了，反复听见的是救急不救穷这句话。有些话压低了声音说，听得并不真切，但知道不是什么好话，我不喜欢别人背后这么议论她，想到她不知受了多少冷眼，心里会猛然疼一下。

但我跟其他人一样，有点躲着她了。

路灯头上跟着一团团蚊蚋，灯光勉强漏下来一点。一块砖躺在路中间，发现时已来不及，车子一踉跄，把我颠了下来。坐在地上揉膝盖，心里说不出来的怕，抬头看见半个月亮，正努力发出微弱的光。我想起过往的日子，想起河边夜晚的月光，有时是银质的月光，叮叮当当清脆地掉落，有时是磨了毛的月光，带一层细密的短绒，可软软地披在身上。我站起来，扶稳车子，继续往前走。

远远地看见一星点暖黄，渐渐晕开了，变大了，接着，黑夜中显现出一个黄盒子，方方正正的，盒子里头就是她的小店。一间面对街道的偏房，墙壁上开了一扇窗，灯光从窗子里透出来。我丢下车子，冲小窗里喊，无人回应。大门敞着，我冲进院子，箭头一般楔入一片凝固的黑暗。

那一刻我太着急，顾不上其他的，是在一遍遍的回忆中，孤寂和无望缓缓从那个画面中漫出来，她和她的影子相对而坐，身后是黑沉沉的夜。

院子里没开灯，只有轻烟薄雾的月光，渺渺地照着，她坐在小凳子上，也坐在能藏住人的暗影里，她身旁有个煤球炉子，炉子上白铝壶咕嘟咕嘟烧着水。

快走快走，姥爷不行了。我呼哧呼哧喘气，边说边往外跑，天都快塌下来了，恨不能马上拽着她飞回家去了。身后竟没有动静，我停住脚步，转过头去。后来很长一段时间里，我都忘不了她的表情和她的话。

她摇晃着站起来，又坐下去，她说，等我把这壶水烧开了。

我在她制造的真空中窒息了，全身不能动，也说不出一句话来。只迷迷糊糊感觉到，不知哪里裂开一个大口子，轰隆隆地，涌出来一些我还无法理解和辨别的东西。

没等我回过神来，她抓起壶把，把水壶扔在地下，哐当一声，溅了一地的水。

两辆自行车慌张地蹿出去。黑夜里，传来齿轮和链子猛烈摩擦的声音，还有急促的呼吸声。我和她之间多了一个秘密，一个真正的秘密，我相信自己永远不会说出去。

路穿过小城，在小城的边缘地带突然终止，我穿过一道暗门，却赶紧捂住眼睛。双手颤抖，泪水冰凉，车子驮着我进入虚焦的前方。那时候我不知道，眼泪到底为何而流。我被一股太过复杂的情感淹没，熟悉的世界露出更深也更幽暗的那个部分，我不愿正视，也无法说出它们。

接下来的守灵，我哪肯理她，不光是愤怒，还有一些沉重的东西压得人透不过气来。冗长的葬礼进行到众人齐嚎只出声不掉泪的阶段，只有她这个小女儿低着头，没声音，有眼泪。

也许，这并不是我最后一次见到她。中考那年，消息乱飞，传她离了婚，带着小孩走了。事后孔明说活该，厚道些的说认命。我硬起心肠，没找我妈详细问，想起小表妹来却很伤感，在他们家还有钱的时候，送表妹学过一阵电子琴呢。传闻渐渐消散，大人们那么忙，闲话也捡最热乎的说。

中考后，我知道自己能考上有书念，长假走到跟前了，不争气地，想念起她来。骑着车子一次次从她家门口过，盼着正赶上她往外走，我们就相遇了。相遇并未发生，我推着车子站在门口，不知这里还是不是她的家，两扇大门紧闭，小店的窗户被报纸糊死，只有那棵高大的柿子树，叶子枉自绿着，长长的树枝伸到院子外面来。

下午，我习惯性地来到河边，独自坐在泡桐树的阴影里。还记得，她曾把满含花蜜、淡紫色的泡桐花用线串起来，给我做了一个项链。只要听到一阵脚步声，我就赶紧回头，幻想她像以前一样突然出现在我身后。孙国梁喊我时，我吓一跳，转头看到他站在树荫下，我注意到老同学嘴上长出淡淡的胡须，车筐里放着刚租来的一摞武侠小说。他嚷嚷道，城西来了个马戏班，有个演飞天女的，都说是你姨。我不信，什么飞天，别瞎说。嘴上说不信，孙国梁一走，我立马蹬上车子往城西赶。

我跑过城区，跑过菜地和汽车站，跑过了一个完整的黄昏。夜色里，一座亮着彩灯的圆形大棚出现了，数根立柱撑起红白条纹的篷布，棚子门口放着两个黑色大音响，还有几辆卡车停在树林旁的空地上。我买票进去，找靠前的位置坐下，等着座满开演。

穿绸袄的猴子倒骑在山羊背上，山羊迈着艺伎碎步走到舞台中央，观众哄笑，吹口哨，我只觉得猴子的眼神很悲伤。接下来是爬竿和铁笼飞车，惊叹声一波波涌向棚顶。我看不进去，像个局外人，木然坐在座位上。终于，顶花坛的壮汉下场，几个闪闪发光的女演员走上来，她们的身体裹在艳丽的色彩中，翠绿，玫红，宝蓝，金黄，腰间缀满粼粼的亮片，收紧的裤脚上飘着几朵云纹。报幕声响起，预告绸吊表演开始，长长的绸子从顶棚上垂落下来，不可思议的一幕就要出现了。女演员们单手挽住绸子，像画圈一样走步，越走越快，我还没反应过来，她们已飞在半空中了。我紧盯舞台，眼睛都没眨，不知道她们怎么就飞起来了。她们优美旋转，双腿仍在空中有节奏地摆动，像蹬踩着肉眼看不见的阶梯。她们化同样的妆，四肢都很纤长，我心里着急，哪个是她，她到底在不在半空中。顶棚上的频闪灯像是坏了，光束呜呜咽咽的，舞台的热闹与繁华里平添了几丝荒凉，到最后，我就把那个遍体金黄的人当成她了。

黄昏的几缕阳光斜照进来,把人的影子投到远处的地板上。她从包里拿出一板药,摁住药片顶开铝箔。我给她要来一杯清水,她仰起脖子吞下药,没多说什么。我知道,她这个年纪的人大抵是受着一种或几种慢性病折磨的。

李榕添是衣柜,周细龙是餐桌,董娟玉是电脑。我给衣柜、餐桌和电脑都起了名字。

她睁大眼睛,嘴唇抖动,复又平静下来,抓住我的手握一握。她说,刘亚,没什么,不过是平常事。她顿了顿,记得那个家北窗下的石榴树吗,有那么几年,我叫它刘亚。

要用眼睛看别人,此时我用眼睛看着她,她也一样,我们的视线坦然相接。不能哭出来,我找的理由是,这里人太多。但有件事情我打定主意,不计较了,我先来。他是坐在隔壁的同事,我知道,他拐着弯地打听我,他同样知道,我总引导别人多聊聊他。几个月过去,在暴雨接连不断的夏天,谁也不往前挪一步,显然都在保护自己。长夜里我暗下决心,睁开眼却世故退却,好像这才是生活精粹出来的正当反应,而主动表露感情是何其不明智的行为。

茶已经放凉。她站起来,说沙发窝得人难受,出去溜达溜达。我跟着她往外走,像一下子回到了多年前。这一刻,我辨认出胸口突然涌上来的热流是什么,是庆幸,庆幸在我能理解更复杂的人世时,还有机会跟她相见。

推开门,尚未汇入到人流中,我们像被什么撞了一下。不知道哪条街的桂花开了,金桂的香那么重,风都吹不动,空气变得很稠密,站在里面,蓦地就被花香染了一身。不似幽冷的兰花香,飘飘忽忽，闪躲着什么，桂香浓郁，强烈，无所保留地让空气达到饱和状态，香味像凝结成一滴滴水珠般，落得到处都是。

她深吸一口气，说，听说这两年家里也开始堵车，真不敢想了。可惜过年还回不去，月子订单排到了春节后。我马上说，忙你的事业。她摇摇头，哪有什么事业，吃口饭罢了。我说，今年我能休假，你记挂谁，我替你回去看看，多拍几张合影发给你。她笑了，这个哪能替。

洒水车缓缓走过，喷出的水流落在路面和一旁的绿化带上。她指着前方，说，快看快看。我循着她的视线，看见一道小小的彩虹，阳光和水滴造就了它，缺了小半边，照样梦幻鲜艳，在空中抛出优美的弧度。

饭店门口的台子上放着菜牌，她拿起来翻看几页，大大方方放下，往前走出去一段路才对我说，钱不是这样花的。她说多年来有强制储蓄的习惯，备着应急和养老。我想象着，再过十年，即使她头发全白了，也跟那些老去的电影演员一样，是一头优雅蓬松的白发。

她问，你家里能做饭吗？我点点头，能做，就是东西不全，不太像话。她试探着问，要不去家里看看？我想起那个进门堵着一堆鞋子的住处，毫不犹豫地说，当然可以。

小直升机般的蜻蜓悬停在灌木丛上，鸟挥动翅膀起飞，雪白的肚腹和金属光泽的尾羽在空中一闪而逝，剩一缕鸟鸣还飘在半空中。街道转角处的烘焙店很火爆，坐满了被公众号准确引流到店里的顾客。再往前走，路边是一家瑜伽馆，高高的玻璃窗里，两排女士一排男士在导师的带领下,时而脖子后仰下巴上扬,集体化作眼镜蛇,时而手臂伸直前胸贴地,集体变成正在舒展身体的猫,练习柔软,尝试自然,学会放松,一点点把属于人类的压力释放出来。我暗想,老板可千万别跑路,得让浑身硬邦邦的人有个地方去。

橘红的月亮出现在天地相接的地方,天一黑,它就蹑足而上,越过树梢,步入深蓝色的天幕。像往常那些日子一样,它散射出母系的、心智成熟又充满感情的光,安抚夜空,慰藉人世。

我跟随她拐进旁边的小超市,她问,现在爱吃什么,我说,你做的都好吃。她在货架上细细挑选,把散落的白菜豆腐五花肉归拢到一起。她一抬头,像突然发现了什么,声音里透出欣喜,刘亚你比我高了。回去了,我拎起袋子,挽住她的胳膊,往灯火更深处走去。

来访者

一

我记得江恺第一次坐在我对面时脸上的表情。我熟悉这样的表情，练过瑜伽了，修过佛打过坐了，老庄和张德芬都看过一遍了，还是不行。

江恺坐在对面，阳光透过玻璃和一层薄薄的纱帘，落在他脸上。发型挺时髦的，头两侧只有短短的发茬，头顶的头发留长却没有塌下来，也没有一撮撮粘在一起，看样子是手指蘸点发泥往上抓的，抓得很蓬松，略微凌乱地立起来，说不出的恰到好处。再看衣着，条纹针织镶边的棒球服，天蓝牛仔裤，浅褐色哑光皮质的德比鞋。一打眼就能估摸出来，他受过教育，有份体面的工作，审美也合格，看上去是个活得不错的人。

他让我觉得很不安。初次来访的防御、不信任、试试看、半信半疑，他统统没有，越是这样我心里越沉重。他看起来正常，实际上已经不知道怎样往下活了,只是还没到完全绝望的程度。完全绝望的人不会尝试改变,他坐在我对面表示他对人生仍怀着渴望,或许把我当成了最后的希望。我呢,只是选择这份职业的一个普通人,既不睿智,也不神奇。

这几年每接洽一个新来访者,想到反反复复、缠绵难愈的过程,心就累了,我提不起兴致来了解和琢磨一个全新的对象。每个人都是一座博物馆,也是一座垃圾山。而来访者不是来展览生命中的功业并邀请我鉴赏的,他们会在职业化的导引下,在一个个失去戒备的松弛时刻,任由心底的一条条浊流暗河泄洪般地冲出来,而我在一片狼藉中仔细辨查,捡拾起有用的材料,耐心地抽丝剥茧。这是跟人相关的工作,跟人相关的工作只能耐住性子,一层一层,一步一步,还未必总是向前,时不时绕一圈就回到了原地。

前几次咨询我说得很少,鼓励江恺多说,放开说。江恺需要说话,需要尽可能倾倒,他就是对着树洞说上几个小时也有效果。跟我一起听他说话的,是一盆菖蒲、两株琴叶榕和几只毛绒玩偶,龙猫、哆啦Ａ梦、小兔本杰明。

房间里光线柔和座椅舒适,江恺说话的时候频繁做手势频繁喝水,基本不和我对视。工作出了问题,婚姻濒于破裂,母子关系也不睦。江恺的故事并不特别,但他说话时脸上闪过的那种年轻人才会有的迷茫神色,让我心里很不是滋味。我想帮帮他。他说起自己的出生年份,是再熟悉不过的四个数字,我儿子也是那一年出生的。

接下来的几次,回溯童年,梳理记忆,细细翻看密密麻麻的褶层。久远的场景和事件苏醒过来,初时,江恺像个局外人一样在描述,说着说着开始可怜自己了,开始动怒了,攥紧拳头,脸涨得通红,音调升高,身体却瑟缩起来。我没有介入,放任他在痛苦中待一会儿,再待一会儿,差不多了才让他自由联想,继而邀请他一起分析。我也会在恰当的时刻揭示出表象背后隐藏的心理机制,让他有豁然开朗的惊喜感。相对于其他咨询来说,我基本算不上使用技巧,也尽量避免让对话进入到既定的程式中,更没有为了获取信任而卖弄经验和学识。回想跟江恺面对面的十几个小时,是新异的体验,不像在工作,也没有什么目标的预期,平实、随性、自然而然。

直到一个锋利的声音抓破了这个下午。我的手机号不留给来访者,江恺打固话找到咨询助理,他的请求是被转述过来的,隔了一个人,迂回一下,我还是能想象出电话里的声音,惊恐无助,尖尖的高音,刀刮玻璃,麦克风骤然啸叫。这声音灌进耳道,牙根一下子就酸了。

他想见你。来不及提前预约,问能不能临时安排一次。

在咨询室坐定,我还在后悔,后悔不该开这个口子的。房间里的一切都经过精心设置,生命力强的绿植,灰蓝的地毯,暖光落地灯,原木圆桌,米色布艺沙发椅,红茶,糖果,蜜饯,这些不经意间抚慰着来访者的小设计,此刻也在安抚着我。刚坐进转椅,耳边咚咚地响起江恺快步走来的脚步声,过了一会儿,声音消失了。

真安静。透过窗户打开的一道窄缝儿往下望,地面上人和车的移动似乎变得慢吞吞的,草坪树木的颜色亦是黯淡的,像远古的场景,不仅是距离的迢遥,还有时间上的渺远感,远到迷迷蒙蒙,影影绰绰,睁大眼睛也看不真切。耳朵里也听不见什么声响,像身处真空，也像来到一个空荡荡的梦境。嘈杂的市声往高处走着走着就走不动了，扑腾着往下掉。

敲门声响了两下。他的手举着还是放下了？我定定神，说"请进"。

江恺还算镇定，也许赶来的路上已尽可能调节了。

我笑了笑，表示他丝毫没有打扰我，我把转椅朝他挪一挪，身体往前探，鼓励他开口讲。

他说，我打了主任。

虽然有所准备，听了他的话我还是一愣怔。最近这两个月，每个周末都跟他会面，他的成长、求学、婚姻及工作情况已了解个大概。我知道他表面上的温顺是很不稳定的，他的人际交往存在很大问题，他不是一个容易相处的人，但这种不好相处更多的是指向世俗层面上的不圆滑和情绪化，也不至于打上司呀。

我首先担心咨询中有什么误导吗，曾建议他体会心底的真实情感，不管这情感是正面的还是负面的都不要抗拒，也许这就释放出了他的攻击性。我紧张起来，让他详细说一说。

不公平，他说，已经不是第一次了。

大抵是单位里推诿扯皮的那类事，不新鲜。听他讲完，我长舒一口气，问他，是什么程度的，嗯，肢体接触？

推主任一下，用了很大力气，他往后退几步，坐地上了，我又蹲下去用手臂锁住他的脖子。他比画着。

我既不摇头也不叹气，不动声色地看着他的擒拿动作。

同事赶过来把我拉开，主任跟喘不过气来一样瘫坐着，他胖没等他被人扶起来，我转身跑了。

我点点头，然后就是联系咨询助理，来到我这里。来的过程并不顺畅，他说路上手一直抖，握不紧方向盘，勉强开了一段，把车停在路边，打的士过来的。

突发事件劈面砸来，我也需要消化，在我这儿事件最后定格为一个画面，这个看起来很强硬的男孩匆匆逃走，留给人们一个张皇失措的背影。

这会儿，劝解、指导、提出后续处理办法都不合适，也别用术语去分析，他需要先松懈下来，不再发抖，不再害怕。

剥开一颗椰蓉软糖，递给他，他捏住糖，还在愣神，细雪一样的椰蓉缓缓飘下，悄无声息地铺落在地毯上。

我指着茶叶罐问他想喝什么茶，紫罐里是大吉岭，栗色铁罐里是伯爵银针，锡兰红茶放在木盒子里。他说喝什么都行，这才想起把软糖放进嘴里，含住了。

我坚持让他选，说，江恺，你来做主。他指了指栗色的罐子。

水开了，冒着热气的水流注入玻璃壶，混合着蓝色矢车菊、橙色金盏花的银针茶渐渐展开蜷紧的叶片，柠檬油的香味往外挥发，香气在空气里悠悠荡荡，沉下去又浮起来。

江恺双手环住茶杯，啜一小口。我也不说话，看向窗外。天色暗下来，这屋里的沉默再纯粹不过了，是没有方向的沉默，也不含着责备，更没有蕴蓄涌动着下一波的焦躁。我们安静地坐着，时间平滑地淌过去，好像从来就没有遭逢过火烧眉毛，也没有一蓬蓬荆棘阻断了去路。

他始终不问"怎么办",他累了,大概就想挨着一个可以亲近和信赖的人,陪他坐一会儿吧。

茶冲了几泡,香味一淡,房间里显得更清净。时候已不早,下面还有预约的咨询,至少要留出半小时空当让我独自待着,攒攒精神,准备进入到下一位来访者的世界。

谢谢您,我先走吧。他把剩余的茶水喝完,站起来往门口走,临出门转过身来冲我笑笑,小心掩上门。他脸上时常露出小学生的神气来,不是孩子的而是小学生的,我能辨别出两者间的微妙区别。嚼软糖的时候他也是小口小口地,手捂着嘴,低垂眼睑,像个怕光的小动物。

完成当天的咨询已是夜里十点多。对面的高楼,一大截子消失在黑沉沉的夜雾里,只剩下点点灯光若隐若现,江恺的脸庞也渐渐模糊起来。下午他来访,没说多少话,主要为平定情绪,刻意不细说,我却隐隐觉出来,之前的那些回,他看似迫切的倾吐也是经过精心选择的。咨询一段时间了,也许我们还是在表皮浮着,渗不下去。想想也正常,人心底某些犄角旮旯自己都不愿去,自己都不愿看得太清楚,更别说让旁人进去看了。这从来都不是一件轻巧的事情。

二

南方的冬天走走停停的,冷了几次也冷不下来,约略有个意思罢了。树叶陆续地掉,不似北方迅疾严厉,一下子全掉光裸出枝枝叉叉，枝桠上总还笼着一层绿意，只是绿得薄了，不像夏天那样累累的。

临近年末，期末考试的缘故，青少年来访者多了，婚姻咨询也多起来，好像婚姻也要经历年终大考一样。最近这个月江恺未出现，看看下星期的预约表，依然没有他的名字。

周六下午的咨询排得满，我过了饭点儿才下楼。拐进茶餐厅，靠窗坐下，捧着餐单看半天，还是点了云吞面，饮料呢，鸳鸯、热鲜奶、阿华田、好立克、柑橘蜜、红豆冰、可乐煲姜，一行行看下来，最后我在杏仁霜后面打了个勾。

茶匙一下下搅动杏仁霜，白色小漩涡旋转着，甩出来清冽微苦的杏仁味。附近写字楼加班的人三三两两地进出，大都挂着胸牌，坐定话不多，埋头填饱肚子。餐厅里很静，用餐区跟切配间只用玻璃隔着，玻璃后面一根银色横杆，悬着一排挂钩，钩着油鸡、烧肉、卤鹅、青蒜，射灯打下来，青蒜碧绿如洗，烧肉的皮色是枣红枣红的。

抬头看见一个颀长的背影，等他转头，转过头来却不是。这些天，看到高个子男孩就忍不住想起江恺来。

出电梯，沿着走廊往办公室走，远远看见一个人在门口来回踱着步。走近了，发现是个面生的年轻女人，冲着我点头。目光越过她，望向前台，值班的姑娘不在。拉开包的拉链，摸到里面的强光手电筒和高分贝报警器，心里踏实了些。

我不往前走，女人也不动，互相对视几秒。她说，您是庄玉茹老师吧，我见过您的照片。

我紧攥住手电筒,心想随时备着的东西竟然真要用上了。

庄老师,我是江恺的妻子,我叫于小雪。

手还是没从包里拿出来。走廊灯光偏暗,于小雪走近几步,我才看清她的脸。看清了,攥着手电筒的手指不由松开。当时形容不出来,后来回忆起跟于小雪唯一的这次见面,回忆起她的脸,一个词才浮现出来,弧度。生硬、苦愁、凌厉的脸上见不到优美弧度。于小雪呢,眉毛从中间开始弯,眉尾恰当地收住,不至于耷拉下去,双眼皮不深不浅,两道秀气纤巧的虹,嘴角向上翘,横躺着的月牙儿,从耳垂到下巴颏儿也是一条流畅弧线。很喜相的一张脸,无论笑不笑,笑意是满的,要溢出来的样子。成年人的面相泄露的信息太多,无关乎天生的五官美丑,面相里往往隐匿着一个人的心理和生活状态。

走廊另外一头的保安朝这边走来,我取出钥匙打开门,犹豫地看着于小雪,她迎着说,能占用您一点时间吗?我拿不定主意,身体却侧过来让一下,她赶快走几步跟在我后面进了屋。

她坐进江恺常坐的沙发椅,环视房间,视线最后落在书架上。我以为都是专业书籍呢,原来不是,她喃喃念出声,《通俗天文学:和大师一起与宇宙对话》《中国首饰史话》《李白传》《夜航船》,这是,呀,还有这么多绘本和漫画。

不清楚她的来意,我礼貌地笑笑作为回应。

家里现在有很多心理学书籍,《释梦》《荣格文集》《行为主义》《自卑与超越》《论人的成长》,都是江恺买的,我有时也翻一翻。

心里忐忑,等着她切入正题。我这个职业在来访者家属那里名声并不好，有的目之以传销、灵修、邪恶催眠一路，有的不以为然觉得不过是伪科学、读心魔术，有的时刻提防着，怕咨询久了依赖上，跟亲人反而疏远了，最习见的是把我们看成江湖骗子糊弄人，新时代骗术，闲聊天儿居然按分钟收费，还那么贵，简直是敲诈。

庄老师，你会保密吧？她问。我以为她要跟我聊聊江恺，没想到说的是她自己。

声音圆润好听，珠子一般滴溜溜地滚动着过来。

就是一刹那，我看他一眼，偏巧他也看我，那一霎可真长啊，什么都没发生，什么都发生过了。之后又见过几次，都是一帮人一起的，听见他跟人打听我，我装作不知道的，其实心里挺高兴。今天，他跟我，两个人，在咖啡馆待了一下午，把不多的几种饮料试了个遍，好意思又不好意思地坐着，都不说告别的话。直到咖啡馆灯亮了，我心里乱，告辞出来，在公园里晃了晃，实在没头绪，才来这里碰运气，看看您在不在。

她又详细说起两人怎么在草木染工作坊共事，我边听边细细地捋。于小雪是纺织面料设计师，这个我早听江恺提起过，也由此想通了他为何穿着打扮颇为讲究，从他表现出来的对自己的认同度这方面来说，本不该这么讲究的，想来都是于小雪对他的积极影响。

因职业之便，我对男女间的事了解甚多，深知那全不由人的疯魔劲儿，就像一把火，除非烧完燃尽，不然过不去。我担心江恺，一时默然，对着眼前的于小雪，却更多的是理解。我知道婚姻有多难，知道跟江恺在一起生活有多累，也猜到于小雪对"草木染男士"

的好感，恐怕是因为在痛苦中浸泡太久，想露出头来透口气，未必是动真情。

何况，她为什么来找我呢，肯定不是为了说这些。

她接着说，庄老师，你是专业人士你帮帮江恺吧，我想不到别的办法，信心也快磨没，早租了房子说搬出去，又舍不下小家，你不知道我有多看重这个小家，一想到跟他过不下去了，光是想想就忍不住掉眼泪。

这代人是爱过才结婚的。我暗自庆幸。

她说，最近这几年不知道怎么熬过来的，遇见烦心事他情绪低落，一低落就好些日子，毫无理由的他也会突然不满意，好像他本身需要痛苦，好像心绪恶劣倒变成享受一样。外面阳光那么好，扭头看见他，他头顶上压着一大团乌云，我一哆嗦，全身冷透了。他有时待在房间里会忽然大叫一声，接着传来猛砸键盘的声音，好像自己跟自己说起话来，跟念咒一样。渐渐地，各据一室我也安不下心来，飘飘摇摇地等着，干等着他大叫一声，叫完反而安心了，好像跌进看不见底的洞，掉着掉着总算着地的感觉。

她的声音绷紧了，眼眶里滚着泪珠，眼尾的睫毛湿湿的。

一次次重复，就跟进了闭路循环一样，看不到头。前一阵子他跟单位又闹起来了，这个，他跟您说了吧？

那天下午临时加了咨询。我仔细咂摸这个"又"字，心里明白几分。

她趁我不注意擦擦眼睛，说庄老师千万别对他有成见，他是一点儿坏心眼也没有的人，他多单纯啊，上大学那会儿他脸上就写着三个字：好男孩。

她谈及大二那年去找高中老同学玩，认识了江恺。她随口提到的大学名字让我心里一震，江恺只跟我聊过他的专业，从没跟我提起过他毕业于全国数一数二的学校，我有些吃惊。

提到大学时代她高兴起来，跟我讲他们相处的一些画面，讲得很细致，不愿意漏掉往事一丝一毫的好，脸上始终是小女孩的欢喜劲儿，眉眼更弯了。

我忽然觉得大有希望，很明显她比江恺健全，她是可以从经历中获取养料并被平淡生活秘密滋养着的一类人，这对江恺来说太重要了。

好男孩，怎么就变成这样了呢？末了，她说，说完垂下头盯着地面。

她相信别人，她主动来找我，刚才还说起，江恺提出来看心理咨询，她没有质疑没有冷嘲热讽，帮着在网站上选咨询师，浏览简介和照片，说选这位吧，慈眉善目，看着亲切。

我的年纪，大概跟他们的母亲差不多。

怎么会对他有成见呢，他是我的来访者，我会帮助他发现一些问题，帮助他的过程也是在帮助自己。每个来访者的心都像冻了几十米的冰层，不能急，慢慢来，小雪。我轻声喊出她的名字，她抬起头看着我。

我接着说，心理咨询可以从幼年入手从过往经历入手，家庭，父母，成长历程，沿着这个方向去找线索，这是流行的手法，这种手法因为很少触及现实、相对安全而被广泛采用。但不要忘了一句话,我是一切存在过、一切业已完成的事物的总和。人是什么,人是所有经历的总和而不仅仅是童年的经历,你呢,你曾经是,现在也仍然是江恺的经历。

她的声音抖得很厉害。我看到他在受苦却帮不了他,也没能让他感到快乐。夜里他经常做噩梦,喉咙里发出特别惊恐的叫声,双手在黑暗中乱抓,我想让他醒过来,又怕中断一个梦不好。白天的时候偷偷看着他,既想耐下心来安慰他,又想扭过身去躲得远远的。

我明白她的处境,她正渐渐丧失跟丈夫共同生活的兴趣。江恺的烦躁、怨恨、不高兴像病菌一样四处滋长,高频率的爆发让她身处家中而难获安宁,在爆发和等待爆发中熬时辰,家庭的场,家庭的氛围,吃人不吐骨头。

我把叹息压下去,对她说,我知道你厌倦了,再坚持一下,别放弃。你是江恺的生活伴侣,也是一个良好的客体,跟你相处的美好体验会改变他内在的心理结构,这样他就有希望重新建立起跟环境、跟他人的健康的客体关系。

最后我告诉她,我最喜欢的心理学家是阿尔弗雷德·阿德勒。他认为儿童在 5 岁左右形成了生活风格,也就是构建起人生原型,但阿德勒不看重过去,他还说过一句话,生命总会设法延续下去。

她眼睛亮晶晶的,用力点点头,生命总会设法延续下去,相信你庄老师,我也不会轻易放弃。

送走于小雪,我先推开窗户让风吹进来,又关掉吸顶灯只留一盏低瓦数的台灯,最后把自己放妥在躺椅里。眯了一会儿,坐起来准备回家,抓起手机放进挎包,手指又触到了包里的防身用具。几年前一次咨询的时候，坐在我对面的人总盯着花瓶看，透明玻璃花瓶，注水到瓶身的一半，一束鹅黄色的小苍兰亭亭地站在清水里。咨询完了，我手捂胸口调息了半天，心跳才渐渐慢下来。从此，房间里没有了玻璃花瓶也没有了瓷瓶和陶瓶，植物栽种在塑料花盆里，干花们、鼠尾草、地中海蓟、满天星、珊瑚红豆、莲蓬，住进了各种形状的藤编、竹编或柳编的花器里。

来访者是个十几岁的初中生，也许他只是喜欢那束花。

三

每年三月份，我会离开深圳去别的地方住一阵子。各地的景区风光迥异，扰攘是一样的，我受完罪就离开了，景区还在没黑没白地受罪。有一年夜宿河畔的古镇，深夜躺在床上，窗外的人声像涨潮一样漫上来，渐渐盖过了水声。月洞门雕花木床挨着窗户，窗户下面是窄窄的河，打开窗户，红灯笼映着粼粼的流水，对面临水的街上站着人，拱桥上也挤满了人。古镇像个揉着眼睛缺觉的孩子，哪天能睡个囫囵觉就好了。也去过传说中适宜隐居的偏僻地方，发现隐士真多，已经热闹起来，难见荒烟蔓草，跟外头的气息差不多。后来就悄悄回老家住，市郊的宾馆，水库边上的度假屋，临行前或跟亲友见个面，更多的时候直接拉起行李走。坐上出租车，在座位上转头往后看，熟悉又陌生的小城越退越远，渐渐模糊了，是山水画虚虚蒙蒙的远景轮廓，像一场似有还无的残梦，遥遥挂在卷轴的一角。

很少跟亲友谈起我的职业，有人问起来，能含糊过去就含糊过去。这份工作神秘而高危，枯燥又刺激，似乎藏纳了数不清的秘密，但更多的时候我了解的不是个体独特的痛苦，而是公共性质的痛苦，洞悉的也非个体隐秘，不过是对世俗价值的反复体认，对永恒的贪嗔痴慢疑的来回温习，我的房间里噼啪闪烁着心灵幽深处迸裂的暗蓝色火花，同时也堆积了世事人心最表面的一层泡沫，浑浊而固执，强风吹过来都一动不动。

钻研过几本心理学方面的书，还是揣摩不透上级的心意，有时候用过劲儿，有时候又不够主动，经历几任领导，这方面没少下功夫，好像一直没找对感觉，领导对我也不太重视。

做销售三年了，业绩一直不理想，好几次差点被淘汰，量上不去，不被淘汰自己干着也没意思，没有愿景啊。每年固定培训也学了些招式，说穿了卖东西就是讲故事，讲故事的技巧我已经掌握了，但心理不够强大不够坚定，对人家脸上的表情会特别在意，磨不开脸面去磨客户，也不知道用什么办法能轻松混成哥们儿，很苦恼，想请你在这方面帮我提升一下。

我有个高中同学，是我在深圳唯一的朋友。本来我们经济条件差不多，都是一套房一辆家庭型轿车，后来他跳槽去了一家金融公司，每年年底奖金下来了都发笔横财，换了豪华车，现在又准备换房改善生活品质。我呢，后悔大学时没学个好专业，现在还领着死工资。每次跟他见面，回来我都特别，怎么说，就是那个词，焦虑，但他毕竟是我在深圳唯一的朋友，人都需要友谊，其他社会上认识的不敢交心呀。我短期和长期都看不到赚大钱的希望，心里急，睡不着觉，可能快抑郁了。

这些本该跪在菩萨跟前默默念叨的话，说给我听了，菩萨不用回应，我得回应，厌恶和倦怠会一起袭来。来访者们境遇各异，有一点是相同的：每个人都气鼓鼓的觉得自己的人生很失败。我经常会有捂紧耳朵的冲动。他们的脸孔年轻而老气，更是令我不忍细看。好在这类人士所受的是滚滚红尘的浅表伤害，没有真正的问题要解决，会很快脱落。再加上自助心理学这么流行，分支细，锁定精准，营销心理学、交际心理学、恋爱心理学，通俗易懂，实用性强，实在不需要专门花钱面询。

四月初回到咨询中心，桌上放着这一星期的安排表，江恺的名字又出现了，预约的是一个工作日的晚上，我仔细看了几遍，确定是江恺。

晚上，我提前到咨询室，开窗换气，再把窗子关上。掸干净茶几，调好灯光，倚在沙发上等。江恺提前了几分钟到，说上个月就想预约，助理说你休假了。

我请他坐下，聊几句闲话。江恺主动提起单位的事，我问他最后怎么处理的，他说，写检查，会上公开道歉，之后饭堂里见面也互相打个招呼。才不过几个月，他说起来像是很杳远的事情了，也许那天他的慌乱和绝望，不仅仅出于对上司的畏惧、对前途的担忧，我感觉他可能不在乎这些，让他害怕的，可能是另外的东西。

反正我又搞砸了。他扶着额头，准备从头说说。

四

毕业那年参加了研究所的应聘考试，几百人竞争的职位，我笔试面试都是第一。入职头一年工作很认真，跟同事关系也融洽，大家对我评价不错。接下来也不知怎么回事，就跟兜不住一样，跟同事吵跟领导也对着干，人缘越来越差，一去单位就觉得空气紧张，待在那里也是讪讪的，只好去找别的出路，看看选调什么的，选调也是通过考试，我擅长这个，试了几次就考上调走了。

在新单位工作上手很快，一切都很顺利。谁知道过了一段时间，就跟鬼上身一样，又把挺好的局面破坏掉了，我很容易跟人结仇，事事都想反抗，不是诚心的也没什么坏心思，不知道为什么，形容不出来的感觉。

中间还有，不详细说了。现在这个单位是去年夏天刚换的，刚到单位的时候特别高兴，我渴望加入陌生的群体中，我就是个新人了，是另外一个人了，没人知道我的底细，可以重新再来一遍！谁知道那天跟中了邪一样还是搞砸了，就好像有另外一个人在暗中指挥我，在秘密规定着我生活的走向，不管我怎么做，都是往那一步里迈。

听着江恺的叙说，我眼前不断出现一幅画面，画面里藏着深深的悲哀，叫人看一眼就不由得心情黯然。一个年轻人清晨醒来时是怀着希望的，洗脸刷牙，穿上干净的衣服，默默给自己鼓劲儿开始新的一天，尝试着友善对待周围的一切，然而在某种神秘力量的驱使下,希望和美好总是迅速溃散,无论他多么努力都走不出这个轮回。

这些年一直不太顺。江恺总结道。

我问,你主动挑起冲突的人有什么共性吗?

他想了一会儿说,仔细想想,都是品性不错的人,但会在某一个瞬间让我感觉受到了约束。

约束?还有没有更多的词语可以描述。

压迫,剥夺。服从别人让我感觉很难受,像一座山压过来,把我压成薄薄的纸片,也像一大把管子插在我身上,生命一滴滴被吸走了。他很肯定地说。

越来越清晰,我准备开始梳理。看起来,他是个自由的成年人,不管家庭和父母以前如何,他早已挣脱而出,然而,过去并未走远,像个诱惑,向他招手,一扇扇门次第洞开,长长的通道显露出来,熟悉的口令咔咔响起,他毫不迟疑,扭头往回走,召唤他的到底是什么?

觉察和认知是最重要的,只要能认知到是什么在操纵他,就可以用相应的方法来治疗。

回想起来,不过是些微不足道的事情,但让我有受束缚的感觉,为了摆脱这种感觉我总是尽快原形毕露,尽快让人知道我不好惹不能沾,是个怪人是块滚刀肉,别跟我分派任务,别跟我交代事情,别打扰我,离我越远越好。扭曲的是,我又多么希望跟每个人的关系都是正常的。没救了,你理解那种感觉吗,好不容易焕然一新,然后稀里糊涂又是老路,意识到自己又回来的一刹那,一下子灰心了，一点儿心劲儿也没有了。日子太长，我想把阳寿分给小雪，分给你，分给医院里得了绝症的那些人。他郁郁地说。

我忽然改主意了。

我儿子跟你同一年出生。我说。

也在深圳吗？他肯定比我好得多，我的意思是比我快乐得多。

不在深圳。

那就在国外了。

他死于脐带绕颈，抱出来的时候已经凉了硬了，除了在我肚子里活动、呼吸、生长，一秒钟也没在世上活过。

我们面对面坐着，一切都静止下来，恍若漫漫长夏，热气凝滞不动，世界也被粘在了原地。

又过了几年我跟丈夫也分开了。

接着呢？再婚了吧。

我不再往下继续，岔开话题说，我之前在老家是做财会工作的。

都过去了，都过去了。江恺安慰着我，好像我是他的来访者。我看着江恺的脸，一时恍惚起来。最近这几年，长成青年人的儿子频频造访我的梦境，他有浓黑的眼眸和上扬的眉毛，个子高高的，喜欢穿天蓝色牛仔裤。白天走在街上，碰见男孩子从我身边经过，我会停下脚步转身看着他们，直到他们的背影消失在拐角的地方或汇进人流看不真切了，我才继续往前走。

江恺的眼睛忽然一亮，说，庄老师，你看圣斗士吗？我最喜欢的圣斗士是凤凰座一辉，工作后挣了钱，收藏了很多一辉的模型，有一座是他穿着金色的神圣衣，身后垂下长长的凤凰翎羽。一辉总是死去死去再复活,而且凤凰座的神圣衣也是有生命的,毁坏了可以自愈。

他讲述起凤凰座的几场著名战事,战斗的激扬,涅槃的灿烂,太阳仿佛伴随着精彩的故事冉冉升起,带着隆隆的巨响声升起,迸射出道道金光,辉映着他年轻的脸。他说自己不该被生下来,抱怨活着真没意思,但是他又多想好好享受生命,好好享受来人间的这一趟啊。阳光,星空,连绵的青山,雨后的草地,诗一般的公式,友情,体育运动,书,电影,花朵,热乎乎的家常菜,各种各样的好东西。

我告诉他,别灰心,千万别灰心,这不是什么绝症,也没有严重到要从心理领域转到精神卫生领域,已有的理论足够帮你认知了。

到底是为什么?他问。

我尽量不给他定性,假我,俄狄浦斯情结,人格障碍,部分社会功能的缺失,这些标签于他无益。人是多么复杂和差异化的存在,不是几个概念几种分类就能说清的,我尝试着用他能听懂的语言,跟他一起分析和逐步发现。

你感觉有个神秘人在指挥你,你是被迫进入到情境中的?

非我本心所愿,我想在平和友善的环境中工作啊。

仔细回想一下,事情失控之前你一般处在何种状态中。

不知道,就是感觉难以忍受,局面、氛围都不对。

轻松的气氛,良好的人际关系,为什么难以忍受?

他皱起眉头,是呀,为什么?

也许,这些会令你感到不适,因为不适你才想改变。

改变舒适的环境？他瞪大眼睛。

你不断创造条件，让自己置身于对抗性的境地中。

我创造的？但处在这类境地中并不愉快，很压抑。

并不愉快，可是你熟悉，你熟悉这种恐惧：敌人在身边，让你不得安宁。你盼望回去，让自己沉入到业已熟悉的恐惧中。

业已熟悉的恐惧？

是的，与其等待不可知的恐惧，不如先期沉入到熟悉的恐惧中，这样就有一种虚幻的掌控感。如果说有个神秘人的话，这个神秘人，就是你的恐惧。

他说，那业已熟悉的恐惧是什么？敌人又是谁？

一种症状的背后必然勾连着一大段过往，熟睡的个人生活史，需要慢慢叫醒它。我说。

他那么聪慧，我觉得他已经意识到了什么，他回避着我的眼睛，说，这一层要慢慢体会。

我点点头，不用急，今天也差不多了，回去好好休息吧。

五

江恺离开后，我在诊疗室躺了一会儿才回家。回到家，走进卧室，打开衣柜门，感应灯随即亮了，敛藏的光在小小的空间里伸展开来，大衣，毛衣，衬衫，挤挤挨挨拥过来。我从抽屉里拿出一块洋布，蓝底白花，颜色旧旧的。不是用旧的，是不曾流走的时间一层层蒙在上面，让它变得晦暗也变得沉重。

那是我唯一的一次昏厥。原来苏醒不是一瞬间的事，而是一节节、一格格的。先是有耳朵了，听见喊我的名字，声音像从很远的地方传过来，传到耳边已经衰弱，回声荡悠悠地响起，在空旷处经久不散，丝丝缕缕地飘着，声音的细丝被一根根抽长，渐渐断了，风一吹，没了。接着，我感觉到身体的存在，不是实心的，是玻璃球，能看见里面树枝一样的脉管，悬浮流动着的血液。再往后，有触觉了，指甲盖划过的地方凉凉的，是铁架子床，最后，有什么东西重重扑在身体上，我猛地坐起来。

孩子的脸是青紫色的，双目紧闭，他还没来得及看我一眼，看人间一眼，眼睛就合上了。人们在床前箍成一个半圆，纷纷劝说着，要把他抱走，我扯过被子盖上他，只露出拳头那么大的头，说让我抱着他吧，就一个晚上也行。熄灯后我靠着一个枕头，在黑暗中注视他。相邻床位的人背过身去，叹息声比披散下来的头发还长。我摸索着下床，绕过弯曲的楼梯，走到有路灯的地方端详他的脸，我想记住他的模样。那做母亲的一夜很短很短，一丛丛黑黝黝的冬青树很快从晨曦中显现出来，顶着初生般的湿漉漉的绿。夜里多个疯狂的想法，比如说把他做成木乃伊，把他浸泡在某种溶液里，把他冷冻起来等待医学的飞跃，像晨雾一样升起又消散了。最后我手里攥住的是一块裹他的棉布，我凑过去闻，大口吸气，好像这样他的气息就能在我的身体里往复循环了。后来过了很久很久，我已经可以叙述和谈论这件事情时，别人听了觉得可怖，对我来说却是一辈子最温柔的夜晚，我跟我的孩子在一块儿，胸膛贴着胸膛，静静地等着天明。

江恺提到过他的母亲,洛阳人,恢复高考后考入邻省院校,毕业后回老家分配进科协工作,然后结婚生子,日出日落,清晨暮晚,在办公室和自己的小家间来回往返,像生活在小城市的无数女人一样,大半辈子的经历都很简单。

六

今天的咨询,我试着问询江恺一些问题。谈及过往的经历,谈及母亲,一鳞半爪的,他仍未提供太多细节,费力想,摇摇头,好像实在没有什么重大的事情可说。他解释,就那样,每个人都是那么过来的,没什么特别的。

他对母亲的感情尤其复杂,也许有足够的材料可供解析,却不愿别人触碰。虽然他支支吾吾的,我也大体上能估测出他的成长环境,画出一个大致的轮廓,并可以预见到那些并不"特别"的日常背后隐藏了些什么。

他说,上次咨询完回到家,关于"熟悉的恐惧",思来想去有点明白了。

最重要的是自己的觉察,觉察到就够了。我不想勉强他全部说出来。

那晚把想到的都写出来,写完一看,线条很清晰。

我并未表示赞同,说,人精神上的迷惑和混乱,成因往往复杂,我们可能只是找到一部分原因,甚至找到一个因也没那么重要,主要是在找的过程中确认了自己想要改变和新生的信念。

他附和着，当然，拎出来线条只是第一步，难的是怎样不走回老路。

我建议道，有些情况下一旦发觉自己正往熟悉的情境里滑行，意识马上接管过来，强行中止，多试几次，一次奏效有了正面的体验，以后就容易应对。

我记下了，等着试试这个方法。对了庄老师，我再请教一个问题，像我这种情况，焦虑变成常态了，每天总感觉很累，工作不忙的时候也又困又乏，有什么办法改善一下吗？

我了解他的情况，对他来说焦虑不是那个谁都能随意说出的流行词，而是实实在在的折磨。手头没有事，身体坐下来了，周围也没有别人，却还是感觉闹哄哄的，为什么，因为思维太可怕了，它不停止你就没法得到真正的休息，为了片刻的宁静，人们想过多少办法呀。

该怎么描述呢，这样说吧，我每一秒都活在下一秒，脑子里一个念头挤开另一个念头，成千上万不停翻涌，太累了。还有一些时候会突然全身发抖，心脏猛烈地跳，好像要跳出喉咙离开身体，跟快要死了一样。他补充道。

焦虑是表象，是次生情绪，关键要认识到引发焦虑的源头。另外，焦虑漫上来的时候，你会看到什么画面或听见什么声音吗？我问。

有声音，是秒针咔哒咔哒的声音，这声音一响好像就永远不会停。我静不下来，坐也不是，站也不是。

我点点头，说，感觉自己精力好脑子清楚的时候，分析一下为什么会听到这个声音。至于方法上，瑜伽的冥想，道家佛家的打坐，都会有帮助，心理学上的正念练习也成为很受重视的治疗方法，有个常用的小办法，数呼吸，有的心理学家认为数呼吸和焦虑不可能同时发生。你找找这方面的书，按步骤来练习练习。

可以练习是吧？

试一试，正念练习不是包治百病的特效药，每个生命都是独特的，人和人太不一样了，调节的办法因人而异，慢慢摸索吧。我犹豫着，要不，我分享一下个人体验？

他坐直了身子。

我说，旅行的时候，有些美景来得出其不意，它撞进生命的那个瞬间，我活着却忘了自己活着，既融合又出离，既迟钝又不可思议的敏锐，出神和忘我之后是大自在，是真休息，感觉特别满足，感觉还有太多未知的好处等着我去发现和喜爱，继续生活的兴致就很高昂。

他说，太神秘了。

我有些沮丧，嘴里却鼓励着，江恺，有一天你也会体验到。

心理学上对人的这种状态有很多研究，我刻意不援引理论，更不想启用多巴胺、皮质醇等名词，从神经机制的角度来说明背后可能的原理，那些美妙的瞬间，不能求取也无需解释。风，阳光，景物，乐曲，一段文字，生活中的一个偶然，都有可能把我们带到那个安静的地方，从那里走出来的人，身上会焕发着异样的光彩。

既不玄妙也不灵异，只是需要一些机缘。

七

接下来的一次咨询还是一小时。

这次刚上来他就有点不在状态，眼神游移，说话总重复。我不逼问他什么，只是暗中放缓了节奏。后面他寻着个空当说，过两天要回趟老家，请假手续已经办好了。

家里有事吗？我问。

有事。外婆心衰住院，住院的时候没通知我，现在好转些，出院搬到我姨家了，我妈才告诉我。

那就回去看看吧。

怪怪的。最近这些年回家都是因为有人生病，前年我爸喝酒摔伤了胯骨，还有一次是奶奶感冒转成肺炎，在医院里住了些日子，我陪床陪了几天。我跟我妈很久没打电话了，她一打电话，我接通之前就在想，是不是又有人住院了。

很少打电话？

不知道该聊什么，更怵头回家，怕见到他们，怕当面跟他们说话。

我说，洛阳是个让人神往的地方，我还没去过呢。说完了，我察觉到自己竟然期待地看着他，心里的想法就此清晰起来。

他说，并不是想象中的样子，大概地下还属于古代吧，地上满街连锁，就连仿古也跟别处无异，工艺是差不多的。

龙门石窟该去看看。我说。他看看我，似乎想接句话，张张嘴又合上。

　　为了避免在停车场再碰见来访者，我一般会迟些下去。发动好车子，要开出停车位的时候，远远地，两道车灯打过来，接着一辆宝石红色的车子驶近，车窗降下一半，江恺露出头来，要不，我跟你当个导游，庄老师？

　　我打开车门，走下来说，谢谢你，江恺。

　　开出停车场，很快驶上一条沿着海湾修建的快速路，道路两边的灯被一盏盏抛在后面，仪表盘上的数字跳动着，我发现自己越开越快。脚离开一点儿油门，车速慢下来，心里依然很乱。洛阳之行我将以何种身份出现呢？心理咨询师不是神仙不是救星也不是导师或朋友，我无法预见多重关系会为治疗带来什么，这让我觉得危机四伏。也不是头一回了，接访江恺的过程中一次又一次破例，也许在职业生涯的末期，我不想再自欺再使用最省劲儿的办法，一个熟极而流的套路化和市场化的诊疗程序，这样只是可以较快地显现效果，并确保咨询师在惯性中舒适滑行。变换一种方式，来访者可能会有更大改善，很多心理学家的治疗不是完全靠一个模子，而是尊重随机和偶然，也并不避讳跟亲友的接触交流。那种治疗方法古典从容，跟谋生无关，跟今天通行的职业规范也是抵牾的，却是倾尽努力让一个生命最大程度地自如地活下去。心理学学派众多，任何一个天才的心理学家都有能力开创几种分析诊疗的方法，杰出的心理医生则会为每位病人制定独特的治疗方案。为了让来到世间的生命少一点成长的伤痛，让父母们养育孩子时少一点蒙昧，温尼科特耗费毕生精力研究上万名婴儿，细致观察母婴之间的相互作用。科胡特，克莱因，贝克，马斯洛，霍妮，他们终日面对着遗忘、防卫、不诚实的对象，在不可知论的压力下试着了解人类解脱人类，想着想着，我心里有了支撑，力量慢慢回来了。

八

几天后，我跟江恺在高铁站会面。上了车，我们第一次并排而坐。江恺低头看看车票，说想起来了，刚结婚时我跟小雪也是坐这趟车回老家的。

我记得于小雪说租了房子准备搬出去，不知道现在怎么样了。忽然想到另一个女人，一个中年将尽的来访者，在即将步入暮年的时候她坐在我对面，总结自己的婚姻：二十多岁时离开原来的家庭组建了另外一个家庭，以为新生活要开始了，那时不知道这是人世间最难的事情之一，一晃几十年，经历了成千上万次争吵，到头来，说到底，是被一个非亲非故的人平白折磨了这么多年。

于小雪会不会也这样走入暮年，想到这里，我看江恺一眼，他正望着车窗外面。

起先高速列车在多山的地方行进，穿过一个个高大的山洞，接着地势平缓了，只剩几座线条圆润的小山娇憨地站立着，溪流缓慢宛转地流向远处。时值仲春，水田和菜畦笼着轻烟般的绿，水墨的风韵，不像盛夏时绿得那样实，那样有筋骨。

中午吃完盒饭，江恺闭上眼睛休息，我也歪在座位上打盹儿，半睡半醒间，我听见耳边的呼吸声急促起来，转过头去，正好迎上他睁大的眼睛。

怎么了,哪里不舒服?我问他。

他把手掌覆在额头上,半天才调匀呼吸。他凑近我,低声说,越往北走越害怕,之前看过的恐怖片都浮现出来了。一闭眼就看到《断头谷》里的场景,到处是浓雾,树林里跑出来一匹马,闪电划过,一下子看清骑马的人没有头,无头人全身铠甲,手里拿着长柄利斧,他在追杀我,我跑到一棵树下,看见一颗颗头颅从树根下滚出来,脖颈处的断茬还滴着血,血珠慢慢渗进泥土,地也变红了。电闪雷鸣的,暴雨落下来,雨水混合着血,汪起一个个血红色的水洼。

太真切了,跑得喘不上气来。他摇着头又摸摸袖子,那么大的雨,衣服居然没有湿。

我本想问个究竟,看到他虚脱的样子,加上此时又在疾驰的密闭列车里,只得按捺下来,起身帮他接了一杯热水。他疲惫地望着窗外,河流,田野,远处的民居,不停往后掠。我知道他不在这里,不在这节车厢里,他又奋不顾身地沉浸到某个特定的情境里,置身于他竭力想忘记的一段过往中。我想起他在一次咨询中问过的问题:怎样才能获得他人的爱?我没正面回答,只是告诉他,从你生下来到现在这一刻,肯定有很多人爱过你或正在爱着你。其实我想说的是,真正的爱无法获得或赢取,我还有一个猜测,他话里的"他人"也许可以换成另外的词:母亲。

快进洛阳站了,他站起来取行李,行李箱很重,我帮他接一下。取下行李,他呼出一口气,好像终于下定决心,说,我没告诉他们,我爸妈,没告诉他们今天回来。之前拿不定主意,没想好这次回来见不见面,刚才经历一次追杀,我决定了,看完外婆就走。

一时不知道该怎么接话,他提议在龙门石窟附近找家酒店住下,我说都听你安排,问他什么时候去探望,回答说明天上午。

到了酒店,天色尚早,他说,庄老师累不累,安顿好可以去石窟转转,走几步路就到了。我点点头,说去转转。其实他刚经历了梦境中的一次猎杀,肯定比我疲惫,他只是撑着一口气想早些带我游览。

九

站在石窟门口望过去,成千上万的石刻佛像沿着伊河东岸逶迤而来。

光滑的崖面往里掏,掏出来凹型的佛龛,凿锤对着大块的岩石,凿下不是佛像的部分,佛,就出现了。巨大的佛像跟山体似断还连只能仰望,低处的岩石上,数不清的小造像依着山势密密排列着,小佛像只有几厘米那么高,却依然让人觉得壮丽。

江恺一路介绍着,哪一尊是精品,什么年代,有何特色。他说记不清来过多少回了,又走了几十步路,他指指前面,快到了,龙门最大的一尊佛。

我们来到卢舍那大佛面前。此处游人最多,导游被扩音装备放大的声音此起彼伏,几个历史人物的名字不断被提及。我没有细听传说,仰头看去,看到大佛融进了山石中,她是菩萨,她也仍然是半座山。我被她的神情迷住了，忘记了她是石头，奇异的感觉涌上来，好像我无论移动到哪个位置，她的目光都像暖煦的风一样吹拂过来。还记得有一年去西安散心，见到秦陵深埋在地下的永生军团，一个个高大的陶俑，斜斜地扎着发髻，没有眼珠和瞳仁，永远无法与之对视，看着看着一股凉意顺着脊背爬上了后脑勺，大夏天的，我打了个大大的冷战。

不是为了旅行而来，此时游兴却真上来了，问江恺能不能再去白马寺，他看看表，说赶过去试一试。

来到白马寺，寺门关着，已经闭门谢客。我们沿着赭红色的围墙走了走，暮色渐渐围上来。灯光疏疏落落地亮起，不远处是一家小酒馆。

郊野之地，路上车辆很少，行人也零零星星，天黑下来，是荒村一般的寥落清寂。进到小酒馆里，我们商量着点菜，芹菜炝花生米，小酥肉，焦炸丸子，蒸槐花，主食要了半打锅贴。菜单翻过来看到有糯米酒，我问他，喝点酒吗？他笑笑，度数不高可以。

很快，店家温了一壶酒上来，酒壶旁是一个小瓷碟，放着干桂花。我先把酒倒在杯子里，再撒上厚厚一层桂花。乳白色叠着金黄色，米酒的酒香托着桂花的甜香，在不大的屋子里漫溢着。

热酒入口顺滑，跟酥肉、丸子和闲聊也相宜，我们又要了一壶。北方初春的夜晚还有些清寒，喝了几杯酒身体才暖和起来。我拈着酒杯，想起大佛的面容，嘴角浮现出笑意。

笑什么呢？江恺问。

我说，江恺，你去过很多次石窟，给我说说，你在大佛脸上看到了什么？

很庄重，庄重里还有点亲切。他说。

嗯，庄重，亲切，还有吗，想想她的衣服。

衣服，衣服是袈裟，石头的袈裟。江恺有些出神。

对，石头袈裟，是石头吗？

不是。他仰头喝下一杯酒，手拿着酒杯在桌子上画圈，说，是石头也不是石头。

我回忆雕像的每一个细节，心里不住地赞叹，大佛的通肩袈裟像随手捋起水的波纹，披在身上，衣纹悬垂着，一道道绵软自然的弧线，看不到任何峻急紧张的转折。

石头凝固下来的是什么？说说你的感觉。我继续跟他探讨。

他说，垂感。

会不会还有一个词可以替代。我说。

他捏住眉心，让我想想。

石头凝固下来的，是松弛。他说。

对，那是石佛最好的状态，也是人最好的状态。玻璃门上起了一层雾气，隔开小酒馆和外面茫茫的夜。我看见，他耸着的双肩渐渐沉下去，脖子出来了，变长了。

他低下头，盯着自己的脚，惊讶地张大嘴，说你看，脚在使劲儿，我的脚居然在使劲儿，明明喝着酒说着话呀，使劲儿干吗呢。我循着他的视线见到桌下的一只脚，只有前脚掌着地，隔着鞋子仿佛也能看到：他的足弓绷紧，脚趾在用力抠地。

脚慢慢放平了。

原来我一直是这样的,像剑拔出来,弓拉得满满的。江恺不敢相信。

过了一会儿,他说,下雨了。我用手抹抹玻璃上的雾气,向外看去,只看到一小框黑夜。

他吸吸鼻子,下了,我闻见雨味了。

杯中米酒,安安静静地待着,慢慢地,上面澄出一层透明的青汁。半晌,雨点才稀稀疏疏地落下来,闷声打在地上,似乎数得清,渐渐地,雨点小了也密了,像簌簌落下无数粟米般的小花蕾。

刚才好像去了一个地方,从没去过的地方,那里太寂静了。他的神情恍恍惚惚的。我不去打搅他,等待他彻底回过神来。又过一会儿,他说,不知道该怎么描述那种心安的感觉,很陌生,也很美妙。

我点点头。好长一段时间了,故去的儿子没有再出现在梦境里,他好像走了,真的走远了。

咱们接着聊吧,庄老师。

又加上一份牛肉汤,就着热腾腾的汤,我继续跟他闲聊。文章、书法、琴曲都能看到背后的人,至少看到人某个时期的状态,他是焦灼的还是安详的,生硬的还是柔软的,甚至于能感觉到他的气,他呼吸的长短和轻重。比如说有的文字整篇读下来,能感觉到作者气短气促,因为文章也在呼哧呼哧大喘气,还有的文字一惊一乍,吸引,当然吸引,就像字里行间伸出一只手,强拉着你走。再说说女人的美,有的女孩子认为优雅是凹出来的、拧出来的,是对抗出来的,其实自然放松的时候才可能谈得上好看,骨架舒展,脊柱曲度正常,挺胸抬头不但不累,反而是最舒适的。

人的体态以及面庞的纹路走向里,几乎储存刻印着过往所有的情绪和心理习惯,那些恐惧和焦灼并没有倏忽而逝,而是以另一种方式日久天长地凝结了下来。

走出小酒馆时,我才意识到刚刚是一次艺术治疗,没有感觉到它的开始也没有感觉到它的进行,概念和知识隐去,点、节奏、设计、目标皆不明晰,即兴而偶然。

我也很久没这么松弛了。

躺在酒店的白色大床上,江恺的话还在耳边回荡。细雨潇潇,一灯如豆,木桌木椅,酒菜温热,门外传来鸟儿振翅飞过的声响,过后天地俱寂,更是悠然神远。他环顾四周,说,我这些年,就是这样的时刻太少了,太少了。

十

酒店的餐厅供应自助早餐,我端着盘子一圈走下来,盘子里有了白煮蛋、香肠、青菜和切成小块的油条。放好盘子,想起粥还没盛,去盛了一碗小米粥,顺手接一杯豆浆,往回走的时候,江恺进来了,他看见我,示意我先找位置坐下。

上午他计划看望外婆,我是跟着去还是自己游览洛阳,昨天没有商议,也是怕他拒绝,我故意没有提及。他取餐坐下,我想着既然吃早饭遇见,正好也就一起去了。

为了表弟上学近,我姨没往楼上搬,住的还是平房小院。老人家心里恋着住平房,出院才同意过去的。我家住在高楼层,外婆才不肯来呢。江恺一路说着,很快出租车在一个胡同前停下来。

胡同很深,往里走了几十米,江恺仔细看看大门,辨认一下,说是这里。

开门的是一个有点年纪的女人,短发,体胖,毛衣在身上匝出来一个圈一个圈的。她袖子挽着,手上沾满白沫,好像正在洗东西。江恺愣一下,叫声阿姨,女人看看他,摇头表示不认识,江恺说,王莉是我小姨。女人"哦"了一声,把门完全打开来,说都上班去了,就我跟老太太在家,我姓徐。

徐阿姨,我从外地赶回来看看我外婆,江恺边说边往里走,我跟在他身后。

院子方方正正,中间垦出一块松软的菜地,蔓着菜苗,搭着黄瓜架和扁豆架,一大一小两只狸猫在院子一角的香椿树下躺着。女人把我们引到东头的房间,转身离开了。江恺快步走进去,我跟着迈步,随即又缩回腿来,就站在门口往里看。

老人坐在床沿儿上。毕竟是八十岁的老人了,认出外孙,话跟不上,吃力地咳出几个音节。江恺跟她说话,她也听不清。我试着根据她的脸想象江恺妈妈的模样,然而这张脸已没有清晰的轮廓,眉毛掉光只剩下浅浅的白印子,眼皮垂下来几乎覆盖住眼珠。透过眼皮没遮住的不规则的两条缝儿,她定定地看着江恺。

江恺坐在她身边,说歇着吧,外婆,咱不说话了。阳光铺在床上,老人眯上了眼睛。江恺轻轻站起来,从背包里往外拿东西,一一放在桌子上,奶粉、蛋白粉、钙片、蜂胶、花旗参,一套保暖内衣。还有一只智能手表,这种手表可以测血压、呼救,我在商场见过。他拿着手表回到床沿儿,戴在外婆手腕上,她还是没醒,他就握着她的手,不言不语地看着她。老人猛地醒过来,两人又开始说话,翻来覆去那几句,她听不清,他也听不清。

老人指指屋角,一个简易马桶放在那里。她站起来,江恺赶紧扶着,她挪一步,江恺挪一步。她并不胖,坐下去时身子却显得很沉,重重地砸在马桶圈上。她解完小手,继续坐着,好像解小手就用光了力气,只能在马桶上坐着攒力气。好大一会儿她表示可以站起来了,江恺两手放在她的腋下,几乎是把她叉起来的,她喘息片刻,抓着江恺的胳膊往回走,更慢了,一顿一挫地挪着。我看看手机,在这房间里一来一回居然耗去二十多分钟。

日光一点点移动着,月季花的影子映在窗玻璃上,老人的头缓缓垂到胸前。

他蹑手蹑脚地走出来,我们一起来到院子中央。江恺不住地摇头,说前年还不是这样的,能打牌能上街买菜,老人老起来太快了。

徐阿姨在偏房里忙活,见到我们就推开偏房的小窗户,探着身子说,中午陪你婆吃饭吧?我多收拾几个菜。

不了。他高声说,又转头低声向我耳语,一会儿我姨我姨父该下班了,咱先走。

女人说着怎么不吃饭呀,追出来送。看她掩上门,我们才往外走。

在胡同里走了一小段,江恺忽然停下来,往后退几步。胡同口迎面走来两个人,一前一后,都推着电动车。江恺转身看看大门,已经关上,又往胡同另一头看,堵死的,他双手抓着背包的肩带,一下子紧张起来。我把手轻轻搭在他的背上,怎么了,江恺?

我看着他,很明显他想飞走却少生了一对翅膀,他出了一身大汗。

那两个人走近,走在前面的是个女人,嘴里叫着江恺的名字。

你们怎么来了?江恺沉着脸。

你姨叫我们过来一起吃饭。女人看到江恺的脸色,有些畏惧的样子,说,她不知道,不,顿了顿,你不是还没买上票吗?你姨不知道,我们不知道你回来。

我倒是听明白了,也猜到他们是谁了。料想是保姆通知主家有客来,主家再往下张罗,就把他俩张罗上了。江恺好像受到很大挫伤,说,谁要吃饭,走了。

女人嘴里说这孩子,不停地拿眼觑看江恺,畏畏缩缩的。他厌烦地别过头去,闭上眼睛又睁开,忽然迈开步子从两辆电动车之间走过去。

江恺。

女人的声音怯怯的,尾音儿细弱可能只有她自己听得见。

江恺停住步子,肩膀一耸一耸地大口呼吸,忽地回过头来,我们都吓了一跳。他脸涨得通红,嘴唇哆嗦着,我不知道他要说什么,我只能等着。

他咬着牙说,爸,你这辈子真亏了。

音量不大,一字一顿,硬,刺耳,没头没脑,却又直奔靶心。我没想到是这句话,接着才注意到推另外一辆电动车的男人,男人穿着三粒扣羊毛背心和深色西裤，普通的长相，头发黑白掺杂，北方中年男人差不多就是这个样子的。

这话是不能单独出现的，前头必然有很多很多句，这句话开裂的地方，不尽之意汩汩往外冒。

江恺嘴里说着你别逼我了，跌跌撞撞地走出胡同，我看着他的背影，又看看他泥塑般呆立的父母，辛酸一波波淹上来，怎么也压不下去。胡同夹道里，不知谁家的一棵玉兰树，长长的枝条伸出院墙在半空中一颤一颤的，顶上的花开了，花瓣像莹润的白玉片子，底下花苞鼓鼓的也快绽开了。

你是？不知过了多久，她问起来。

江恺的同事，办公室挨着，我姓庄，碰巧来洛阳出差。我撒了个谎。刚才我注意到，江恺看见她时倒退几步，她也一样在认清楚江恺时，往后退了两步，踌躇一下才继续往前走。

她点点头，尴尬地笑笑，说，真是怕了他了。话头随即一转，来家里坐坐吗？

这次来洛阳是想借机见见江恺的父母，甚至以为我能一力促成双方的和解，昨天江恺说不回家时我还有点失望，没想到今天在这种情况下见面，一时劲头儿也不大了。

挣扎片刻，我说方便的话就去家里，随便聊聊。

两人一路引着我来到小区，小区的建筑物很疏朗，花园开阔，种着些合欢、夹竹桃、石榴、垂丝海棠，地上除了草坪还有大片的毛杜鹃和矮牵牛，水系景观也愉人眼目，防腐木的平台，曲水游廊连起几座小巧的六角凉亭，岸边随意散落着几块景观石，流水潺潺，红红白白的锦鲤在硬币大小的绿萍间游弋。江恺妈妈还未从打击中恢复过来，放好电动车，上楼的时候走错楼道，丈夫喊她也没听见，自己觉出来才慌忙往后退。

她邀请我倒不是随口客套，是巴不得跟熟悉儿子的人聊聊天，掌握些情况，求个安心。

我坐在沙发上，左右看看，好像哪里有点不对劲儿。我装作很感兴趣的样子，说参观一下装修吧，江妈站起来，说哪里装修了，能住人就行。先来到江恺的房间，她说搬过家，这里的布置还跟江恺小时候差不多。一个老式的写字台挨着窗户，写字台桌面和两侧粘满贴画，我凑近看，贴画不是年深日久磨出来的那种斑驳，看上去像被人大力撕过，彩色图案和白色粘胶一条一条交错着，隐约还能看出一点变形金刚和足球小将的图案。单人床上的被褥卷着，露出下面的床板，床旁边是书橱，透过书橱玻璃能看到一排排题典。我拉开玻璃仔细看，除了题典还码放着一厚本一厚本的模拟试题，都是土黄色的书脊。衣柜贴墙放着，也许柜门后面就存放着江恺的各种小物件？珍藏着童年记忆、散发出私人气息的小物件。趁江妈背对着我往外走，我打开一扇柜门往里看，见柜子一角放着塑料绳捆扎在一起的书，匆匆一瞥，最上面一本《圣斗士星矢》的封面是一片一片的，被透明胶布黏起来，还是可以看出碎裂的样子。

跟着江妈往外走，忍不住回头再看一眼，窗帘半掩着，屋里有些暗。

接下来我说参观房子的格局就行,只在房间门口张望张望。陈设都差不多,东西少,一点儿杂物也看不见,每个房间都有钟表,卧室里最多似乎有三个。

再回到客厅,江爸不见了,想是趁机逃脱躲进了房间。江妈坐下来,叹口气说,别人家的儿女越长越成熟,江恺快三十的人,越来越孩子气。这孩子变了,不敢认了。

孩子气也不是什么坏事。我说。

他在单位怎么样?

挺优秀的。我有意使用这个词。

江妈脸上有喜色,说,从小就是小大人,坚强,懂事,学习好,从不弄鬼掉猴的。我年轻时气性大爱着急,有一回趴在床上生闷气,他呜呜哭着给我端来搪瓷杯,妈你吃点方便面吧,我接过杯子,一摸杯子壁是凉的,原来他用凉水泡的面,我一下就笑了。

我笑不出来,仿佛看到了那时的江恺,一个安慰母亲的小男孩,一个照顾大人情绪的小男孩。

知道邻居们怎么夸他吗,到现在我还记着,说这是个英雄孩子。

小英雄江恺。我环顾客厅,想找到一幅江恺儿时的照片,白墙上什么都没有挂,电视柜上只有一个关着的机顶盒,指示灯没有亮。

江恺小时候可不像现在这么木讷,聪明机灵着呢,那时候说起神童来,江恺也算一个。

我露出一丝苦笑。多年的咨询经历让我有机会看清背后的底细,很多所谓的聪明小孩,不过是因为成长环境恶劣、时刻准备着应变而不得不警醒聪明,一个孩子哪里需要这么多聪明,孩子要是像个孩子,该有多好。

她继续说,一直到他考上学,没操过心也没感觉到什么叛逆期,平平顺顺过来了,那些年过得真快。她喜欢回忆,说起来就停不住,她想使劲儿拉着我,在那段日子里多转悠一会儿,那段日子里,江恺身兼金童、尖子生、小天使数职。

阳台上的衣架被风吹得砰砰乱晃,我心里隐隐的感觉变得更加清晰。我说,这么大个阳台,前面又没遮挡光照充足,怎么不养点花。

她愣一下,嘴里含混地说小区有花,很快扭回正轨,说,江恺呀,那些年真是争气。

后来呢?

后来,后来不知怎么回事就大变样了,我对他的希望不像以前那样容易实现了。

你对他能有什么希望,就是母亲对儿子的希望吧。我说。

我希望也没用,他这些年不太顺。小学、初中、高中都挺顺的,接下来在大学、在社会上反而磕磕绊绊的,他说自己没什么朋友,也看不到什么希望,一个年轻人怎么能说这样的丧气话呢。他的眼神也变了,小时候眼睛里晃着两个小太阳,一看就是个热诚孩子,现在冷冰冰的,让人见了就想躲开。

她忽然想到什么,说,跟真事一样,前一阵子给我写信,打印出来寄给我,说一打电话就吵架,说不透。有什么好说的,他就是不孝顺,他就是烦我,我喘气儿都有错。

信上怎么说？

神神叨叨的，看心理咨询什么的，我打听了，什么咨询，是哄着他说小时候的事，全赖在父母身上。他这么大个儿人，对自己就没有责任吗，简直走火入魔了，就会埋怨我，说我没有灵魂，活得不真实，好像我是那种很坏的女人，冤呀，没处说呀，到现在我都不知道哪些地方做错了，想破脑袋都不知道。我这辈子什么也没做就培养了一个孩子，孩子竟然说我猎杀他，你看这用词，我不过稍微严厉些，管得贴一些，当妈的不都这样，也没见人家的孩子活不成。

她看着我，寻求支持，你说是不是，孩子来了，说来就来，谁天生会做母亲的？

我小心地看她一眼，她周身似乎没有多少热乎气儿，看上去又扁扁的，没有长宽高，像个小黑点在茫茫的水面上晃荡漂浮。我听懂了江恺的那句话，并非指向男男女女那方面的，他另有所指，她根本没听懂地臊红了脸。刚才一进门我就感觉冷感觉不舒服，对这样一个家庭来说，屋里少了点什么，这个少，并不牵连着钱的困窘。屋里干干净净却没有一盆花草，哪怕一盆仙人掌或一盆枯死的花，也无装饰品，或好看一些的生活用具，色彩也单调，望过去一片灰扑扑的。跟朴素无关，是荒芜的气息，草草的，不知道在往前赶着什么。因为莫名的惶急，一切刚好够用就行，准确得吓人，闲置在这里是不被忍受的，热情，快乐，也嫌多余。

在这个叫做家的地方，发生过很多无人在意的小事，它们伏脉千里地决定着成年江恺的一举一动。注意到我在打量四周，她说，我从年轻就喜欢素净。

她是能说会道的女人，颇善敷衍，也会做戏，眼角眉梢藏不住的却是冷淡，对此刻活着的冷淡。她坐在我旁边，但感觉上她并不在这里。她的积极和机警不过是浮泛的一层壳，里头空空的。她的动作表情里藏着作为一个生命体的深深的懒怠和疲倦，岑寂的绝望如穹顶般低低地笼罩着。我仿佛能看见她独坐在漫长的光阴里，像在默默忍受某种酷刑。

我向她推荐通俗一点的心理学书籍，她笑笑说，咱这把年纪别上这个当了。我说，也可以翻翻金刚经。她说，小区里现在入教的不少。

我再次问起信的内容，她不愿多提，说好几次想回封信，又觉得不过是换一种方式吵嘴，没有新鲜的话要说，还是算了。

她失神地望着窗外，说，那些年，不用问不用多说话，我只要看他一眼，就一眼，他就知道哪些该做，哪些不该做。我也不怎么动手打他，不用动手，我只要不高兴，不理他，他自己就慌得跟没魂儿一样。

一只小飞虫从窗户里飞进来，很快不见了踪影，过了一会儿，屋子里面光线暗的地方，出现一个绿莹莹的光点，晃动着，忽地，绿色光点一闪而过，消失在明亮的地方。

我坐在她身边，虽然她并不认为自己需要陪伴，我还是想陪她坐一会儿，就像陪着那些深渊里挣扎渴望得救的来访者一样，他们总是坐在我对面，有的不会哭也不会笑，有的天黑下来就如大难临头，好不容易熬过去一晚第二天还必须一切如常地上班，有的一闲下来就觉得心慌，不停地干事，不停地制造高潮，目标达成之后却一片虚空，更加难受。

她背着光坐在椅子上，双手从两腿间垂下去。半天，她抬起一张凄苦黯淡的脸，叹口气说，变了，世道变了，让我赶上了。

会好起来的，日子总会好起来的。我宽慰着她。这会儿我不想跟她争辩，更不想指点或责备她，想着这辈子大概只能见这一面，我就想把身上的暖意尽可能分给她，把信心也传递给她。我是真有信心，她儿子多善良呀，咨询的时候也有意无意地替她打了那么多掩护。

她霍地站起来，吓了我一跳。她死死盯着墙上的表，惊叫着怎么一晃就十二点多了。她很慢很慢地重新坐下去，低声说，又该做饭吃饭了，这日子过着，真是麻烦呀。

锦鲤游得很快，摆动的尾巴像一抹抹大红颜料在水里化开了。跟江妈道完别，我在水池边坐下来。水清且浅，阳光透下去，池子里晃晃荡荡的满是光。池中央有一棵睡莲，从茎中伸出来的长长的根，在水中一条条清楚分明，两朵莲花挺出水面，一朵年轻，一朵不太年轻了，一朵是蓝色的，一朵是紫色的，几只小乌龟趴在睡莲叶子上，一动不动地晒太阳。鱼在水里游弋，乌龟在叶子上晒太阳，天空和云彩也映在池中。我仰起脸来透过树枝的缝隙望着天空，北方的天空总显得更高远一些，我这才长呼出一口气。

出现在街头巷尾的江妈是一个看不出任何异常的妈妈，就是这个正常让我憋闷地透不过气来。一个多么常见的家庭，粗粗一看还是个好家庭，夫妻俩都有安稳体面的工作，几十年没病没灾过下来了，孩子学习好有出息，在大城市安顿住了，这看似完满的一切却让我感到深深的惋惜。江妈上面，我看到一条粗大的脉络从遥远的地方延续下来，江妈只是其中的一环，江妈背后，深厚久远的传统巍然而立，押着她，押着许许多多的生命。

她送我时说了最后一句话，江恺迟早要后悔的，后悔对我大吼大叫，等我死了他会扑在棺材上大哭，后悔我活着的时候对我不够好。

十二

洛阳春天的牡丹不可辜负，看到真牡丹便觉得这些年受了国画的骗。阳光下的欧碧如薄薄的绿玻璃一轮轮叠着，一串由轻到重的铃声，清新鲜灵得让人忘了它其实也是富丽的，自然年年都开，见到的一刹那却恍惚觉得这是它的第一次开放。

在牡丹园里接到江恺的电话，他说又没控制住，真抱歉。我告诉他，不用控制，不用道歉。他当日就离开了，这会儿通话已是两天后。我说起信件，他才知道那天我去了他家，他问你们聊什么了，我不知该从哪里谈起，直到挂了电话，他也没再提起信件的事情。

回到酒店，看到前台站着一个人在跟接待员说着什么，是江恺的父亲。我以为他来找我的，正想上前，见接待员从存放柜里拿出几样东西放在台面上，一样一样都很熟悉，探望外婆时带的礼物，江恺给父母也备了一份，不同的是，父母这边还多送了几本书。接待员把东西一股脑儿放在酒店的袋子里，递给江恺父亲，我退几步躲到旁边的旅游纪念品商店里，看着他拎着袋子匆匆离开。

回程的高铁上接到江恺的短信，问我什么时候回去，想预约下一次咨询，我又谈起信件并给了他邮箱，他回复，庄老师，我需要时间想想。

到家已是深夜，一进门发现窗边的虎尾兰跟走的时候不一样了，整体好像长高了些，新的叶片从土里钻出来，叶子微微卷成一个小筒，还没有完全舒张开。接着我朝沙发看过去，毛绒动物们坐在宽大松软的沙发背上，白色鬃毛的马驹，大眼睛的小狮子，火红的狐狸，套着毛背心的绵羊，两只手牵着手的柴犬，猴子呢，它向一边歪倒了，我走过去，把歪倒的猴子扶坐起来，把它的黑色呢帽也正了正。我在客厅里陪着所有物件坐了一会儿才转到卧室里，临睡前看看邮箱，一堆未读邮件，却没有我等的那一封。

休息过来也没去单位，隔壁的刘先生知道我回来了，拉着我爬山、打壁球、逛茶叶展会。他开着一家中药店，有些年份了，进货的时候自己忙一阵子，平时有人看店，他只是偶尔去转转。我们先是当邻居不知不觉又成了玩伴，经常一起爬山也一起认识植物。刚知道我的职业时，他露出惊愕和担忧的表情，下一次见面他对我说，以后我们要多游泳。我说你今天怎么没头没脑的，他说，你天天泡在别人的苦水里，全是些避之不及的人和事，多大的折磨。我这才领会到他的意思，收下了这份关心并告诉他，我有督导师和自我体验师，他们是我的守护神。我想起咨询中心网站上对我的几行介绍，姓名，资历，受训背景以及咨询范围：压力和情绪调节，神经症，自我探索和个人成长，急性心理创伤。我差点儿忍不住告诉刘先生，挂在网站上面的名字并不是我的真名。

江恺预约的是周日晚上。我早早来到咨询室，把洛阳买的牡丹绢花插在藤筐里。花朵绣球般大，颜色是渐变的粉，只有一瓣显得个色，近于深红，像湿了的胭脂，红色冷不丁一大步跳到粉白，倒是一点儿也不呆。摁下音箱开关，一阵雁鸣声响起，远远的从云霄里传过来的鸣叫声，在长空中一梯一梯地往下走。CD里是七首古琴曲，看来上回听到《平沙落雁》了。音乐声中顺手打开电脑，一看邮箱，江恺的邮件躺在里头，两天前就发过来了。

愣怔一会儿，才点进去看。

  妈，有一次给你打电话，没说几句气氛就变得冷而怪，你好像收藏了很多冷话和怪话，跃跃欲试地就等着找个机会说给我听。挂了电话我顺手拿起手边能拿到的东西，猛砸书桌一通，也是那天晚上我发现，桌子靠墙的一边儿光滑平整，靠我的一边儿全是大大小小的疤痕，一个小坑一个大坑的。

  我坐在桌边回想这些年。大学的前几年浑浑噩噩，本以为考上大学就可以"做自己"，可问题是我根本不知道自己是个啥，最后一年躲不过了，拼命学习补亏空，我知道我会考试，也通过考试找到了工作。工作后每天做着差不多的事情，往前一看，前头没有选拔性考试等着我，也没有传奇功业等着我去建立，一切都很平淡，我就提不起劲儿来了。零零碎碎的工作压迫着我，我情绪变得很差，就摆出一副很不好说话的样子，别人都怕跟我打交道。我盼着生病，这样就不用来上班了，过了不久，早晨醒来一下床，趴在了地板上，我真生病了，发高烧连续烧了几天，病好后我就换了工作。

新工作的最初我拼命表现，希望身边的人喜欢我欣赏我，表现了一阵又烦了。

空气里遍布铁钳，箍得我喘不上气来，很轻松的工作也会让我暴怒，稍有波折我就会很担心，我顶撞所有跟我商量事情的人，说别逼我了，别逼我了，他们都尽量少跟我打交道。我发脾气的样子很像你，就像你在替我生活。

接着，又到一个新单位。几个月后熟悉无比的感觉回来了，我既渴望被肯定，又讨厌别人指挥我命令我，很怕跟别人接触，好像任何小小的接触对我的生活都是一种打扰。我像一根绳子，被两个想法拔来拔去。我不知道该怎么办，感觉又要跟别人争吵，感觉又将大祸临头，我在本子上写道："江恺，记住，当心头升起一股烦躁时，不要再用习惯的方式去发泄和对抗。"合上本子再翻开，妈你知道我看见什么了吗？我看见几段长得差不多的话，分布在本子的不同页码上，原来这些话，早就一遍遍写过了。我没法逃避了，各种困境一股脑儿围过来，我游魂一样在屋里走，小雪看着我，她的眼神让我的心沉下去了，单位的人也是这么看我的。

你是谁？你怎么会变成这样呢？他们的眼神透露出这样的疑问。

我怎么会变成这样呢？那晚之后我开始看心理咨询，咨询师让我认知到，原来黑夜如此漫长，走了二十多年仍在原地转圈，原来成年后自以为自主生成的众多行为，都不过是对过去的延习和模仿。我总是回到我们家的老房子，爸在家里待不住，屋里就我们两个人。我坐在书桌前，紧张地用指甲划过桌面。你的目光落在我后背，像一块大石头。你好像浑身有用不完的劲儿，牙咬得紧紧的，双目灼灼地盯着我，表情无比坚毅。目标就在前头，我压抑着所有的愿望往前奔（我多想跟着几个小流氓在溜冰场边学跳太空步啊），让自己时刻处在极不自然的亢奋中，激荡的日子几年一个跃进，一个突破接着一个突破，我只有完成了才能得到你的爱，我只有成为一个完美的好孩子才能得到你的爱，我也随时准备迎接你的尖叫和哭泣，因为即使这样，你还是觉得慢，觉得不够好，你督促我尽快忘记怎么一步步地走，路，跳着过就行了。大部分时候你不说话只是沉默着，我也沉默着，沉默过后我躺在床上却感觉像刚刚经历了一场恶战。有时候我情愿你狠揍我一顿，也不要冷冷地不理我。否定，否定，否定，成块成块地投掷过来。忽冷忽热，冷和热都是过度的、激烈的、戏剧化的，极致的冷和极致的热。空气紧张得绷直了，我也绷直了，并就此逐渐失去了健全地活着所必须具备的弹性。

我终于离开你了。

我从未离开你。

有些东西，深藏在我的体内，用我觉察不到的方式决定我的命运。幽灵跟我寸步不离，牵引着我一次次回到熟悉的情境，我以为妈妈还在背后，鞭策着我干大事，一件接一件。再看看自己，长大了强壮了，能不依靠妈妈就活下去了，于是我把往日的怒火喷向现在。此时此刻压迫者并不存在，我这半生都在跟想象中的压迫者作斗争，这个百变的压迫者易容乔装，化身为工作制度和生活秩序，化身为某领导，化身为一个弱关系的朋友，也时常化身为某位萍水相逢的服务业人士。我跟他们斗争过后，那种熟悉的压抑感也回来了，我又不舒服了，我需要让自己不舒服。

还要多久才能穿过黑夜？我不知道但我一直没停住脚步。在电话里跟你谈过多次，你只有一种反应：不屑一顾。我说婴儿时期的母婴关系有可能决定一个人的终生命运，你说瞎编乱造，婴儿能懂什么记得什么，我说家庭生活中细如针尖的伤害代代相传且无人称之为伤害，也没有人愿意深究情绪剧烈波动的母亲对敏感的孩子来说意味着什么，你说家家难免的勺子碰锅沿怎么就成了伤害，我说想跳出旧有的模式换一种方式生活，你理解为"娶了媳妇，有了自己的家"，你至今认为我们关系恶化是因为于小雪的挑唆。事实上，于小雪让我知道活着不是一件不幸的事情，她鼓励我，鼓励我打扮打扮自己，用心挑件衣服，找好一点的理发师设计发型，以前总觉得我不配、我不行，现在我已经可以享受这个部分了。从认识小雪她就整天笑嘻嘻的，我喜欢她的笑，她的笑跟太阳光一样宝贵，有一阵子她不笑了，我知道为什么，当我感觉一切都没有希望时，我用沉默惩罚自己，也惩罚她。

妈，你也可以多笑笑，印象中你总是不高兴的，听到好消息也只是勉强笑一下，笑容很快消失，好像从来没见过你咧开嘴大笑。梦见你的时候，你孤身站在沙漠中，五官是往下走的，像受到格外强大的地心引力，简直是要往下流了。

你可能不理解我写下的这些话，没关系，不是为了让你承认些什么，更不是为了埋怨、懊悔和仇恨。这么多年来，你跟我一样疲惫，你跟我一样经受着说不出来的隐秘折磨，我们被困在一个共同的炼狱里。我经常在你脸上看到嫌弃的表情，我以为你是嫌弃我，后来才发现，你更多的是在嫌弃活着的自己。也许，我们可以一起尝试着认识层层包裹下真实的自己，一起尝试着分析为何我们浪费宝贵的生命一遍遍重演着相同的剧情，我盼望，不管在什么境况下咱俩都始终怀有努力生活和寻找快乐的意愿。

在大人们认为我什么都不懂的年纪里，我也清楚地知道，跟妈妈在一起很难受。但我多么想亲近你，你是我在这世上唯一能亲近的人。现在，我仍然想亲近你，闻闻你身上的气味，即使我五六十岁头发都白了，我还是想让你搂着我，白头发的你搂着白头发的我，我老了，但我还是有妈的人。多少次了，恨意突然涌上来，我再也不想服从和满足你，再也不想为了你迷茫中慌乱抓住的精神支柱而奋斗，这一切多么虚假，我像清除病毒一样大力删掉你，过不了多久又偷偷加上，也屏蔽过你，又忍不住想看看你的动态，再把你放出来，算不清楚，不知道重复过多少回了。一想到你流泪我心里就难受，爸说你大白天一个人躺在床上，脸对着房顶，不出声地流眼泪，我当时就像孩子一样哇哇大哭起来，我想马上回到老家，为你擦眼泪，帮你做一碗甜酒煮鸡蛋。想到有一天你会死，会被烧成灰埋在地下，我的心就像被剜出一个大洞，我妈呢世界上再也没有我妈了，大洞越变越大，直到整个人都空了。我也不见了。人只要还有妈，就有底气有胆子，就有恃无恐随时变成小孩子，没有妈，大概就会感受到彻彻底底的孤独吧。

母子关系会影响孩子的所有关系，会影响我看待世界的心态和目光，会影响我的生活信念。但最重要的永远都是现在，我知道任何关系都无法强行修复，我能做的是先对自己负责，学会敬畏日常，让生活成为能量的不竭源泉，再把从心底生出的活力和爱分享给别人，并在不久的将来分享给我的孩子。

看来是时候了，我为我的来访者感到高兴。

十三

江恺走进来，右手捧一束鲜花，左手拎袋子，里头是两杯果汁。他问，庄老师，你喝火龙果汁还是苹果汁？

见到他手里的花我心里就明白了，看来想到一块儿去了。屋里没花瓶，我说谢谢你的花，先放着，一会儿我带回家。选什么果汁呢，他问。我选了一杯火龙果汁。

最近忙什么？

他说，平时上班，周末打游戏散步晒太阳，学着做几道新菜，还报了一个舞蹈班学跳太空舞。

能跳跳吗？

他打着响指轻轻摇晃身体好像在找感觉，然后嘴里说着月球漫步，开始滑步，手顺势抬起来搭住虚拟的帽檐儿并往下压了压，一副怡然自得的样子。

我为他鼓掌。

他微笑着坐下来，说，现在你知道了庄老师，不是什么极端的成长环境，没有发生过特别可怕的事情，家里没有杀人犯也不是虐待和赤贫，只不过是家庭中一些习以为常的甚至被当作美谈的做法，还有一些无形却细密的罗网，再加上我个人的脆弱。

我说不是你的问题，往上追溯源头时我们会为事件本身的细小和随意感到惊讶，但孩子就是这样被细细碎碎地塑造成今天的模样。

接下来，他慢悠悠地谈起自己，后来过了很久我依然记得他平和的语气和坦然的眼神。

我是个特别守时的人。有一次在外面玩忘记回家吃饭，不记得我妈是怎么管教的了，只记得我从六岁起就养成守时的习惯，只要妈让五点前回家，我肯定会在四点五十七到五点之间出现在她面前。我至今保持着这个习惯，跟人约好时间，哪怕穿越大半个城市，无论坐地铁还是开车，我都能提前三分钟到达，这是我妈给我的"天赋"。回想小时候在外面玩，玩的什么不记得了，只记得我隔几分钟就会问附近戴表的人现在是几点。

我是个缩手缩脚的人，好像周围的一切都很危险，我什么都不敢动。有一年暑假在奶奶家住了几天，发现茶几、柜子可以随便碰触，所有的抽屉都可以拉开，我不敢相信，隔了几天才确信这是真的。我尽情把抽屉拉到最开，仔细摆弄里面的每件物品再关上，像探索完奇幻新世界一样满足。我想喊就喊、想跑就跑、想躺就躺，还有一群表弟表妹跟我一起疯。而在我家，抽屉是不许拉开的，茶几上的杯子是不许乱动的，沙发和床也不能随便躺。有一回放学的路上，下水道里跑出来一只老鼠，我看见老鼠忽然觉得很亲切，我跟它的神情是一模一样的。

我很小的时候就学会了察言观色和讲笑话。妈妈总是一脸不高兴，大部分时候我不知道原因，我想让她多笑一笑，我要成为家里那个活跃气氛的人，我要经常有好消息报告给她。她一黑着脸，我就羞愧我就恨自己。后来我累了，也习惯了家里的气氛，照镜子的时候，我的阴沉跟周围的阴沉是融在一起的。

有一段日子我特别矛盾，小学语文课上第一次学"敌人"这个词，老师解释完含义，我第一个想到的人是妈妈。接着就开始谴责自己，谴责自己是个道德品质败坏的孩子，妈妈给我生命，把我养活大，督促我上进，怎么能有这种想法呢？这念头一冒出来，我就扇自己耳光。

我从来不觉得自己能活长，好像随时会被抛到野外，孤零零死去。后来我发现，乖、学习好、当模范、被叔叔阿姨夸似乎能够保住我的命，再后来保命又如何呢，睁开眼睛的一刻，不知道自己存在的理由是什么，不知道属于自己的生趣在哪里，不知道接下来漫长的一天该怎么熬。我每天都比前一天多死一点。

现在呢？我问他。

我敢进厨房了敢摸炉灶了，我会提前腌上牛肉，腌一天一夜，第二天大火煮开再文火慢慢煨，我愿意等着，为几口就能吃完的一道菜等着，等候的过程让我很心安。对了庄老师，见过我妈了吧，她还有希望吗，我是说，她还有快乐起来的希望吗？

想起江妈来，我有些恍惚，这世上真有一个她吗？我看不清她的面目。她存在吗，真正喜欢些什么吗？她未经选择地笃信了一些价值，并错认为那就是苦心找寻到的意义，跟从那些价值已耗尽她的精力，还能为自己喜欢点什么呢？无论喜欢上什么都意味着源源不绝的付出，那需要蓬勃旺盛的真正的生命力。

我说见到了，现在心里还记挂着她，她始终在苦海里漂荡，日子太难过了，她受不了一天一天地过，想抢在时间前头做点什么，却把现在也弄没了。

他点点头，如果有个快进键，我妈会一键按下去让这一辈子赶紧过完，我也一样，中考的时候特别希望睡一觉半年过去，已经在高中了，高二时我又盼着睡一觉，一睁眼知道自己上了哪个大学，知道一个结果就行了。

江恺，你不是任何人的翻版，你一定要有信心。人活一世都爱询问意义，我觉得活着的意义是接受自己的缺陷但从不放弃自我完善，对咨询师来说终生成长更是职业需要。你妈妈的精神发育可能停顿在某个时刻，再也没有觉察、更新和蜕变，奴役她的东西却不断强化，越来越膨胀，强大到吞噬了一个活泼泼的生命。

我有信心，痛苦了这么多年才明白，我要去生活，一天一天地过日子，越平淡的日子越值得认真过。人这辈子也没有一个万能的确定性的保证：我做到什么一切就都好了，反而我什么也做不到，什么也不是，我依然存在，依然会有人爱我珍视我。

那么，我看着他，希望他来说。

咨询可以暂时告一段落了。他说。

读完江恺的信我就长舒一口气，为我的来访者感到高兴：他不再需要我了。卡伦·霍妮说解决心理问题好比翻大山，理想的情况是分析师只充当向导，指出最佳路线，现在江恺已经可以独自翻山了，不管这之后他还要经受多少次大同小异的反复的折磨，不管那个声音还会不会响起，调遣他，愚弄他，毕竟他敏锐地觉知到了生之困扰并决意袒露和改变，他怀有强烈的认识自己的愿望，他的生命会越来越清明通透。再说，还有一个爱他的生活伴侣呢，想起这对年轻人来我心里就暖暖的，眼神也变得温柔起来。眼前经常会出现一个画面，他们像童话中的两个孩子，一起穿过有巫婆和猛兽但也有美丽风景的大森林。

庄老师，能说说你最成功的一次治疗吗？

不能用成功来形容，说说最难忘的来访者吧。

大概五六年前她跟母亲一起来的，不，母亲扶着她来的。南方的暖冬穿毛衣足够了，她缩在大棉袄里勉强露出头来，脸上一点活人的生气和神采都没有。她母亲告诉我，女婿心梗说没就没了，结婚才三年，蜜一样的，没过够。她不吃不喝，有点力气就拿头撞墙，别人建议把她送进康宁医院，她母亲不同意，说先来看咨询，不行再送院。

你是怎么做的？

我什么也不能做，常规方法在突发和剧烈的精神刺激面前显得很拙劣，也很虚伪，她哭，我陪着她哭，能疏导一点算一点。私下跟她母亲说，打安定让她睡着觉。

接着，她一个人来，我还是由着她一遍遍倾诉，在纸上一遍遍写出来。亲人，好朋友，该说的都说了，别人毕竟有自己的生活，生死也挡不住太阳每天出来，我能做什么呢，就是听她重复地说，陪她哭一场再哭一场，鼓励她向前看、往下过，一秒一秒地往下过。

有一个时期她很认真地跟我谈起丈夫的去向,有时候说他封闭培训了,有时候说他去上海出差了,下周回家,还给她买了裙子、化妆品和几盒蟹壳黄。我认真听着,说真好真好,顺势跟她讨论美丽的衣服、好吃的东西、这个季节的树和花,她说她想起来了,出门时看见小区里的扶桑开了满树的花。我太高兴了,你知道这对她来说有多难吗?

后来,我在不引导宗教信仰的前提下跟她一起念大悲咒,你不用觉得奇怪,佛教和心理学殊途同归,都是安慰人、解脱人的,遇到过不去的大坎儿的时候宗教的作用更容易体现出来。

前后咨询了半年时间,她不再出现。

为什么难忘?

没想到还会再遇见她。前不久我跟几个朋友打羽毛球,打完拐进体育馆旁边的超市里买水,一进超市我就看见她推着一辆购物车,车子里放得满满的,豆腐,饼干,巧克力,酱菜,卷纸,儿童拼图。她的耳环很显眼,明亮的金色大圈,真洋气,我远远看着她,江恺你知道那一刻我的心情吗。

我被她感动了。

是你救了她。

我摇摇头,救了她的是流逝的时间,是男欢女爱一日三餐,是贪生和恋世的好品质。日复一日的生活是最有魔力的。

沉一会儿,江恺说,我妈可怜就可怜在这里,我们这些人,该怎么形容呢,被架空了,靠激素和补药勉强撑着,红着眼睛很用力却什么也看不到什么也感受不到。下一次见到我妈,我不想再逃跑,我想坐下来跟她说说心里话，如果可以选，我希望小时候调皮不听话，上一般的学校，考普通的大学，一辈子没有巅峰，茶茶饭饭过实心的生活，知道什么是真实的，健全到能爱身边的很多东西，我会跟她讲，这是我的理想，等到闭眼的一刻我会把这当成一辈子最大的成就。

我点点头，说，实心的生活从现在开始也不晚。我不赞成把成年人的困境都归咎于过去，童年、家庭、父母等，不要忘了你自己的责任，人要为现在的自己承担应该承担的那部分责任。

我继续跟他分享那些闪耀着光彩的案例，讲述人的荣光与胜利，赞叹人的灵性和潜能，而另外的部分我自己知道就行了，我不会让江恺知晓这个部分。比如说，两年时间里我跟一个来访者聊了上百个小时，共同经历了一些决定性的时刻，不断地坚定信心，最后一次咨询时他问我，其实一切都没有改变，对吗。比如说，一个十七岁、体重一百九十斤的少女，坐飞机到处追星，回到家就躲进房间拉紧窗帘，吃饭只吃炸鸡外卖。她被父母送过来后，门刚关上她就拿出写好的遗书，一页一页念给我听。比如说，在目前的环境里，咨询中心要生存我要执业，就必须采用某种类似美容场所的令我感到羞耻的营销办法，预充值、买十个小时送一个小时等等。

我们没有按照规定的时间结束，古琴曲从《渔樵问答》到《忆故人》转了几个来回，雁鸣声又响起时，江恺讲起从洛阳回来后的奇遇，讲得很细致，脸上始终带着笑容，我被他感染了，一幅幅场景如在眼前。几个月以后，我依然记得这些场景，仿佛我也身处其间，就站在旁边静静地看。很多很多的亮光涌向我，有的是天上来的,有的是相爱的人身上散发的,还有一种光,是属于苇草般柔弱又强韧的生灵的。

十四

于小雪带江恺来到她租的房子里。

一个单间,面积很小,因为阳台朝南才下决心租的。她说。

江恺站在阳台上,满眼都是植物,番红花,蓼蓝,栀子,槐米,菊花,蒲公英,接着香气环绕过来,红花跑在最前面,紧跟着栀子香,菊花香细长细长的,在外圈轻轻一拢。最后他才看到大片的颜色,日光下朗朗的,绯红,靛蓝,青黛,杏黄……草木在布料里继续生长,形态、味道、颜色甚至魂魄都还在,风刮过来,摇摇曳曳的一片田野。

于小雪说,我有个提议,咱们俩谁想单独待一待就来这里。墙角放了一把椅子一张小圆桌,可以坐下来泡杯茶,等到茶晾温可以入口时,人也就安宁了。

江恺点点头,抬起手来摩挲布料,什么时候染的?

多亏你。她勾过一片布披在他肩上。太浓烈的情绪会在空气里凝成一个个小水珠,把屋子里的人都打湿了。我湿淋淋地躲到这里来,立志远离你,发誓不再猜测你黑着脸的原因,谁知道染染布料再做做饭就没那么生气了,想着还是回家好。小时候一刮风下雨,我妈就借机张罗着做好吃的,包饺子烙盒子炖排骨,兴头那么足也不怕费工夫,我看着外面大风大雨的,再瞅瞅屋里忙活的她,不知为何反而心里特别踏实。

他想起那些细蛛网般粘牢他的恶劣心绪,想起他一手为自己创造的绝境,深深叹口气,转头看看肩上的布,白而轻,感觉像是披了一小片皎然的月光。

我准备结束咨询。

为什么?

咨询师始终没给我明确诊断,她知道标签一个人很容易,诊断是容易的咨询是一时的,那个层面能解决的已经解决,剩下的要交给生活。

交给咱们俩。

很难很难,改善一丁点都很难,还时不时会回到老地方,或者这样说,有些病不会痊愈,可能要一直跟着我。

别怕,有什么好怕的,要说起病来谁又没有病?不管怎样我们先吃顿好的,刚才看见路口的菜摊上摆着嫩绿嫩绿的茴香苗,我们下去买一把?

两人一起动手,和面,洗茴香苗,切肉,调馅儿,擀皮儿。饺子包好,于小雪下锅煮,江恺从橱柜里拿出小白碟子,倒上醋,又见到架子上有一瓶小磨香油,便取过来在醋上点了几滴。

吃完饺子,两人把海绵垫子放在地上,在这间可爱的小屋里并肩而坐,偶尔相视一笑时,在对方脸上看到了快乐,这快乐是孩童式的、似乎怀着些小秘密的,唯有他俩可意会和共享,这快乐还暗含着些小风波过去后的庆幸和知足。

玻璃窗下日光闪烁,花影缓缓地在地砖上走,仿佛时间缓缓地流动。

　　最后一缕斜射进来的光线也消逝了，准备回家时，于小雪神神秘秘地说，等会儿等会儿，你先闭上眼睛，我说可以啦你再睁开。

　　于小雪拉着他的手走几步，说可以啦。江恺睁开眼睛，眼前异样的光亮。哪里来的光？过一会儿他仰起头，这才看到玄关顶上装满各种各样的灯。

　　进门时，他并没有注意到狭窄幽暗的玄关上方有什么。星星灯挨着月亮灯，猴子灯旁边是橙黄色的南瓜灯，银色圆盘坠下几列高低错落的玻璃球灯，是一场流星雨，布艺灯的灯罩上印几杆竹子，灯光投下竹影，最大的一盏灯上头聚拢着烛焰状的灯头，下面垂着蓝色八角珠串起的长流苏。

　　小时候最喜欢去灯饰店，一通电，首饰匣子打开了，光照在身上是有声音的，无数珠子一齐往下落。这几个月每接到一张订单就奖励自己买一盏灯。这里是我的好去处，也是你的，慢慢的，你心里那间老房子就塌了，不见了。

　　那是小时候生活的地方，是个家，还是别让它塌掉，我变了它也会跟着变，我变好了它也会跟着变好。

　　我一边想象这些画面，一边在公园里闲逛。

　　几个票友在湖边唱曲儿，正唱到《牡丹亭》的皂罗袍，慢悠悠的清唱，青烟袅袅而上，风后面拖曳着细细的柳丝，溪水潺潺流过光洁的石头。我凝神听一会儿眼睛就湿润了，五十多岁了，活了这么久，还能喜欢《牡丹亭》，这让我觉得幸福极了。

　　晴朗的好天气，天空蓝得澄净透明，荔枝林鸟声不绝，水边的蕨类植物丛中传出虫叫的声音。老人们在树荫里活动身体，年轻的情侣、穿校服的学生在草坪上或坐或躺，父母们铺开橡胶垫，扶着孩子学步。我看着他们，但愿这平静安乐在生活里源源不绝地出现，但愿父母永远不要让孩子置身于孤注一掷的境地里，哪里需要什么孤注一掷，但愿孩子永远不会听到这样一句话，你再不努力就晚了。他们保持住了柔韧，明白身处生存的丛林必然损耗一部分生命，而另一部分依然可以自在地舒展，在最高的层面上接受万物本空，具体的生活中却眷恋人间烟火并深知这就是最珍贵的养分，他们携带着先天和后天、身与心的缺陷，经历和体会这一世，日出日落，悲喜掺杂。

草地的尽头有一棵老樟树，树下长椅上坐着一位头发花白的老太太，我走近时看清楚了她的脸。一张普通的衰老的脸，此刻毫无表情，却依然让我感到惊心和震撼。不知多少磨难灾祸的锻打，以及无常的作弄，柔软的血肉仿佛具有了铁一般的质地，连纹路也像刻上去的，看着这张脸，就看到拼着命才活到这个年纪的漫漫的来路，也看到了生的壮阔。她歪着头闭起眼睛，像是睡着了，阳光从树叶的缝隙间漏下来，受难的面庞定格的最后一个表情，是安详。

风把笛子的声音送过来，小狗沿着台阶蹦蹦跳跳。卖菠萝的一对夫妻在一棵洋红风铃木下出摊儿，丈夫削皮切块，妻子收钱，把串好的菠萝递出去，不时有风铃花辞别枝条落在她肩头，还有的花调皮，在她身上蹭一下才蹁跹飘落。路边的亭子售卖小饰品，网格货架上挂满五颜六色的头绳，一道道发箍，顶上停着薄纱蝴蝶、蜻蜓、瓢虫，儿童戒指的指托上面图案丰富，冰雪公主、表情各异的猫和小熊，不过是塑料质地，却让人感到沉实丰裕的欢乐。一个小女孩拿起镶珠小皇冠插进头发，又把银色发卡别在两边，照照镜子，满意极了。水钻，树脂，玻璃珠子，射灯照着，琳琳琅琅，漫天的星斗光彩流溢，梦幻王国在等着她，她脸上不断露出惊喜之色。游乐区里，几个男孩吃完橘子开始撕手里的橘皮，嗞嗞，嗞嗞，扬起细细的轻尘般的雾，浓冽的橘子香弥漫在周围的空气里，人们经过时染上一身的橘子味。

公园旁边，靠近居民区的地方，停着平价蔬菜售卖车。灯笼椒砌成一座小塔，白花芥蓝上面有蜜蜂嗡嗡地飞，玉米们头戴着缨穗横七竖八躺着，小黄姜，鲜百合，生栗子，蒜头，绿豆，花生，一小堆一小堆，这样摆着就感觉喜气洋洋的，一种年代久远的可靠的殷实气息，叫人觉得善，叫人觉得安心。蹲下去，拣青菜，挑土豆，站起来，钩子上取下一溜儿猪前腿肉，我知道，这些才是我跟世界真切、深刻而强韧的联结。

今天早饭吃的黑芝麻杏仁糊和炸馒头片。我把馒头片在打散的鸡蛋液里过一遍，用大火和热油把表皮炸酥，出锅沥完油，咬开焦黄的边，内瓤雪白松软，发面细小的孔洞里冒出热气，这样回想着，喉头突然涌上来一股熟悉的味道，是咸味儿，盐的味道，是搅打蛋液前放下去的一小撮盐，这古老的味道让我鼻子一酸，眼睛里潮乎乎的。

明天吃什么，小米南瓜粥配鸡蛋葱花饼，想着明天的早餐我幸福极了。风吹着后背，好像我往后一倒，它就会拦手抱住我。

这世界真好，生而为人真好。

随笔

读它们的时候，如重归故土

说写作，不如先从阅读说起。一个小说作者的文学观，隐含在写作里，也体现在阅读上。

读书虽杂，喜欢的不过几本。大部分书翻一遍，就知道以后不会再看，一面之缘而已。喜欢的那几本，书桌和床头柜上再拥挤也不会移开，随时能看到，随时能拿到，心里才踏实。

它们是《大师和玛格丽特》《纠正》《红楼梦》和《霍乱时期的爱情》。这几部长篇不属于一种类型，甚至可以说风格迥异，《大师和玛格丽特》被视为现代主义作品，《纠正》则重现了现实主义小说的魅力。之所以把它们划为一类，是就阅读感受而言的。读的时候，能感受到写作者的热情，一种童稚式的热情，或者说，这是赤子的小说，采用的是不计成本、不考虑性价比的写法。相形之下，很多小说就显得轻佻了、取巧了。越来越厌倦精致、滑畅和聪明的小说，就算毛毛糙糙也比滑溜溜要好，宁愿看拙一点的东西，明显感觉到作者在用力也没关系，这样的作品毕竟是热的、喘气儿的。

也许《霍乱时期的爱情》不能代表马尔克斯创作的高度，它是另一个路数上的杰出。首先，爱情不好写，吃力未必讨好，有抱负的作家又不愿意碰触这题材，怕通俗了，怕幼稚了。爱情题材担不起作家的野心和杂念，我甚至觉得，只有经历过刻骨爱情也享受过巨大成功的作家，才能轻盈地进入一部纯正的爱情小说。《霍乱时期的爱情》是我反复阅读的小说，我并不在意它是否宏大是否深刻，这部作品让我相信，小说家就是那个人，那个洞悉世情却依然愿意天真也能够天真的人。马尔克斯用天真的笔法写了一个天真的人物，弗洛伦蒂诺·阿里萨，他放任自己沉浸到长达半个世纪的彻骨而无望的爱情中，正是这漫长的"无望"里，这细节丰盈、情感炽烈的现实主义的笔调里，蕴蓄了力量，产生了文学性，弥散着荡气回肠的美——伟大爱情和恣肆文本交叠在一起生成的荡气回肠。一个作家太年轻时，大概是写不出这样的小说的；就算年龄到了，老气横秋也不行，老小孩才行。好作家中年之后还保住了几丝天真和孩子气，曾经沧海，仍愿意用情，才能出来这样一部作品吧。马尔克斯拥有很多灵动诡谲的短篇，但这部作品他是用了笨力气的，小孩子的笨力气。如此实诚的写法，气血充盈，镶金嵌宝，连绵不绝的长句，充满沧桑感的叙述语调，情感始终丰沛，像一团烈火经年燃烧。也因此，我顺从地进入小说的时空，完全沉浸到小说的世界里，万缘俱寂，一念不生。我跟着弗洛伦蒂诺和费尔明娜走过半个世纪，跟他们上了船，"能够待在一起，这种简单的幸福对他们来说就已经足够"，每次读到这里，都感觉一股冲击力挣破了纸张，这是积聚已久的能量释放的一刻。透过文字，我看到一个作家的任性与专注：

就是想写爱情，写到极致，或者，只是想写爱情，不求更多。

在写作的某些时刻，小说家要把自己变成热烈的孩子。飞翔当然不好写，但布尔加科夫不偷懒，不躲闪，他用整整一章写玛格丽特怎样飞，变成魔女的玛格丽特还忙中偷闲地突袭了批评家拉铜斯基的住所。要知道，很多所谓的金点子好创意，所谓的象征魔幻，仅仅是些空洞干枯的想法罢了，停在扁平的层面上，作家缺乏将其充分抻开的能力和热情。《大师和玛格丽特》命意高远炫丽奇幻，且绝非志大才疏、偷工减料之作，很多篇章写得既扎实细密，又灿烂幽默，神采飞扬，浸透叙述激情。而《纠正》这部长篇，可以这样说，它是我挚爱的小说，我可以从任何一页开始读起。假如身边只能留一本书的话，我会从乔纳森·弗兰岑的作品中去选一本。我对弗兰岑现实主义小说的理解，不是一味憨笨、毫无巧思，也并非不注重形式感和想象力，而是舍得下力气去落实巧思和想象力，给它们繁密紧实的血肉。弗兰岑的写作姿态不时髦、不凌厉，他不做新潮摩登状，不是那种脸上写着"我很独特我很高端"的作家，他回溯传统，用一种诚恳、老派、经典的方式创作长篇，让某些作家的小精明小机巧小滑头彻底沦为了末技。弗兰岑的小说读了几页，我就知道，他是我可以无条件信任的作家，这样的写法简直叫人感动，在今天这一类的作家近乎绝迹，敢把小说写得如此的黏和慢，实在是太古典了。他的小说里连岁月感都是真实的，你和人物共度漫长光阴，不游离，不出戏。他的作品，让我在读过司汤达和托尔斯泰之后，仍有浩瀚厚重的真正的长篇小说可以读。我喜欢弗兰岑叙述上的才情和韧力，奇普在食品店偷鲑鱼，加里接听母亲电话，这些日常场景被他处理得有趣、耐读、闪闪发光，我不知反复读过多少遍，读的时候，甚至能想象到写作者的样子：此处是有一个姿态、一个仪式的，停下来，深呼吸，表示这里我要泼墨了，这里我要拉长时间了，叙述的嘉年华开始了。再比如《红楼梦》，字里行间处处散落着碎银子，读到某些章节时，却又生出另一种感觉：这里放了沉甸甸的一整块的银锭，有体积，有分量，光泽感也与碎银子不同。大块的银锭是阻挡，绊了读者一下，随之而来的，却往往是更震撼的阅读体验。

写小说断断续续十几年，作品虽有限，回想起来，倒也有些难忘的时刻，比如《无岸》写到受辱训练时，再比如《朋霍费尔从五楼纵身一跃》，写周素格抢在丈夫发作前倒地翻滚的一幕时。彼时彼刻，流水般的推进暂停了，书写的惯性消失了，小说内部的时间凝滞不动又质地丰盈，我置身于陌生的、不舒适的写作状态中，同时预感到，即将完成的部分，能拔升和镀亮这篇小说。写得兴头十足，激动，累，且下笔宛若通神，明明使用了平实的语言，却产生了极富丽和精妙的感觉，小说的节奏感也出来了。古文的节奏关乎句子的长短错落，小说的韵律则跟小说时间非均质的流动有关系。写完这几段，不用找别人看，不用再确认些什么，自己心里清楚，这个小说有了，它散发着蓬勃的生命气息，一呼一吸，顾盼生辉。这种创作的兴奋每次都是崭新的，就像第一次写出这么精彩的小说段落，簌新鲜润的兴奋感。

也许，一个成熟聪明的作家，能在不牺牲作品质量的前提下，找到某种套路，轻松、快速且不需太多情感投入地完成创作，这是他们多年习练应得的奖赏。但我总觉得，写作的人，多少要有点痴心和童心吧，在作品的完成过程中多少要动几次真情吧，不然，写着也没什么意思了。尤瑟纳尔说："一本书的作者自有理由比它的法官更加严厉，他将缺点看得最清楚，只有他一个人知道自己原来想做什么，以及应该做什么。"的确，即使瞒过了眼尖的批评家，也瞒过了读者，终究骗不了自己。小说有的地方需要职业化地往下顺，有的地方需用巧劲儿绕一下，大部分章节，只能走心入骨地去写。

关于创作，谈过几篇，不知道算不算事后诸葛亮了。创作有些可以谈，谈得清晰明白，还有某些部分则神秘混沌，难以复现、转述和精确地总结。写作没有"一切尽在掌握之中"，构思得再周全也可能遭逢困境，冰泉冷涩弦凝绝，深陷泥沼，搁笔枯坐；卡住了，只能把胚子交给时间，耐心等待那一刻的到来，天赐神缘，灵光一现。而且，有时候成就一篇小说的，恰恰是作者都预料不到的失控和变异，是那些无法预设的东西。关于阅读，关于什么是好小说，我的口味很专一，令我心折的，始终都是秉承十九世纪经典现实主义传统的小说，不是精巧别致却轻得发飘的东西。《纠正》和《大师和玛格丽特》被评论家划分为两个艺术流派，但作为读者，我认为它们在更高的层面上相通。有这样一类小说，写得不世故，写得不经济，它们筋道、有嚼劲儿，它们琐屑、复杂、丰厚得正如生活本身，在这类小说中，我能看到写作者的虔诚和热烈，能领会到写作这件事的难度，能感受到，一个人对世间万千行当中的一种可以投入沉迷到什么程度。这类小说，便是乡愁。当我读的时候，如重归故土。当我尝试写的时候，便身在异乡而不再漂泊。

皆是风雪夜归人

金庸先生上个月去世，文星陨落，媒体纷纷报道，锦绣文章如云，推崇、轻蔑乃至贬斥的各声部齐奏，金庸身份复合的一生也禁得起多种角度的深入解说。斯人已逝，从传播上看，热点大概会逐渐变凉，而作为从金庸小说中得到过快乐的读者，正是平复心情、慢慢写文章纪念他的时候了。

从少年时开始读、读到青年，再读到中年的作家仙游了。我记得，二十多年前的一段时光里，我爷爷、我妈和我都在读金庸，他的小说竟然同时成为三代人的读物，这样的阅读盛况，以后是不会再有了。时至今日，我依然能回忆起来那种沉浸其中、入了迷的情状，那些日子，我确确实实地，就生活在金庸的某一部小说里，那是一段生命跟小说互相占据、难分你我的日子。每一段不辨晨昏、不知肉味的阅读时光都是生命的馈赠，这些时光不会被轻易忘怀，它们始终在记忆里闪烁，星火点点，温热如初。

金庸先生的作品给孩子和成年人都带去快乐。我两手放在身后、端坐在教室时，心里怀有一个浪迹天涯的梦。天涯在何处，应该在遥远的空旷之地，好像还会一直刮着风；天涯具体是什么样子的，想来想去，构建天涯的细节大多来自金庸的小说。那是一个不一样的世界，有情有义，有剑有酒，有九花玉露丸和黑玉断续膏，能遇到各式奇人，能学各种武功，尤其是轻功，白天黑夜，来去如风。说起来，那真是一个读得出令狐冲潇洒却读不懂萧峰悲情的年纪。那时候，我跟一位张姓同学对武侠江湖心向往之，曾站在校园的梧桐树下，筹划合写一本主人公姓氏全部是复姓的武侠小说，后因小学毕业，写作之事搁置。大人们也喜爱金庸，他们所受的束缚不比孩子少，并且大部分是无形的，他们更需要偶尔逸出日常，劳顿一日，风雪夜归，在文字搭好的空间里休憩片刻。

研究者一般把武侠小说归为商品属性明显、供读者一时消遣的通俗类文学，但也正因为所谓的"消遣"，读者才收获到不含杂质的快乐。而说到愉悦读者，这当然不是一件很容易的事情，读不动、读起来不舒服的东西太多了。金庸小说的可读性强、广受欢迎，不是随随便便就达成的效果，这背后有着作家的苦心钻研，是以语言能力、叙述技法、古典文学的修养为秘密支撑的。最终，金庸交给读者的不是碎片，他以虚构的方式，给了我们一个壮阔、完整、真切、既结实又写意的世界。当我们谈起萧峰、谢逊、扫地僧、哑婆婆、刘正风、公孙绿萼时，好像这些人就真实地存在着，熟悉亲切如同生活在我们身边的朋友，当我们谈起风陵渡口、杏子林中、华山论剑、塞外牧羊，为人生的激扬和无奈感慨万端时，在彼此的脸上看见了往昔的豪气，也看见了尘世的风霜，书里书外，万千情味，皆在此间了。

好作家都有几副笔墨。金庸善于布局曲折奇诡、线头繁多的故事，行文常有神鬼难测的魅力，透出一股氛围性的诡谲气息，呼风唤雨，摄人心魄。《射雕英雄传》"密室疗伤"和"荒村野店"两节，郭黄二人借密室小孔窥见各路人物连番登场，一道道细流在牛家村交汇，情节复杂，场面的调度和切换流利畅达，如此错综繁复的情节由作者自言自语当然不妥，视角选择也甚是精妙，黄蓉从幽闭的密室往外看，密室外各条线索汇聚、冲突濒临爆发的场面通过细孔收入眼里，自有一种回旋迤逦之美。我在小说写作上历练几年重读此章，从书写的角度看，意味更加不同，轻易便可识别出作者的能力、天分和才智。当然，行文不单以惊险紧张取胜，铁碗机关被人识破、露出壁橱密室后，黄蓉以死人头骨嵌入西瓜顶在头上，又以长发遮面，吓退一众高手，此处看得屏气凝神，接着却又宕开一笔，写程瑶迦、陆冠英二人的相识和定情，深具张弛疏密的变化之妙。

除此之外，金庸另有一副干净清新的白描笔致，在他的小说里能遇见最为典雅的汉语，疏朗几笔，余韵不绝，意境随生。《笑傲江湖》"倾心"一章中，有一段异常清丽、见之难忘的描写。任盈盈教令狐冲弹奏琴曲，始终竹帘轻纱相隔，并未真正见面，这之后不停地延宕，太沉得住气了，我初读的时候心里不停地猜，到底两人会怎么相见呢，想了几种方式都觉得老套，终于看到相见的段落，大为叹服，金庸的笔，到底不俗，到底不呆滞，到底有灵气，"令狐冲已喝了好几口涧水，眼前金星乱舞，定了定神，只见清澈的涧水之中，映上来两个倒影，一个妙龄姑娘正抓着自己背心。他一呆之下，突然听得身后那姑娘'哇'的一声，吐出一大口鲜血，热烘烘的都吐在他颈中，同时伏在他的背上，便如瘫痪了一般。令狐冲感到那姑娘柔软的躯体，又觉她一头长发拂在自己脸上，不由得心下一片茫然。再看水中倒影时，见到那姑娘的半边脸蛋，眼睛紧闭，睫毛甚长，虽然倒影瞧不清楚，但显然容貌秀丽绝伦，不过十七八岁年纪"。令狐冲见任盈盈的第一面，原来是清溪之中的倒影。说到年轻女子隐瞒身份，机缘巧合下在所爱之人面前露出真颜的情节，大概没有比这更美的笔墨了吧，美而自然，犹如神迹。

金庸作品中，《连城诀》名气不大，流行度不够，却是最为独特的一部，也是悲剧气质最浓烈的一部。记得多年前捧卷而读，读到结尾正是深夜，见万震山在睡梦中娴熟地将死尸砌入卧室墙壁中，气息骇人，情态恐怖，兼之我深夜独坐，周围一点儿声息也没有，整个人便受到强烈的冲击，脊背发凉，意识也短暂地丧失了，过了一会儿才回过神来。不过《连城诀》给我的感觉并不单调，我心目中最动人也最刻骨的爱情正出于此书，比之大家喜闻乐见的杨过小龙女之恋，凌霜华为丁典在窗台上放置鲜花传情的方式更为隐忍动人，两人身世之苦尤甚于神雕师徒俩，两人相爱的过程，着墨不多，却哀婉入骨。

武侠小说成稿于报章连载，也会取巧采用一些易于结构成篇的桥段，方便应付每日出报的急迫。黄蓉疗伤一节，就先在瑛姑处"考试通关"，又按布囊指示来寻一灯大师，陆续遇上"渔樵耕读"四大弟子相阻，一番武功比试，加上唱曲儿、猜谜、对对子，居然被郭黄逐一破解，此节可见金庸厚实的旧学底子，读来妙趣颇多，但细细琢磨难免像打游戏，一关关通过的痕迹重了些。类似结构的章节，当以《笑傲江湖》的梅庄做客为最佳。日月神教的光明右使向问天心思深沉而行事机变，偶遇令狐冲即暗自拟定密计，带着令狐冲来到西湖孤山梅庄，梅庄四友丹青生、黑白子、秃笔翁、黄钟公依次出场，向问天投其所好，分别以范宽的画、骊山仙姥的棋谱、张旭的狂草、《广陵散》的古谱诱之，四位痴人果然入瓮，此后营救任我行湖底脱困的情节，金庸的布局神乎其技，极富想象力，但四友被问罪的一幕更是荡气回肠，黄钟公饮刃自尽，终为自己所爱之物献祭了自由和生命，这里面的高风雅致，显然不是庸俗文字可到达的境地。

　　读金庸作品，常感叹伏线之长、构架之妙、格局之大气，这大概跟金庸爱好围棋、善谋略有关，此等小说不是头脑简单的人能够写成的。金庸小说中的人物可以跨作品串联成谱，又多如繁星，以至于TVB1996年版的《笑傲江湖》把桃谷六仙强行压缩为桃谷四仙，桃谷六仙素喜把人撕成四块，六仙变四仙也圆得过去，不过初看还是有些别扭。李添胜监制的金庸剧制作经费有限布景简陋，但在编剧和选角上有过人之处，古天乐版杨过、吕颂贤版令狐冲、黄日华版萧峰、米雪版殷素素、张可颐版程英、何美钿版仪琳都出自他监制的剧集，这样处理恐怕也是不得已，跟原著人物繁多、演员实在不够用有关吧。

　　说到人物，我最心仪的还不是英雄侠客，而是那些半正半邪的角色，莫大、黄药师、谢烟客、夏雪宜等人，古怪放诞，堪为魏晋人物的风流余脉，我印象深的还有曲洋的孙女儿曲非烟，小姑娘精灵黠慧，远胜俗世愚人，可惜遭逢巨变猝然离世，她出场的时间极有限，在我心里却是比肩于郭襄的俊逸人物。

人活在世上，都有复杂的一面，金庸本人如此，金庸小说的成就也建立在对复杂人性的认知上。除描画狷介之人，小说家的笔触也要入世，形形色色的人物都要会一会。金庸借小说，嘲讽和消解所谓的名门正派、正人君子，戚长发，田归农，岳不群，各戴一副逼真的面具，各有一套欺世的完美人设，金庸写此辈的诈巧虚伪，常常是语言上不动声色，不加渲染，不多盘桓，几句话而已，却深入骨髓，也足见作者察人阅世极深，多少人情世故，婉曲深蕴，皆在其中，又岂是写几个武夫的江湖恩怨那么简单。富贵少年林平之初涉世途，被人欺负被人骗，逃得了木高峰，逃不过岳不群，塞北明驼易躲，君子剑难防，这是年轻人成长路途上不得不受的挫磨。猛然惊醒的一刹那，眼前完好的世界化作断壁残垣，委落一地，再难收拾，叫人痛心的，是纯良少年们信念的毁灭。金庸写欺世之人的嘴脸和心思，运笔深透，不留情面，可见他对年轻纯良的生命是怀着仁爱之心的，而另一个少年令狐冲，出场时父母双亡，貌似放浪洒脱，却比林平之经历了更隐秘也更致命的精神痛苦，一重重幻灭，爱情的幻灭，偶像（心理学意义上的父辈）的幻灭，信仰的幻灭，幸好天资、悟性、际遇给了他重建的希望，这里头，对名利幻光的舍弃是很重要的一关，令狐冲过了。

之前在一篇散文里写过《射雕英雄传》铁掌峰顶的一幕奇景，今天重述一遍。金庸是个讲究的作家，以武侠小说这么大的写作量来说，没有写滑，反而时有出人意表、奇警秀拔的佳构，实在不容易。金庸的认真还体现在给小说人物起名上，无论角色主次，最后的成稿里都拥有一个贴合性格身份的好名字，比如说陆大有、风波恶、程灵素、李秋水、苏星河、何红药、平一指、宁中则、灭绝师太等，就连向问天带令狐冲入梅庄，两人临时用的假名都很妙，向问天自称童化金，以铜化金，自然是假货了，又将"冲"字拆开来，令狐冲化名为风二中，种种细微之处，令人心折，也羡煞那些因为小说人物姓名而发愁的作家们。而且金庸小说不只主人公形象鲜明，次要人物也写得好，像风清扬、纪晓芙、余鱼同等角色，着墨不多而光彩照人，让人印象深刻。这大概也是真正的艺术创作者跟流水线俗手的差别所在。有些文字和电影，看完只有一个感觉，是机器写的、机器编剧的，旧旧的，似曾相识，没有打动人的细节，感受不到人的智慧和情感的力量，看的过程中没有会心了然的笑，更不会有眼睛湿润，呼吸骤停，无法言语，既强烈地感觉到自己在活着、又恍然无我的美妙体验了。

　　说到通俗文学，常有情节陈旧、趣味鄙俗、类型化倾向严重的毛病，但作者的天赋、艺术自觉加上苦心孤诣，依然能创造性地逃脱程式的罗网，跃升到更高的艺术层次。文学分高低，但不是以类不类型来分的。武侠小说，称谓而已，"类型"跟文学上的好与坏、浅陋或深刻没有必然关系。我只信服文字本身，金庸的文字从情感上深深打动过我，并吸引着我手不释卷地往下读，说真的，作品能做到这一点，已经很了不起了。

　　跟大部分人一样，我最早接触《射雕英雄传》也是通过翁美玲、黄日华版的电视剧，当时地方台播放，真可以说是收视盛况，一到晚上如过节般，男女老少围坐在电视机前观看。那时候我在上小学，校园里的男生女生都传唱一首歌谣：东邪西毒欧阳锋，南帝北丐洪七公，傻小子郭靖爱黄蓉，漂亮的公主是华筝。记得那会儿的小女孩不喜欢华筝，大都盼望靖哥哥和蓉儿在一起。真正读到"射雕"的小说是在亲戚家里，只有一本，封皮不见了，页脚卷起来了，里面的字也很小。我看得很入神，开头是讲洪七公和郭黄被困小岛、智斗欧阳锋父子的章节，文字比电视剧更精彩，我住在亲戚家的那几天反复看了好几遍，怎么也看不够。好像那时候，我自己家和亲友家里的武侠小说大都不是全本，只有上册或下册，或是封面上写着一个"二"，"一"和"三"流落到何处就不知道了，自然也谈不上什么品相，大概跟借来借去、同好们传阅有关。后来家里有了《射雕英雄传》全本是我读高中的时候，总算可以细致从容地阅读，多少年过去了，仍然清楚地记得铁掌峰顶的章节，我被金庸的处理方式深深震撼过。

黄蓉托大被裘千仞所伤，郭靖携她飞奔到峰顶的禁地中暂避，查看之下伤势严重，此时铁掌帮众举着火把在山腰叫骂，洞内偏又遇上狡诈的裘千丈，四处无路可逃，情势危急，让人揪心。不料接下去金庸这样写：郭靖进洞内探看，发现木盒拿到外室，见盒里是岳飞留下的两本册子，黄蓉让他读一段来听，于是在如此危急的时刻，郭靖朗声读起"五岳祠盟记"，原文写道："这篇短记写尽了岳飞一生的抱负。郭靖识字有限，但胸中激起了慷慨激昂之情，虽有几个字读错了音，竟也把这篇题记读得声音铿锵，甚是动听。"接着他又顺次读岳飞的《小重山》《题翠光寺》几首诗词，这会儿铁掌帮仍喊声不绝，紧逼不已，郭靖让黄蓉枕在腿上，读完"潭水寒生月，松风夜带秋"这般的诗句，两人在松柴火光中静静依偎，轻声说着话。

读到这里，愣住了，不再往下读，不再关心二人怎么脱险，觉得那不是很重要的事情了，只想在这微妙至深的情境中待一会儿，再多待一会儿。让我受到震动的，不仅仅是韵味的复杂、收放的自如、节奏感的精妙、手法的高明，而是险境中的这个画面本身所包孕的浩荡奇异的诗意，感染我的是生命的天真淡然，是作者本身秉有并赋予笔下人物的小孩心性和少年意气，真正让意境得以诞生的，也恰恰是这些元素。每次重读射雕，依然觉得这一章很动人，并为年少时便遇上这样的作家而对生活充满感激。

我对金庸先生的人生经历只有泛泛的了解，对各种版本也未深入研究过，想来之前看的应该是三联版居多，也有盗版，家里收集的金庸小说本就不全，有的还被借走，再也没有归还，我工作后才算是正式收齐了金庸的作品，时时翻看，以之为生活的一大乐趣。金庸的小说里有红尘迷津、万般恶浊，也有一个比我们栖身的现实更理想化的桃源世界，慈悲地供读者寄托、怀想、流连其中。这既是空间意义上的洞天福地，也可以说是心灵意义上的更完善的一重境界。在这个可以做梦的文字胜境里，我们会遇到一些真人、逸人、有情之人、无邪之人、冰雪肝胆之人，与其相识相知把盏言欢，暮去朝来，宴席终归要散去，重新回到尘世的我们，不能说从内到外焕然一新了，但比起原来的自己毕竟会更好一些，或者说，多了几分更好的可能。

小说落在世间之二三事

写创作谈，就算谈自己的具体作品，心底也担忧，怕一不小心变成一份产品说明书，或夸饰出小说并没有的精彩。另外，哪怕作者，也不太可能知悉一部小说从无到有的全部。海明威在《流动的盛宴》中说了一句话——"这短篇在自动发展，要赶上它的步伐"——此非夸张玄虚之辞，体验过小说写作的人，明白他在说什么。小说从酝酿到完成，有落实设想的常规环节，也有突然变化的奇妙时刻。好小说的诞生关联某些神秘瞬间，有作者也无法说清和还原的异变。不太信任口气笃定的文章，确然地知道，小说是如何一点点生长成形，终于落在世间的。创造性工作也有规律和方法，但每一步都了然于心，显然可疑。只能尝试说说，阅读和写作中可以总结的部分，那些曾隐约浮现并终被捕捉到的认识和感受。

写下第一句话

写小说多年，回顾起来，习作阶段时对怎样写下第一句话颇踌踌，后经验渐丰，便成为感觉派，似未作辨析，跟从感觉便可开篇。

叙述视角关乎人称，却不等同于人称。叙述视角的选择当然重要，不做出选择就无法写下第一句话，但我觉得这选择不具有绝对性和唯一性，有时候依据叙述的方便，有时候，则近于一种直觉反应。我的很多短篇小说，既可用第三人称，也可用第一人称，小说叙述的质量关键在于视角和人称的结合使用。有一种情况，希望自己作为真实作者是藏起来的，以冷静态度讲述，就自觉拉开距离，取第三人称有限视角，比如《日光照亮北斗》。有的故事是高情感含量的，充沛，浓烈，就采用第一人称，比如《她》《来访者》《月光下》，虽然小说里的"我"仍然不是写作者本人，但写作过程中更易投入。

杨义先生的叙事学大著中，视角篇单列一章，多有创见。如今的创意写作书系，也对视角有深入研究。不用术语，不作排列组合，尝试用简单的一句话概括叙述视角，大概是：谁在讲述，知道多少。

当故事来了，人物出现了，细节攒够了，虚构写作者关于视角选择的所有思量，是要在可信和可亲之间找到平衡，并在 tell 和 show 之间尽量偏向后者。就从侦探小说开始说起，这类小说情节复杂，推理细密，关于真实作者、小说人物和读者间关系的把握，侦探小说极为考究、得其精要。

想一下，贝克街 221B 号福尔摩斯的故事是怎么开始的？《血字的研究》为福尔摩斯探案故事第一篇，首篇并未取用第三人称叙述视角，即从福尔摩斯的角度叙事。故事的叙事者是"我"，也就是医学博士约翰·华生，这部小说是以约翰·华生回忆录的形式呈现在读者面前的。

长着蛋形脑袋的比利时大侦探波洛的故事又是如何讲起的？他第一次出场是在斯泰尔斯庄园。小说《斯泰尔斯庄园奇案》是阿加莎·克里斯蒂的处女作，也是成名作。这部小说的知名度远不如《尼罗河上的惨案》，但细究起来，尼罗河名篇中罪犯的诡计正是脱胎于庄园一案。小说这样开头：轰动一时、引起大众强烈兴趣的"斯泰尔斯庄园案"已渐渐落下帷幕，尽管如此，此案人尽皆知，我的朋友波洛和那家人都要求我把整个故事写出来。我们相信，这将有效地制止那些仍在流传的耸人听闻的传言。

因此，我决定简单地写一下我和此事有关的情况。

我们会发现，波洛精彩的探案故事，大部分是由黑斯廷斯讲述的。黑斯廷斯是波洛的好朋友，也是破案助手。

再比如大家更为熟悉的剧，《基本演绎法》《刘易斯探案》《摩斯探长前传》等，放一起不难看出一个有趣的事实：侦探常常有个伴，并非孤身一人。英国ITV拍到十二季的《探长薇拉》，性情孤僻的女探长都有一位年轻的同事相伴破案。

探案故事情节错综，需交代给读者的背景、线索、人物等极为繁多，再就是破解过程回环反复，一层层揭开，大量的对话在所难免。最后，侦探召集众人齐聚一堂，开会般揭开关窍的一刻尤为关键和隆重。所以，侦探不冲着读者"说话"，不直接对着读者宣讲，他的发现他的推理，说给助手，展示给助手，通过助手转一下，辗转回旋再到达读者，这很重要。这是直给和宛转的区别，读者不易产生被"告知"的反感和疲倦，是能动地、深度地参与破解全过程。

侦探与助手间的有趣互动，也缓解了盘问环节的枯燥，调剂了行文节奏。

侦探身边的"我"，黑斯廷斯或华生，像代替读者参与破案，他们不具备大侦探的缜密思维，跟读者一样茫然且好奇。"我"所知有限又亲历全程，代替读者"看"和"问"，直到案情层层剥开，真相大白。推理小说常见的这种视角选择，适宜于复杂剧情的展现和隐藏，同时，淡化了作者和读者对案情知晓程度的不平等色彩，读者和故事叙述者之间维持恰到好处的亲密，又保有一定距离。

《喧哗与骚动》《赎罪》《甜牙》《了不起的盖茨比》《罗杰疑案》等作品，本身的可信度或结尾的爆发力，与叙述视角的选择有很大关系。但是读托尔斯泰、霍桑、狄更斯的小说，又觉得视角没那么重要。那叙述多任性，就是有本事让读者沉浸在他们创造的世界，压根不在乎谁在讲述，也无暇注意并不统一的视角。最要紧的，还是用什么样的语言来叙述。

好语言的模样

小说家关于故事的想法，其铺陈、描述、推进、收束，各种技术的运用，都借助语言来实现。我更看重语言，很多时候有望拯救一个故事的，是语言。作家提笔写作，先要有语言上的追求，你打算用什么样的声音、腔调、词语来写这个小说。作家的语言也应该具备独特性和辨识度，像一个人的面相、体态和气质，说话的音色、语调和节奏，是区别于其他人的。

阅读经验尚不丰富时，华美的长句、绚丽的词语很容易吸引我。有一类作家的语言扑面惊艳，洛可可式美学，镂金错彩，落英缤纷，至今也心仪这种语言风格，但更注重识别，语言是否耽溺华丽而流于空洞。

我喜欢准确质密、注重细部的语言，重点部分舍得用工笔，不会出现笼统、大略、不上心的描述。准确的语言有助于构建起故事发生的物理世界，可视，可感，可触。这个物理的部分很重要，是虚构小说具备真实感的基础之一。《红楼梦》大观园多么真实具体，三里半的大小，内中的园林建筑皆细致描述，是古代的虚拟实境。如第十七回所述，只见进门便是曲折游廊，阶下石子漫成甬路，上面小小三间房舍，两明一暗，里面都是合着地步打的床几椅案。从里间房里又有一小门出去，却是后园，有大株梨花，阔叶芭蕉，又有两间小小退步。后院墙下忽开一隙，得泉一派，开沟尺许，灌入墙内，绕阶缘屋至前院，盘旋竹下而出。床几椅案合着地步打的，相当于今日之定制家具，后园的植物为梨花芭蕉，而非含含糊糊一棵树。

绿幕无法包办一切，制作精良的影视剧亦重视质感，讲故事之前，先以不菲成本搭景置景及取外景，如某些电视剧，景假了，粗糙了，观众不容易进入，只能靠剧本和演员表演来弥补。《卧虎藏龙》故事演员一流，也不忽略实体的世界。李安会讲故事，有深厚美学修养，取景竹海、天山、宏村等地，拍出一幕幕神韵天然的画面。美剧《西部世界》多处取景，仿生人接待员活动的主题乐园充满真实质感，剧情在峡谷、河流、砂岩中展开，极具视觉冲击力。

《夺宝奇兵》第三部的开头百看不厌,劈面给出一个奇异世界,奠定了故事的基调。即使短篇小说,数个片段,几帧场景,故事发生在室内,也不可粗陋,以有限字句构造一方具有真实感的小世界。

从根本上说,好语言不仅有辞采之美,重要的是语言包含的内容,好语言密布着对生活的洞察和发现,对世界万物、人类心理、生命真相的精确呈现。打个比方,语言的晶彩来自珍珠质的厚度,只追求无实质的华美,那光泽是呆滞的,塑料感的,不够生动晶亮,更无彩虹般的晕彩。

"精确"不在于使用了花团锦簇的词语,平实的字句,背后有深刻洞察的支撑,照样能写到人的心坎上,给每个人都在经历的普通生活染上一层异样光泽,叫人一个愣神,忽而有所领悟。精准的描述以俗常的面目示人,但具备一种直抵本质的力量。我很早就放弃了对宇宙前所未见新奇故事的追逐,写作用功处,不在于此。而是真正打开感官,学习透视日常下面的隐秘。写作的时候常在找一句话,一句充满洞察力和穿透力的俗常句子,具有唤醒经验、引发觉察、打通情境和带来联想的神奇力量。

何为唤醒经验、引发觉察、打通情境和带来联想的语言呢?艾丽丝·门罗有个短篇叫《去海滨》,我读的是译本,译文跟华美无关,通过译文能感受到作家语言的精准。小女孩梅跟外婆生活在一起:梅看见外婆过来,没觉得意外,倒是有一种奇怪的失望,这失望似乎自当下的一刻薄薄地蔓延至她人生的每一处,从过去到未来。似乎她去的每个地方,外婆都提前去过;她发现的任何东西,外婆都已知道。这语言无华丽藻饰,却触及深层的生命经验。女孩忽然感觉意兴阑珊，在这个小地方，她此后要过的每一天外婆都经历过了，叫人灰心懊恼。正因为此，这天想到可以去海滨，小女孩觉得生活裂开了，有光亮进来了。再比如门罗另一个短篇《留存的记忆》，里头这样描述：（丈夫们）晚饭时回家，挑剔地看一眼晚餐，抖开报纸，举着，挡在自己与厨房、疾病、情感和孩子的一团混乱中间。挑剔地，抖开报纸，举着，挡住一团混乱，平实的语言，对某种家庭情境的描绘无比准确，令人心领神会、频频点头，这语言搔到痒处，把很微妙、藏得特别深的生活体验传达出来。

　　语言大师的作品里，时有动人佳句，让读者愿意停下来，琢磨回味。作家们并未掌握罕见的手法，初学者闻所未闻的，他们使用的不过是小学生认识的词汇和常见的修辞。他们也并未描绘谁都没见过的异星世界，而是把太阳底下的日常写出了新意和新质，令读者在自以为熟悉的生活场景中骤然感受到陌生与惊奇。

　　难以觉察的生活及心灵幽秘，作家洞察发现，再用语言具象形容，这也是写作难度之所在。写作是高消耗的智力活动，吞和吐永不匹配，大量地摄取，小口地输出。连短篇对材料和经验的调动都是惊人的，积蓄多日所得，一个短篇就用掉了。最早写小说时，力不从心，一树一木在眼前，语言描述总差点意思。说到底，是深度的观察和发现不够，麻木，粗疏，浮在面上，哪里写得出好东西。我从来不认为作家本身的经历要传奇多彩，所谓的"有生活"，未必是人生阅历的丰富，而在于体验日常的深微。大卫·苏切特、杰拉尔丁·麦克伊万、布兰达·布莱斯，这些著名侦探的扮演者，样貌不突出，但是，他们都拥有一双极明亮的眼睛。眼睛那么亮，侦探们仍强调，你要学会用心去看。

雾般弥漫的气息

选定视角，寻觅语言，还要留心，能否再赋予小说某种特定的气息。我心目中有魅力的小说，它的情节是发展的，某种气息也是强劲发展的。

我们赞美和热爱有自我风格的写作者，风格的形成，与语言表达有关，跟作品整体的气息营造也有关。好小说不止奔着讲故事去，还看重对气息和氛围的营造。

气息非古诗词专属，在上品小说里，它们隐隐流动，区别开了有余韵的小说和一次性的小说。风味和气息，说起来不是那么结实有形的东西，但在某些作品里，可感知它们的存在，如缭绕的背景音乐，若有若无的，星光点点的，亮一下，又亮一下。最好的小说是有气息的，字里行间云雾涌荡，怎么形容阅读感受呢，大概如身处梦境，如水上行船随波漫流。这样的小说不耐转述，无法缩略，要自己读自己体味。散发独特气息的影视作品就更多了，比如《花样年华》《怪奇物语》《银翼杀手》等。

气息非中短篇小说专有，宏阔的长篇也可在局部进行生发。博尔赫斯提到，现代小说是从《鲁滨逊漂流记》开始，才第一次出现了雨。小说家的写作自觉之一：描述对象不只是人物。《巴黎圣母院》读至第三卷，几十页的教堂描写排闼而来，叫人惊异，这也是小说？由此领悟，城市的地标建筑，不也可以当作小说的"人物"

去写嘛。

岂止建筑，气象风物亦可。《荒凉山庄》开头几大段，弥漫着的，是伦敦的雾。读狄更斯的大部头，印象深刻的，是常有神鬼莫测的诡谲气息从纸页中透出，相似感受后来在阅读金庸小说时也体会过。阅读金庸的长篇小说，杏子林、光明顶、牛家村、西湖底之大场面，皆有气息萦绕故事。长篇曲终人散，合上最后一页，也会有一股强烈的、统摄性的气息从纸页中涌动出来，《笑傲江湖》整体上透着一种悟的格调，《天龙八部》意蕴更丰富，而调子和气息是悲的。

这个夏天重温了十三季大侦探波洛探案记，是人生乐事一桩。手边放着小说，屏幕里人物角色似曾相识，谜面若淡墨依稀，最妙的是，谜底已彻底忘记，快乐竟可重来。这快乐不含杂质，探案故事总能让人在写作上有所领悟，但观看时无目的性，领悟也是不期然之奖赏。

阿加莎的推理小说读了几十部，最喜欢的还是《破镜谋杀案》。叫人难忘的，不是罪犯手法的巧妙，不是谜底揭开一刻的震撼，而是弥漫全篇诡异又悲凉的气息，这气息，由一首诗的反复回旋来孕育和生成。聚会的某瞬间，庄园女主人脸上露出奇特神情，目击者很受震动，却无法用语言描述这神情。女主人像猛然间看到了什么，想起了什么，随即，她对面的客人喝下一杯酒，死去了。大概只有丁尼生的诗歌《夏洛特女郎》略可形容她的神情：网飞出窗外，朝远处飘去／镜子开始四分五裂……

小说是认知、情感、生命经验、写作方法和艺术感觉的结晶体，是一套审美体系的生成物，小说叙述是综合性工程，最终效果的实现非偶然所得，由艺术手段混溶而成，也体现着作家各方面的能力。对小说的构思，不光是情节意义上的，要考虑的，还有故事的气息和氛围，是幽暗还是明亮，是童话感还是现实感，基础调子是温煦还是寒冷的。根据需要，引入合适的元素，反复强化。文字间气息氤氲，令读者不知不觉沉浸迷醉，带给读者故事层面之上更加回味深长的享受。

小说即 "往生"
——读蔡东
杨庆祥

一

"老头的躯体,康莲越来越熟悉了,此刻已不再慌乱,也没有了羞耻。她低下头,尿臊味喷了她一头脸,热扑扑的。裤裆晾开了,老头惬意地扭动身体,她虎起脸喊着别动,刺啦一声把纸尿裤扯下来。这会儿,不愿看也看得很清楚,老头胯下褐色的一嘟噜,软塌塌地垂落着。"这是蔡东最受赞誉的短篇小说《往生》的开头,仅仅读这一段,我们并不能了解故事的内容,但是就这一段的动作、神态描写来说,已经显示出了蔡东异于常人的观察力和刻画力:几个简单的动词、形容词干脆利落,一气呵成,由此呈现的,是一幅稍带压抑感的生活场景。这里面有某种不安的情绪,年近六旬的康莲和年近八旬的公公生活在一起,后者不幸患有阿尔兹海默症,生理和心理均不能自理,这男人和女人在一起会发生什么样的故事?有兴趣的读者自可以去阅读这篇精彩的小说。我更想追问的是,作为生于1980年的蔡东,为什么能写出这么"苍老"的,似乎与她的个人经验毫无关系的小说?我曾稍感好奇地去网上搜索蔡东的相关信息,却发现鲜有收获,而她发给我的履历也不过区区两百字,记载的都是平常无奇的经历。说来我也曾与她有过一面之缘,但她即使在会后的聚饮中,也保持着某种并非刻意的沉默和谨慎——她在观察包括我在内的一切吗?——这种想法让我稍感紧张,但是,这不正是一个称职的小说家的本分吗?

无论如何,蔡东属于善于隐匿自我的那一类作家,这种隐匿最直接的表现就是她的作品很少以第一人称写就。即使早期的两篇作品(《凌霄凌霄》《结发》)以"我"作为叙述者,但正如饶翔所注意到的,这个"我"更多是一个观察者而非抒情者(饶翔:《追摹本色,赋到沧桑——蔡东论》)。克服自我经验的自恋和狭隘,以观察者的角色去进入他者和社会,在这一点上,蔡东不同于一般的或者说流行的青年作家,在那些作家的创作中,自我经验的无限放大并以这种自我去想象生活成为主要的写作模式,这是一种日记式的写作,在某种意义上,也是一种"以己度人"的写作。我不知道蔡东是有意还是无意,但从她的一系列作品来看,她完全克服了这种自恋式的写作方式,蔡东的"我"是一种"非我",她完全将自我"隐形",以此在最大限度上去书写他们的故事——她不为任何一个故事和人物代言,更不会以自己的想象去代替他者的生活,在《福地》《木兰辞》《往生》《无岸》等一系列堪称杰作的小说中,她呈现的是一幅活色生香的"众生相"以及他们所能够携带的历史的、社会的、人性的丰富信息。

二

这"众生相"中有一群失败的男人。最典型的是《木兰辞》中的陈江流和《净尘山》中的张亭轩。陈江流在"一所暮气沉沉的中职学校里,做一名可有可无的美术老师"。他一度意气风发,以为自己可以成为出色的画家,结果得到的评价不过是"一个没有天赋却颇为勤奋的美术老师"。他将这归结为家庭生活的琐碎无聊,他想独处但又无法摆脱世俗的生活。人到中年，他感觉到"自己的身体里散发出一股霉气一股迂酸，是一种失败的气味"。张亭轩本来是一所中学的音乐老师，但是有一天，他突然高调宣布辞职，理由是"音乐课是高中的附庸，校长不懂音乐，学生们也毫无音乐才华。对我来说，上课就是浪费生命，把自己一点点废掉"。为了不让自己"废掉"，证明自己的价值，"他潜心学习书法和国画，攻柳体，习花鸟，欲以润格致富，结果只能过年时为亲友免费写挥春。他专门钻研过演说技巧，期盼跃升到有识之士听他白话还给他钱的完美境界，结果只吸引了小城的一批珍禽异兽"。到最后，他神色惊恐，脚步虚飘，"花费了大半生的时间，不过是自己推翻了自己"。

陈江流和张亭轩是这个世界的"局外人"，或者说，他们曾经试图进入这个世界，获得世俗意义上的成功，但是他们禀赋中有一种洁癖，这洁癖还不足以强大到让他们做一个真正超凡脱俗的圣人，但正是这小小洁癖让他们有一种不同于常人的自我期许，并以此将自己与身边的人区隔开来。如果真要给他们分门别类，他们大概属于那种"伪装的艺术家"，他们的失败并不仅仅在于在现实面前退步，更在于内心世界的溃败，他们完全不能坚持内心的法则去生活，相对于世俗的成功而言，这是更大的失败。

在文学史的书写中，失败者其实是常见的，比如俄罗斯文学中的"多余人"，比如中国现代文学中的"零余者"，但是这一类人往往与世界有一番殊死的挣扎和搏斗，在与社会互动的过程中升华个体的生命，在他们身上，总是有一种特殊的生命意志。但是在陈江流和张亭轩身上，生命的意志却渐趋涣散，如水泼地，这种失败，是外在生活的失败与内在生活的失败的结合，是双重甚至是多重的失败。他们失败得力不从心，连失败的悲壮都没有，在这个意义上，他们的人生甚至都构不成真正意义上的悲剧，而反而像是一出喜剧，充满了命运的作弄和反讽。在这两篇小说的最底层的部分，正是这样一种反讽的声音在支撑着小说的叙述空间，这是蔡东的语气和眼睛，虽然隐藏极深，但总在不经意间露出那么一点端倪。陈江流、张亭轩构成另一类"失败者"的谱系，这一谱系的先河是耶茨《革命之路》中的弗兰克，在中国近年的写作中，格非《春尽江南》中的谭端午大概也属此类。这些失败者大都有些艺术家的气质，热爱着一种或者数种艺术的形式，他们对世界的堕落和鄙陋不以为然，结果却是"欲洁何曾洁，云空未必空"，对世俗物质欲拒还迎的态度使得他们的失败带有某种小资产阶级的矫揉造作，而正是这一点，在最大程度上证明了中国资本时代的庸俗和空虚。

三

与失败者相联系的，是蔡东小说的另外一个重要主题——逃离。《净尘山》可以说是一篇以"逃离"为架构的小说，张亭轩逃离他所不屑的日常生活，他的女儿张倩女试图逃离自己的身体，她以减肥为其意识形态，即使是她的婚姻，也不过是其用以逃离世俗偏见的工具。当然，最有力量的逃离居然是他们认为最不可能逃离的人做出的，那就是劳玉，这个隐忍的女性，以种种非凡的耐力忍受着日常的种种折磨，但最后居然连她都无法坚持下去，她逃到了"净尘山"——一个并不存在的世外桃源。这些人的人生并没有多少波澜起伏的故事，没有革命传奇，甚至没有生离死别，这是后现代式的逃离，离家出走不是为了解放世界、反抗权威，逃离仅仅只是因为那不可承受的如羽毛般轻飘飘的生活。但这不正是生命中最重的一部分吗？它在刹那间就变成了一柄利器，切开貌似安全的日常景观，将生命破败的本相毫无顾忌地彰显在我们面前。在加拿大作家门罗的著名小说《逃离》中，家庭主妇无法忍受漫长的雨季以及平淡乏味的生活，于是离家出走。对刻板的现代日常生活的反抗，是蔡东和门罗共有的题中之义。但是毫不夸张地说，蔡东小说中的"逃离"

比门罗更为纠结复杂,具有更多的历史的歧义。在《福地》中,在深圳已经小有成就的傅源"总被同一场梦惊醒。窄窄的竹床上摆放着冰凉干硬的身体,他的魂魄立在竹床旁,焦灼地望着肉身,往哪儿埋呢?","再醒来时,回乡的念头像一颗轻盈透明的水晶,从千头万绪的琐事中缓缓升起。"这是逃离的念头,带有思乡的情结。逃离由此在非常具体的空间中挪移:深圳——留州,这是蔡东的双城记。它们在不同的作品中反复出现,构成了"原乡——异乡"的叙述结构。如果说从深圳回到留州是一种逃离,那么,是否多年前也有过一次从留州到深圳的逃离呢?深圳是一个巨大的坐标系,留州不过是活在这个坐标系的参照之中。在蔡东有代表性的所有作品中,都有一双"深圳之眼",这是一双"权力"的眼睛,代表着现代性和资本主义的狂欢和胜利,这双利眼所到之处,一切坚固的东西都烟消云散了。蔡东逃离的主题,在这个意义上暗含了中国当代史最富戏剧性的一幕。也就是说,"逃离"可以是一种普遍的人性的结构,但是在蔡东这里,它同时也指向一种特殊的生成于中国语境中的历史性的结构,具体来说,就是中国人在现代化过程中的大迁徙、大流离失所。

傅源回到了留州的乡下,他听到了童年"高粱生长的声音",但这声音也许仅仅是一种幻觉。劳玉即使逃到了"净尘山",但依然以短信的形式与外界保持着联系。个人也许可以逃离另外一个个人、一个家庭,甚至是部分的世界,但是当这个世界已经完全同质化,请问我们可以逃到哪里去?"康莲时常想,忘了从哪天开始,她身处的这座小城市也变了,人们都特别需要钱,特别喜欢买东西。她说,依我看,用不了几年,我们这里也快成深圳了。"(《往生》)留州不过是深圳的假面,深圳不过是留州的变装,双城记原来是城池一座。时间和空间也许稍有不同,但资本傲视这一切,将所有的人事摧枯拉朽,以交换和拜物的原则建立起冰冷的程序。在这个程序中,一切无路可逃。"她的敌人更加阴沉强大，那是一个裹挟着整整一代人的庞大而严密的系统，像一个深深的坑洞，让她怎么爬都爬不出来。"（《净尘山》）

连逃离都不可实现，这真是让人崩溃的失败啊。

四

人性之复杂，就在于生存百像，各个不同。有人逃离，就有人坚守；有人失败，就有人反抗这失败；有人绝望，就有人在绝望中找希望。相对于男性的失败者，蔡东的小说中还有数量众多的另一类人物，借用《木兰辞》中陈江流的话说"简直就是一群女英雄"。这些人物包括《木兰辞》中的邵琴和李燕，《断指》中的余建英，《无岸》中的柳萍，《往生》中的康莲。这些构成了蔡东小说中的"女群英谱"。这些女性人物有着强大的生命欲望，不管这生命欲望是否高尚纯洁。李燕孜孜以求地规划着自己和丈夫的人生；邵琴充满仪式感的姿态妆容的背后，有着对世俗生活的洞若观火；柳萍活在中产阶级的白日梦中，但是在梦想破灭的那一刹那，她没有选择逃离，而是接受"受辱训练"，不无屈辱地与生活缠斗；康莲是最具悲剧性的女性，她以非同一般的悲悯对待衰老、病痛和死亡，在对往生的渴念中幻想极乐的彼岸。

这些女性身上有人性最光明的一面：积极，勇敢，豁达，宽容。这是她们行动的源动力，与孱弱虚无的男人们相比，这些女性显得更加有力，她们是一群活在现代的"花木兰"。但蔡东显然没有这么直线型，她有更幽微曲折的观察和思考。在《木兰辞》中，李燕和邵琴居然都对陈江流心有戚戚，以各种方式满足其虚荣的本性；《净尘山》中，"伟光正"的张亭轩也只是到了最后才土崩瓦解，暴露出其腹内空空的本相。这难道不是对这些"花木兰"们的嘲弄吗？她们以爱欲的本能去与生活搏斗，并企图在拯救自我的同时拯救男人,但是她们不知道自己所爱的男人不过是一具空虚的皮囊,他们行尸走肉,不过是被这个世界抛弃了的亡灵,这是她们希求的结果吗？当然不是,但是她们一次次飞蛾扑火,遵循着某种爱的本能去守护这个世界的秩序。这是女性的正剧还是悲剧？蔡东意识到了这种盲目性——爱的盲目性和生活的盲目性——她真实地呈现这种盲目,因此她超越了女性写作的观念拘囿,有一派阔大的境界。

无论如何,这些女性值得大声赞美。这固然因为她们集中了人性的优点,更重要的是,她们有一种现代人少有的品质,里尔克和波德莱尔都意识到,现代人往往生活在过去和未来的虚幻之中,而将最重要的"当下"忽略了,因为对这种当下的忽略,现代人变得瞻前顾后,犹豫不决,不能像那些有力的动物那样去捕捉当下性的生活。蔡东小说中的那些女性人物却往往是当下有力的行动者和看护人,她们有一种更敏捷的生存能力,凭借这种能力,她们成了如波德莱尔所言的"日常生活的英雄"。

这是现代性最残酷的地方,也是蔡东最纠缠之所在。人在不同的时空间挪移,却只能永远面对一个稍纵即逝的当下。这一个个当下构成了蔡东小说中悲观痛苦的根源。无穷无尽的当下和无穷无止的忍受。只能是忍受吗？从最本质的层面看,蔡东只能是一个悲观主义者——只能是悲观主义者,只能是通过小说来讲述和解构这种悲观,或者抵抗和反对这种悲观。这个时候,小说是一个美妙的词,一段精彩的乐章,一个可以解救今生和解放当下的历史行为,在这个意义上,小说也许就是往生:

> 那个词叫"往生",死亡的另一种说法,却穿透深重的黑暗,击破内心的绝望,用缤纷美妙替代陌生可怖,是动感的、充满希望、无比美好的起点,令康莲灵魂出窍,神往不已。

劝别人的话，往往连自己都不相信。但"往生"不一样，它飞离了尘世，像一颗清寂的星，悬于庸俗的话语系统不可及之处。

它高蹈，空灵，又那么慈悲。

如果真有这"往生"，也罢！

生活底细上的光斑
——读蔡东的小说

施战军

青年作家擅长的一般是成长和婚恋题材，居于深圳者却有些"不一般"。与带着底蕴慢慢出落因而不乏水粉油腻的其他大城市相比，深圳，这座突起的年轻都市所承载的文学，有着独有的干脆清冽甚至冷硬的叙事气质，他们作品中几乎与这类"致青春"模式无关。更多的形象神似蚂蚁，短暂的爱情中长着翅膀，这并不那么紧要，脱翅前后才是经历本身，在漫长忙碌的贴地时日，积累人生资本，伴随生老病死。

心碎和心软，是蔡东小说中的两种滋味。这是她所探察的生活世相和她几乎出于本能的情感反应。前者以故事方式直观呈现，取决于她包容的眼光；后者以细节形态婉曲表达，取决于她厚道的心地。读这样的作品，也会感受到自己的心跟着故事在无声地揪紧甚至干冷撕裂，末了在回味时又生出由衷的体恤直至参与其中完成温润抟合。心碎和心软杂糅，大概就叫心疼。

心碎缘于难以为继的窘迫和痛失依靠的离散，这就是生活的底细。心软则缘于对生活抱着有情有义的信念，不是财富梦，而是父慈子孝，几代同堂，家庭和美。蔡东小说在向人们说着什么呢？她在说,极有可能是要在承受住前者的煎熬和折磨的基础上,才有望得到些许后者的慰安——这些许慰安,就是生活底细上的细碎而珍贵的光斑,不耀眼夺目,不逃避不冷血,但不至于一团漆黑,一腔愤懑。

蔡东的最受关注的代表作,无疑是 2012 年发表在《人民文学》并获得首届"柔石小说奖"的《往生》,授奖理由是:"以细腻的观察、悲悯的情怀、令人动容的文笔,描绘出晚年面对疾病和死亡这两大日常性威胁时,人类的无奈、困窘和挣扎,以及互助中建立的善意、体恤与牺牲。"

《往生》以压抑沉闷的生存本相,零敲碎打的动作,让所有细节都磕碰在家底上,也让她写出了泠泠作响的旋律。相依为命的家庭和人们,没心思无聊,来不及闲扯,四世同堂的序列里,将老的一辈紧邻着逝者的归途。主人公是年近六十岁的儿媳康莲,在崩溃边缘,她犹如光斑,打在千疮百孔的生活底部。

就是这样,厄运和福分,千百次挟风带雨地降临在每一条街巷。

在这样的街巷里,没法分开彼岸此岸的关系,找不出抽象的生死范畴,而只存在着常态和变态之间的最为真切具体的人间关系。

死亡和墓地分别叫《往生》和《福地》,中年压力的林林总总只能认作《无岸》之境的相拥泗渡,《净尘山》坐落在安稳难求变数频仍的凡间,《出入》在无聊与超脱的临界点,奏雅不屈、雄雌立辨的故事谁说不可以名为《木兰辞》?

生活的底细,是唯一的叙述者,也是唯一的倾听者。坚忍和容忍终归仁忍,刻意和失意都是心意。这些分不清是情节还是情结、主题还是标题的意绪,被善解人意的体恤之心和不落痕迹的艺术之手,整合为多义又绝非浑浊的新的市井形象,适度地包含着社会问题、人生问题、生命问题、性别问题……

年轻的蔡东是在山东生长、求学后来到深圳工作和居住的。蔡东的这种文学特质,也大致来自这两个方面:和深圳有关,和山东有关。借用丹纳的说法,和深圳工作、生活的浸染、体验有关,这是"环境"与"时代"的馈赠;和在山东出生、长大以及较为幸运的文学教育履历有关,则是来自成长地域文化的根深蒂固的"种族"伦理、家庭等方面群体价值观的影响。几乎没有涉及悲惨破灭的家族,隔阂和差别令人酸楚,维持和相怜亦令人动容。因此,蔡东的小说的根子或者说芯子,是生活信念。

  青年一代的文学,在叙事回归到日常、视角观照到底层、重心挪移到城市的情势下,容易做到的是从自身经验出发对生活进行描摹呈现,这样的写作即便再繁盛,也只是城市皮相的相似碎块的拼盘。文学的城市精神在哪里?人们写过混乱、忙碌、贪婪、速度、激情、异化、无聊、隔膜……这样的特征有一个共通的认识取向,即城市是人心人情的冻土。它的对面隐现着臆想中的乡村温床。

  蔡东为我们找到了与以上的状况相关又几乎相悖的知情路向——以家为基本人际关系的深度依托和心灵希求。于是,在写作对象上,被照拂的大而化之的阶级分析式的"底层",转换为家家户户不同的真切"底细";在情感态度上,优越感十足的故作"关怀",也就被置身其中的"心碎""心软""心疼"这样的由衷体恤所替代。

  从这个意义上看,蔡东的小说不仅明显区别于以"打工文学"为一时风尚的深圳书写模式,还跳出了城市文学惯有的抽象表现套数,更区别于以"底层书写"为特质的阶级代言习惯。怀素抱朴,幽兰吐慧。不盲从于他人的艺术心界为她持有,不屈从于俗流的人物被她写照,这没有别的秘诀,唯有内心的浑朴自然,才会获得扎实的信念支撑,才能辨别和吸纳有益的创作资源,拥有持续生长的文学功力。

蔡东小说论

申霞艳

你不喜欢的每一天不是你的
你仅仅度过了它。
无论你过着什么样的没有喜悦的生活，
你都没有生活。

——佩索阿

　　沿着佩索阿的诗，我们走进女作家蔡东"想要的一天"，这一天并不神奇，没有天崩地裂，也没有海誓山盟，这是普通莫过的一天——"只要是自己的时间，她就能轻易地感受到宁静和幸福。她能闻见柑皮的香气，发现各种小物件的精致之处，漂亮的纽扣，皮革上均匀的走线，鞋子里布印着的含蓄隐秘的花朵，一个闲极无聊的人才有心境体味的种种细碎的美妙。"（《我想要的一天》）"蜗居"家中，享受闲暇，与自我为侣，"此中有真意，欲辨已忘言"，这个卑微的向往即可通向幸"蜗居"家中，享受闲暇，与自我为侣，"此中有真意，欲辨已忘言"，这个卑微的向往即可通向幸福，同时也可能让光鲜的都市家庭秩序崩塌。蔡东以精微的洞察力察觉到消费社会与古老家族伦理的规训及真切的幸福感相系相悖，在通往精神困局的入口处开凿她的小说世界。蔡东的写作逆流而向普罗米修斯"被缚"的困境。

一　城市让我们历尽沧桑

深圳是真正现代意义的城市。其他大城市都被各式各样的传统、前现代历史和现实深深地纠缠，他们各自戴着沉重的脚镣，很难跳出现代的轻盈之舞。而深圳是个没有历史负担的城市，正有可能集现代精神之大成，闯出一条独特的道路。它在文化领域的一举一动，除了现实意义之外还有某种示范、预言意义。"打工文学""底层文学"这两个名词都是从深圳孕育起来的。我并不赞成这种表层的命名，这都太权宜了。但我仍从打工、底层的字眼中看到社会的断层带来的文学分化。这种差距也许比空间距离严峻得多。生活在同一座城市的我们可能过着截然不同的生活，但城市给我们提供了欢乐、希望和意义及其想象，甚至还夹杂着道不明的自由感，所谓"大隐隐于市"。正是这种现代想象驱使我们离乡背井，搭乘飞机、高铁、巴士等一切交通工具山长水远地来到城市，然后蜗居，通过电话、电视、网络等通讯工具与故乡和远方联系。

改革开放以来，"进城"成为文学书写的重要主题。路遥的《人生》、高晓声的《陈奂生上城》、刘庆邦的《到城里去》、贾平凹的《高兴》、李佩甫的《生命册》、东西的《篡改的命》，等等，都在讲述中国式进城故事，或悲壮或卑屈。城市已经像卡夫卡笔下的《城堡》不得其门。历时三十多年的文学讲述中，城乡壁垒越发森严，城、乡二元对立的模式日趋坚固。不同的是八十年代我们站立在"希望的田野"上，我们仍可退居田园牧歌、青山绿水之中。今天的乡村已经不再是人们栖居的家园，我们只能流浪，我们都成了"流放者"，我们都"在路上"，山河和人民都在改变。就是在这种困境中，蔡东直面时代的难题，直面城市的压制和解放性的双重力量。

迄今为止，中国绝大部分的"进城"文学都是在讲述城市的"原罪"及其带来的悲剧。城市在文学中被简化、单质化。城市壁立千仞、固若金汤，城市不近人情、牢不可破。然而，凝聚着现代价值的城市及其进步之光照耀着人类，叫人无法祛除其魅力。在这种"进城"文学的大背景下，蔡东也循例给自己留了一个故乡——小城镇留州，那里还有父老乡亲，还要回去，但以五天为期限。《往生》中，"从小城留州到大城深圳，女儿的心底也有惶然和惊惧，但女儿已然离不开深圳，女儿这一代的日子跟她们不同了，有些什么东西变了，总归是变了"，这是借六十多岁的康莲的视角打量留州和深圳。这个"变"吸引蔡东走近城市的心灵，接近城市的动力系统——消费，她直觉消费对市民的规训和宰制比其他一切外力都大得多。

蔡东将叙事空间限制在冰山上方的家庭、个人内部，那些不和谐的因素被她一丝一点地刻画出来。没有天灾人祸，日复一日的正常生活，每个人的内心依然浪潮翻滚。在那些一点也不酷烈也不悲壮的流水般妥帖的日子中，她发现了平静生活表象下的惊涛骇浪，那些心灵的躁动、迷惘、挣扎。

二 城市现代女性的困境

二十世纪下半叶兴起的批评理论都倾向于割裂作家与文本之间的母子关系。事实上，经验对每个写作者都很重要。每位写作者都不同程度地受制于自身的童年和成长经验。张爱玲在《写什么》中提出"文人该是园里的一棵树，天生在那里，根深蒂固，越往上长，眼界越宽，看得更远……"[1] 蔡东念完硕士就到深圳高校任职，她过

---

[1] 张爱玲：《写什么》，《张爱玲文集》第四卷，安徽文艺出版社，1992年，第133页。

的更多的是"纸上的生活",因此她也依赖校园,象牙塔的生活就像一个中介,给人和社会之间提供了一道浅浅的屏障。知识女性是蔡东最为熟悉的人物,她对大学女教师的身份认同也传递到小说中:"藏身学校则能躲避社会,较少跟成年人打交道,较能保有自尊。"(《无岸》)"藏"几乎是一把进入蔡东叙述世界的钥匙。你会发现,相对中心,她更喜欢边缘:学校、图书馆、资料室、书协……来自边缘空间的叙事却曲径通幽,抵达现代都市生活的内核。

如果我们有心将蔡东笔下的女性按年龄排成队,我们就会发现她花了大量笔墨书写城市现代女性的处境。精神困局并不抽象,它由一个个细微具体的难题堆积而成,也由现代观念和城市生活方式的宰制而生。城市生活方式先天地与金钱有关并由此衍生出"恶之花"。雷蒙·威廉斯将城乡两种生活方式进行对比断言:"现在乡村的一般意象是一个有关过去的意象,而城市的一般意象是有关一个未来的形象,这一点具有深远的意义。如果我们将这些形象孤立来看,就会发现一个未被定义的现在。关于乡村的观点产生的拉力朝向以往的方式、人性的方式和自然的方式。关于城市的观点产生的拉力朝向进步、现代化和发展。'现在'被体验为一种张力,在此张力中,我们用乡村和城市的对比来证实本能冲动之间的一种无法解释的分裂和冲突,我们或许最好按照这种分裂和冲突的实际情况来面对它。"[1] 在蔡东笔下,城市的鲜亮面纱会在某个特定的时刻被揭开,露出现实凹凸不平的表情。身处其中的人们必定要与具体的现实酿变而成的精神难题短兵相接,无处躲藏。

《无岸》的意旨是书写大学女教师柳萍的人生难题,但关于女儿童小童两笔三画的勾勒何尝不是这一代都市成长起来的孩子们的精神塑像。"起跑线"的无限提前使城市的孩子在孕育期已经开始社会

---

[1] [英]雷蒙·威廉斯:《乡村和城市》,商务印书馆,2013年,第401页。

化，在如此激烈的竞争中，在作业和考卷中比拼出白发簇锦，"一种衰败的灰白色，使得女儿的背影酷似老人……年轻的面庞上有一种说不出来的怪诞"①。这种怪诞是具象的怪异，也是形而上的荒诞，他们的精神过早地衰弱，小小的年龄包裹着一颗苍老颓败的心。童小童已在短短的求学生涯历经凶险，他们没有真正的青春。柳萍的难题来自女儿的出国，看似金钱带来的，实则牵涉价值确认和身份认同。人生面具被揭开，与底牌对视，中年夫妻蓦然惊惧。送孩子出国是中产阶级的时尚，是高校教师对于现行教育体制的反抗，出国是一个引线，将小心捏藏的光鲜局面炸开，破絮暴露无遗。

柳萍和童家羽为了申请周转房在家里进行受虐训练，却发现在反复训练之后"爱上了训练……爱上了何主任"，这一笔就像闰土那一声"老爷"，是奴性的延续；这也是釜底抽薪的一笔，清高的面纱薄如蝉翼，无法包裹人生的伤口。蔡东点到为止，作家的不忍之心占据上风。黑暗只是叙事提供的一道侧光，偶尔与潜意识打个照面，心存此照，冷暖自知。在两夫妻为女儿的巨额学费发愁的时候，他们互相攻击、恶语相向，但最终在受虐训练后互相怜惜，这种怜惜由对方抵达人类，由叙事人抵达读者。

在乡村，人就是一株从土地上生长出来的植物，日复一日的生产性劳动会让人忽略意义的追问，具体的劳作本身也生产出自足的意义。而城市生活，一切物都被价格牌标识参与到消费体系中。在城市，我们有一个共同的身份——消费者。同时，也是消费对我们进行了有效的区分，消费者通过消费建立起身份想象和身份认同。是消费让柳萍这类中产阶级产生优渥、清高的幻觉，"在一座永不匮乏的梦幻之城里，她每个周末都外出购物，高兴时买东西，不高兴了还买东西"。购物中心"视觉的璀璨烟花，最大程度地愉悦和满足你，

---

① 蔡东：《无岸》，《我想要的一天》，蔡东著，花城出版社，2015年，第37页。

令你觉得无比尊荣,当然,它也总有办法,最大程度地令你觉得无比低贱。站在康宁医院望向购物中心,她想,活在这城市,本身就是享受,活在这城市,本身也是侮辱。她挥金如土,尽享荣华,又伤痕累累,以身伺虎,生祭了这座城"(《无岸》)。蔡东传神地绘出了女性与消费文化之间的精神关联,根据米卡·娜佳的分析:"百货公司是十九世纪晚期消费文化的集中表现;它是视觉政体(vision regime)中视觉普遍存在的示例,也应该被读解成制造类女性体验同时也被女性体验制造类的现代性的一个原型之地。"[1] 消费场所于现代城市女性具有疗伤作用,购物让女性参与公共空间的现代性体验,并获得愉悦和尊严。

消费是进入当代社会的钥匙,"消费是个神话,也就是说它是当代社会关于自身的一种言说,是我们进行自我表达的方式"。[2] 消费区分人群,塑造城市,消费是城市精神再生产的重要环节,像做礼拜一样让我们充满干劲迎接新的工作日。波德里亚在《消费社会》中通过对购物中心的气氛、符码、诱惑等进行分析之后指出:"在日常生活中,消费的益处并不是作为工作或生产过程的结合来体验的,而是作为奇迹。"[3] 购物表面上满足的是消费者的需求,实则是满足附着于物的价值、意义和身份想象。消费社会商品的生产重点在品牌,而品牌所涵括的内容要远远大于物品本身。过去我们常说"货比三家",今天我们"比"的心理是在选择相信由哪家生产商提供的故事与意义。柳萍对品质生活与自我的想象都是由消费品建构的:白金项链、翡翠镯子、西餐厅……消费填补了柳萍生活的罅隙,也

---

[1] [英]米卡·娜佳:《现代性所拒不承认的:女性、城市和百货公司》,《消费文化读本》,罗钢、王中忱主编,中国社会科学出版社,2003年,第181页。
[2] [法]让·波德里亚:《消费社会》,刘成富、全志钢译,南京大学出版社,2001年,第226页。
[3] 同上,第9页。

暂时弥补了她心灵的暗区，使她可以闲适地躲在安宁的家宅中细细品咂城市生活的光与色，避开精神黑洞的吞噬。

乡村的身体是自然的身体、劳动的身体，城市的身体是消费的身体、规训的身体。美的标准从来不是固定不变的，美是教育、坚信的产物，与社会价值体系紧密相联。越开放的社会，身体的呈现度越高。审美也是一个无限接近时代精神的过程。《净尘山》中，蔡东尝试写出城市高科技生活的流丽背后的幽暗地带。张倩女就活在其中，她的困境来自她的肥胖，肥胖是消费社会欲望的象征，她的身体是工作和时代合谋的产物。从二十世纪初就开始的"赛先生"崇拜与日俱增，"我向来对'电子'、'信息'、'工程'等字眼肃然起敬"，张倩女就是现代"白骨精"（白领、骨干、精英），她"信仰埋头苦干和不请假，习惯了麻木忍耐，适应高强度的工作，以加班为核心价值观"。现代不仅从内部修改了她的信念，而且篡改了她的身体，高强度、加班、垃圾食品、宵夜堆砌成厚厚的无法脱掉的脂肪铠甲。"饮食男女，人之大欲存焉。"肥胖剥夺了张倩女享受美食的权利、爱的权利，节食又剥夺了她的女性特征。张倩女的身体就是一张密不透风的网，使她无法动弹，她只能跟被贫穷失意压抑得不能动弹的潘舒墨来往，耻辱感成为他们结合的情感基础。潘舒墨身上有着父亲张亭轩的影子，完全被排挤在主流价值系统之外。当母亲劳玉看到女儿即将重演自己的悲剧之后，离开家庭去寻找心中的"净尘山"，这是一个没有答案的人生寻找，像娜拉，也像戈多。

大都市有她看得见摸得着感受得到的诱惑，也有看不见摸不着但感受明显的规训法则。那些虚幻交错的光影让人无条件臣服。"她刚站起来，就察觉到一股压迫的力量形成合围之势，渐渐逼近她。十面埋伏。她瑟缩着重新坐下去。毫无疑问，她的敌人更加阴沉强大，那是一个裹挟着整整一代人的庞大而严密的系统，像一个深深的坑洞，让她怎么爬都爬不出来。"（《净尘山》）小说在张倩女的困境中结束,"天地如此宽广阔大,可她不知道,还能去哪里"。巨大的悲凉弥漫开来。萧红曾经在《呼兰河传》中感慨:"满天星光,满屋月亮,人生何如,为什么这么悲凉?"① 鲁迅说《红楼梦》"悲凉之雾,遍染华林"。悲凉是文学的血液,是基因遗传。不论时代,好的文学作品总能听到悲凉的回声。

《木兰辞》中的两位女性形成对比,茶行老板邵琴的优雅、端庄与李燕的泼辣、日常形成对照。小说着力描写了几次聚餐,通过吃虾蟹和泡茶突出邵琴的举止高雅,然而这些修养是时间、金钱和反复实践习得的经验,是忙于生产性劳动的人可望不可即的。"礼貌的价值在于它是有闲生活的确凿证明。"② 叙事省略了邵琴的奋斗,直陈其结果,依然能让读者联想到有闲生活的代价,这正是陈江流、李燕等中产阶级的梦想,也是城市生活允诺给人的幻象。《出入》中的女主角杨玫为融入社会必须付出巨大努力,这种丧失尊严的努力是以违背女性的自性、贬低自我为代价的。

《往生》中的康莲刚从困身的工作关系中解放出来,接着就要照顾瘫痪的公公,这是更具象的捆绑。残疾老人散发着垂暮气息的家有如囚笼,与广场舞发出的热辣喧闹形成对比。女性"渴望的一天"始终没有降临,直到"往生",依然是个"熬"字。

蔡东将笔对准城市的解放幻象和束缚真相,她缓缓描摹城市现代人的困局,无论哪个年龄、哪个阶层,都会被生活之茧缚绑:学业、职业、金钱、家庭……这一切构成我们在城市具体而琐细的日常生活。蔡东的作品并不止于呈现困境本身,在字里行间留下了飞离和逃逸的罅隙。

---

① 萧红:《呼兰河传》,《萧红全集》上,哈尔滨出版社,1998年,第139页。
② [美] 凡勃伦:《有闲阶级论》,商务印书馆,1964年,第41页。

三　确立无意义在人生中的位置

蔡东的写作是逆流的，是对主流价值的拓展，她力求在城市的繁华、喧闹中确定雅、闲和静等"无意义"在人生中的价值。蔡东的作品中，政治的维度一直是隐蔽的，假金钱的面貌出场，这与消费社会及深圳的现实相呼应。市场经济日深，权力更多地以消费的方式介入我们的生活，权力变形为金钱的压力，工作带来的压抑感和丧失感也曲径通幽地指向权力。办公室成了罪魁祸首，"上一天班，啥事不干也累……机器人做才合适"。(《我想要的一天》)这道出了现代工作对人的剥夺，重复劳动、价值感的匮乏、被困在流水线或电脑前，这是现代人最常见的困境。至于权力的直接侵压，在柳萍去求房管处长、张亭轩辞职、陈江流要被裁员等历史瞬间暴露无遗。但蔡东的书写重点不是权力的二元对立和反抗，她的镜头始终对着静海深流的人物内心。

那些我们心仪的清俊人物都渴望摆脱俗世的羁绊躲进自己的巢穴中，去谛听生活的诗与真。大城市中躲进巢穴的冲动与传统社会的隐逸冲动还是有了本质区别。凡勃伦认为："一个教士的最高风度是有闲，超然物外，一切都看得很淡，对于尘世欢乐应当是一无沾染、六根清净的。"[1] 在中国除了佛家的出家之外，还有道家提供的隐逸、出世传统，后世很多文人墨客因为对政治的失望而选择独善其身、深山禅修、著书立说之类。在传统社会，士大夫阶层、有恒产者的确能够支持这种选择。现代性启动以来，社会以加速度发展，深圳这样的超大城市拔地而起，并且迅速形成了不同功能的区域。大城市就像一台疯狂运转的机器，将每个人吸附成一个螺丝，如果你不随机器运转就会掉队，被排斥、被淘汰，每个人都必须跟上机器的节奏高速旋转，才能在都市艰难地维持现状。人不同于机器，

---

[1] ［美］凡勃伦:《有闲阶级论》，商务印书馆，1964年，第95页。

时时地意识到皮囊的沉重和自我的轻盈之间的无法协调。

康德曾说:"人有一种使自己社会化的偏好,因为他在这样一种状态中更多地感觉到自己是人。也就是说,感到自己的自然禀赋的发展。但是,他也有一种使自己个别化(孤立化)的强烈倾向,因为他在自身中也发现了非社会的属性,亦即想仅仅按照自己的心意处置一切,并且因此到处遇到对抗,就像他从自身中得知,他在自己这方面喜欢对抗别人一样。"①"非社会的属性"部分来自动物性的遗留,当代一些作家尤其男作家是在暴力和情欲方面做文章。蔡东却由这种"个别化""非社会的属性"的倾向衍生出价值空间、精神空间,在事功的主流价值之外开辟内在的自我空间,追求自在、自由的精神境界,承接"有情"的传统。

蔡东没有建构虚假的田园牧歌,她积极面对城市的心灵,尤其是深圳这样的大城市给市民带来的双向力量:一方面大城市是历史的方向,是现代、文明、先进的象征;另一方面,这些正面价值都建立在消费的基础上,消费与生产的辩证促成了大都市的繁荣,都市将我们改造为消费者,通过消费提供平等的假象,亦通过消费让你自惭形秽。"财产的保有一旦成为博取荣誉的基础,它也就成为满足我们所称为自尊心的必要手段。"② 根据凡勃伦的考察,消费的原则是浪费性的,荣誉消费往往由更高一级的社会阶层确立。波德里亚也发现我们的消费并不是自由的,而是由社会风尚尤其是价值体系所决定的,消费满足的不是身体而是心理,因为我们的需求和欲望是随时被规训和被刺激的。③

---

① [德] 康德:《论永久和平》,《历史理性批判文集》,何兆武编译,商务印书馆,1991年,第105页。
② [美] 凡勃伦:《有闲阶级论》,商务印书馆,1964年,第27页。
③ [法] 让·波德里亚:《消费社会》,刘成富、全志钢译,南京大学出版社,2001年,第59页。

大城市将人从熟人的藤蔓中解放出来。"惟有王城最堪隐,万人如海一身藏。"相较于家乡留州,深圳正是这样的城市,《我想要的一天》中心藏文学梦的春莉辞掉了故乡的公职"出走",到深圳投奔童年好友麦思,因为"她发现了家乡表层平静舒缓下的严厉、蛮横、喧闹,它肌理紧密,容不下出离的缝隙……",而深圳这样的移民城市,有着"淡如白水的人际,遍布着疏松的空洞。多生态系统的共融,多声部的错杂,什么都见过的宽厚……"。这是蔡东在创作手记中谈到的她对于留州和深圳的认识。她也不一厢情愿地美化都市,春莉的人生仍在找寻之中,麦思和丈夫高羽也各有自己的心事。麦思为了"想要的一天"从研究岗退到图书馆当资料员;高羽抽屉里的玩具手枪和望远镜是对纯真童年的保留,那是远方的梦想和毁火的激情。抽屉、柜子一类的形象总是与隐秘、内部和精神联系在一起。"卡勒·伯努瓦赋予抽屉一股魔力。他说'抽屉是人类精神的基础'。"[1] 米洛什说:"柜子,装满了回忆的无声骚动。"[2] 高羽的小抽屉将我们带回"消逝的童年"。小说在回忆的灰色远景中落幕。

《我想要的一天》在《收获》发表时曾名为《我们的塔希提》,"塔希提"被认为是"最接近天堂的地方",人们无所事事地凝思发呆,谛听天性的呼唤。"塔希提"指精神天堂:闲适、自在、清净、安好。这是内向的寻找,直抵人生的源头,那里住着一份纯净的盼望。蔡东的写作有可靠的生活细节,也有巨大的外延空间,内心生活的出世倾向与现实世界的喧哗躁动形成张力。麦思内心深处真正认同的,恰恰是"路越走越窄,越走越僻静"(《我想要的一天》),作家试图拨开成功学的俗世幻象,为悠然自得这一更高序列的价值开辟空间。

---

[1] 参见〔法〕加斯东·巴什拉《空间的诗学》,张逸婧译,上海译文出版社,2013年,第98页。
[2] 同上,第99页。

像春莉一样,《净尘山》中的潘舒墨宁愿在深圳过两件衬衣轮流穿洗的打工生活,也不愿意待在留州。小城留州从乡村脱胎而来,亲人朋友熟稔到像树与藤,彼此纠缠,"剪不断,理还乱"。留州生活的单调划一、流言蜚语对人的干扰以及人情世故的磨碾让经过现代启蒙的人们无法忍受,春莉、潘舒墨们跑到深圳,迎接城市的阳光和风暴,不同的疑难接踵而至。

流动被认为是现代性的本质特征。全球化的闸门一旦开启,我们再也不能安于成为一株被乡情纠缠的植物。你会发现几乎所有人都有一种冲动——逃离、隐逸,从既定秩序和价值观中出走。从易卜生的《娜拉》到门罗的《逃离》都在持续地丰富这一主题。"被缚"是人类的基本困境,逃离就是我们每个人的向往;兼济难以实现,隐逸就会自动浮出。这是文艺必须直面的恒久的精神困境。难得的是蔡东并不将逃离和出世的倾向单单赋予知识人、文化人,也给予那些为家所困的女性,她们在酱醋油盐中滚了半生,将日子过得瓷实笨重,将岁月涂抹得不留痕迹。叙述人一律不吝分享这种价值的光芒。"小说家必须用尽全部的才华方能使人感受到两个内心的隐蔽之处的同一性。"[①] 在蔡东看来,每个人内心都有远方,都在现实的阴郁中寻找一盏灯。

蔡东以自己的敏锐将城市文学往内部推进,她的叙事起点不是城乡二元对立,而是城市如何从古老的乡村精神中获得某些滋养,在现代转型中人如何切近自我,找到诗意的吻合内心的活法。《福地》通过深圳和留州两场葬礼写出了城市对现代人的掠夺,城市生活剥夺了我们与生俱来的热情,也剥夺了我们对于人生来处和去处的恒久追问。当我们被连根拔起移植到大城市,我们不得不适应城

[①] [法]加斯东·巴什拉《空间的诗学》,张逸婧译,上海译文出版社,2013年,第105页。

市这种无所不在的压迫感、屈辱感、无根感。波诺尔在《人类和空间》里认为,"现代的城市,越来越变成人工的、水泥的山丘地带","人类居住空间的巢穴性格更加强化了"[1]。大城市现代建筑的灵感常常来自鸟巢和贝壳。人既渴望到远方去,也渴望用壳将自己包围,"甚至在明亮的家宅里,幸福的意识也会要求和躲在庇护所中的动物作比较。安静地生活在自己家宅里的画家弗拉曼克写道:'在恶劣的天气肆虐的时候,我在炉火前体会到的那种幸福完全是动物性的。洞里的老鼠、穴里的兔子、棚里的奶牛,都应该像我一样幸福。'幸福就这样把我们带回了庇护所的原始状态。从生理上获得庇护感的存在抱紧自己,躲避着、蜷缩着、窝藏着、隐匿着。当我们在丰富的词汇中寻找所有表达退隐活动的动词,我们找到的是动物的运动形象,那是传达到肌肉的收缩运动。……存在如何在一种生理的幸福中喜欢上'退隐到自己的角落里'"[2]。精神的寓所需要一个肉身的居所来包容,家与幸福相连。电视剧《蜗居》能够引起那么大的轰动,就是这个标题揭示了时代的精神指向。杨庆祥在《80后,怎么办》中就结合自身屈辱的租房经验抛出了这代人的问题。房子成了这代人思考问题的起点。城市里的房子无异于农民的土地。土地曾经将人变成一株株庄稼,牢牢地植根于故乡大地;现代性将我们放逐为没有故乡的人,只有房屋能给我们提供遮蔽的意象和流动的家园之思。价格高昂的房子本身成为梦想,成为机械化工作的庇护所,这也是城市生活的心灵景观。

四 不忍之心与中和之美

蔡东小说不像湘菜川菜那么热辣劲爆,也不像江南菜那么甜腻,

---

[1] [日]五十岚太郎:《关于现代建筑的16章:空间、时间以及世界》,刘峰、刘金晓译,江苏人民出版社,2012年,第71页。
[2] [法]加斯东·巴什拉《空间的诗学》,张逸婧译,上海译文出版社,2013年,第115—116页。

她的小说就像粤菜，一切滋味来自食物本身，不厌不腻。取材大抵普通平常，叙述的质地和成色却让人眼前一亮，好像美玉散发着温润的光泽，又仿佛听到溪水从耳旁淙淙流过，溅起白色的细小浪花。我记得孙犁说过，他不想在小说里边写杀人，他不愿意让血流注在字里行间，他写《荷花淀》，写那些像荷花一样洁净的事物，写那些让人至今动心的人情人性之美。美对孙犁是一种信仰。陀思妥耶夫斯基说美能拯救人类。布罗茨基在获诺奖的演讲中谈道："美学是伦理学之母。""人首先是一种美学生物，其次才是伦理的生物。因此，艺术，其中包括文学，并非人类发展的副产品，而恰恰相反，人类才是艺术的副产品。"的确，我们认识世界、想象世界的方式受制于民族的潜意识，受制于文艺传统。中和之美便是我国文化的古老信条。

我们面对一个个人欲望被极度张扬的时代，用汉学家顾彬的话说："我们想要一切，而且是'当下'就要。"① 在生活中，我们呼唤诚意、呼唤慢生活，在文学中亦然，我们渴望与中和之美重逢。在这样的语境中，蔡东为我们带来了清新的荷风，她的文字浸透温情，叙事节制，有着不忍之心。

中国文学的大传统是诗，"即使唐传奇、宋话本、元杂剧以至明清小说兴起之后，也没有真正改变诗歌二千年的正宗地位。而在这诗的国度的诗的历史上，绝大部分名篇都是抒情诗歌，叙事诗的比例和成就相形之下实在太小。这种异常强大的'诗骚'传统不能不影响其他文学形式的发展。任何一种文学形式，只要想挤入文学结构的中心，就不能不借鉴'诗骚'的抒情特征，否则难以得到读者的承认和赞赏。另外，在一个以诗文取士的国度里，小说家没有不能诗善赋的，以此才情转化为小说时，有意无意之间总会显露其

---

① 顾彬：《20 世纪中国文学史》，华东师范大学出版社，2008 年，第 360 页。

'诗才'"①。关于诗,布鲁姆在《读诗的艺术》中开篇即道:"诗本质上是比喻性的语言,集中凝练故其形式兼具表现力和启示性。比喻是对字面意义的一种偏离,而一首伟大的诗的形式自身就可以是一种修辞(转移)或比喻。"② 如果说长篇小说更多地借鉴戏剧的情节冲突,那么短篇小说则是吸吮诗歌乳汁长大的少女,她灵动、滋润、天真,因承续了诗歌的基因而亭亭玉立。

蔡东以雅逸的诗语雕刻了一批清俊的人物,他们的姓名都是细心挑拣的,有着超凡脱俗的精神指向:与主流价值疏离,渴望躲藏隐逸,怀着清淡的屈辱感,不断地追问自我、追寻自由。蔡东像心疼孩子一样心疼他们。她在后记中写道:"我也欣赏那些孱弱失意的中年男人,比如《无岸》中的童家羽,《净尘山》中的张亭轩,《木兰辞》里的陈江流,我喜欢他们未蒙尘时的洁净,我期盼他们别再勉强自己。"堆在柳萍书桌上的那一列书单也流露出人物清洁古雅的趣味:李渔的《闲情偶寄》、袁枚的《随园食单》、文震亨的《长物志》、王世襄的《锦灰堆》、张岱的《自为墓志铭》。其他人物对昆曲、兰草画、清茶等的选择也都在无声地对抗当下盛行的成功学、厚黑学。我们能够接收到他们身上传递过来的欣赏、怜惜与深情,这些情愫流淌在字里行间。正如梅洛·庞蒂所说:"因为在作家那里,思想并不从外面主宰语言:作家自身就像一种新的习语,它自己形成,自己发明表达手段并且按照它特有的意义产生变化。"③ 当我读到"菜畦里是小白菜、笨茄子、胖辣椒……"(《福地》)的时候,一种植物性的宇宙情感令我震颤,"天地有大美而不言",一种对生命的怜爱油然而生。

---

① 陈平原:《中国小说叙事模式的转变》,北京大学出版社,2014 年,第 198 页。
② [美]哈罗德·布鲁姆等:《读诗的艺术》,王敖译,南京大学出版社,2010 年,第 1 页。
③ [法]梅洛·庞蒂:《世界的散文》,商务印书馆,2005 年,第 3 页。

蔡东并不轻视日常生活，不排斥琐屑的醋茶柴米，这构成小说结实的物质基础，在这个基础上为人物凿壁借光，开辟灵性的空间，营造虚实错落的景致。她也不忽视社会的快速发展，她在《出入》中写道："手机是社会关系的总和。"这既是对马克思经典定义的戏仿，又是对时代真相的指认。手机如此深地介入我们的生活，数字取代了具体的人，机器对人进行无情剥夺，切断了人与人之间的直接联系，我们与世界之间隔着手机，隔着真相，隔着全身心的投入，隔着有情的传统。

蔡东的小说旨高意远，在叙述的分岔口衍生出枝蔓，可以将人物再往极端处境上推一把，但蔡东不忍落井下石。在人生的飞扬和安稳上，她更寄意于安稳。她愿意让潘舒墨仍有两件轮换的衬衣，让张亭轩仍有个别信众，让陈江流依然有邵琴这样的知音……出世、隐逸和逃离是每个人或强或弱都会感受到的内心召唤，蔡东为城市文学找到了可持续写作的领域，并赋予这些文本以新的价值追求。

从 1902 年梁启超《论小说与群治之关系》算起，中国"现代"小说已经走过百年沧桑。在这一个多世纪，小说走了很多路，东张西望，边走边学，慢慢形成了自己的传统。叙事的钟摆总是在"写什么"和"怎么写"之间晃动。所有的作家都在寻求二者的平衡。蔡东的不忍之心与她对中和之美的追寻是一致的，她遵循过犹不及的律令。在小说的正道上，有蔡东的沉思与吟唱。

仰望星空，追寻自由
——蔡东小说集《星辰书》的叙事伦理

饶 翔

读蔡东的小说常常有珍惜之感，这不仅是因为这位年轻的小说家多年来操持着文字的"炼金术"，写小说仿若苦吟诗人般反复推敲，集腋成裘为两三本不厚的小说集；还因为，在这些寥若晨星的作品中，有着她从生活中所提炼出来的"真金"——作为同代人，我满怀期待于她的成长，她的思考与发现，甚至于她的困惑与纠结，能使我在面对同一个世界、同样的时代时感到有所呼应，有所感悟，有所得。

"只为了一个人一生中仅持续了五分钟的热吻"

在蔡东前些年的创作中，短篇小说《往生》与《无岸》堪称翘楚，借自佛家术语的标题，已经暗示了作者对于人类终极问题的思考，那是生与死、此岸与彼岸间的苦苦涉渡，是挣扎于人间的炼狱，朝向天堂的入口。自然，这些思考都是通过作者精彩的叙事来呈现的。蔡东最新小说集《星辰书》收入她近几年的主要创作，对于人类存在的勘探依然是其中最为重要的主题，不过细读下来，发现变化终于还是悄然发生了。

与《往生》一样，前两年名列各大"小说榜"的短篇小说《朋霍费尔从五楼纵身一跃》写的也是关于人生的近乎无解的困境，所谓苦海无边，却无法回头是岸。因为对于芸芸众生来说，这困境无尽无岸。《往生》讲述 61 岁的儿媳妇康莲照料患阿尔茨海默症的 81 岁的公公，两个生命不期然捆绑在一起的老人"两败俱伤"。最初在《人民文学》上发表时，小说卒篇于康莲心肌梗死，"突然，她的身体感受到一种前所未有的轻盈，像是，到家了。她闭上双眼，悲喜交加，万籁俱寂"。相比公公的屈辱求存，这速死竟像是一种福气和运气。然而，小说在结集出版时，结局却变成了康莲被丈夫及时救活。"她瘫在丈夫怀里，听到他喊，你得活着，你得活着。恍惚间，遥远的天空中也传来恶作剧般地叫喊声，让她活着，让她活着！她接上了一口气，悲喜交加，原来，还是走不了，还要熬下去。熬下去。"同一个词"悲喜交加"，意思却反拧了：对于前者来说，死了竟然是"喜"——终于"回家了"，解脱了；对于后者，"没死"反倒成了"悲"——"走不了"，还得"熬下去"。对于康莲，这可能比死来得更加残酷。

《朋霍费尔从五楼纵身一跃》中的周素格则是又一个现世中的康莲，她独立照料失智的丈夫，曾经意气风发的大学哲学教授，如今宛若婴孩依附于她。这生之枷锁"像是长在她身上一样，磨着她，坠着她"，几乎剥夺了生命最可宝贵的自由。那个被她名之为"海德格尔行动"的捆绑丈夫的计划，可以视为她对自由的救赎——然而，这救赎却是以限制丈夫的行动自由为代价的，作者让她的主人公陷入到了伦理抉择的两难——自己的自由是否比失智丈夫的自由更重要？她该与这个至亲之人争夺自由的权利吗？

比之前作，《朋霍费尔从五楼纵身一跃》更为深入地探讨了个体的责任与自由之间的关系。生命的永恒困境，不仅是因为生命的短暂与脆弱，人性的残忍与软弱，也因为"不忍""爱"与责任，以及为了爱与责任不得不支付的高昂代价——丧失（部分）自由。一如周素格利用钟点工在家的两小时到家对面公园透口气时所见——勉力照顾孙辈的老人过早地发胖不堪，同样想在花园美丽的蓝雾树树荫下获得片刻喘息休憩却被丈夫孩子的电话急急催回的年轻母亲，"她们本来不是这个样子的"，作者与压抑的主人公一样眼光阴沉而锐利，"只觉得累，觉得伤心"。"生命诚可贵，爱情价更高。若为自由故，二者皆可抛。"在一个和平年代，日常生活的抉择何曾如革命岁月的革命者那般铿锵有力，斩钉截铁。小说结尾，周素格决定放弃她预谋已久的"海德格尔行动"，因为她猛然想起她们曾拥有的白猫"朋霍费尔"从五楼纵身一跃，摔死在小区的天井内。这是她内心恐惧（对自我潜意识的恐惧）的映射——那只被丈夫以"朋霍费尔"命名的小猫的纵身一跃，是否象征着哲学家朋霍费尔留给后世人的关于勇气、责任、善良、力量、盼望、坚定、爱、行动等人类精神要义的轰然坠落？或许，还可以进一步思考的是，"朋霍费尔"纵身一跃的坚定与决绝，是否也暗示了丈夫也同样拥有从容赴死的自由？然而，不管怎样，周素格在半途中止了"海德格尔行动"的同时，也阻止了丈夫选择死的自由。她亲手从椅子上解开丈夫，而再度选择被捆绑的命运——带着丈夫一起去看演唱会，在万众沸腾的演唱会现场，她亲吻了丈夫，仿佛又唤回了爱情，重温了失落已久的爱的感觉。然而，这也意味着她仍得继续"熬下去"，继续周而复始的怨怼、挣扎、悔恨，继续她对于生活重厄的并不甘心，也并不坦然的背负。但反过来说，这一个热吻，将与两人曾共有的甜蜜岁月一样，成为妻子"反抗绝望"的最重要的勇气。"爱一个人是什么感觉？""好像突然有了软肋，也突然有了铠甲。"

"只为了一个人一生中仅持续了五分钟的热吻"，刘小枫在《沉重的肉身》中曾以这个比喻来形容波兰导演基斯洛夫斯基的叙事伦理，"基斯洛夫斯基对生命既悲观、又热情，他的叙事抱慰个体在生命悖论中的挣扎，即便一个人对自己的美好生活的追求在无从避免的生活悖论中被撕成了碎片，也依然是美好的人生""在如此受苦、悲观、绝望中，个人的生命仍然可能是热情的，有意义的"。从2011年的《往生》到2016年的《朋霍费尔从五楼纵身一跃》，在相似的题材中，蔡东的叙事伦理愈发清晰。如果说《往生》中的康莲只是并没有找到多少意义地苦熬下去，那么《朋霍费尔从五楼纵身一跃》中的妻子周素格却仍然在生命困局中寻找着热情与意义，在荒无人迹处重新寻找路。或许可以说，蔡东的写作本身才是一场"海德格尔行动"，她所思考的，不是生存，而是存在。在海德格尔那里，对"存在"的思考，也即对"意义之在"的思考。

"生命倒过去才能被理解，而我们必须活着向前"

"他也走进来，跟她并排站着。她说，我想起来了，以前读过的古诗都活了，有自己的气息和体态了，我好像一下子能回到古时候，亲眼看见写诗的那些人了。你看看，唐朝的月亮，不也是这一个吗？他说，我知道，不用多说了。他们两人，心领神会，他们两人和月亮，也心领神会。久远古老的月光，雪一样轻盈地落在他们的身体上，又化成了水般流向地面。"

十年前那个静谧如水的月夜成为周素格在逃避眼下过于滞重的现实时，心灵所反复召回的记忆，它"清澈地浮在无数个模糊晦暗的日子上面"，它与其他美好的记忆一起，构成了她与丈夫两人所共有的生命。"弃我去者，昨日之日不可留；乱我心者，今日之日多烦忧。"对于深陷生命困局的周素格而言，记忆（过去的生命）是她保有当下生命感的唯一依凭。遗忘过去便意味着一无所有。

人是所有经验与记忆的总和，过去的生命构成了今日的"我"，对于每个个体而言，它是财富，同时也可能是债务。《伶仃》《来访者》《布衣之诗》中的主人公同样要面对记忆，过去的生命围困住了他们。

伶仃者，卫巧蓉，年过半百，失了婚，没了娘。她该如何面对这些失去，如何消解内心的创痛？相伴半生的丈夫徐季没有缘由地提出离婚，远走海岛，她不明就里，跟踪至此，租住在徐季对面，暗中观察他的生活，试图解答心中的疑惑——"我不是一个糟糕的妻子，我想不通，我来岛上只是想知道为什么。"然而，没有第三者，没有戏剧性，没有狗血剧情，徐季只是在这里开始了另一种生活，舒适而放松——在公园跟人下象棋，在路边乘凉，给孩子们讲故事，去菜场配齐一餐饭的原料，去海边的剧院看各种演出。卫巧蓉作为一个旁观者而非参与者，观察这个"最熟悉的陌生人"的新生活。在距离之外，这个卫巧蓉曾经以为最为熟悉、最有把握的人（"以前她总说徐季像个孩子，离了她准不行的"）却呈现出了她感到陌生的一面——他在观看戏剧演出时所沉入的精神世界是她无法感同身受的；他每次到菜场似乎都会买一把西芹，而她从来不知道他喜欢吃西芹……当曾经至亲之人从生命中剥离出去，重新还原为一个"他者"，这是重新认识他者，也是重新认识自我的过程，她从疑惑不解，到"有点明白过来了"的若有所悟，却"掺杂着说不出来的茫然"，走出熟悉的舒适区，重新建构自我世界的过程到底有多艰难。

人在追求自由时如何面对过去的生命？对于卫巧蓉而言，母亲、丈夫与女儿几乎就是她全部的"过去"，母亲去世，丈夫出走，女儿长大，她将如何安顿好自己的过去——记忆，如何确立起当下的意义？小说安排了这样的情节：卫巧蓉在岛上的养老院见到一个很像已故母亲的人，她经常去看这位老人，但最近一次却没有见到她，担心她会不会去世了。当她跟女儿念叨这些的时候，女儿并没有假意宽慰她，而是说："妈，真羡慕你，好比你又多看了外婆几眼，多少人都只能在心里想念亲人啊。"她"先是愕然，转而欣喜"。她欣喜于女儿的成熟与明亮,而女儿也教她如何变换看待世界的眼光与角度,以及如何从过去的生命中汲取养分。如此,记忆才不会成为梦魇,而是星光与甘泉。她从时间之河再度打捞起来的记忆,才闪亮有如珍珠。

蔡东在此为父母辈的人生做了检视与反思。这辈人大多在惯性的庸庸碌碌中过完了一生,中年之后少有对自我生命本身的省察、停顿、重启、生长。"未经省察的人生是不值得过的。"尽管,对于卫巧蓉来说,这场家庭变故一如她不小心扭伤了脚的"飞来横祸",是不期然的无常,但幸运的是,她抓住了命运的"赐予"。徐季重新开始过另一种生命的坚决,女儿令她欢喜的成长和成熟,房东夫妇历经坎坷后笑对人生的淡定从容,都给了她自我更新的勇气和力量。终于,她将入睡依赖的安眠药倒入垃圾桶,开始重新学习睡眠,也终于决心勇敢地转身。作者以诗意而欣悦的笔触写道:"她抬眼望去,正巧又有几朵云,飘到了山头附近,一纵身,翻了过去,云朵们看见山那边有什么了。""不管怎样,她都决定转过身去看看。就在她转过身的一刹那,环绕在她身旁的黑暗变轻了。"

往更深处思考,绝对的自由同时也意味着绝对的孤独。"一个人突然想过另一种生活,于是什么也不要了,什么也不想管了",在尽了半生责任之后,徐季卸下了责任,要活成他自己。一个人在岛上,"伶仃"然而并不孤苦。尽管小说并没有正面写这个人物,但"伶仃"二字可能已经代表了他所追求的生存理想。这样摒弃责任的任性行为又岂能简单以"渣男"斥之,更何况,在卫巧蓉追忆起的15年前那个夏天一家三口的海边旅行中,徐季分明是个包容慈爱的"暖男"形象呢。他何以要做出这样的重大抉择?这是否也是人到中年的徐季对人生反躬自省的一次转身呢?而以悲悯之情书写人心的故事,尊重不同的生命理想,也是蔡东所渐渐明确的自由主义的叙事伦理,"有多少种生命感觉,就有多少种伦理"——"没有厌倦和不耐烦,也不是那种睥睨低微生命体的轻蔑眼神……鼓励,期待,真心盼着她好,还有,她认得出,爱。"

克尔凯郭尔说:"生命倒过去才能被理解,而我们必须活着向前。"《朋霍费尔从五楼纵身一跃》中"不能忘记"的记忆,《伶仃》中需要重新去领会的记忆,皆是为了"活着向前"。《来访者》是又一次对于记忆的突围。这是一篇关于"心理治疗"的小说,显而易见,为了"看起来像那么回事",作者下功夫做了不少功课,这是对于心理学科与心理辅导、心理治疗等职业的尊重态度。然而,我想作者不会服膺于简单的理论、概念、术语——纯粹的理性并不能解决心理问题。故而,她如同小说中的那位心理医生一样,看重的是艺术治疗——"没有感觉到它的开始也没有感觉到它的进行,概念和知识隐去,点、节奏、设计、目标皆不明确,即兴而偶然","我尽量不给他定性,假我、俄狄浦斯情结、人格障碍、部分社会功能的缺失,这些标签于他无益。人是多么复杂和差异化的存在,不是几个概念几种分类就能说清的,我尝试着用他能听懂的语言,跟他一起分析和逐步发现"。进而言之,要进行心灵的救赎,小说中的心理医生如同作者一样所倚赖、所实践的是叙事伦理学——"叙事理论学看起来不过在重复一个人抱着自己的膝盖伤叹遭遇的厄运时的哭泣,或者一个人在生命破碎时向友人倾诉时的呻吟",它是对生命伤痛时刻的陪伴与抱慰,"紧紧搂抱着个人的命运,关注个人生活的深渊"[1]。故而,心理治疗就仿若是一种叙事行为,心理医生与患者分别担当了听故事的人和讲故事的人。"我"之所以成为心理医生,是因为生命创痛使然——孩子刚出生便夭折,"我"抱着小小的尸骨度过了一生中最痛彻心扉的夜晚,也就此埋葬了过去,生命转弯。而来访者江恺的心理疾患是因为他被囚禁在了"过去的生命"

---

[1] 刘小枫:《沉重的肉身》,华夏出版社,2004年,第3—4页。

里——"原来黑夜如此漫长，走了二十多年仍在原地转圈，原来成年后自以为自主生成的众多行为，都不过是对过去的沿袭和模仿。""有些东西，深藏在我的体内，用我觉察不到的方式决定我的命运。幽灵跟我寸步不离，牵引着我一次次回到熟悉的情境……""我"所有的努力都是在帮助江恺克服对于过去生命——记忆的恐惧和逃避，成为"讲故事的人"——直面过去的生命，讲出生命的压抑与痛苦，从而超越记忆，与过去的生命握手言欢，"活着向前"。

"我的记忆是忠实于我的/忠实甚于我最好的友人。"然而，"我"又是否能忠于"我的记忆"呢？《布衣之诗》中的孟九渊与老父亲两人多年来心照不宣地共同保守着一个秘密——多年前，在一场邻里间的纠纷中，父亲以自残嫁祸的方式将邻居于劲松送进监狱，也间接导致于劲松病死狱中、于家家破人亡。而那晚在一旁目睹父亲行径的孟九渊以沉默的方式充当了帮凶。多年来，心灵的愧疚如千斤大石压在这对父子心头，秘密如鲠在喉。父亲回到老家"找找劲松"，以拒绝承认事实的方式逃避记忆，直至彻底忘了"劲松是谁"，他以遗忘的方式从记忆中解脱，也从此如行尸走肉。而文字工作者孟九渊起初试图以书写的方式来篡改记忆——那篇几易其稿的"新闻报道"（唯一的"读者"是他自己），企图以"新闻事实"的方式重写历史，以使自己可以轻松地摆脱记忆的纠缠。然而，当老屋面临拆迁，孟九渊回到老家，面对见证了秘密、存储着记忆的老屋即将被夷为平地时，记忆却又如潮水一般再度涌上心头。"我的记忆是忠实于我的/忠实甚于我最好的友人。"孟九渊忽然想通了，历史可以被淹没、事件可以被篡改，内心的记忆却无法背叛，无论是自我还是他人的开脱都不能使他真正解脱（"就这么算了吗？难道就这么算了吗？"）他需要的，是一个人直面心灵之罪并完成自我救赎。

"人，诗意地栖居"

《布衣之诗》欲说还休，浸透着一种时光流逝、物是人非的伤怀之美。一如那只成为"迷鸟"的疣鼻天鹅——"幸好有了这只迷鸟，这只降落在废墟前伸的迷鸟，它牵引生发出了各种想象，贫民区的上方氤氲起了迷离的美感。"在小说集中，《布衣之诗》是创作时间较早的一篇，与蔡东近来愈显飞扬轻盈的小说质地相比，它颇有沉郁顿挫之感。

蔡东此前的许多小说都是这种沉郁顿挫的风格，这种风格很大程度上是因为其笔下人物（或许也是作者本人）的内心纠结。她有本事能把这份纠结镂刻得如此揪心扯肺，荡气回肠。她绝不服膺于"祸兮福所倚，福兮祸所伏"之类的朴素辩证法，她有一种"打破砂锅问到底"、拷问真相的执拗与坚忍的才华。蔡东笔下最常用的"人设"，是那些早早地自认失败、从人生的战场上退居二线的中年男女，是那些努力压制着热情和欲望以维持着人生脆弱平衡的"闲云野鹤"，是那些无时无刻不在"表演"又时时刻刻以布莱希特似的间离效果、反省观看着自己拙劣表演的人生舞台上的末流演员们。他们是《无岸》中的柳萍与童家羽，是《净尘山》中的劳玉与张亭轩，是《出入》中的林君和杨牧，是《布衣之诗》中的孟九渊和赵婵，是《我想要的一天》中的麦思与高羽……"就像没人知道，她的闲云野鹤当得有多无奈，在她平和敦厚的外表下，她是多么好胜，她有多少愤懑、嫉妒和计较……"（《无岸》）"他一直不愿向妻子坦白，他也被众多男版的李卫红包围狙击着，现实里的朋友，以及传说中的青年才俊，都是一种令人沮丧的提醒，甚至是令人心悸的警报，不管认不认识，一想起他们存在着，于他就是如影随形的压力。"（《出入》）"接下来的夜晚，他们以为自己有能力管控情绪，若无其事地接待友人，愉快地叙旧，刚刚好的热情，不让自己受罪也不让客人受罪。回头再俯瞰那一晚时却发现，种种恶劣心绪，疲急，憋闷，自怜，最终还是曲折而诡异地表达了出来。"（《布衣之诗》）"她和高羽貌似主动又充满痛苦的坚守，霎时变得滑稽可笑。心底张皇，哪里安稳过，不过是无抵抗的腐烂罢了。"（《我想要的一天》）可以说，这是一些被现实围困的人们，他们或尔挣扎，或尔逃避，却都无法免于陷落在时代的天罗地网——这些在出入进退之间彷徨于无地的软弱的好人们，他们几乎注定要成为时代的"失败者"。

不仅是蔡东，在一段时期内，青年作家笔下频频出现"失败者"形象，这固然反映了广大青年在遭遇阶层壁垒与时代围困时的挫败感，甚至无望感，然而更重要的原因，一如李云雷的敏锐观察，"是我们社会价值标准的单一化，或者说意识形态化。失败是相对于成功而言的，而在我们这个社会，成功的标准又是简单而唯一的，那就是以金钱为核心、以个人为单位的'人上人'生活"[1]。换言之，所谓的"失败"只是经济学意义上的"失败"，甚至仅仅是成功学意义上的"失败"。然而，在成功学的强大逻辑下，他们却难以避免将这种一元论的价值观内化在自己的主体结构中，为其所压抑、所伤害，并最终将自我指认为"失败者"。

《来访者》中的江恺，其前半生正是成功学的牺牲品——像中国大多数父母那样，被成功学驱使的母亲对江恺采取了功利主义的教育方法："你好像浑身有用不完的劲儿，牙咬得紧紧的，双目灼灼地盯着我，表情无比坚毅。目标就在前头，我压抑着所有的愿望往前奔，让自己时刻处在极不自然的亢奋中，激荡的日子几年一个跃进，一个突破接着一个突破，我只有完成了才能得到你的爱，我只能成为一个完美的好孩子才能得到你的爱……"在世俗的意义上，考上

---

[1] 李云雷：《失败的青年与"个人奋斗"——从石一枫〈世间已无陈金芳〉说起》，徐志伟、乔焕江主编，《扎根》（第二辑），吉林出版集团股份有限公司，2016年，第216页。

最著名大学，凭借精通考试的本领顺利找到好工作的江恺算得上是社会意义上的"成功者"，然而始终无法找到自我，无法在"寻常"中找到意义来安顿自己的江恺又是一个个人意义上的"失败者"。而"我"对江恺的成功"治愈"正是让他重新发现日常生活的意义，并由衷地发出感叹——"这世界真好，生而为人真好。"

在《木兰辞》《净尘山》《出人》《布衣之诗》等过往篇章中，蔡东倾心于一系列贞静自守的避世者形象——陈江流、张亭轩、林君、孟九渊等，他们大多彷徨在出世与入世之间，在某种意义上，他们可视为"消极自由"的实践者——从人生舞台后撤，不参与社会竞争，以一定程度的放弃来获得一定程度的自由。"消极自由"是以赛亚·柏林提出的重要政治学概念，"消极自由"所要回答的问题是："我的行动究竟有多少是受到限制的？我不受限制的活动空间究竟有多大？"简单地说，消极自由是一个人不做什么的自由，而与之相对，积极自由则是一个人去做什么的自由。当然，两者并非泾渭分明，而是相互补充，相互依存。在蔡东近期的小说中，可以看到她的人物由"消极自由"通向"积极自由"的发展轨迹。

《天元》中的陈飞白不再是一个张皇失措的逃避者的形象，本拥有登上"成功"快车道通行证的她从职场的一线往回撤退，并非逃避，而是"逃逸"——从"一步制胜"的时代功利成功学，从以狼性自居的企业文化、将人异化为"狼"的丛林法则中逃逸，故而，她的后撤是淡定坦然的。借助这个时代"新人"的形象，蔡东试图破解笼罩在一代青年身上的功利主义意识形态——一如陈飞白偷走地铁"一步制胜"广告框的举动："一天客流过百万，不管你愿不愿意每天都要看见'一步制胜'，强迫你看见和记住，慢慢地也就认同了，还以为是自己的想法。"陈飞白从日常生活中找到了存在的价值，这个人物坚守着某种"平凡的美德"。一如贡布里希所言，坚守平凡的美德并不会使现代社会陷入平庸，反倒是对现代人提出了更严峻的要求，并呈现出一种带有严肃性质的对抗意味，而这一"游戏"性质其实也就蕴涵了一套特定的具有高度严肃性的伦理观念。①

> 我记得
> 在每一次能瞄准的时候我没有瞄准
> 我往左边或右边偏了一下
> 因为这不瞄准
> 我活得特别有兴致
> 因为这不瞄准
> 我觉得，我是一颗星我是一个人才
> 我活着最有意思的，就是这一次次不瞄准

陈飞白在直抒胸臆的诗歌《瞄准》中，表达了一种与功利主义相对抗的价值观——不是瞄不准，而是故意不瞄准，并且从不瞄准中感到兴致，获得成功感。这或许正是新的青年主体意识诞生的重要时刻。

与之相类，《照夜白》中的大学教师"她"以假装失声的方式逃避"话术"，并在同样以"说话"为职业的电台主持陈乐的鼓励帮助下，以全程沉默的方式完成了一次课堂。"我与你相知未深，因为你我未尝同处寂静之中"（梅特林克），这两个擅长说话的人以沉默的方式相互呼应，并且在召唤着寥寥的知音者、同路人。如果说，以拒绝说话的方式沉默是一种消极自由，那么，追求"沉默"，享受"沉默"（"当我沉默的时候，我觉得充实"）则可以视为破土而出的"积极自由"意识。

"无边无际的静默中，传来马的嘶叫声。照夜白的鬃毛根根直立，雪白的马身子从泛黄的纸页上隆起，肌肉在毛皮下一弹一弹的，

---

① 参见舒炜：《"两种自由概念"与"竞技的公民自由观"》，达巍、王琛、宋念申编，《消极自由有什么错》代序，文化艺术出版社，2001年。

接着马头一仰,前腿探出画纸,凌空一挣,四蹄腾空,朝着远处飞驰而去。再看看纸上,什么都没有了。"

正如画纸围困不住宝马照夜白,什么也不能阻挡人对自由的向往,文学的价值正在于,帮助人类去追寻自由,实现自由。当许多青年作家还在继续吟唱着时代的"失败者之歌"时,蔡东已经开始反思并消解成功/失败这组二元对立中所隐含的工具理性逻辑,将异化为工具的"人"(在《希波克拉底的礼物》这部科幻色彩的小说中,这是一群为了功利主义的成功而丧失了情感记忆的人),重新解放为自由的、诗意生存的"人"——至少在文学的星空下是如此。

内宇宙的星辰与律令
——论蔡东的现代古典主义写作

李德南

一

对于现代主义写作,尤其是中国当代文学中带有现代主义色彩的写作,我时常有些困惑、不满或忧虑。这种忧虑、不满或困惑在我,有时轻,有时重,却从来都没有完全消失。在我看来,自陀思妥耶夫斯基、卡夫卡、波德莱尔以降,现代主义文学往往重视挖掘人生的负面经验,着力书写现代人内在的幽暗情绪,重视写个人所遭遇的种种形式的恶。现代作家又特别讲究策略,重视"破"而不重视"立",甚至不惜以暴制暴。这样的运思方式与写作路径,有其价值与意义。我们所熟知的许多现代主义作品对特定时期的精神状况进行了激进化的表达,构成了对充满骗与瞒的文学、意识形态、世界的反叛,也加深了人们对这样的文学、意识形态、世界的理解,尤其是对人的内心世界的理解,让人得以从虚伪的意识形态或虚假的价值观中获得苏醒的可能,进而朝着真实复归。然而,其局限和风险也是明显的。比如说,过多地在幽暗情绪中逗留,为激进的立场所裹挟,对生命终究是有损伤的。因此,现代主义作家的面容,多半显得沉重而忧郁。写作之于他们,成为一种痛苦的选择,仿佛是一种宿命。不写又如何？那就更为痛苦，就好像连摆脱痛苦的精神出路都没有了，一种更为彻底的畏、烦与怕，有可能会将他们吞噬。由此，或是短暂地或是长期地厌世，深陷于自我的困厄，深陷于无意义的空虚，成为很多现代主义作家的基本存在处境。对于读者来说，不读一读这样的作品，只读小清新的作品，对人生的绝境会缺乏体察，然而，长期只读这样的作品，也难以获得足够的滋养，甚至会觉得对个人心智是有害的。这真是一种左右为难的境地。

如果这样的写作仅仅是作为一种历史事实存在于文学史中，那么我的不满也仅仅是不满——不满意，还有不满足。令我感到忧虑的还在于，这种写作路径所蕴含的局限，已经成为中国当代文学中一个未经省思、未经认真清理的认识装置，被作为一个仿佛非如此不可的文学传统而完整地继承下来。举个例子，2016年，在对这一年的中国短篇小说进行回顾时，我发现诸如此类的写作数量是非常多的，多到让我觉得意外，继而感到倦怠。因此，在写作这一年的短篇小说年度综述时，我在文章的最后一节忍不住把这作为一个问题单独提了出来。我在其中谈到，有不少作家都只把自己定位为复杂世相的观察者和描绘者，此外再无其他使命。昆德拉在《小说的艺术》中提出的"小说是道德审判被悬置的领域"这一观念，成为作家们普遍信奉的写作信条。借着这一信条，很多作家在"写什么"上得到了极大的解放。一些极其重要的伦理、道德、社会领域的问题，成为作家感兴趣的所在，但这当中的不少小说作品，在价值层面是存在迷误的。有不少作家致力于呈现各种现象，尤其是恶的现象，可是在这些作品中，很难看到有希望的所在。很多作品甚至只是在论证，人在现实面前只能苟且，只能屈服于种种形式的恶。[①] 苟

[①] 参见李德南《具体事情的逻辑与更丰富的智慧——对2016年短篇小说的回顾与反思》，《长江文艺评论》2017年第2期。

且和屈从成为惟一的选择，仿佛除此之外再无别的路可走，人生再没有别的可能。不少作家还天真地认为，对恶的想象力运用得越偏僻，对恶的书写越极致，作品就越有深度。这甚至成为他们所能理解的，所能抵达的，惟一的深度模式。而这样的认知方式，何其简单，何其片面。

在题材选择上，作家无疑有其权利。这权利，无论何时何地都应该受到维护和尊重，不容侵犯。在写什么上竭力探索，反对简化和限制，这是作家的责任所在，也是权利所在。然而，认为作家的责任仅仅在于呈现现实，让作家仅仅是作为一个记录者而存在——很多时候却又不是无偏见的、忠实于生活的记录者，这也会构成对作家的使命和责任的简化。事实上，除了再现现实世界，呈现参差多样的可能世界，作家还应该有自己的情怀、德性、伦理与实际承担；作家的责任和使命是复合的，而不是单一的。这并不是要求作家给出适合于所有人的答案或解决方案，告诉人们应该如何行事，而是起码将问题揭示出来，借此激起人们的伦理自觉与道德感受，让人们在各种冲突和矛盾中依然能保持对爱、尊严与希望等价值的渴求。在深入到黑暗世界的内部时，伟大的作家，总是希望在黑暗的内部，或是在黑暗的尽头依然能发现光亮的存在。未必是强光，很可能只是微光。而光，不管是强光还是微光，光的有与无，是否具备发现光的能力、愿望与意志，很多时候也是作家境界高低的分界线。真正好的作家，真正伟大的作家，总是既能写出恶的可怕，而又能让人对种种形式的恶有所警惕，不失对善的向往。真正好的作家，真正伟大的作家，总是既能写出绝望的深，也能写出希望的坚韧，有其关于绝望与希望的辩证法。他们会既不刻意简化现实的混沌，又始终有自己的伦理立场和人文情怀，具备真正面对复杂境遇的文学能力和思想能力。

我在这里之所以想继续谈谈这个问题，既是因为这个问题是我所念兹在兹的,也和我最近在读或重读的书有关系。其中一本,是李敬泽的《见证一千零一夜:21世纪初的文学生活》。在书中,李敬泽谈到这样一个观点:

> 读小说时,我们永远会对人物有一种期待,他将做什么?他将去往何处?他的身上有一种我们所不知的引而未发的可能性,他不驯服,他有一种难以把握的活力。
>
> 这种活力就是人的"自由",尽管我们知道人受着历史、现实、时代的重重规定和制约,但人不会成为必然性的奴隶,否则,就谈不上人的选择,谈不上心灵和梦想,谈不上真正的行动,就不会有真正的"故事"、不会有小说,甚至不会有生活。
>
> ——我觉得这不是一个深奥的道理,但却是一个在我们的文学中反反复复地遭到漠视的道理,我们并不习惯见证人的自由,恰恰相反,我们乐于宣告人没有自由。后者无论在艺术上还是思想上都显然省事儿得多,因为没有自由,人就可以把一切推给时代,就可以不承担对自我的责任,就不需要性格不需要想像力。①

这并不是一本新书,而是出版于2004年。书中的文章,则出自李敬泽十多年前在《南方周末》所写的"新作观止"专栏——从2001年8月到2003年12月,以每月一期的形式刊登。我这里引述的这一篇,题目叫《孙犁与肯定自由》,发表于2002年11月。读这篇文章让我特别感慨:我在阅读中所遇到的问题,并不是什么新问题。一些未经省思的认识装置,一些假想的必然性,其实早已存在,而且依然在制约了今天的文学写作,在禁锢着很多作家的头脑。

这种禁锢是全面的吗?也并不是。在王小波、史铁生、迟子建、

---

① 李敬泽:《见证一千零一夜:21世纪初的文学生活》,新世界出版社,2004年,第185页。

邓一光、李修文等作家的作品中，我们都能看到他们有不一样的人文理想和写作实践。关于他们，我在文章里多少已经谈过或将有专文进行讨论，这里不再重复或暂且不谈。在青年作家中，也有人在自觉地突破这样的写作局限，比如蔡东。在她的《星辰书》《我想要的一天》《月圆之夜》《木兰辞》等作品中，已经能清晰地看到她在克服这个问题上找到了属于她个人的路。

二

阅读蔡东的小说，很容易发现她与中国古典文学、古典文化的关系。甚至不需要读作品，只是看小说的题目，就能从中领略一二：《和曹植相处的日子》《木兰辞》《昔年种柳》《布衣之诗》《照夜白》……这里头有的是古典文学的意象与典故。而那些从时间之河中流传下来的生活方式和价值观念，在蔡东的小说中也时常得到书写。古典气息，在蔡东的写作中是很好辨认的。有待注意的是，蔡东的小说也深受现代主义文学、现代主义艺术的影响；康德、祁克果、海德格尔、伯格森等近现代西方哲学家的思想观念，对她和她的写作，均有滋养，在她的写作中也有所回响。她的写作，可以说是现代主义和古典主义在当下语境中的融会，形成了一种可称之为现代古典主义的写作风格。

对于什么是现代主义，很难有一个很清晰的定义。不同的学者，也会有不同的看法。比如说希利斯·米勒，他很重视"自我"之于现代文学的意义，将之视为理解包括现代主义在内的现代西方文学的一个关键词：

> 在现代西方文学发展过程中，与印刷文化的发展或现代民主制的兴起同等重要的，是现代意义上的"自我"被发明出来。一般认为这要归因于笛卡儿或洛克。从笛卡儿的"我思故我在"，到洛克《人类理解论》第 2 卷第 27 章对身份、意识、自我

的发明,到费希特的至高无上的"我",到黑格尔的绝对精神,到尼采的自我作为权力意志的主体,到弗洛伊德的作为自身一个成分的自我,到胡塞尔的现学自我,到海德格尔的"此在"(它号称是与笛卡儿的自我相对的,但仍是一种改头换面的主体性),到奥斯汀(J. L. Austin)等的言语行为理论中,作为施行言语(performative utterance,如"我保证""我打赌")的主体的我,到解构主义思想或后现代思想中的主体(不是要被废除的东西,而是要被质疑的一个问题),文学的整个全盛时期,都依赖于这样那样的自我观念,把自我看成自知的、负责的主体。现代的自我可以为自己的所说、所想、所为负责,包括它在创作文学作品时的所为。

我们传统意义上的文学,也依赖于一种新的作者观和作者权的观念。这在现代版权法中得到了立法体现。而且,文学所有的重要形式和技巧,都利用了新的自我观念。早期的第一人称小说,如《鲁滨逊漂流记》,采用了17世纪新教忏悔作品典型的直接呈现内心的做法。18世纪的书信体小说则以书信呈现主体性。浪漫派诗歌肯定了一个抒情的"我"。19世纪小说发展出了复杂的第三人称叙述形式。这些形式通过两个主体性的间接话语(一个是叙述者的,一个是人物的),做到了同时的双重呈现。20世纪小说直接用词语来体现虚构人物的"意识流",《尤利西斯》结尾茉莉·布罗姆的独白,就是典型例子。[1]

在这些文字中,米勒从哲学的角度对自我进行了谱系学式的、简明扼要的梳理,并且将自我观念的演变如何对应于人称也作了相应的论述。在《现代主义:从波德莱尔到贝克特之后》一书中,彼

---

[1] [美] 希利斯·米勒:《文学死了吗》,秦立彦译,广西师范大学出版社,2007年,第13页。

得·盖伊则认为，现代主义有两个基本特点："对传统风格进行巧妙的反抗""对内心世界的探索"①。在另一个场合，彼得·盖伊则指出，"现代主义中的核心原则是自由主义，即无论对抗的是怎样的权威命令，也要解放人的本能和独创力"②。柄谷行人则认为，"现代文学就是要在打破旧有思想的同时以新的观念来观察事物"③。由此可见，盖伊和柄谷行人都认为，具有自主性的、具有内在性的人和自主性的艺术，是现代主义的首要追求。从深层上看，他们的看法，和米勒以"自我"为视点去理解现代主义文学又是相通的。

蔡东的写作，也重视这种具有自主性的、内在的人，但她笔下的人物，和现代主义小说和现代主义艺术中的人又多有不同。蔡东笔下的人物，有现代人那种强烈的自由意志，渴求自我实现，又有古典时期人的那种强烈的道德意志与责任意志。他们是现代人，是带有古典性的现代人。

作为一个现代意义上的个体，每个人身上都有自我、社会、人类性等多重属性，它们塑造了人之为人并赋予每一个个体以不同的面貌。这些属性，在每个个体身上有统一的、相互促进的时刻，也有彼此冲突的时刻。而个人的自然权利、家庭责任、社会义务面临冲突时内心的挣扎，个人因自我认同、社会身份、家庭角色而导致的自我的紧张甚至是破碎，正是蔡东小说反复书写的主题。

对于有意志的个体而言，他们经常会听到不同律令的召唤，比如责任的律令、义务的律令、自我实现的律令。以《往生》中的康莲为例，她已经60岁了，这是应该享受晚年生活的年纪，也是需要

---

① [美] 彼得·盖伊：《现代主义：从波德莱尔到贝克特之后》，骆守怡、杜冬译，译林出版社，2017年，第201页。
② 同上，第325页。
③ [日] 柄谷行人：《日本现代文学的起源》，赵京华译，生活·读书·新知三联书店，2005年，第2页。

人照顾的年纪,她却不得不照顾一个老年痴呆的、生活不能自理的公公。她的丈夫长年累月地在外奔波,小叔子一家对待老人则非常粗暴,也没有什么责任心,因此照顾老人所有的劳累,最终都落在了康莲身上。康莲也有过抱怨,甚至有过恶念,最终却还是耐不住心软,扛起了照顾老人的这份重担。康莲的这一选择,有被迫无奈的成分,也有自愿自觉的成分。她是一位仁者,对公公有一份仁爱。自身正在迈向衰老的过程中,面对比她更老的公公的处境,她也有同感之心。康莲的困境是真实的,也是多重的。对此,蔡东不回避,不简化,又在不知不觉间让读者感受到温情、爱与暖意。

《朋霍费尔从五楼纵身一跃》同样是一篇从当下生活中普遍存在的困境出发,融合古典主义和现代主义的小说,也同样写到带有古典性的现代人。周素格的丈夫乔兰森原是一所大学的哲学教授,因突然发病而失去生活的能力。原本智力过人、幽游于哲学世界的乔兰森患病后在精神与日常生活方面都全面退化,俨然回到孩童时期,在方方面面都得依赖周素格才能生存下去,才能活下去。相应地,周素格似乎既是他的妻子,又是他的母亲,角色是多重的,责任也是多重的,困难更是多重的。小说从一开始就提示周素格在筹划实行一个"海德格尔行动",留下悬念。这个行动其实并不复杂,不过是周素格希望能独自去看一场演唱会而已。听一次演唱会,这对很多人来说是轻而易举的事,对周素格来说,却是一个分量颇重的愿望。它就在那里,在心头,却始终无法触及,无从落实。之所以把这个悬临却又迟迟未临的愿望命名为"海德格尔行动",与这位德国哲学家的著作《林中路》有直接关系。《朋霍费尔从五楼纵身一跃》中引用了《林中路》的题词:"林乃树林的古名。林中有路。这些路多半突然断绝在杳无人迹处。"[1] 海德格尔在《林中路》中主要是借

---

[1] 参见[德]海德格尔《林中路》,孙周兴译,上海译文出版社,2004年。

此暗示思想本身有各种各样的可能，有不同的进入思想之林的路径，并非只有形而上学这一路；在周素格这里，则是借此追问生活本身是否还有其他的可能。她原本也有很多的路可以走，可以选择，丈夫突然被病患击中，却让"这些路多半突然断绝在杳无人迹处"。周素格所心心念念的行动，其实不过是从家庭责任的重负中稍稍脱身，有片刻属于私人的时间，借此喘喘气。然而，周素格终究是放心不下丈夫一人在家，最终选择了带他一起去看演唱会，并在喧嚣中亲吻他。对于周素格而言，做出这样的选择，似乎仍旧是在责任的重负当中，似乎她的"海德格尔行动"失败了，事实却并非如此。她最终的主动承担，既包含着对苦难的承认，也是情感的一次升华。

如果仅仅是从现代主义的角度来看，周素格变得不像妻子，而更像是母亲，这无疑是非常悲惨的事实。在很多的小说中，我们都能看到，诸如此类的责任变成一种难以承受的重负，承受者的人生就此丧失所有的价值与意义。在周素格身上，事实却并非如此。责任的重负自然是有的，然而，她还是一个有古典性的个体，有强韧的道德意志和责任意志，也包括爱的意志。她也在冲突当中，种种冲突却并没有压垮她，并没有让她丧失所有的力量。相反，道德意志和责任意志，也包括爱，本身就是力量所在。这种冲突中的坚持与选择，使得她成为一个不像那些被植入了现代主义认识装置的写作中的人物那样，完全成为环境和命运的奴隶。通过书写周素格的个人遭遇，作者既直面了灰色的人生，又对苦难的人世始终保持温情和暖意。

不能忘了《伶仃》。小说中写到一个名叫卫巧蓉的女性，她的丈夫徐季有一天突然决意和她离婚，开始独自一人生活。卫巧蓉为此感到不理解，和大多数的中国女性一样，她一度深信徐季之所以决意离婚是因为有外遇。徐季的这一行动和选择让卫巧蓉感到愤怒和不解，她暗自追踪丈夫到海岛上生活，试图找到丈夫出轨的证据，却逐渐发现事实并非如此。小说主要把视点聚焦在卫巧蓉身上,对她的喜怒哀乐、所思所想有详细的书写,对徐季则着墨不多。但要理解这篇小说,徐季的角色是不能忽略的;甚至可以说,徐季才是这篇小说真正的主角[1]。正如彼得·盖伊所指出的:"现代主义小说家大胆地颠覆惯常的文本配置传统,要么用大段篇幅来描述某一个动作,要么仅用只字片语来描述一个主要人物。在《追忆似水年华》第一卷中,马塞尔·普鲁斯特用了整整两页的篇幅来精细描画斯万与后来成为其妻子的交际花奥黛特的初吻;《向灯塔去》(1927)和《达洛维夫人》(1924)并称为弗吉尼亚·伍尔夫的两部经典绝唱。在《向灯塔去》中,读者仅在不经意间从括号的内容中获知了拉姆齐夫人的死,而她却是小说的真正主角。"[2] 在《伶仃》中,蔡东正是继承了现代主义作家常用的"大胆地颠覆惯常的文本配置"的写法,对徐季这个人物着墨不多,可是通过小说中的不多细节,我们已经能感到这个人物所遭遇的内心冲突。我把他看作是一个卡夫卡、佩索阿、祁克果式的个体,有个人的独特心性,在面对婚姻、责任时,对自我的存在会特别敏感。至于他是否也和卡夫卡、佩索阿、祁克果一样有恐婚症,就文本所透露的信息来看,不太好确定。卡夫卡、佩索阿、祁克果一生都没有结婚,徐季却选择了接受婚姻并承担起他所应该承担的责任,但是等到女儿长大了,他还是选择了结束婚姻,过起一人独居的生活。因此,徐季身上,既有一种不分国界的、普遍的现代气质,又有些许中国人特有的世情特征。他的个性是复合的,并不单一。

---

[1] 我曾就徐季是小说的主要人物这一问题和蔡东有过交流,她表示认同并谈到,在写作《伶仃》时,她代入的角色其实是徐季而不是卫巧蓉,由此多少可以看出徐季这个人物在《伶仃》中的重要性。
[2] [美]彼得·盖伊:《现代主义:从波德莱尔到贝克特之后》,骆守怡、杜冬译,译林出版社,2017年,第121页。

对于卫巧蓉和徐季，也包括对小说中的其他人物，蔡东并没有进行简单的道德判断，用意并不在追究他们的是非对错，而是尝试理解他们，理解他们作为一个个体在心性上的差异，尝试理解他们各自的爱与怕，尝试理解他们身上和心中的明与暗。导致他们分开的，并不是善恶对错的问题，而在于人与人之间始终难以真正达到彼此理解的状况。这种状况的形成，也许有社会的因素，却又不局限于此。这篇小说以"伶仃"为题，真是再好不过了，意蕴也是多重的。伶仃，既可能是身份意义上的——离了婚的人形单影只；也可能是地理意义上的——小说的叙事空间主要在一个海岛中展开，这个岛可以理解为伶仃岛；它还可能是心灵意义上的——人心就如孤岛，并不能真正相通，孤苦伶仃是一种可能的存在处境。

在蔡东的小说中，尤其是在小说集《星辰书》《我想要的一天》中，她主要是把目光投向周遭世界中的人们，每一个读者都可以在这些人物身上认出各自身边熟悉的人的影子：父母同事、同学朋友、兄弟姐妹、爱人亲人……读蔡东的小说，也许会猛然发现，原来这个日常世界中普普通通的人们有着令人心惊、心痛、心碎的欲求，有这么多的、这么具体的挣扎和不甘，却也有着令人温暖的光。

在《伶仃》里，蔡东写到卫巧蓉曾见到这样的景象："她在这个海滩上遇见过一幕奇景，一幕不属于人间的景象，说不出来的美，短暂而神奇，她悄悄地记在了心底。那会儿，她也像现在一样在沙滩上闲逛，忽然，海水的边缘出现一条闪着蓝色荧光的带子，随着波浪一前一后地摆动，她走近几步，看到海水里浮动着珠子形状的团团蓝光，不像灯光，也不像珠宝的光，那蓝光分明是有生命的，正活着的光，很快，也说不清是水还是光，一波波漫上来，漫过她的脚。星星从天上掉下来了吗？她恍若站立在流动的星河里，喉头一哽，想叫又叫不出声来，整个人呆住了。星河消失，她如梦醒，旁边拍照的人告诉她，这是夜光藻聚集引发的现象。她回想刚才那一幕，更愿意相信是繁星掉落海水，嬉戏片刻又飞回天空。"读到这个段落，再想起蔡东小说里的人物，我会很自然地想到康德所说的话：世上最美的东西，是天上的星光和人心深处的道德律。是的，康德所设想的人，有很强的责任意志和道德意志，而蔡东笔下的不少人物，正具备康德所设想的美好德性，一种古典的德性。这些人物的身份，或许是普通的，甚至是卑微的，但他们身上的光，他们的内宇宙的光，让人无从忽略。那是德性的光，是情义的光，也是爱的光。

三

蔡东的小说，既有对文学、艺术本身的省思和探索，也始终关注日常生活，蕴含着对"生活的艺术"的省思和探索。这两者，在她的作品中不是一种可以截然分离的存在，而是同一个问题的不同方面。蔡东对它们的省思和探索，是同步展开的。

在蔡东的小说中，《我想要的一天》也很值得注意。它曾以《我们的塔希堤》为题，刊于《收获》2014年第5期。它与毛姆的《月亮和六便士》有非常多的不同，又有一种内在的对话关系。《月亮与六便士》中的艺术家查理斯·斯特里克兰德原本是英国证券交易所的经纪人，有美满的家庭、稳当的收入和较高的社会地位，却让常人觉得难以理解地放弃这一切。他出于对绘画的热爱而离家出走，到巴黎追求他的艺术梦。在巴黎，他的艺术梦却并没有很好地得以实现，不单肉身备受饥饿和贫困的折磨，也因为寻找不到合适的艺术表现方式而深受精神煎熬。因缘际会，他离开了巴黎，到达了与繁华世界隔绝的塔希堤岛并在那创作了很多让后来世人感到震惊的杰作。毛姆的这部小说，涉及很多重要的艺术话题，既试图探讨艺术创作的奥秘，也试图对艺术和生活的关系、艺术的本质等问题进行发问。由于这部小说涉及的艺术问题之广、之深，讨论现代文学与现代艺术的作品几乎都可以与之形成对话关系。

《月亮和六便士》里的艺术家查理斯·斯特里克兰德,以法国后期印象派大师保罗·高更为原型,因此,这部小说包含着对现代主义艺术的探讨。对于查理斯·斯特里克兰德这类领受了艺术之天命的人来说,其人生仿佛注定是要受苦的。为了艺术而牺牲日常生活,也似乎成为一种不得不如此的选择,"他生活在幻梦里,现实对他一点儿意义都没有。"① 对于艺术与生活的关系,蔡东的小说也有非常多的思考和书写。《我想要的一天》中的春莉并无写作天赋,但写作于她而言,是一种避难的方式,借以对抗职业的倦怠和日常生活的平庸。远离繁华之地,到偏远的塔希堤去寻找属于自己的艺术生活,这是查理斯·斯特里克兰德的选择。相比之下,春莉所做的是一个逆向的选择:她从偏远之地来到深圳,希望能大隐隐于市,能"躲在大城市写东西",在现代性最为深入的城市空间中来成就她的艺术人生。由此,艺术既是试图抵御功利化和庸俗化人生的一种方式,也是心灵获得安定的一种途径。当然,对于春莉这种试图以这么决绝的方式来逐梦却又缺乏圆梦能力的人来说,她的困境是难以解决的。面对这种选择,春莉到深圳后投靠的好友麦思的心情是复杂的,"她觉得春莉只是急于寻找一个外壳,一个臆造的自由澄明之境,好不去面对真实的世界"。与此同时,麦思又多少能理解春莉的选择。麦思自己,也包括她的爱人高羽,其实也面临着类似的精神困境和现实困境。他们的差别仅在于是继续抵抗,还是选择出逃,选择放弃。麦思与高羽同样处于一种冲突重重、有待缓解和化解的状态。直到结尾,这种状态也仍旧没有多大改变。

如果作一个相对完整的回顾,会发现,对文学与人生之关系的追问,是蔡东小说中一条隐含的脉络,也是蔡东小说的重要母题。

---

① [英] 毛姆:《月亮与六便士》,傅惟慈译,上海译文出版社,2014年,第97页。

这个问题，又与古典与现代的问题互为交织。

在蔡东较早的小说中，"古典"和"现代"曾呈现出一种激烈的冲突状态。《和曹植相处的日子》中的女硕士禾杨读的是古代文学专业。禾杨因为热爱曹植而选择读古代文学的硕士，入学后又面临着非常实际的困境：读书期间对象难找，毕业后可能工作也难找，肉身和精神都无从安顿……这种种现实的困境，"现实中范本的缺失"，更使得她对曹植也失去想象力，无从想象他大概会是什么样子的，所以她从来没有梦见过曹子建。禾杨渴望过的是一种古典式的生活，然而，作为一个现代人，她时常发现这种古典想象既无从展开，也无从兑现，想象终归只是想象；她的一个老师，则已开始为后现代的到来而忧心忡忡。在这样一个语境中，渴求和曹植相处，确实显得有些格格不入。小说虽然写到理想无处安放的痛苦，但是也没有让这种理想被现实彻底击败：

> 送走老乡，禾杨把自己装扮了起来，衣服一穿上，她就感觉身体轻盈婀娜了起来。她来到镜子前一照，没有鬼味，没有迂气，干干净净地地道道的一个古装女子。禾杨默念着《洛神赋》里的词句：其形也，翩若惊鸿，宛若游龙。荣曜秋菊，华茂春松。仿佛兮若轻云之蔽月，飘飘兮若流风之回雪。远而望之，皎若太阳升朝霞；迫而察之，灼若芙蕖出绿波。
>
> 禾杨在宿舍里走了几个来回，她从没有化身洛神的非分之想，她只是想走出古典的韵律，娴静，轻盈。忽然，她看到了房娜书桌上的玫瑰花，这么多天没人换水，干枯的花瓣一片片落在桌面上，枯枝寂寥，斜立瓶中。①

这是小说的结尾部分。在这里，蔡东把所看到的现实和所寄寓

---

① 蔡东：《和曹植相处的日子》，《月圆之夜》，海天出版社，2016年，第246页。

的理想结合在了一起。如果说房娜书桌上的玫瑰是现代的象征的话，那么在这里，蔡东在情感上更偏向禾杨这一边，更偏向认同她所认同的古典的价值。很有意思的是，这部作品在叙事上又颇具现代主义气息，古典气息则较为薄弱。作品主题和叙事风格的反差或落差所营构的张力，与蔡东后来在写作中所呈现的均衡之美，也可以形成对照。我们可以通过这种对照来看见一个作家在风格探索和叙事实践上所走过的道路，理解其变与不变。

除了在小说中对古典与现代、艺术与生活的问题进行书写和思索，蔡东在别的场合和文章中也反复谈及这些问题。《月亮与六便士》中那位艺术家所经历过的天启或神启般的创作之乐，在蔡东这里也是有的；她也进入过"通灵般的境界""夜不成寐，魂不附体，漂亮闪光的句子在幽暗的夜色里飘过来，记都记不迭"[1]。而遇到创作瓶颈，艺术理想无从落实的焦灼与不甘，她同样领受过："一篇小说从萌动到完成，对我来说绝非易事，会失眠，会说着说着话忽然走了神，发起呆来，也会短暂地厌世，不想出门，不愿见人。"[2] "写小说给予作者奇妙的成就感，虚构，确乎能让人体验到自由。但小说带给作者的，更多的是悲怆和无奈。小说家时而狂妄，时而陷入绝望，也许永远写不出自己真正想要的小说，看得到了，越来越接近了，却穷毕生之力而无法真正到达，你想要表达的，跟你实际表达出来的，总是不对等，这里面蕴含着艺术的残忍决绝，是切肤之痛。"[3] 她同样置身于艺术与生活的复杂关系中，"我始终不能拒绝家庭生活的召唤和诱惑，热爱它所能提供的安稳闲适"，珍爱日常生活中"零碎的、心无挂碍的、安定而松弛的瞬间"，"然而，我又深深

---

[1] 蔡东：《写作之上的另一个天空》，《我想要的一天》，花城出版社，2015年，第209页。
[2] 同上，第213页。
[3] 同上，第211页。

恐惧着这一切，好像一不留神就陷入没有尽头的死循环中，时不时地悚然一惊，想与其拉开距离，撇清关系。家庭生活具有某种意义上的沼泽的质地，充满着细小的吞噬和'如油入面'般的黏浊搅缠。甚至在家族的聚会上，在一派欢乐祥和的气氛里，我也经常被虚无感精准击中，突然郁郁寡欢起来"[1]。和现代主义者通常的弃生活而择艺术、取文学不同，蔡东最终找到了让艺术与生活通而为一的路径：既看到日常生活可能会导致对人之自由和美好天性造成消磨，甚至是造成对人的异化，也尝试欣赏和领受日常生活中那迷人的所在，甚至主张做"生活的信徒"，不停歇地"向生活赋魅"；既"警惕写作者的自我幽闭和受难情结，并时刻准备着枯涩之后的坦然面对"[2]，又强调文学和艺术具有宣泄、升华与反思的作用，从而让写作、艺术成为个体自我疗愈、自我修行的方式；而为实现这一目的，则古今中外的一切精神资源都可以为我所用，"我"也随时保持着对美好事物的欣赏，领受美物抵心的欢愉。

也正是在这个意义上，蔡东的写作，形成了一种可称之为现代古典主义的写作风格，构成了对现代主义写作的超克：既直面现代人的精神处境，承接了现代主义写作对"自我"或"内在的人"的关注，又不像现代主义写作那样对人的主体性和尊严既无信任也无信心，而是同时对人之为人抱古典式的态度，肯定人有其灵性与潜能，认为个体及其内宇宙是一个浩瀚的所在；既看到写作和艺术本身的独立意义，认为写作是对可能性或可能世界的探寻，承认"我生活的世界之外还有一个世界，我所看到的天空之上还有另一个广

---

[1] 蔡东：《写作之上的另一个天空》，《我想要的一天》，花城出版社，2015年，第208页。
[2] 同上，第219—220页。

阔的天空"①，但又认为文学、艺术和生活可能互相滋养，通而为一②。这既可以视为一种独特的写作美学，又与一种独特的生命哲学相贯通。

四

如何看待日常生活中的困难，如何面对为成功学所异化的现代社会，如何看待人性的弱点和优点，如何从日常生活中得到滋养，蔡东都有自己的看法。她的《照夜白》《天元》《来访者》《我想要的一天》，等等，都关注这些问题。在这里，我尤其想谈谈《来访者》。这是蔡东小说中特别值得注意的一篇。它在蔡东写作中的位置，近似于《我之舞》之于史铁生的意义——它们都是作家在经过反复探求之后，第一次清晰地、完整地表达他们的人生哲学。《来访者》这篇小说的意义，将会随着蔡东写作的进一步展开而变得更加清晰。

史铁生的《我之舞》，主要写的是人在残疾等极端苦难下如何进行自我超越，《来访者》则主要是写普通的日常生活本身可能存在的困厄。《来访者》中江恺的母亲，不过是和大多数人一样，渴望儿子能够出人头地，从小就对江恺严厉管教，严厉要求。然而，当出人头地成为惟一的目标，她和江恺都在不知不觉中被异化，他们的生命都因此而变得极其单面，极度贫乏。来自母亲的爱，也异化为一种沉重的心理负担。蔡东和史铁生一样，都以古典主义的立场去看待人，肯定人的主体性和价值；他们还都有慈悲之心，既看到众生

---

① 蔡东：《写作之上的另一个天空》，《我想要的一天》，花城出版社，2015年，第214页。
② 孟繁华认为，蔡东《照夜白》中的"谢梦锦并不是一个彻底反抗的'现代主义者'……与其说谢梦锦不是一个彻底的'现代主义者'，毋宁说蔡东不是一个彻底的'现代主义者'。"（孟繁华：《她小说的现代气质是因为有了光——评蔡东的小说集〈星辰书〉》，《扬子江文学评论》2020年第1期）在我看来，孟繁华所说的这种"不彻底性"，正在于蔡东对古典主义和现代主义的融合，以及对现代主义写作所存在的一些问题的超克。

皆苦，也看到人本身存在超越的可能，看到人身上有他们独有的光芒。在《来访者》，也包括在《天元》中，蔡东都试图对当今流行的成功学提出批判。成功学的可怕在于，它预设了只有达到何种标准，一个人的生活才是幸福的，从而造成生命存在的单面化，甚至人的痛苦都是非个人化的。《来访者》的叙述者是一个心理咨询师，姓庄，江恺叫她庄老师。对于自己所从事的工作，庄老师有着清晰的认知："这份工作神秘而高危，枯燥又刺激，似乎藏纳了数不清的秘密，但更多的时候我了解的不是个体独特的痛苦，而是公共性质的痛苦，洞悉的也非个体隐秘，不过是对世俗价值的反复体认，对永恒的贪、嗔、痴、慢、疑的来回温习。"[1] 这其实也是对当今社会的透彻理解。在这个时代，成功学的力量是特别强大的，个体必须有足够强的力量和意志才能抵御它。即使个体能找到出路，也不能保证都能获得幸福。《来访者》的第一段是这样写的："我记得江恺第一次坐在我对面时脸上的表情。我熟悉这样的表情，练过瑜伽了，修过佛打过坐了，老庄和张德芬都看过一遍了，还是不行。"[2] 对于自我存在的问题，江恺并非在理智上没有认知的能力，但是他始终面临着一次又一次的情绪冲击。而在另一个场合，"听着江恺的叙说，我眼前不断出现一幅画面，画面里藏着深深的悲哀，叫人看一眼就不由得心情黯然。一个年轻人清晨醒来时是怀着希望的，洗脸刷牙，穿上干净的衣服，默默给自己鼓劲儿开始新的一天，尝试着友善对待周围的一切，然而在某种神秘力量的驱使下，希望和美好总是迅速溃散，无论他多么努力都走不出这个轮回。"[3]实际上，庄老师何尝没领受过这"深深的悲哀"？她也有她的心结和心伤。她也遭受过不幸，了解人心的这份职业也经常会给她带来厌世的风险。和

---

[1] 蔡东：《来访者》，《星辰书》，北京十月文艺出版社，2019 年，第 50 页。
[2] 同上，第 35 页。
[3] 同上，第 53 页。

江恺打交道的过程,对于她来说,实际上也是一个不断自我完善的过程。面对其笔下许多人物这"深深的悲哀",蔡东则时常怀着"深深的悲悯",怀着"深深的爱愿"。她清楚地意识到人物和人世的困厄是实在的,但她的叙述绝不清冷。

作为一个作家,蔡东的文学能力和伦理能力都是出类拔萃的。她的《伶仃》《天元》《照夜白》,也包括更早时所写的《往生》《无岸》,都展示出高超的写作技艺和卓越的伦理意识。很多作家的写作,其实都在试图以文学的形式告诉大家,生活是什么样子的,却也仅仅是满足于对现象的呈现。蔡东的作品与此不同。她除了想探索生活是什么样子的,还在思考生活应该是怎样的,好的生活可以是怎样的。她在写作中灌注着个人对生活的探求和理想。她在写作中始终保持着对实然世界的凝视,也在建构自己心中的应然世界。写作之于她,不只是再现和记录,不是纯粹的虚构和想象,而同时是对爱与意志、信心与希望的艰难求证。蔡东,也包括史铁生和迟子建,他们的笔端都常带爱与温情。其实对于他们来说,在文学中有此表达,并不是因为个人拥有的爱比别人的更多,更不是有意无视人世和心灵的苦难,而是因为意识到信、望、爱的稀缺与珍贵,才会有这样执着的书写。他们的作品之所以具有独特的文学品质和伦理品质,与他们的这种爱与意志是有关的。

五

在莫兰看来,要想"人性地活着,就是要充分担当起人类身份的三个维度:个人身份、社会身份及人类身份。这尤其是要诗意地度过一生。诗意地活着,如我们理解的那样,'是从某个阈限达至的参与、兴奋和快乐。这种状态可能会在与他人的关系中,在与共同体的关系中,在审美关系中突然出现'。这种体验表现为快乐、沉醉、喜悦、享受、痴迷、欢欣、痛快、热情、吸引、福乐、神奇、敬爱、交融、兴奋、激动、销魂。诗意地活着给我们带来肉体或精神的极乐。它使我们达及神圣的境界：神圣是一种情感，它在伦理和诗意的巅峰上出现"①。蔡东的写作，也有着类似的探求。她作为一个写作者的爱与意志，最终荟萃为这样一个核心命题：面对时间、社会和命运的劫持与损毁，人如何才能重获自主和自由，走向生命的澄明之境。

因此，读蔡东的小说，除了有艺术层面的愉悦，亦有生命哲学的启思，会觉得读她的作品是有益于生活和人心的。这样的写作，在现代以来的文学景观和艺术景观中已经非常少见，在当下的中国文学中更是弥足珍贵。

——这个时代的写作者中有她，有她那有着星辰般的光与美的作品，我为此感到庆幸。

---

① ［德］莫兰：《伦理》，于硕译，学林出版社，2017年，第292页。

是你走进了人性深处
——评蔡东的短篇小说《月光下》

孟繁华

蔡东的《月光下》是典型的经典小说的写法,特别是在结构上。有许多作品是类似的写法,比如欧·亨利的《麦琪的礼物》,陈映真的《将军族》,宗璞的《红豆》,张洁的《爱,是不能忘记的》,等等。小说中就两个人物——小姨李晓茹和外甥女刘亚,这是亲如姐妹的两代人。两人的关系在日常生活中有特殊的亲密。一如为刘亚少年时节营造的前现代乡村生活氛围,那是沈从文、废名、汪曾祺文字的气息,恬淡、优雅又干净无比。但岁月不是静止的,友情不是不变的。她们有了突如其来的隔膜和生分,而且时间隔得那么长久。她们在深圳再见面的时候刘亚已长大成人,两人有了不同的阅历,那月光下的过去永远地成为过去了。《月光下》不是写人的悲剧性,不是写人物悲惨的命运唤起我们的悲悯心同情心,它写的是人微妙的"共情"性,是只可体悟又难以言说的那份心结,文学性就隐含在那"微妙"里头。它与是非、原则无关,也比"心事"更让人牵扯和投入,那是只能想象再难拥有的刻骨铭心。

小说结构上是现实与回忆的交替穿插,时间跨度大,就有了无可言说的人世感。那是杏烟河畔:"父母白天上班,我又是独生子女,但我从来不知道什么叫孤独。有一段日子,沉迷于扮古装美女,头发里插上自制珠钗,披着曳地的毛巾被,端起胳膊走来走去,她就配合我,演小姐丫鬟什么的。还拓展出大侠系列的新剧情,一人执纸扇,一人持木棍充作的剑,挥舞,发功,从高处往下跳。她手巧,会编各式辫子,在我头顶两侧扎两个高马尾,再盘起来,戴上蓬蓬的头花,我定睛细看,马上宣布这是全天下最美的造型了。"她们几乎形影不离,在小城月光下的夜晚,在杏烟河畔,她们有共同的快乐,也有共享的秘密。一个偶发的自然事件,是小姨恋爱了:"小姨扭捏了一晚上,像是忍不住了,凑到我耳边扔下一句话,我处对象了。我一愣,隐约知道有过几个人追求她,半真半假的,她并不理睬。正式对象吗?是谁是谁?长得排场不?回过神来,我巴住她的肩膀,迫切地想知道更多。"小姨有了名叫侯南南的对象。这让刘亚既有"被信任"的荣耀,又有"失望在心底尽情升起,怎么就跟他好上了"的疑虑。刘亚上了小学,见面时间少,也有了交替出现的生疏和亲近。

当她们再相见的时候,小姨已经有了白头发,"她从事着可以笼统地被称为阿姨的各种工作"。刘亚"攒了很多话想对她说,又怕表现出过了火的熟络,毕竟我们在彼此的生活中失踪已久"。时间的不确定性在这对曾经最亲密的两人间发生了不同的效应:时间越久,可以使想念越强烈,关系越亲密;但在刘亚和李晓茹这里,却因"在彼此的生活中失踪已久"而越发陌生。这是对情感生活复杂性新的发现。每个人都有心里的那个人,是不是恋人,是不是情人,有或没有血缘关系都不重要,重要的是他们曾经那么亲密,密不可分。但后来就是散了,后来也许见了也许没有见,无论见或不见,就是回不去了——那是回不去的从前。感伤、痛惜、悔不当初都无济于事。当然,关于时间的力量未免虚幻或牵强。一个人的万千屈辱和艰难,莫过于生存的残酷。小姨真实的生存经历无论怎样想象都不过分。当"我"呼哧带喘地告诉她姥爷就要不行的时候,"她摇晃着站起来,又坐下去,她说,等我把这壶水烧开了"。是什么力量能够让一个女人置父亲的死而不顾,那是女性对耻辱最后的遮掩:"两辆自行车慌张地蹿出去。黑夜里,传来齿轮和链子猛烈摩擦的声音,还有急促的呼吸声。我和她之间多了一个秘密,一个真正的秘密,我相信自己永远不会说出去。"

小姨李晓茹致命的艰辛,是得到刘亚理解的最终理由。一个人的生存已经至此,这是那些生活体面的人无论如何都难以想象和体会的。那么,这到底是一个什么故事呢?是宽恕,是原谅吗?刘亚有必要宽恕或原谅李晓茹吗?所以,这是蔡东走进了人性的最深处,讲述的是一个与理解有关的故事。"等我把这壶水烧开了",那是一言难尽万般无奈啊!

小说有明暗两条线索,"月光下"一直潜隐在小说内部,过去的月光,是她们友谊和心心相印的见证。两人分开了,生疏了,但月光并没有远去:"有些时刻,发现月亮竟行至窗前,先是一怔,接着心底涌上来模糊的旧事。我到底也跟它疏远了。漫长的时光里,其实它一直在那里,照亮暗夜,移动潮水,譬喻悲欢,唤起思念,让分离的人们在抬头望月的一刻再度发生深刻的联结。"这条潜在的线索,不仅使小说紧扣题目,关键是令小说充满幽幽的诗意,那种并不欢快的调子一如贝多芬的《月光奏鸣曲》,那里有贝多芬至深的感情,是失聪的音乐家用心和灵魂谱写而成。那倾泻一地的月光,慢慢浸润至我们的心房,照亮了心中经久不曾碰触的角落,于是心潮如海潮。

还值得提及的,是《月光下》闲笔的魅力。写杏烟河畔世纪的变化:"杏烟河是我俩的嬉游之地。在那里,你知道四季是怎么到来和退出的。月光下,杏树枝根根分明,投在地上的影子也是瘦的,疏疏淡淡干净的几笔,忽如一夜,水边堆满热闹的花影,抬头一看,干枯的树枝上冒出密密的杏花，酸胀的春天舒畅了。接着，白天长了，细细窄窄的河流变宽了，充足光照中，树叶的绿厚了一层，又厚了一层，蝉声在浓绿中突然静默又骤然响起，她喜欢说，一大早天就这么蓝，中午得热成什么样！当河边的色彩变得丰富，夏天就过渡到了秋天，毛衣上的静电起得噼里啪啦的。到了深秋时节，河水分外沉静，风掠过，几朵云从水里浮起来。我们用纸片叠小船和飞机，任由它们随水流走，我们百无聊赖地躺着，看到英俊的狼狗把吃不完的骨头埋进土里，然后永远地忘记了。"——还有谁不喜欢杏烟河畔和那些少年时光呢。

女性的自我和解与相互和解
——关于蔡东的近年写作

张燕玲

蔡东是一位颇具想象力、理解力、表现力和社会情怀的作家，也是时代变局和现实生活的观察者、思想者。她能较好地与历史和现实、居住地和故乡建立一种关系，使她能把自我的生命展望建立在改革开放前沿城市深圳中，建立在新旧文明冲突和想象的探索中，建立在个体的有质感的人物和细节之上，并不断进行艺术探索，不断突破自己的艺术边界，颇具叙事策略和审美个性。

作为一位内心有爱有光的知性女性，蔡东写了一系列深圳新移民生存与精神创伤的作品，如小说集《木兰辞》《星辰书》等，形象表现这个供初来乍到者做梦的地方——深圳的疲惫、希望和活力。她以细小而尖利的悲剧，承载人们关于现代性和未来的想象，反省它摧枯拉朽的商业力量，尤其追问家庭内部的灵魂依托、心灵希求与自我反省，所谓"深圳不相信眼泪"。近几年，蔡东则更多地思考女性情感与命运，她以一系列作品记录这个时代女性精神、女性气质的变迁，不懈地关注当下的女性生活和女性生存，思考女性在大时代大变局中，在困惑的心霾环境中，在人类与城市现实的自我较量中，究竟生活在什么样的世界里，尤其面对生活创伤，如何自我疗愈与自我救赎。

当然，这源于蔡东对日常生活的热爱，以及处理书斋与人间烟火的平衡能力，哪怕一地鸡毛，她也能活出优雅和喜乐。她把所见所闻所感当成一粒粒金粉，日常心灵的每一次悸动，书斋阅读的每一缕思绪，油盐柴米的每一个细节，无不是一粒粒金粉，蔡东以心性才情聚拢这种微尘，熔合成金，锤炼出自己的"金玫瑰"。而铸炼的过程，便是关于寻找自我，关于奇遇和秘密，关于救赎与重生，关于自我和解与相互和解的过程。她从《往生》《朋霍费尔从五楼纵身一跃》，到《伶仃》《她》，再到《月光下》《日光照亮北斗》，生动书写了现代女性的挣扎人生，即从挣扎、到人性的瞬间裂变，再到自我救赎与生命重生，深刻阐释了女性的自我和解与相互和解，及其寻找光和爱的几个人生境地。

《往生》呈现老年妇女康莲的日常"挣扎"，康莲患有心脏病，却要长年累月照顾八十多岁患老年痴呆症的老公公，在一地鸡毛与日复一日的劳瘁中透支了身心，及至精神一步步接近"涅槃"。它相似于颇具哲学意味和寓言性的小说《朋霍费尔从五楼纵身一跃》，女主周素格照料失智丈夫的日常，周而复始的厌恶与责任、挣扎与勇气、残忍与软弱，周素格与《往生》的康莲一样，也在绝望中希望丈夫如猫一跃，"了断他"，大家解脱，人性裂变的瞬间黑暗袭人。所幸，作者却在杳无人迹处找回爱与光，重新寻找到生路，以及自我救赎与自我和解之路。

而到了《伶仃》这种寻找生路有了外援，小说以极端的方式写了丈夫出走后卫巧蓉的"伶仃"况味。蔡东明白女性的命运太荒凉了，男主说想一个人过，可以不管不顾；女主不仅很难做到，还非得自己寻找无端的真相，寒心到令人疼痛。当一切大白，卫巧蓉与生活和解了，然后我们看到的是，山峦连绵，白云飘过，青山依旧在，万事万物都没有改变。但对卫巧蓉来说"身边的黑暗变轻了"，与生活和解,是蔡东赋予《伶仃》的一缕阳光。小说《她》比《伶仃》还深邃压抑,但更为坚韧与智慧,因为女主从来没有丢弃梦想与尊严。如果说《伶仃》女主没有勇气对伦理秩序的不公正性主动做出反应,而是被动追问"为什么",在女儿的帮助下找到光和爱并构建新的自我。相形之下,《她》心中一直有着光和爱,表面上是为了家庭暂时放下精神自我,把"真实的自己"藏起来,但结尾我们看到镜子里的"她"的个人世界极其尊严,是沉静优雅、坚韧高贵的,她要做自己的神,小说寻找"她"的过程,就是发现人的尊严与生活诗意的过程,尤其凸显蔡东叙述力量的是"她"——文汝静,从未正面出场,却又无时不在。这种种女性人生困局的纠结、人性深处的幽明,在蔡东有血肉有痛感的笔下,被描述得既充满人间烟火,又惊心动魄,更充满诗性,直抵生之意义,颇具艺术张力。

女主人公康莲、卫巧蓉们又可以从容回归到日常生活了,走上了有阳光暖意的治愈性的心灵疗伤与自我拯救之路。换一个角度看自己的人生,一直失去的同时,是否也一直得到了什么?也许便可化惨淡人生于日常生活?为人类发现更多女性命运何以如此、人生何以如此的审美经验?充满人生苍凉况味的新小说《月光下》,便是在人性深处,表现了小姨晓茹多年后对精神创伤的治愈,与外甥女刘亚与社会现实的相互和解与自我和解。这种因叛逆而遭遇生活创伤、家庭离散的故事,我们分明生活在其中。20世纪大多数人家儿女成群,头尾的兄弟姐妹相差十几二十岁是常态,大多人家长辈老小又往往是长得最好看的那一位,于是这个老小长辈便成为小辈们的偶像、亦师亦友的启蒙者,或者说小辈是小叔小姑小舅小姨的小跟班,叔姑侄、舅姨甥成为闺密,而且近朱近墨的。比如我家的如兄是我小叔叔,我女儿的如姐是她小姨。在此刘亚与李晓茹亦然,早年两人的生活相粘,是我们所有人成长的缩影:"我和她年龄相差十几岁,辈分上她高我一辈,我们却亲密得更像姐妹。"

为此，刘亚见证了小姨的青春期叛逆，以及对待婚姻的幼稚、任性，及其梦想与家庭与社会现实冲突得头破血流并销声匿迹，当刘亚到了小姨当年人生阶段的当下，经历许多茬的春夏秋冬，终于有了面对失联二十几年小姨的勇气："这一刻，我辨认出胸口突然涌上来的热流是什么，是庆幸，庆幸在我能理解更复杂的人世时，还有机会跟她相见。"这份时代的记忆与沧海桑田般的人间情感，不仅是刘亚的，也是我们的。疼痛不期而至，同情之理解油然而生，何止一声叹息？"她问，现在爱吃什么，我说，你做的都好吃。"这何止日常对话？分明是失散亲人重聚的千言万语。瞬间，傍晚母系的月亮不仅慰藉着这对失而复得的曾经的闺蜜姨甥，也映照出女性成长的万万重。换一个角度看人世间，清冷的月光也有了暖意，她俩往家的方向走去："橘红的月亮出现在天地相接的地方，天一黑，它就蹑足而上，越过树梢，步入深蓝色的天幕。像往常那些日子一样，它散射出母系的、心智成熟又充满感情的光，安抚夜空，慰藉人世。"

这种历经沧海抵达人生澄明之境，在其新作《日光照亮北斗》中则更显明。作品以深圳科技园女程序员赵佳心理时空的阳光，照亮现实生活的逼仄溽热与潮湿阴暗。故事以赵佳辗转寻租一间阳光小屋的梦想为线索，把转型期深圳打工群体生活的丰富性和复杂性呈现了出来，而其中赵佳、徐璐呈现的万物向阳而生的生命活力，在作者沉静节制的叙述下有着不可遏制的热流，如对阳光的渴望与描绘、亲情的远近、女性的友谊、梦境的隐喻、南方独特的人文地理、许多不闲的闲笔，生动精细，美妙丰富，赋予了作品无限的诗意和艺术张力。

两性冲突，归根结底属于伦理冲突，伦理身份是伦理秩序印在个体上的标记，代表伦理秩序对个体伦理选择的规约。"当伦理秩序赋予个体的伦理身份具有被压迫性或被歧视性，人们应该如何做出伦理选择？"卫巧蓉没有勇气对伦理秩序的不公正性主动做出反应，而是追问"为什么"，卫巧蓉在女儿的帮助下，周素格得益于音乐会情景，康莲、文汝静、晓茹和刘亚、赵佳和徐璐们则是在社会与人性的大熔炉的锻造下超越这种伦理身份，不再难为自己而获得与生活的阶段性和解，但女性的梦想，永远在路上。毕竟，女性解放和个性独立是以两性互相妥协、互相融合为底色的。

在此意义上，蔡东较好地平衡了书斋与人间烟火，以良好的文学修养、敏锐的直感心性、深刻的生活体验，以及对生活的还原能力和艺术表现力，创造出一个个结构紧凑精致的文本、呼之欲出的人物形象、满纸盎然诗意的情思。可以说，蔡东的女性书写，为当下女性文学贡献了新的美学形态。

蔡东了不起，她洞悉女性命运的荒寒与深邃，她深入人到中年近乎无解的家庭困境，对中老年女性的开掘已到灵魂深处，所幸与疼痛同在的，是作品呈现了在生活中挣扎的女性，都梦想能和所爱的人一起，站在同一高度，仰望同一片天空，然后各自成为更好的自己，哪怕难以抵达，也不难为自己而活出尊严。蔡东用作品把这个梦想，一点一点向前推进。

河水从北方流淌而来
——蔡东、赵天成对谈

赵天成：蔡东你好，很高兴有机会一起聊一聊。不得不感慨时光飞逝，我们初次相识是在 2015 年深秋，中国人民大学的联合文学课堂，当时讨论的是小说集《我想要的一天》，差不多是十年前了。相比于十年前，你觉得今天的自己有什么变化，无论是在写作上，还是在生活中？你如何看待这些变化？

蔡东：记忆是很容易模糊和湮灭的，但说来奇怪，联合文学课堂讨论的某些场景和发言，仍时时闪回。那个夜晚同样难忘，讨论完我们几个来到小咖啡馆，那里的座椅和灯光，闲聊的气氛，我到现在还能记起。说到变化，写作上的变化是让人高兴的，写出了跟以前不一样的东西，不能说有多好，但至少更接近自己的小说观和小说理想。其他的变化大概还有：我更怕跟人打交道了。有一次跟朋友逛杂货店，见到现在很流行的拼装小屋，在各式各样的模型里，我最先放弃的是果汁店、汉堡屋等，毫不犹豫选择家居型的，原因很简单，因为开店要跟人说话。

赵天成：最初开始写作时，你就被称为"80 后"作家，并经常被放在同代写作者序列里面讨论。但与十年、二十年前相比，如今的"80后",也就是1980年代生人,在社会结构中的位置和意义,已经发生了很大变化。其中最显著的一点是,"80后"概念在最初提出时,被寄予了某种抵抗性的期许,隐含着一种具有反叛潜力的青年文化。这种文学的和社会的抗争性力量,随着"80后"的结构性位置,以及敌人和对立面的变动,已经不复存在。有人认为"80后"一代"失败"了,你怎么看?

蔡东:可能每一代人最终都会认为自己这代人是失败的,或者,是失意的。

赵天成:"失败"可能也意味着,在主流社会秩序中的落伍或降级。你在不同时期的小说中,书写了大量这种意义的"失败者"。比如《无岸》中的童家羽,《净尘山》中的张亭轩,《木兰辞》中的陈江流,《我想要的一天》中的高羽、麦思和春莉,等等。这个"失败者"的形象序列中,有许多是你的同代人——所谓的"80后"。有些小说的人物和故事,可能也有你身边亲朋的实事作为底子。你如何看待这些人物在社会性结构中的"失败"?

蔡东:这种失败,主动和被动兼而有之。从主动的意义上来说,也许他们更像是先觉者。

赵天成:嗯,可以说是最早领会"悲凉之雾,遍被华林"的人吧。我也一直非常谨慎地使用"失败者"来形容这些人物。我认为,即使说"失败",这个"失败"也必须加上引号。在一些评论者看来,他们同时也是自甘退步者、多元价值的捍卫者、世俗成功学的抵抗者。你怎么来看这些人物身上的"失败"?

蔡东:是的,天成,我很认同,要加引号。或者说,我不觉这是真正的失败,什么样的生活都有代价。也许,这些所谓的"失败者"在合上眼睛的一刻,会更安详和平静。

赵天成:我曾经在评论中提出,你的小说中有两类主要的人物:受难者与失意者。受难者指陷入生老病死的困局,特别是衰老与死亡的直接和间接的承受者，比如《往生》中的康莲、《朋霍费尔从五楼纵身一跃》中的周素格、《她》中的连海平和文汝静。失意者前面已经聊过，但从这一序列里，逐渐发展出了另一种类型，如《照夜白》中的谢梦锦和《天元》中的陈飞白。用批评家饶翔的话说，他/她们从被动的"逃避"，转向积极的"逃逸"。你怎么看待这一类"抗争者"？

蔡东：这一序列的人物，是阅读、写作和生活进入不同阶段的体现，其实很自然。书写对象和文体一直不变，自己都觉得没兴味。我非常喜爱这一类"抗争者"，因带来全新的写作体验。在世界文学的视野里，这样的人物并不鲜见，但对我的写作来说，她们是奇异而清新的存在。

赵天成：我知道"抗争者"群体在你的写作中的意义，也知道你对他们的偏爱。如你在访谈中曾说的，"我笔下的人物逆来顺受居多，我内心有弱的一面，他们正好照应了我内心的怯弱，投影了我内心的疑虑。当自己没有力量的时候，也给不了笔下的人物力量。而这个力量在漫长的生活里终于生长出来，它通过我传递给了人物"。不过，我们私下聊天时也说过，我对于《照夜白》和《天元》是有保留的。不是因为人物的真实性或可信度的问题，而是他们观念和行动中的坚决，或者说是那种理想主义的强硬。相对来说，我更偏爱摇摆、犹豫、挣扎，在持守与妥协中反复延宕的人物和心理过程。我心目中，更理想的情况是，既坚持自己信奉的价值，同时对于对立面的价值也予以充分的同情。我把这称为洞明与天真（超我与本我）之间惺惺相惜的较量。总之，如果沉重闸门不能拆除，我更偏爱肩起闸门的人，而不是从闸门里走出，或者无视闸门存在的人。你怎么来看待"抗争"（"抗争者"）和"摇摆"（"延宕者"）的关系？

蔡东：很喜欢你的表达，也特别明白你想说什么，心领神会的那种。比如弗罗斯特的诗歌《未走之路》,"我选了一条人迹稀少的行走,结果后来的一切都截然不同",这首诗之所以迷人,大概正因为"毅然"和"叹息"始终同在。我也拿不准,哪一类人物更有力量和延展性。但书写《照夜白》时,确实让我有一种释放的感觉,很痛快。

赵天成:这一点也很有趣。一般来说,少壮做英雄梦,垂老归温柔乡,人在青年时的叛逆,会随着时间逐渐稀释,理想主义逐渐与现实主义和解。但在你的小说中,却好像有一个反向的发展过程,从消极逃避到积极逃离,近乎执拗的反叛性愈发蓬勃。你怎么来看待这种逆向的生长?

蔡东:可能因为没经历和感受过青春,只好中年时"聊发少年狂"。

赵天成:你的小说中一直有个主题,或者说前提,是精神生活与日常生活的对立。你的许多主人公,往往执滞于无用之事,用《照夜白》里面的话说,叫"在小事上的痴心"。这用日语说叫"一生悬命",即毕生致力于一事一物。如何来看待这种人生态度?这种文学主题,可能也跟你自己的人生态度有关,不是所有人的观念和经验中都有这种对立。而且即使有,也有不同的处理对立的方式,比如你的人物与你本人就有所不同。我始终记得,在小说集《我想要的一天》的后记里,你写了这样的话:"我何其幸运,能借由书写化解心底淤积的无名肿毒,能自内向外地安静下来。很多个夜晚,我看到小说正发光,光芒在幽暗的写作室里微微跳动,给予我秘不可宣的快乐。我感激此时此刻,也感激过往那些荒疏和混乱交织的日子。同时,我尽量让一切变得更自然,尝试减弱创作对生活的影响:不拖延晚餐,不侵占家庭时间,睡好觉。"如今你如何看待这种对立?

蔡东:达成完美平衡,或一直是融洽状态,这个我觉得不太可能。但我不认同"对立"这个说法,首先要生活,我也是珍爱日常生活的人,还特别喜欢那些频繁出现食物及烹饪过程的电影,会反复看。写作对生活有滋养,也有影响。我作品出产有限,所感受到的撕裂感并不是主要的。对高产者来说,一方面,写作者自己,可能要在娱乐至死时代远离众多的娱乐;另一方面,他可能会需要家庭的支撑,她则会不得不放弃某些亲密的关系。当然,这些都可能是阶段性的。关于小说《她》,我写过一点文字,正好很适合回答这个问题:构思小说的过程中大都有一个关键节点,小说自己浮现出来了,让我觉得不写不行了。《她》这部小说的节点是,在我能看到的熟悉的表象之下,文汝静另拥有一重隐秘的生活,而且,她对艺术的认知也深深触动了我。在小说中,我不能一厢情愿地缝合。兼容并存、平衡整合、多线辉煌,说起来容易,只是就我了解、观察的一部分女性的生活而言,这不够真实,无人在意的牺牲遍布于女性生命的各个阶段,婚姻生活与艺术生命之间也势必有对立和撕裂,文汝静只能做出取舍。

赵天成: 你所有小说的主题,我认为可以概括为"为人生",或者说是在今天人们怎样获得更好的生活?具体来说,这个问题又分为常态和例外状态两种情况。例外状态(即生存受到威胁,人陷入衰老或病痛的困局)下,是人如何想办法让自己生活下去。常态(即生存和温饱可以满足)下,是人如何获得"我想要的一天",或者把"不想要的一天"甩掉?我不知道你是否同意这种概括,如何评价你的主人公在这两种状态下的努力?

蔡东: 认同你的概括。我时常叹服人的韧性和生命力,也寄望在小说中写出十之一二。

赵天成: 你的小说一般都由丰饶的细节组成,而且细节在你的小说中发挥着非常重要的作用。比如小说集《我想要的一天》里面几篇中的若干细节,都帮助状写主人公消极的自我安顿。这些作品中,人物挫败时会陷在沙发里,而且很多都从事资料员、抄写员这种重复性工作。这不禁让我想起福楼拜、巴尔扎克笔下的一些人物,有人评论说,他们通过抄写或者类似的工作,在制造副本的同时让自己也成为副本。或者说是一种自我的隐遁术。你怎么来看待你的小说中的这类细节?怎么看待细节在你的小说中的作用?

蔡东:我觉得从事这类工作并不枯燥,会抵达一种"积极的平静"。资料员、抄写员不太需要与人打交道,更方便隐遁。说到小说的细节,时常提醒自己,不泛泛而写,要具体,这样所展现的生活才是有质感的。《红楼梦》里就不会出现草率含混的文字,比如说一座白房子,一件花衣服,它都是有细节的。

赵天成:此外有一种"消极的自我安顿"的方式,是在象征性世界中厮杀抗争。比如《我想要的一天》中的高羽,总在打足球经理的电子游戏。他选用的是英格兰的斯托克城队——一支弱队,在游戏世界里力克曼联、切尔西等强敌。不过必须要说的是,我留意到并且一直记得"斯托克城"这个细节,是因为我和你一样是个球迷,甚至我读本科时也在实况足球游戏里用过当时还在英冠(二级联赛)的斯托克城队。我的意思是,以人们惯常的阅读速度和阅读习惯,你的小说中的大量细节,是很难被留意的。如果不是读者情有独钟,就很可能"视而不见",忽略掉你苦心经营的细节,你如何看待这个问题?

蔡东:这个细节咱们讨论过,你留意到这一处,因共同的热爱而产生深度的共鸣和阐释,作为作者,我肯定高兴。高山流水,知音会心,当然好,但滑过去未注意,我也不失望,这是阅读中必然包含的部分。

赵天成:一些评论者认为,你的小说中有种独特的女性意识。谈论"女性意识"的问题,我不是很有把握,所以我想换个方式来谈我的感受。有人说你的小说中有"光",更好的说法是有"趋光性"。我在你的《月光下》里,看到了对于这种"光"和"趋光性"的绝妙解说——"母系的、心智成熟又充满感情的光"。你如何理解你小说中的"女性"或者说"母系"的品质?

蔡东: 对创作来说,女性意识和女性特质值得珍惜,也非常重要。我熟悉她们,既观察身边的女性,自己也作为女性生活着,有一些深透入骨的经验。重视个人的生命经验,这是我一直以来坚持的观点,在思考最多也最深的领域,处理最珍贵、最深刻的生命经验,最有可能出来好小说。

赵天成: 如一些评论家所言,你是倾向于在作品中隐匿自己的那种作家。我想这种隐匿有两个方面,一是对于自己个人生活的保护,另外是在小说中处理人物、叙事者与作者本人关系的方式。你自己怎么看?

蔡东: 其实无论怎么虚构和隐匿,都是暴露。写小说本身就袒露了经历、性情、嗜好等。但我一直比较警惕复制式的写法,素材不经拣选和处理,急切直接地叙述,小说写作应该是关于表现、隐藏、组织和结构的高度综合的艺术。很多现代作家近于透明,个人生活、感情世界被论者细细研究。虽有知人论世说,我觉得还是挺悲哀的。

赵天成: 小说家也都是阅读者,都是从海量阅读起步的。我注意到你对外国小说很熟悉,特别是一些 18、19 世纪现实主义的经典作家,比如托尔斯泰、司汤达,这在年轻的作家中比较少见。在其他文章中你提到的作家有雨果、索尔·贝娄、狄更斯,作品有《大师和玛格丽特》《日瓦戈医生》《月亮和六便士》《河流的第三条岸》《纠正》《霍乱时期的爱情》,等等。不妨简单谈谈你特别感兴趣,或者对你有特别意义的外国作家?

蔡东: 我还是阿加莎·克里斯蒂的读者,读她的小说,能收获纯粹的享受。她的好小说太多,名作不说了,冷僻的也非常好,比如《帷幕》，就是一部超越雅俗、真正洞明人性的经典。好侦探都是洞察力惊人的细节控，我业余时间看剧多，看的剧里又有一多半是侦探剧。

赵天成：在你的小说中，也能感受到中国古典文学的滋养，你提到过的作品有《红楼梦》《娑罗馆清言》《小窗幽记》《陶庵梦忆》等。不少评论家也注意到你作品中的古典性，你怎么来看这个问题？怎么看古典与现代的关系？

蔡东：古典文学像故乡，总断不了眷恋和思念，不思量，自难忘。古典文学里有丰富的写作资源，另外，古典文学中充满平常又讲究的生活趣味，这背后是细腻的情绪，闲散的生命状态，慢悠悠的，不那么急迫，这也是我向往的。

赵天成：除了文学之外，其他艺术（如音乐、绘画、建筑、电影）也是你作品的重要资源。一些艺术作品，如古画《照夜白》、小津安二郎的电影，在你的小说中还发挥了重要作用。你怎么理解艺术与文学、艺术与你的小说创作之间的关系？

蔡东：我对贯通和连接很感兴趣。这些元素的引入，令小说更有形式感，内部空间开阔，不逼仄，不局促。

赵天成：我知道你对自然很感兴趣。你的一本小说集名字叫《星辰书》，你也把最近完成的三篇小说（《日光照亮北斗》《月光下》《外面下雨了吗》）称作"自然三部曲"，似乎你对天地，对"我们头上的星空"有丰富的感情和体认？

蔡东：对。我虽喜欢宅着，但行走和晒太阳就是会让人快乐，这几年更多地走向户外。非常喜欢惠特曼的诗："现在我洞悉了造就完人的秘密，那就是在阳光里成长，和大地同餐共宿。"

赵天成：自然除了天地以外，还有众生和万物。如一些论者指出的，植物在你的小说中，也是重要的角色。我大致数了一下，《月光下》一共出现了17种草木，而且它们深入小说的肌理，不是装饰性，而是功能性的，不仅有名字，而且有性格。你如何解说你作品中植物的作用？

蔡东：我平时喜欢跟植物接触，也养一点花，不太成功，很羡慕饶翔老师的家庭花园。植物并不像一打眼看上去那样，都差不多的。而是形状和姿态各异，就说树冠，有的像云，有的像华盖，有的像展开的伞。植物当然也有自己的性格，有的舒展开朗，比如小叶栾树，它的叶子生得那样低矮，不怕人的。而我第一次见大丝葵，立刻感叹起来，它得多没安全感，才把自己生成这副模样。行文中出现植物或者说进一步说，风物，会令小说不干巴，这样的小说是有颜色的，也是水灵灵的。

赵天成：你小说中的外部环境，或者说地理背景也值得一谈。深圳和留州（似乎是以你的故乡山东德州为背景），是你小说中经常出现的一组地名。在你不同时期的小说中，它们作为你的主人公活动的场域，有时是实体性的，有时是虚幻的、抽象的后景。你怎么看你和这两个地方的联系，以及在小说中处理城市（地方）的方式？

蔡东：早年的写作，以家乡的人事记忆为材料和资源。后来我意识到，不管情感是否疏离，毕竟已进入到全新的生命阶段。我在异乡生活和写作，两件事都需要投入地、在场地体验。我跟居住地之间脆弱的联结逐渐变得结实强韧。联结的力量产生，门在某一刻开启了。我开始认识和思考这个地方，尝试书写与现代城市有关的小说，一些具有南方气息的作品。但我仍然喜欢北方分明的四季、盛夏时节也称得上干爽的空气及高碳水饮食。脑海里常常会浮现出一个画面，河流清澈，既是从遥远的北方蜿蜒而来，也是自时间的深处汩汩涌出。我看着远方，迎面是逶迤而来的河流，那是一切的源头。

赵天成：我们聊聊收入这本选集的几篇作品吧。《往生》是集子中的第一篇小说，对你也有某种起点性意义吧。你在《小说落在世间之二三事》里,详谈了小说创作中"写下第一句话"的问题。我觉得,尽管《往生》不是处女作,但如果把你的全部写作视为一部作品,《往生》可以说是"第一个句子"。

蔡东:对,真正体会到写作的些许滋味,是从这部作品开始。

赵天成:《往生》里面有一种词语的力量,涉及词与物的积极关系。《往生》中写道:"可是,神神叨叨的女人聊天时,一个特别的词语破空而来,释放出不属于尘世的耀眼光华,深深打动了她。那个词叫'往生',死亡的另一种说法,却穿透深重的黑暗,击破内心的绝望,用缤纷美妙替代陌生可怖,是动感的、充满希望、无比美好的起点,令康莲灵魂出窍,神往不已。……它飞离了尘世,像一颗清寂的星,悬于庸俗的话语系统不可及之处。"这是否意味着,你对词语的神秘能量的某种信任?有时,我们只是换一个措辞,或者说是一个词语的骤然闯入,就可以让我们获得全新的认识、观念、理解事物的角度。

蔡东:非常认同。很多作家的作品有生命力,一方面是书写人性之深,抵达普遍和永恒,另一方面,大概就是语言的魅力。这也是好作家的标识,比如有鲁迅体,有张爱玲体,"体"正是其作为创造者的独特语言风格。

赵天成:《往生》中"老无所依"的主题,在《朋霍费尔从五楼纵身一跃》《她》等作品中,又从另外的角度不断"重写"。你如何看待这些"重写"和"重写"中的新意?

蔡东:题材近似,关注点未变,但处理和表达的方式不同,小说的气质就不一样了。这是写作的挑战,也是写作的趣味所在。

赵天成:《伶仃》是你近年小说中特别的一篇。许多读者很喜欢《伶仃》的结尾:"夜色像宽大的黑斗篷一样罩下来。经过小树林时,身后传来窸窸窣窣的声音,也许,人在落叶上走,也许,小动物正穿过草丛。回过头去,是看见松鼠、野兔、狐狸,还是看见一个跟她一样独行的人呢。不管怎样,她都决定转过身去看看。就在她转身的一刹那,环绕在身旁的黑暗变轻了。"我认为这里的一个关键点,在于"刹那"。刹那就是一个片刻、一个闪念,这里似乎有某种微粒与世界、瞬间与永恒的辩证。

蔡东:是的,也可以说是转念和顿悟。写完这个结尾,我自己也感觉身心都是轻的。

赵天成:你的小说除了丰饶细节之外,结构上往往也别具匠心。如《伶仃》等小说中,在主要的故事线旁边,又环绕着一些支线的故事,比如《伶仃》里的老吴夫妇(和老吴夫妇讲的故事),其实是与主人公卫巧蓉对照并且互相说明的。这是我第二次阅读这篇小说时才发现的。我把这种嵌套,称为重奏式的结构。我看到网络上有些读者反馈,说看你的小说"很多地方没有读懂",我想也与这种结构设置有关。

蔡东:对,老吴夫妇及他们讲述的故事,是互文、映照和嵌套,令文本更繁复,线性叙事毕竟还是太单薄。我一直希望写出耐读的短篇,所以尽量不写结尾反转、突然爆发的小说,这类小说第一遍读有冲击力,但往往也是一次性的。

赵天成:顺便谈谈读者的问题吧。在你写作的过程中,"读者"的意义和作用有多大?你预设的读者是哪些人?预设读者的形象清晰吗?

蔡东:如果读者读不懂或不喜欢,我也会沮丧。但写作的时候没有预设读者的习惯,心态上是开放的。

赵天成:我觉得在你近年的小说中,"留白"越来越多。比如《月光下》里有一个关键的"秘密",自始至终没有说破。我不知道你是否认同我的感觉?怎么看写作中的"留白"?

蔡东:是的,近年的小说会更注重虚实的调配。留白才能产生空间感,最终是可以抵达意境的。

赵天成：《希波克拉底的礼物》在你的小说创作中是个异数，有"仅此一家（篇）"的感觉，你似乎也有偏爱，可否谈一谈这篇小说于你的独特意义？

蔡东：写"礼物"这篇，是因一直在现实主义的方向上，想试试其他写法。这篇完成得很快，体验一下，满足了好奇心，还是会回到自己喜欢的路子上来。

赵天成：在小说之外，散文随笔是你的另一幅笔墨，这个选集中也收入了几篇。很喜欢你写金庸的文章，此外我也看过你写其他一些作家、书籍，甚至还有写影视剧、球星的。你怎么看待自己的这一类写作？

蔡东：对我来说，肯定是写小说最累，心理上也最重视。新小说写开头的时候，心境和状态上紧张一些，到一定阶段才会放松下来。写随笔轻松多了，更像是精神上的一种休息，常有挥洒自如的感觉，过程也很有趣，写这类文字更像编织锦绣。

赵天成：有许多作家（比如你喜欢的索尔·贝娄），不太愿意谈论自己的早期作品，认为作为一个作家，后来的自己已经完全不同了。你如何看待自己的早期创作，也就是 2004 至 2008 年发表的小说？

蔡东：前面的作品不必抹去或不提，要有习作期，才能从零基础变成具备一些经验心得，这个过程是别人无法代替写作者去经历的必由之路，没什么可抱怨的，也谈不上是冤枉路。没有早期的作品，就没有今天我对小说这种文体的感觉和理解。

赵天成：因为有三四年的停笔，你迄今的写作至少可以分为两个阶段：2003 到 2007 年；2010 年重新执笔到现在。有论者认为还可以进一步划分。你如何认识你的创作分期，以及写作阶段与人生阶段的关系？

蔡东：个人对创作分期并无提前规划，也是走过来，再回顾，发现有阶段和脉络。写作也未必都是人生段落的反映，生命经验很重要，但写作的魅力就在于，还可以写"做不到"，还可以写"不可能"，想象个人体验中那个缺失的部分。

赵天成： 时至今日，你还没有长篇问世。2015 年你曾提到，如果准备充分，想尝试写长篇小说。但你同时也说过，"中短篇也可以有体积感，中短篇也可以产生强大的势能，可以有一种力量感"。有很多专写中短篇的小说家，鲁迅、契诃夫、凯瑟琳·曼斯菲尔德、艾利丝·门罗，没有长篇并未影响他们的成就，但对他们自己却是遗憾。如今你如何看待长篇小说和中短篇小说写作的关系？是否还有写长篇的计划？如果不写，是否会像门罗她们一样感到些许遗憾？

蔡东： 长篇小说写作的储备是一个长期的过程，对素材的消耗也最大，长篇虚构作品会给我们一种"无限感"。或者也可以说，长篇小说创造另一个真实的世界，众生，万物，日月星辰，甚至好像能感受到里面流逝的时间。长篇小说很考验耐力，甚至对身体状况都有要求，脑力和体力都要在线，要撑得住。长篇不是说有才华，不费工夫很轻易就写出来了，写长篇是要下很大功夫的。我熟悉的一位作家打算写澳门码头变迁的小说，三部曲，这就不光需要个人经历和生活中的积累，还考验写作者对那段历史的熟悉程度。他对我说，是先去图书馆借了一百多本书，各方面的，地理的、历史的、风俗的、贸易的、日常生活的，集中读，大量阅读之后，有些画面就开始浮现了，心里也有底了。接下来他打算去澳门大学住一阵子，这就是实地探访了。除了探访，还要泡本地的图书馆，看文献，还有大量案头的工作要做，读相关方面的旧报纸、资料，熟悉那个年代，甚至后来熟悉到什么程度，那段岁月的天气，都了然于心。再就是呢，我觉得对长篇来说，做结构很重要，写之前如果结构没有想清楚，很容易写到中间就塌下去了，写不动了。中篇呢，我觉得特别适合讲一个故事，比较完整，又有一定的曲折性。说到短篇的话，我觉得短篇不求完整，可能生活中的一句话，一个细节，一个顿悟，就可以成就一个短篇。我有一个比喻，短篇可以是一星火花，而长篇呢，就像彻夜烧着的温热火堆。

关于不写长篇，目前没感到遗憾。我想还是要找到适合自己的文体，看能否先在这个文体上实现一些设想。

赵天成：目前有什么短期和长期的写作计划吗？

蔡东：还是写作短篇小说，会更注重反思城市化进程。有一些想法，还需要沉淀。我觉得小说是要养的，有时候受到触动，不是马上就写下来，也不要急于成篇。尤其对短篇小说来说，构思和酝酿阶段，有时候会超过实际写作所花费的时间，短篇小说真正写起来，所花时间不长。但写作者对小说的深度思考，有时甚至在一种自己没有意识到的情况下运行。如果你一直想着一部小说，在打磨它的内核，总有瓜熟蒂落的一天。也不一定想得太清楚，我的习惯是有了内核，开头也出现了，就开始写，不是完全想明白的，有些东西，是写着写着才清晰的，毕竟是创造性的活动。我听有些作家也谈起过，对一篇小说本来有个设想，准备材料的过程中，发现要朝另一个方向走。写作要做好各方面的储备，但不要有太多顾虑，或者有一上来就有写出伟大、完美作品的期望。

赵天成：最后一个问题，你如何定义自己写作时的理想状态？或者说，你认为理想的写作者，应该是什么，可以成为什么？《来访者》中的心理治疗师、《照夜白》中不言的言说者，或是你曾提到过的，洞明世事仍然天真的"热烈的孩子"？

蔡东：理想状态，大概是高度专注，既冷静又激越，心静如水却灵思涌动，忘却一切而无比满足。最重要的是坐下来开始写第一个字，写着写着，杂乱的想法没了，整个人清明了。

2024 年 7 月

Part4

蔡东创作年表

蔡东创作年表

出版目录

小说集丨《木兰辞》丨作家出版社丨2014 年 1 月

文学评论专著丨《深圳文学：生长与展望》丨海天出版社丨2015 年 1 月

小说集丨《我想要的一天》丨花城出版社丨2015 年 8 月

小说集丨《月圆之夜》丨海天出版社丨2016 年 1 月

小说集丨《星辰书》丨北京十月文艺出版社丨2019 年 8 月

小说精选集丨《来访者》入选"新世纪作家文丛"第六辑丨长江文艺出版社丨2021 年 12 月

小说精选集丨《月光下》丨作家出版社丨2022 年 11 月

小说精选集丨《普通生活》丨深圳报业集团出版社丨2022 年 11 月

小说精选集丨《照夜白》丨山东文艺出版社丨2023 年 6 月

发表目录

小说：

短篇小说｜《面无表情地笑出声来》（后修改标题为《窄床》）｜《当代小说》第 4 期｜ 2004 年 4 月

中篇小说｜《嘿，天堂》（后修改标题为《天堂口》）｜《人民文学》第 3 期｜ 2006 年 3 月

中篇小说｜《断指》（后修改标题为《月圆之夜》）｜《芒种》第 5 期｜ 2006 年 5 月

短篇小说｜《城南城北》｜《辽河》第 1 期｜ 2007 年 1 月

短篇小说｜《结发》｜《长城》第 1 期｜ 2007 年 1 月

短篇小说｜《凌霄凌霄》｜《山花》第 3 期｜ 2007 年 3 月

短篇小说｜《吴女娇艳》（后修改标题为《小城》）｜《中国作家》第 11 期｜ 2007 年 11 月

短篇小说｜《黄花》（后修改标题为《与曹植相处的日子》）｜《作品（下半月刊）》第 1 期｜ 2008 年 1 月

中篇小说｜《毕业生》｜《青年文学（下半月刊）》第 4 期｜ 2008 年 4 月

短篇小说｜《往生》｜《人民文学》第 6 期｜ 2012 年 6 月

短篇小说｜《木兰辞》｜《山花》第 11 期｜ 2012 年 11 月

短篇小说｜《无岸》｜《人民文学》第 3 期｜ 2013 年 3 月

短篇小说｜《出入》｜《光明日报》｜ 2013 年 10 月 25 日

中篇小说｜《净尘山》｜《当代》第 6 期｜ 2013 年 11 月

短篇小说｜《福地》｜《天涯》第 6 期｜ 2013 年 11 月

短篇小说｜《通天桥》｜《创作与评论（上半月刊）》1 月号｜ 2014 年 1 月

短篇小说｜《我们的塔希提》（后修改标题为《我想要的一天》）｜《收获》第 5 期｜ 2014 年 9 月

短篇小说 |《布衣之诗》|《花城》第 5 期 | 2015 年 9 月

短篇小说 |《朋霍费尔从五楼纵身一跃》|《十月》第 4 期 | 2016 年 7 月

短篇小说 |《照夜白》|《十月》第 1 期 | 2018 年 1 月

中篇小说 |《天元》|《人民文学》第 3 期 | 2018 年 3 月

短篇小说 |《照见》| 香港《城市文艺》第 1 期 | 2018 年 3 月

短篇小说 |《希波克拉底的礼物》|《香港文学》第 8 期 | 2018 年 8 月

短篇小说 |《伶仃》|《青年文学》第 3 期 | 2019 年 3 月

中篇小说 |《来访者》|《长江文艺》第 7 期 | 2019 年 7 月

短篇小说 |《她》|《十月》第 2 期 | 2020 年 3 月

短篇小说 |《日光照亮北斗》|《江南》第 5 期 | 2021 年 9 月

短篇小说 |《月光下》|《青年文学》第 12 期 | 2021 年 12 月

短篇小说 |《外面下雨了吗》|《十月》第 4 期 | 2023 年 7 月

散文随笔、评论访谈等:

评论 |《世界的两侧——毕飞宇小说简论》|《山花》第 10 期 | 2009 年 5 月

散文 |《春·明前茶》|《广东教育》第 7 期 | 2010 年 7 月

评论 |《峭壁上的雪莲花——对深圳作家获奖短篇小说的评介》|《红豆》第 6 期 | 2011 年 6 月

评论 |《优美而智慧地书写城市》|《文艺报》| 2012 年 2 月 13 日

随笔 |《小说的题材意识和语言意识》|《宝安日报》| 2012 年 9 月 16 日

评论 |《下一站,城市文学》|《深圳特区报》| 2012 年 9 月 17 日

随笔 |《小说和小说家的秘密——谈谈创作笔记》|《宝安日报》| 2012 年 12 月 2 日

评论 |《薄刃上的舞蹈:论毕亮和他的"小说深圳"》|《百家评论》第 4 期 | 2013 年 7 月

创作谈 |《来到别有洞天之处》|《文艺报》| 2013 年 9 月 2 日

评论｜《少年心事与诗人情怀：陈再见小说论》｜《创作与评论（上半月刊）》10 月号｜2013 年 10 月

随笔｜《写作：天空之上的另一个天空》｜《文艺争鸣》第 11 期｜2013 年 11 月

评论｜《远方·孩童之眸·水洗的小说》｜《山花》第 3 期｜2014 年 2 月

随笔｜《赏花赏月赏纳兰》｜《创作与评论（上半月刊）》8 月号｜2014 年 8 月

随笔｜《短小说的技艺》｜《名作欣赏（上旬）》第 8 期｜2014 年 8 月

评论｜《她们》｜《深圳特区报》｜2014 年 12 月 31 日

评论｜《我们的幸运与匮乏》｜《光明日报》｜2015 年 11 月 20 日

对话｜（李德南、蔡东）《"凝视深渊"，以及"与恶龙缠斗"——谈现实生活与文学写作中的"恶"》｜《青年文学》第 2 期｜2016 年 2 月

评论｜《有诗味的小说》｜《创作与评论（上半月刊）》3 月号｜2016 年 3 月

随笔｜《讨喜的张自力，也掩盖不了叶荣添的神之光》｜《南方人物周刊》第 14 期｜2016 年 4 月

随笔｜《腰·灵魂·扫地僧》｜《南方人物周刊》第 17 期｜2016 年 4 月

评论｜《神出现的那一刻——读文珍的小说》｜《名作欣赏（上旬）》第 5 期｜2016 年 5 月

创作谈｜《没人察觉到她们正身处绝境》｜《小说月报》第 9 期｜2016 年 9 月

评论｜《北妹在南方——评盛可以、吴君的小说》｜《深圳特区报》｜2016 年 9 月 8 日

评论｜《有斐君子》｜《创作与评论（下半月刊）》12 月号｜2016 年 12 月

评论｜《很多花都需要种在地里》｜《西湖》第 3 期｜2017 年 3 月

评论｜《薛忆沩城市书写的独特语调》｜香港《城市文艺》第 2 期｜2017 年 3 月

散文｜《李庄的雾》｜《十月》第 4 期｜2017 年 7 月

随笔｜《读它们的时候，如重归故土》｜《文艺争鸣》第 8 期｜2017 年 8 月

评论｜《书写城市并构建一个审美的世界》｜《名作欣赏（上旬）》第 11 期｜2017 年 11 月

访谈｜（蔡东、汤天勇）《"一次又一次地爱上小说"——蔡东访谈录》｜《芳草》第

5 期｜2017 年 11 月

创作谈｜《打开日常生活下面的空间》｜《长江丛刊（下旬）》第 12 期｜2017 年 12 月

评论｜《已经没有人这样写作了》｜《深圳商报》｜2017 年 12 月 24 日

散文｜《东阿之行》｜《青年文学》第 7 期｜2018 年 7 月

评论｜《刘以鬯的实验小说》｜香港《城市文艺》第 3 期｜2018 年 7 月

创作谈｜《守住根本，文学无需担忧"过时"》（原题《我相信某个闪念里可能包裹着一个星汉灿烂的宇宙》）｜《南方日报》｜2018 年 9 月 15 日

随笔｜《皆是风雪夜归人》｜《深圳特区报》｜2018 年 11 月 13 日

随笔｜《一个松弛的作家会任由读者自由领悟——读艾丽丝·门罗的小说》｜香港《城市文艺》第 3 期｜2019 年 6 月

对话｜（吴佳燕、蔡东）《"人生而自由，却无往不在枷锁中"》｜《长江文艺》第 7 期｜2019 年 7 月

创作谈｜《在写作中抵达平静并重塑自己》｜《北京文学·中篇小说月报》第 8 期｜2019 年 8 月

随笔｜《灵敏与广阔》｜《小说评论》第 6 期｜2019 年 11 月

随笔｜《高饱和度色彩的交织错杂——谢有顺印象》｜《当代作家评论》第 6 期｜2019 年 11 月

对话｜（刘悠扬、蔡东）《"自甘退步者"群像正浮出水面》｜《小说评论》第 6 期｜2019 年 11 月

对话｜（蔡东、饶翔）《蔡东：写出可供徜徉漫步的短篇小说》｜《文艺报》｜2020 年 1 月 15 日

散文｜《我的水仙今天开了第一朵》｜香港《城市文艺》第 2 期｜2020 年 4 月

随笔｜《笔端有情，温煦可亲——漫谈迟子建的写作》｜《广州文艺》第 5 期｜2020 年 5 月

创作谈｜《我愿意跟写过的小说保持一种疏离感》｜《小说月报》第 5 期｜2020 年 5 月

访谈｜（蔡东、陈劲松）《深圳孕育着最富现代性的城市文学形态》｜《特区文学》第

5 期｜2020 年 9 月

随笔｜《谈谈短篇小说》｜《作品》第 12 期｜2020 年 12 月

访谈｜（蔡东、张琦、黄子祺）《好的作品能生发诗意》｜《作品》第 12 期｜2020 年 12 月

随笔｜《女性热爱者的写作之路》｜《粤港澳大湾区文学评论》第 3 期｜2021 年 5 月

随笔｜《是没有说出的部分帮助作家完成了小说》｜香港《城市文艺》第 6 期｜2021 年 12 月

评论｜《像远山上突然亮起树枝形的闪电》｜《当代作家评论》第 1 期｜2022 年 1 月

随笔｜《生活和情感的幽深之境》｜香港《城市文艺》第 2 期｜2022 年 4 月

访谈｜（蔡东、李昌鹏）《"独立存在的主体性"及虚构之外的内核》｜《都市》第 9 期｜2022 年 9 月

创作谈｜《跟生活建立起结实强韧的联结》｜《新文学评论》第 1 期｜2023 年 1 月

访谈｜（康春华、蔡东）《遇见好的小说，拥有梦境的气息》｜《文艺报》｜2023 年 2 月 17 日

随笔｜《小说落在世间之二三事》｜《当代文坛》第 6 期｜2023 年 11 月

随笔｜《如何书写城市》｜香港《城市文艺》第 6 期｜2023 年 12 月